江西省2011协同创新中心"庐山文化
传承与传播协同创新中心"项目成果

庐山文化传播丛书

陈晓松 陈晖 主编

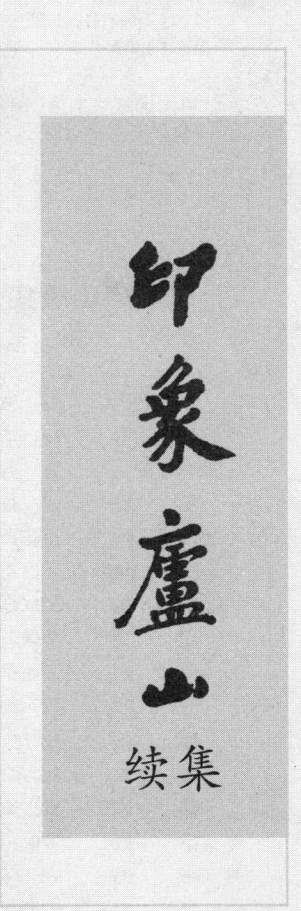

印象庐山 续集

百花洲文艺出版社
BAIHUAZHOU LITERATURE AND ART PRESS

图书在版编目（CIP）数据

印象庐山续集 / 陈晓松, 陈晖主编. —— 南昌：百花洲文艺出版社, 2023.9
ISBN 978-7-5500-5135-5

Ⅰ.①印… Ⅱ.①陈…②陈… Ⅲ.①回忆录-作品集-中国-当代
Ⅳ.①I251

中国国家版本馆CIP数据核字（2023）第124188号

印象庐山续集

陈晓松　陈晖　主编

出 版 人	陈　波
责任编辑	杨　洁
书籍设计	方　方
制　　作	何　丹
出版发行	百花洲文艺出版社
社　　址	南昌市红谷滩世贸路898号博能中心一期A座20楼
邮　　编	330038
经　　销	全国新华书店
印　　刷	江西千叶彩印有限公司
开　　本	720mm×1000mm　1/32
印　　张	10.75
版　　次	2023年9月第1版
印　　次	2023年9月第1次印刷
字　　数	270千字
书　　号	ISBN 978-7-5500-5135-5
定　　价	52.00元

赣版权登字　05-2023-174
版权所有，盗版必究
邮购联系　0791-86895108
网　　址　http://www.bhzwy.com
图书若有印装错误，影响阅读，可向承印厂联系调换。

《庐山文化传播丛书》总序

胡振鹏

九江学院庐山文化研究中心成立以来做了大量的工作，开展了白鹿洞书院研究、陶渊明研究、陈寅恪研究、赣北地区非物质文化遗产研究等研究工作，编纂了《庐山文化研究丛书》，目前已出版6辑30本专著，取得了显著的成绩，在学术界产生了较大影响。中心现在开始编辑《庐山文化传播丛书》，对于宣传、普及和传播庐山文化，必将起到积极作用，借《庐山文化传播丛书》出版之机表示热烈祝贺！

深化庐山文化研究具有重要的意义和价值。研究工作向高层次、综合性、更深刻的方向发展，对于挖掘、弘扬中华优秀传统文化具有推进作用；当前各级政府把旅游当作支柱产业发展，高度重视文化与旅游相结合，深化庐山文化研究可以直接为庐山旅游发展服务，对于推进庐山旅游高水平、高质量、高效益发展具有支撑意义；九江学院作为一个区域性、高水平、综合性的大学，庐山文化研究中心在全国高校独一无二、特色鲜明、亮点突出，搞好庐山文化研究对于学校上水平、上台阶具有重要价值。

庐山文化研究如何向高层次、综合性、更深刻的方向发展？庐山文化研究中心上一任学术委员会主任邵鸿教授2012年为龚志强博士的论文《渐进与跨越——明清以来庐山开发研究》写了一篇序言，其中提出庐山文化研究需要进一步努力的方向。

第一，基础史料工作还不够充分。近十余年来，一些学者在庐山史料汇集编撰方面有一定的成绩，出现了胡迎建、宗九奇《庐山诗文金石广存校补》，陶勇清《庐山历代石刻》，白鹿洞书院古志整理委员会《白鹿洞书院古志五种》，李宁宁、高峰《白鹿洞书院艺文新志》等著作。特别值得一提的是郑翔任主编、胡迎建任副主编的《庐山历代诗词全集》，汇集历代吟咏庐山诗词16 300余首，用力甚巨，尤值称道。但这方面还有大量事情可做，比如周銮书先生二十多年前就提出的对古籍中庐山史料系统汇集工作至今尚未开展，此外如近现代期刊报纸中庐山篇目报道索引的编辑，清代及民国档案中庐山资料汇编，国外有关庐山文献的编目和搜集，庐山口述史料记录与整理，庐山研究资料电子数据库建设，等等，都有待起步。这些基础性工作的完成，将使庐山历史文化研究条件得到根本性的改变和提升。

第二，整体史研究还有待开展。虽然《庐山学》和《庐山文化研究丛书》已经展现了这方面的努力，但仍然是初步的。近几十年来，庐山研究的主要收获还是在专题考察方面，出现了如姚公骞《匡庐之得名与慧远〈庐山记〉辨》，何友良《庐山与民国政治》，陈荣华、何友良《庐山军官训练团》，李国强《历代名人与庐山》，徐效刚《庐山典籍史》，张国宏《宗教与庐山》，龚斌《慧远法师传》，吴国富《庐山道教史》，赵志中等《庐山第四纪冰川研究的有关问题》等一批较好的文章和著作。但整体的庐山研究似还需有三方面的进一步提升：一是更广阔的视野，即把庐山研究放到区域史、中国史乃至世界史的大背景下来进行，而不是就庐山谈庐山；二是更完整地复原，即进一步深入考察庐山发展进程，不仅在长时段上把握庐山历史的脉络和特征，而且细致了解各个时期的实际及变迁；三是更全面的整合，即将生态、政治、经济、文化等方面打通，把握它们之间的相互联系和影响，从而形成完整的庐山历史认识与叙述。

第三，专门研究亦需不断深化。庐山是一部巨大的奇书和一座丰富的宝库，我们今天所知其实仍然有限。提倡整体研究的方法和方向，不但不排斥反而需要以更多精细深入的专题研究为基础。像庐山考古与文物、人口与经济开发、宗教人物与寺观、近现代城市发展、现代旅游业发展、国民政府与庐山、庐山抗战史、庐山会议、庐山与中国近代科学、庐山研究史等，应该做的研究课题实在很多。

邵鸿教授对庐山文化今后研究方向的论述概括性强、很全面，我完全赞成。我对今后工作谈几点建议，没有超出邵鸿先生概括的范围。

首先，抓紧庐山文化基础性资料的积累和整理。一个大学的学术研究中心想要在全国有地位，首先就看资料积累；作为全国高校独一无二的庐山文化研究中心，手头上要掌握充分的资料，成为庐山文化研究的信息中心。例如，上海交大曹树基教授从2010年起带领一些博士生，历经千辛万苦，在鄱阳、余干、都昌三县收集了许多关于鄱阳湖水域和草洲使用的契约文书和几个家族的家谱，编纂《鄱阳湖区文书》共十本，2018年正式出版，很有价值。以这些历史文书为基础，又取得了一批优秀的学术成果，如刘诗古博士的《资源、产权和秩序——明清鄱阳湖区的渔课制度与水域社会》，揭示了鄱阳湖水域捕捞权的配置、流转和管理以及水域捕捞社会秩序的建立与维持，填补了有关空白。资料的积累、整编是搞好学术研究的前提与基础。我认为，当前庐山文化研究需要立即着手的具体工作包括三项：

第一，建国以来有关庐山文化研究各种书籍和研究论文的收集和编目。这件事现在做不难，至少20世纪80年代以后的文章，在中国知网等学术资料库里可以收集到；20世纪80年代以前的论文，有些可能要到各个图书馆、学报编辑部去找，一篇一篇复印，分类、编目，建立一个庐山文化资料集。

第二，收集和整理民国以来的档案资料。近一个世纪以来，许多政治、军事、经济、社会和文化方面的重大事件与庐山有关，随着时间的推移，一些历史档案资料逐步解密，或者以这样那样的形式披露出来，收集整理这方面的资料，不仅对庐山文化研究有作用，对进一步了解庐山发展的历史进程、扩大庐山知名度、促进旅游事业发展也具有很重要的价值。前不久在微信看到一个消息，说到现在庐山植被好，导游介绍是当年飞机播种造林的成果，但一直没有看到有关庐山"飞播"的文字记载。外省的同志来江西，我给他们介绍江西的绿水青山是怎么来的，也讲过20世纪50年代井冈山和庐山飞播造林的事。我曾经看到过一篇文章介绍，飞播造林是建国初期由中南局组织的，现在也找不到出处。类似的问题不少，都是庐山发展史的有机组成部分，搞清楚事实真相，对了解庐山、宣传庐山很有裨益。

第三，收集、整理有关庐山的口述历史。口述历史是通过传统的笔录和录音、录影等现代技术手段，记录历史事件当事人或者目击者的回忆而保存的口述凭证。口述历史的价值，在于为以后的文化和学术研究积累资料。从这些原始记录中，抽取有关的史料，再与其他历史文献比对，使历史更加全面具体，更加真实；同时再现不同地区、不同群体普通人的价值追求、生活状态和喜怒哀乐，使历史事件更细致、丰满，更加感人。2017年庐山庆云文化社在编写庐山山南抗战史时，收录到了40多篇有关抗日战争方面的口述历史资料；2007年星子县委宣传部收集了80多篇口述抗战历史资料。这些资料深刻、具体、细致地描述了日本侵略者在星子实行"三光"政策的残忍与疯狂、人民群众遭受的苦难，以及有识之士义无反顾的英勇反抗，极大地丰富了抗战史实，很有教育意义。接受采访的100多位老人中，这些年已有60多人去世，其中一位当年参加过抗日游击队的老人，接受采访后，没有等到书印出来，人就走了。假如不是2007年和2017年收集口述历史，可能很多历史事实就湮没了。

三个方面综合起来，就是建立一个庐山文化研究数据库或信息系统。研究庐山文化的学术团体和社会组织做这件事不容易，但九江学院有优势、有实力。希望有关方面大力支持，也希望研究庐山文化的各位同仁贡献自己珍藏的有关资料，为庐山文化研究数据库建设添砖加瓦。

其次，进一步加强专题研究。最近十多年来，庐山文化的专题研究做得不少，取得了许多成绩。例如，2019年庐山市的有关学者编纂了《庐山茶志》，不仅把庐山云雾茶的起源和发展、茶文化的内涵及人文价值研究得比较透彻，而且把茶、水、泉相互依托的关系作了深入的剖析。但是，有些专题研究进展不大，比如白鹿洞书院研究、陶渊明研究等，很少见到有分量、有影响、有创新的突破性进展。前几年看了庐山文化研究中心出版、罗时叙先生撰著的《点击大师的文化基因——庐山新说》很有感触，作者以文化"基因"为切入点，把庐山文化（文学）的传承与发展脉络梳理出来，很有创意，拓展空间也很大。但仅凭少数学者、一两本著作要把这个问题搞清楚，深度、广度和厚度都不足。期望更多的学者借用生物学"基因"遗传与变异理论，结合中华文化形成、发展进程，深入研究，提炼出庐山文化（或文学）传承创新的历史脉络、发展演变的时代特征以及在中华文化演进中的地位。

庐山文化专题研究还有很多空白，如庐山生态环境演变过程以及人与自然如何相互影响、相互作用，庐山旅游历史演变与现代旅游特征等，都是亟待突破的课题。前几年，打出了"人文庐山"的品牌，庐山旅游以山水为本、以文化为魂，这么多景点，有哪些文化内涵和特征？如何选择一些文化旅游精品线路来体现庐山文化某一方面的特征？改革开放初期，一部《庐山恋》就能让庐山旅游火爆起来，新时期用什么文化内涵和表现形式将庐山旅游推向新阶段？这些问题是庐山旅游事业发展迫切需要解答的，大有文章可做，既需要大手笔，更需要坚实的文化内核。

最后，也是最艰巨的，就是对庐山进行整体性研究。结合国内外历史发展的时代背景，打通生态、经济、政治、社会、文化和旅游休闲，把各方面综合起来，全方位地把庐山发展的脉络和特征描绘出来。龚志强博士撰著的《渐进与跨越——明清以来庐山开发研究》，收集了许多资料，进行了深入钻研，围绕庐山开发与发展，描述了明清到抗日战争前夕庐山发展、演变的过程与变迁，探索驱动这一变迁的原因。其中龚志强博士提出一个问题：西方人及以后的中国人开发牯岭、使之繁荣后，带动了浔阳城至莲花洞一带的社会经济发展，为什么对促进星子县城发展的效果不明显？他没有作进一步分析，这个问题对当前现实很有针对性，从历史发展过程中分析原因，总结经验和教训，对于促进大庐山一体化、山上山下协调发展很有借鉴意义。

以前对抗日战争期间庐山与周边地区发生的重大事件进行了许多专门研究，如国民党的军官训练团、蒋介石在庐山召开谈话会、周恩来二上庐山谈判为国共合作奠定基础、武汉外围战中国军民的英勇抗击、万家岭大捷、国民党孤军坚守庐山、日本侵略军"三光"暴行及人民遭受的苦难、日军占领期间抗日游击队的活动以及营救美国飞行员等，取得了丰厚的成果。如果把这些研究成果放到全国抗日战争的背景下综合起来，全景式地把这段历史展示出来，将是一项很有价值的工作。新中国成立以后，庐山的政治、经济、社会、文化发展高潮迭起，发生了许多影响国家和民族发展的大事，如果条件许可，从政治、经济、社会、文化等方面把这些历史综合起来，意义更大。

文化与旅游结合起来是旅游产业发展迈向更高层次的标志。最近几年，为了推进庐山旅游的发展、擦亮人文庐山的品牌，大家做了许多工作，以皇甫金石牵头、李国强担纲的专家学者编撰了《庐山故事丛书》，以景玉川领衔的专家学者编撰了《星子历史文化丛书》，均已正式出版发行，社会反响很好。文化旅游需要游客有一定的人文素养，不能等到大家的人文素养都提高了再来发展文化旅游；发展庐山文化旅游与提高游客人文素养是相辅相成、互相促进的过程，首先需要用通俗易懂、大众化的语言推广、传播和普及庐山文化。这两套丛书都贯穿了这一思想，通过对庐山文化进行一定的综合，进行推广、普及和传播，同时提供了许多新的史实、资料和观点。《庐山文化传播丛书》的出版，也秉承这一宗旨，力争在普及中提高，在传播中创新。

在《庐山文化传播丛书》出版之际，九江学院庐山文化研究中心向我索序。我是理工科出身，对庐山文化少有研究，写不出多少新思想、新观点，只好把2018年10月在庐山文化研究中心第二届学术委员会聘任仪式上的即兴发言稍作修改，补充最近两年庐山文化研究取得的新成果，充当作业交账，期望起到抛砖引玉的作用。

胡振鹏

2020年4月15日

作者简介：胡振鹏，男，1948年2月出生，星子南康镇人，教授，博士生导师。1982年1月，江西工学院（今南昌大学）毕业获学士学位；1984年10月，天津大学毕业获硕士学位；1987年11月，武汉水利电力学院（现属武汉大学）毕业获博士学位；先后担任南昌大学副校长、江西教育学院院长、江西省副省长、江西省第十一届人大常委会副主任等职；民建中央常委，全国政协委员，九届全国人大代表，十一届全国人大常委会委员。现任江西省生态文明研究与促进会会长、江西省地域文化研究会总顾问、九江学院庐山文化研究中心学术委员会主任等职。

目录

1　季羡林：庐山——人文圣山 / 张家鉴

5　神奇的庐山 / 谢玲超

9　探寻古冰川地貌——走进庐山世界地质公园 / 吴坤罡

13　太平宫怀古 / 陈　政

17　庐山清真寺简介 / 杨鸿志

21　庐山近现代百年教育史 / 何仁烯

28　庐山交通史话 / 胡克平　陈　炱

35　《庐山组曲》的价值以及对庐山的深远影响 / 陈　晖　李子非

48　三代人的庐山情缘 / 陈义明

58　沈祖荣故居巡礼 / 程焕文

67　我参与的重要会议接待轶事 / 周永林

71　忆在庐山公安部队之往事 / 王耀洲

82　我们所了解的庐山博物馆 / 黄　健　张武超　李　燕

88　记忆中的牦牛雕塑 / 王春芳

91	平生江海意，唯与此山同
	——父亲的庐山地质缘 / 毛　弘
100	中国植物学家在庐山旧事五则 / 胡宗刚
119	一杯庐山茶，半部国茶史 / 郭青云
133	太乙诸贤——庐山最后的"隐士" / 黄　澄
145	白鹿洞书院藏书纵火案 / 景玉川
153	火烧白鹿洞 / 毛　静
157	书院轶事——"酒趣"随笔 / 涂长林
160	东林寺初复亲历记 / 周家驹
165	庐山天后宫建成记
	——妈祖情缘 / 殷建红
169	我所知道的庐山机场 / 陈晓松
174	难忘的过去 / 胡华桐
182	忆过年 / 景玉川
188	我家住在城墙外 / 汪传贵
193	"冰玉堂"史话 / 刘　影
207	蓼花池水患治理记 / 刘　影
212	观音桥水库筹建记 / 李杰三
216	我的"林家铺子" / 李　茂
220	宣传队的回忆 / 李文辉

229	桃花源里故事多 / 陈再阳　陈修荣	
234	走向斜川 / 余玉林	
240	山南杂忆 / 游亚军	
245	三对名人伉俪：爱的音符烙在庐山之巅 / 李国强	
254	祖父祖母的庐山恋歌 / 李国强	
260	父亲彭友善与庐山的故事 / 彭中天	
264	怀念刘秋桂老师 / 罗　环	
268	父亲的筷子筒 / 钱双成	
273	我的恩师——王绍桂老师 / 张能燕	
276	彭师的故事 / 卢雁平	
282	牯岭旧事 / 邵友光	
290	庐山外国学校故事二则 / 孙　涛	
295	庐山越南少年学校始末 / 张家鉴	
299	芝罘学校在庐山的故事 / 伊恩·格兰特　翻译：陈　晖	
307	牯岭美国学校奶牛的故事	
	/ 艾尔萨·奥尔古德·波特　翻译：陈　晖	
312	鲁茨主教家族的庐山情缘	
	/ 艾伦·鲁茨·麦克布莱德　翻译：陈　晖	
320	我为博茨瓦纳总统做导游 / 陈　晖	
327	后记	

季羡林：庐山——人文圣山

张家鉴

惊闻国学大师季羡林先生于2009年7月11日早晨8时50分在北京301医院病逝，愀然而哀。前不久先生曾为庐山欣然题字"庐山——人文圣山"，高度地评价赞美庐山，给庐山留下了宝贵的遗笔。

季羡林先生，字希逋，又字齐奘。1911年8月6日出生于山东省临清市康庄镇。精通英语、德语、梵语、巴利语、吐火罗语，还能阅读法语、俄语书籍。在语言学、文化学、历史学、佛教学、印度学和比较文学等方面都有很深造诣。是世界著名的东方学家，也是当代著名的语言学家、教育家、思想家、佛学家、翻译家和外国文学研究专家。同时，还是一位著作甚丰的散文作家。季先生一生治学，长期在北京大学任教，曾任北京大学副校长、中国社科院南亚研究所所长等职。涉及领域之广，学术造诣之深，令人惊叹。季先生还是第二、三、四、五届全国政协委员和第六届全国人大常委会委员。

我不知道季先生曾几次登临庐山，但他曾于1986年8月在庐山休养过一段时间。他在庐山留下了丰富的散文作品，如《登庐山》《一个影子似的孩子》《游石钟山记》等。季先生在庐山度过了他75岁的生日，他应该是以全国人大常委会委员的身份居住在九奇峰下的全国人大休养所。他在庐山度过了难忘而愉悦的夏日，用身心灵魂游览了庐山的山山水水。他在文章中写道：

"今天我来到了庐山，陪我来的是二泓。在离开北京的时候，我曾下定决心，在庐山，日子一定要仔仔细细地过，认真在意地过，把每一个细微末节，每一分钟，每一秒钟，都要仔细玩味，决不能马马虎虎，免得再像游黄山那样，日后追悔不及。我也确实这样做了。正像小泓一样，二泓也是跟我形影不离。几天以来，我们几乎游遍整个庐山。茂林修竹，大陵深涧，岩洞石穴，飞瀑名泉。他扶着我，有时候简直是扛着我，到处游观。我觉得，这一次的确是仔仔细细地过日子了，一点也没有敢疏忽大意。对一草一木，一山一石，变幻莫测的白云，流动不息的飞瀑，我都全心全意地把整个灵魂都放在上面。我只希望，到得庐山之游成为回忆时，我不再追悔。是否真正能做到这一步，我眼前还不敢夸下海口，只有等将来的事实来验证了。"

在游览庐山后，他写下了散文《登庐山》，抒发了他对庐山的一片深情。

"苍松翠柏，层层叠叠，从山麓向上猛奔，气势磅礴，压山欲倒，整个宇宙仿佛沉浸在一片浓绿之中。原来这就是庐山啊!

到了我们的住处以后，天色已经黄昏。窗外松涛澎湃，山风猎猎，鸟鸣在耳，蝉声响彻，九奇峰朦胧耸立，天上有一弯新月。我耳朵里听到的是松声，眼睛仿佛看到了绿色。我在庐山的第一夜，做了一个绿色的梦。"

季羡林先生觉得绿是庐山的精神，绿是庐山的灵魂，没有绿就没有庐山。他在含鄱口远眺时信口念一首"七绝"："近浓远淡绿重重，峰横岭斜青蒙蒙，识得庐山真面目，只缘身在此山中。"

《一个影子似的孩子》这篇散文已成为学生阅读的范文。叙述了先生在庐山遇上了一个活泼可爱的小男孩，平时他总是来无影去无踪，顽皮极了，可到了下雨时，谁也回不了家，他却"回到寝室，抱来了许多把雨伞，还有几件雨衣，一句话也不说，递给别人，两只大眼睛满含笑意，默默无声"。先生感叹说："在这个不声不响影子似的孩子的心中，原来竟然蕴藏着这样令人感动的善良与温顺。"季先生没有空谈文化与启蒙的大概念，却写了一个普通的孩子和一件小事，并从中发现真、善、美与趣味。这些看不见摸不着的东西就在你的身边，并会对每个人产生影响。而我们的社会与风尚就是靠这些东西才能得以进步。

《游石钟山记》是季先生1986年8月6日75周岁生日时在庐山写下的。这是一篇读来让人身临其境的游记作品。细品文章，你就能知道季羡林先生给我们展现的是美不胜收的湖光山色，是祖国灿烂辉煌的发展前景，也有作者"不知老之将至"憧憬未来的好心情。季先生用衬托的手法，描写了石钟山令无数人流连忘返的原因，引用《阿房宫赋》的语句，含蓄地展现了几千年来石钟山的无穷魅力。面对石钟山，先生情绪激昂，由眼前之景想到"还有多少困难与问题"，但深信"终究会一一解决"的现实生活，文章充满了对古人的景仰之情和对祖国大好河山的赞叹之情。文章写出了一个历经沧桑的老人的所见所感，抒发了改革开放之初人们期待国家发展、民族兴旺的良好愿望。

季羡林先生曾经讲过：自己天天都在读书写文章，越老工作干得越多。季羡林的散文在我国20世纪文坛上独树一帜。他总共创作散文约百万字，到了80岁以后出书数量达到高峰。季先生在庐山创作的散文抒发了他对祖国山河的热爱，为庐山提供了宝贵的文学作品和精神财富。

在季先生99岁（传统虚岁）高龄时，他在生命的最后时刻用国学大师的眼光高度总结概括了庐山的本质："人文圣山。"彭中天先生诠释说："纵观天下名山，无奇不有，千奇百怪，各领风骚，而唯有庐山以文化贯穿始终，坚守正统，以千年岁月演奏了一曲惊天地、泣鬼神的和谐交响曲，以程朱理学为代表的书院文化，道释同尊为代表的宗教文化，返璞归真的山水田园文化便是这华美乐章的最强音。人文圣山，当之无愧；人文圣山，舍我其谁。"季老以99岁的高龄，为庐山一锤定音：庐山——人文圣山。庐山人要深刻领会季羡林先生给庐山的题词，深掘庐山文化的内涵，发扬光大庐山人文之精神。

季羡林先生是一个将传统士人精神与现代专业知识完美结合的人，目光高远，视角独特，是知识分子的精神高地，他的学术成就将在历史上占据重要的位置。录"红学泰斗"周汝昌惊闻季羡林先生谢世痛悼而作的诗，以展悲怀。

大师霄际顾人寰，五月风悲夏骤寒。

砥柱中华文与道，渠通天竺梵和禅。

淡交我敬先生久，学契谁开译述关。

手泽犹新存尺素，莫教流涕染珍翰。

作者简介： 张家鉴，长期在庐山风景名胜区工作，在庐山旅游集团担任过十年的管理者，在庐山风景名胜区最高管理团队里工作过十五年，自诩为"庐山的守山人"。余暇热爱写作，热衷考证整理庐山的历史逸事，以给庐山正史拾遗补漏。

神奇的庐山

谢玲超

庐山，一座神奇的山。记得1983年7月高考结束后，我家所在单位参加高考的5个孩子，全部都考上了。为此，不知是单位还是省科委给了一个上庐山的机会，我就随着第一次来到了庐山。在庐山玩了几天，只是觉得风景和我们那儿不一样，挺美的，走得也非常累，但有一件事至今还让我觉得神奇，所以一直都记得。那是在庐山游玩的其中一天的上午，领队带我们一行人来到花径，在花径如琴湖附近坝上有一棵好大的松石盆景，盆景盆上还有"江山如此多娇"的字样。领队说这风景不错，让我们在那拍照留影，轮到我时，领队突然冒出一句玩笑话：小谢，你以后会嫁到这来的！当时听到此话，我竟然有些发怔，心里发蒙。后来，上大学后，我们班的小班主任（只比我们大几岁）在我们的强烈要求下带我们来庐山春游，那时正值青春年少，爬上山，走完了山顶上的大部分景区，又走下山，前后两天的时间，把庐山玩了个差不多，现在想想都觉得疯狂。后来回到学校，听说我们的小班主任因为这事挨了学校批评，还差点被处分。嘿嘿！想想都觉得好玩。1987年毕业后，我分配在南昌省直研究单位工作，因工作关系又来过庐山几次，偶尔经过这盆景时，就会莫名地想起那句话来。在南昌工作7个年头后，因婚姻的原因，1993年我真的调到花径来工作了，记得上班的第一天，走过这盆景时，一时不禁发起愣来，真的被说中了，这也太神奇了。

刚来花径时，我被安排在花房做管理兼技术员，于是就沉下心来种花，摆弄盆景、花展。当时金边瑞香的种植在我省花卉界正如火如荼，于是我们也引进了一些，后来发现每逢高热高湿时，特别容易死亡，一时真是束手无策。一次我在参加省花协理事会时，在考察中，偶然发现瑞香在自然状态下是长在林缘或疏林中的，对荫蔽度是有要求的。回来后，我立即改变了金边瑞香的种植环境，对其荫蔽度进行了实验，发现用遮阴网就能很好地解决这个问题。为把这一成果分享出去，于是就把这一实验成果写成小文章发表在了《中国花卉报》上。与此同时，我和花房的同事对兰花、郁金香的种植技术，各类花展形式进行了研究和实践，并积极参加国际、国家、省举办的各种花展，发现了兰花假鳞茎可作为兰花繁殖的一种新方式，并写成论文，在省植物学会上做大会发言，得到了与会专家们高度好评；完成了郁金香在庐山的复壮研究的自选课题，其成果在《江西农大学报》《江西科学》上发表，课题获2000年九江市科学技术进步三等奖。在花展方面，开始了春夏秋三季以不同花卉种类为特色的主题花展，如以郁金香、兰花、君子兰、倒挂金钟等为主题的盆花展，以大丽花、小丽花、唐菖蒲等为主要插花材料的插花展。在参展方面，记得1997年，我们参加江西省第二届菊花展，我们所有的参展项目全部获奖，其中室外布景获一等奖、展台布置获二等奖、插花获三等奖；2000年，我们选育的"庐山素"获"新安江千岛湖之春——国际兰展"优秀新品种金奖；2002年，选送的"斑叶兰"获"江西省首届花卉园艺博览交易会"金奖。

  1995年这一年，我又一次感觉到了庐山的神奇。事情要从1994年下半年说起。1994年下半年，我们接到通知，有重要接待任务，要求我们花房要准备在早春时就具备开放能力。为此，我们在入冬前就开始了盆花换盆，种植盆栽的郁金香，同时，在园中园花坛中开始种植郁金香。庐山管理局的领导每隔一段时间就会来检查一下花房的准备工作，到了1995年2月份，管理局领导的检查频次就越来越密了。快到3月份了，我突然接到了一个讲解花卉盆景的任务，当时有点蒙，因为我没有花卉盆景讲解的经验，但领导布置下来的任务，我又必须好好地去完成。于是，我不得不放下手中的活，天天在盆景室与花展室中想着如何讲解。首先，我想着要给每一盆盆景取个与盆景特色相吻合的名字，这事我整整花了10多天时间，后来管理局领导又多次来听我试讲，直到有一天领导说，就按这个讲就好了。我心想，哦，总算定下来了。后来快到3月21日时，天气一直都不太好，起雾，冰冻，让人不禁有些担心任务来时的天气。3月21日上午8点多了，我按要求站在了迎接首长的位置上，这时，天还是雾着，差不多9点时，雾突然间就散了，太阳出来了，我看见有中巴车停在花径的东门入口处。哇，真是神奇，我当时就这么想。不久，我就看见了一位中央首长从小桥上走来，神采奕奕，面带微笑，和蔼可亲。接到首长后，我就陪着首长走进了花径的园中园，开始了讲解。首先，讲了一盆取名为"枯木逢春"的古李盆景，这是一盆树桩盆景，我讲了这盆盆景取名"枯木逢春"的理由及为什么会枯木逢春的原理，首长听得非常仔细、认真。讲完第一盆盆景后，我陪着首长来到了一盆继木盆景旁，我告诉首长这盆盆景的名字叫"历尽艰辛"，首长问起原因，我说这树桩是在大自然的环境中受到风雨及水流冲刷，在极其困难的环境下形成了现在的树干形状，但即使这样，这树依然保持住了现在的勃勃生机，首长听得非常感兴趣。随后，我陪首长走进了盆景室，这时首长走到了一盆水旱盆景旁，饶有兴趣地问，这树桩是不是像鹤，这置石像不像一个垂钓的人。我说是的。首长又问，这盆盆景叫什么名字。我说叫"祥和"。首长非常高兴。与此同时，在来到这盆盆景旁时，旁边开始有人轻轻地拉了一下我的衣服，我回头看了一下，没明白过来，又继续说，后来又被拉了一下，我又一回头，我还是没明白过来，这时他轻轻地告诉我，说我超时了。这时首长也发现了我这边的状况，随后，我陪着首长往园中园外走。在走的过程中，首长说道：你们也许对这个不感兴趣，但本人对这个非常感兴趣。走出园中园，按要求我停在了先前迎接首长的位置上，一会儿，首长就走上了小桥。突然，首长折回身，又走下小桥，朝我这边走来，和我握手，并说：小同志，讲得好！任务圆满完成了。虽然花卉没有时间去看，但神奇的是那天花房中从没开过的紫牡丹开了，名为胜者之示的郁金香开了，这种种天象、物象和首长的话语，给我留下了深深的印象。

作者简介： 谢玲超，女，高级农艺师，1965年出生。毕业于江西农业大学，学士学位。先后担任过中国杜鹃花协会理事、江西省花卉协会理事、江西省园艺学会理事、江西省杜鹃花协会副秘书长、中国风景园林学会女风景园林师分会委员、中国地质学会第六届旅游地学与地质公园研究分会委员等职。先后在《江西农业大学学报》《中国风景名胜》等刊物上发表论文20余篇；担任《中国近代园林史》编委及江西卷统稿、《从桃花源到夏都》副主编、《游学庐山》主编。参与了《江西省城乡志》编写、《中国大百科全书》第三版中词条编写。

探寻古冰川地貌——走进庐山世界地质公园

吴坤罡

很久以前,在地球母亲的孕育下,一座大山拔地而起,耸峙在长江中下游平原上,这就是闻名中外的庐山。相传在3000余年前的殷周时期,有匡俗兄弟七人结庐于此,庐山的另一个名字——"匡庐"之名便由此得来。

庐山北临长江,南临鄱阳湖,其襟江带湖的独特风景,舒适宜人的凉爽气候,自古以来便吸引着无数文人墨客前往游览,留墨于此。"不识庐山真面目,只缘身在此山中"——苏轼道出了庐山常年云雾缭绕、水汽蒙蒙的梦幻景色;"日照香炉生紫烟,遥看瀑布挂前川"——"诗仙"李白点出了庐山瀑布的风景秀美;"天生一个仙人洞,无限风光在险峰"——毛主席写出了庐山险峰的雄壮风光。

庐山之美,不单呈现在文人墨客的妙笔之下,更体现在神秘莫测的地质世界里。

庐山独特的地貌特征曾被无数地质学家竞相研究,著名地质学家李四光先生于1937年完成著作《冰期之庐山》(1947年印行),并主要根据地貌和堆积物两方面判断庐山地区在第四纪期间曾有过冰川作用。自此,几十年间,对于以庐山为代表的中国东部海拔千余米的山地,在第四纪全球性冰期影响下能否发育冰川这一问题始终未有定论,直到今天仍有学者不断对这一问题提出不同的见解。不知最终谁能有幸,看破大自然的鬼斧神工。

神秘的冰川

冰川是一种具有运动状态的天然冰体,也有人将它形象地称为"冰河"。冰川的形成，其主要物质来源是降雪。由于气候严寒，雪花降落到地面后得以保存，但随着时间的推移，雪花会变成完全丧失晶体特征的圆球状雪，该种雪的形态形成原因是雪中的水分子从雪片尖端和边缘向凹处迁移，我们把这种圆球化形态的雪称为"粒雪"，形成粒雪的过程叫作粒雪化。多年来保存的粒雪受到重力等因素影响，粒雪之间的孔隙不断缩小，紧密度和硬度不断增加，这样便形成了冰川冰。冰川冰在重力和压力的作用下，沿着山坡缓慢流下，这样便有了运动状态，也就成为我们口中常说的冰川。

冰川的分类方式有很多种，按照冰川的形态和运动特征，可将其分为大陆冰川和山岳冰川。以现今地球所处气候环境为例，目前地球上发育的大陆冰川分布在气候严寒的两极地区，以格陵兰岛和南极洲为代表。而山岳冰川顾名思义则是分布在高山地带，我国的西部高原雄踞，山峰耸峙，多处山体有冰川的发育，如阿尔泰山、天山、昆仑山、祁连山等，我国是世界上山岳冰川最发达的国家之一。

按照冰川发育的气候条件和冰川温度状况，又可以将其分为海洋性冰川和大陆性冰川。海洋性冰川，又称暖冰川，发育在降水充沛的海洋性气候区，液态水可以从冰川表面分布到底部。冰川补给量大，运动速度快，在100~500m/a，这种类型冰川的侵蚀力量强，可形成典型的冰川地貌。大陆性冰川，又称冷冰川，发育在降水量较少的大陆性气候区，当液态水向下渗入到低温的冰体中时，迅速形成附加冰，补给量相对海洋性冰川较小，运动速度缓慢，在30~50m/a。

现代冰川在几乎所有纬度上都有分布，面积约1622.75多万平方公里，覆盖着大陆约11%的面积，南极大陆和格陵兰岛两大冰盖便占据了现代冰川面积的97%。同时，冰川也是水的一种重要存在形式，地球上的现代冰川，储藏着全球淡水量的75%左右。虽然可直接利用的很少，但全球气候变暖及冰川环境污染等问题已经引起全人类广泛的关注。

庐山"冰川"地貌的是与非

地貌是各种内、外力运动对地壳综合作用的结果。而冰川作用作为外动力的一种，冰川在其运动过程中具有很强的侵蚀力，对地壳表层物质不断进行着风化、剥蚀、搬运和堆积，从而在地球表面留下了一道道活动过的证据。庐山其壮丽独特的地貌也被以李四光先生为代表的众多学者认为是冰川曾经发育的证据，但同样被许多学者认为是构造运动、流水侵蚀等其他作用形成。孰是孰非，孰真孰假，恐怕目前只有地球自己才最清楚。

冰斗：这是山岳冰川发育的典型冰蚀地貌之一。形成于雪线附近，由于雪线附近温度变化，积雪反复冻融，造成岩石崩解，在重力和融雪水的共同作用下，将岩石侵蚀成半碗状或马蹄形的洼地。冰斗三面是陡峭岩壁，向下坡则发育一口，典型的冰斗形态就是这样形成的，远远望去，就像一把家中的藤椅高挂半空。

冰斗往往沿雪线附近成群分布，在冰川发育过程中，冰斗随着积雪量的增长而不断扩大，斗壁后退，相邻冰斗间的岭脊变成刃状山脊，称为"刃脊"。由数个冰斗包围形成的尖状金字塔形山峰称为"角峰"，世界第一高峰珠穆朗玛峰便是一座角峰。在同一山地，冰斗成群排列的现象，也是鉴别古雪线的位置及其变化的主要证据之一。大坳冰斗便是支持冰川说学者认为的庐山典型冰斗之一。

冰窖：对于雪线以上的区域来说，不管是从天空降落的雪或是从山坡上滑下的雪，均容易在地形低洼的地方聚集起来。由于低洼的地形一般都是形如盆地，所以在冰川学上称其为"粒雪盆"，更形象地说就像一个储存冰的地窖一样，因此人们也把它称为"冰窖"。冰窖就是冰川最初的起源，也是冰川的积累区，可以说是冰川的摇篮。

支持冰川学说的学者认为，庐山现今风景秀美的芦林湖、如琴湖便是由曾经的冰窖转变而来的。除了冰川成因外，支持非冰川说的学者认为是典型的构造成因，由于强烈的褶皱作用，引起周围抬升，中间凹陷后形成。

冰川U型谷：冰川在形成以后，由于重力作用向下方运动，若冰川占据了以前的谷地，那么在冰川运动过程中其强大的侵蚀力就像木匠用的刨子一样，不断展宽及下蚀原有的谷地，改变着谷地的形态，同时两岸山坡岩石经寒冻风化作用不断破碎，并崩落后退，最终形成具有平坦谷肩的、横剖面近似U型的谷地，我们把它叫作冰川U型谷。

庐山上发育着多个U型谷地，其中王家坡U型谷是庐山上规模最大，保存最好，最典型的U型谷地。其长约4000米，宽约700米，横断面呈"U"字形，纵断面稍显阶梯状，呈现上窄下宽的形态。不可否认，这些U型谷的确有冰川地貌的一些特征，但如此宽浅的谷地显然并不利于冰川的运动，并且谷地上游狭窄下游放宽，如喇叭向下开口的特征，与冰川越向高温地区运动规模越小的特点也相违背。因此，支持非冰川说的学者们认为如此大的谷地是构造活动时褶皱中的向斜经自然改造所形成。

任何处在研究前缘的科学问题，有着学术争论是十分正常的现象，争论本身便是价值，说明当前还有许多有待解决的问题，同时良性、自由的学术讨论能进一步推进该学科的进步与发展。几百万年来，庐山作为这一谜题的亲历者，作为各种学说争鸣的焦点地区，更应成为全人类的宝贵财富，成为宣传地球母亲环境变化的科普基地。

此外，将旅游产业与科普工作相结合，进一步增强了地球科学知识宣传的普及性，同时也能更好地推动庐山世界地质公园的可持续发展。

作者简介：吴坤罡，男，就职于地质力学研究所，助理研究员，从事新构造与活动构造研究。

太平宫怀古

陈 政

向往太平宫，要从"璇玑玉衡"说起。20世纪70年代初，我从武宁调往庐山工作，工作地点在吼虎岭，那时的商业太不发达，打个酱油、买包烟，都要从岭上下来，到庐山大厦路口的一个小卖部里打一个来回。庐山博物馆那时尚在庐山大厦旁边，馆门口放着一个铁疙瘩，旁边立着一块小牌子写着："璇玑玉衡。"一个完全陌生的名词就这样闯进我的眼帘。好奇心驱使我想方设法一探究竟。却原来，"璇玑玉衡"来自山脚下的太平宫。只知道太平宫是道教在庐山最有名、最宏大的道场，是宋朝皇帝敕封的"九天使者庙"，而我在庐山工作20年，却阴错阳差，一直无缘到遗址现场一睹风采。

近日，友人安排参观化城寺，太平宫就在化城寺不远处，于是申请到太平宫遗址去探访一番。太平宫，起初叫太平观，观虽小，来头却大：是唐太宗李世民出资所建。该观自初建之日起，便一直得到唐朝帝王的青睐，从唐太宗、唐高宗、唐睿宗到唐玄宗，无不对太平宫青眼相加。唐玄宗甚至亲笔御赐"九天使者之殿"，极尽嘉奖褒扬。朝廷如此力推，太平宫当然迅速兴旺起来。

唐玄宗那"九天使者之殿"，可不是随随便便题的。下面是一则传说：话说唐开元十九年，李隆基在午休时做了一个梦。梦中一个头戴金冠身披朱衣的道人盘云而下，对玄宗说：吾乃朱访使者，上天命我造访人间事，请在庐山西北麓旁建一道观，五百年后一定福及生灵。次日，唐玄宗命画家吴道子按自己所言形貌，画了一幅画，悬挂于殿内供奉。随即发旨在时属江州所辖的庐山西北择址建宫，玄宗亲笔赐名"九天使者之殿"。

五代南唐，更名为"通玄府"。至宋宝和六年，徽宗改名"太平宫"。当时，有道人及俗家弟子常住者三千余人。

这个传说有点"无厘头"，但埋在里面的"地雷"，各位不得不加倍小心。这一说法明确"太平宫"是唐玄宗所建立，这就"贪'祖'之功为己有"了。我看到的史料，都说是唐太宗李世民出资，帮助庐山王道士建的，怎么忽然间变成了唐玄宗的功劳了？我以为还是唐太宗出资，王道士出力之说比较靠谱，至于唐玄宗，题"九天使者之殿"应当可以采信。

由于皇家与民间的双重加持，从唐至宋，太平宫几经拓置，"靡费不可胜纪"，被誉为道教"咏真第八洞天"，道侣云集，"常三数千人"。据诗人陆游所记，庙中钟鼓二楼，高达十余丈。累砖而成，栏棚翚飞，工艺精良，峃然对峙，气势雄伟，令人叹为观止。每楼耗资在三万钱以上。太平宫赫赫声名，使得历朝历代名家纷至沓来。陆游先生在他的《入蜀记》中，详细描述了太平宫盛况，看看便很容易引起人的联想。

坐落在庐山西麓的太平宫山门外，原有一高一低比肩而立的两座砖制塔，相传，为当地婆媳二人因虔心向善，节衣缩食，集资所建，故名曰婆媳塔。一度成为庐山太平宫的标志性建筑及方圆百里香火人气最鼎盛所在。太平宫道观的婆媳塔，天下道观罕见，塔最后毁于何时，暂未查到有关记载。但如老照片所示，20世纪30年代尚存两三级残塔。今天我们已经看不到婆媳塔了，但脑子里的塔，却永远矗立着：它不是假装沉默，而是以一种"拈花微笑"的姿态，站立千年。都说现在"崇高感"的建构很难，而消解起来却非常容易。瞻仰婆媳塔，是能获得崇高感的。我相信这是古人"藏儒于道"的一种大智慧。

太平宫遗址旁，还立有一块石碑，上书：伯宣公隐逸故址。谁为伯宣公？陈阔也。公元832年，陈阔之孙陈旺（进士、江州州牧），率领一家四代迁至蒲塘场太平乡常乐里（今江西德安县车桥镇义门村），开创了陈氏大家族数代共居孝义治家的基业。其后，义门陈氏第三任家长陈崇（江州长史）发扬首创精神，在家族内办有"幼稚园"和中等教育学校的基础上，又办起了中国有史以来第一所家族"大学"——江南东佳书院（比白鹿洞书院还要早）。陈家上千人，知书达理，和睦相处，最重要的原因就是陈家对教育的重视。该书院从唐僖宗时期一直延办到北宋仁宗时期，历时130余年，先后应朝廷会试者多达千余人，有超过400人登科举任朝吏，其中居刺史、司马职者200余人，四品以上高官18人，宰相3人。北宋一位号文莹的僧人在《湘山野录》卷中记载，江州陈氏"别墅建家塾，聚书，延四方学者，伏腊皆资焉，江南名士皆肄业于其家"。

江州义门陈大家族拥有学校、藏书楼、接待馆、医院、祠堂、刑杖厅和相当数量面积的田庄、园林、湖塘水域，实行"族产共有、家无私财、共同劳动、平均分配、不分贵贱、诸事平等"之家规，使大家庭内近四千人口，过着自给自足聚居型原始共产主义式的农庄生活，常乐里义门村当年是令江南人羡慕的名副其实的"桃花源"。据了解，义门陈氏的许多做法是从太平宫搬过去的，太平宫鼎盛时期，与义门陈氏鼎盛时期的规模、人丁数量等相差无几，比如每天都有三千多人在一起吃饭，比如公有制度、教育等等。太平宫的"他山之石"作用，对德安车桥的借鉴意义应该不言而喻。从"义门陈氏"文化研究的角度看，将"太平宫"的历史研究置入义门陈氏源流考察中的"预研究"，是完全必要的。

回过头来，再说说璇玑玉衡。这是太平宫唯一的历史实物遗存，现置庐山博物馆内。在我的视野里，我们对于"璇玑玉衡"的认识，似乎还停留在比较浅显的层面，就是江西的大学和研究机构，也鲜见有人进行深入探讨。既是认识上的浅显层面，就不免存在"公说公有理，婆说婆有理"的现象。归纳起来，大致有以下两种不同的说法：

一说是我国古代道人测量天体坐标的仪器，即浑天仪的前身，璇玑则是浑天仪的一个部件；另一说是指北斗七星，因北斗七星中的天枢、天璇、天玑、天权四星合称璇玑。上述两说均长时间未作定论。有资料称，"璇玑玉衡"高105厘米，最大直径84厘米，生铁铸造而成，重若千斤，体表留有"岁次癸未七月（原铸字不详）"字样。经考证为明朝嘉靖二年（公元1523年）由匠人张文进铸造。残存的实物由上下两截组成。下截形如倒覆之甑，上截推之可转，中铁广厚经尺，上下四旁，俱有图翅，长半尺许，周围拱之。其中向下一翅，与下覆甑柄凿相合，如石磨中轴眼，推之圆转如轮。

璇玑玉衡亦作"璿玑玉衡""琁机玉衡"，一指古代玉饰中观测天象的仪器。《尚书·舜典》："在璿玑玉衡，以齐七政。"孔传："璿，美玉。玑衡，王者正天文之器，可运转者。"孔颖达疏："玑衡者，玑为转运，衡为横箫，运玑使动，于下以衡望之。是王者正天文之器。汉世以来谓之浑天仪者是也。"《后汉书·安帝纪》记载："昔在帝王，承天理民，莫不据璇玑玉衡，以齐七政。"清代王韬的《变法上》记载："铜龙沙漏，璇玑玉衡，中国已有之于唐虞之世。"一说为北斗七星。一至四星名魁，为璇玑；五至七星名杓，为玉衡。参阅《史记·天官书》《晋书·天文志上》。

归纳上述两种见解：一主星象说，一主仪器说。不论星象说还是仪器说，皆"语焉不详"。遗憾的是，迄今为止，起码我没有看见有关"璇玑玉衡"的深度解读。也就是说，这种古人使用了多少年的"设备"，到现在还没有一份像样的"产品使用说明书"。要知道，我们所有的科学研究，其根本目的，均在于要认识和研究我们所面对的世界。每每看到躺在庐山博物馆内路边上的"璇玑玉衡"残件，不被人待见的样子，我心中便油然而生一种莫名的"负疚感"。

作者简介：陈政，江西武宁人。毕业于中国社会科学院研究生院，曾任江西美术出版社社长、总编辑。著有《中国神秘文化》《感觉的云朵》《列岫云川》《寻梦法兰西》《吾庐手扎》等文集。南昌大学、江西师范大学客座教授，硕士生导师。获中国出版政府奖、享受国务院政府特殊津贴。

庐山清真寺简介

杨鸿志

一、历史沿革

早在晚清时期，庐山山顶开始有国外传教士、商人等出资修建别墅建筑群，此时一批工商界穆斯林，把敏锐的商业触角也伸到了庐山，加入到开发庐山的行列中。随着穆斯林定居者和度假观光者增多，在庐山上修建清真寺的呼声也逐年增强。

1920年，吴佩孚属下一位贵州威宁籍师长马崑（回族）在庐山度假时，发起修建清真寺倡议，由几位回族军官和定居庐山的商人余春泉、法永胜等牵头，得到国内外各界穆斯林的积极响应，他们参与清真寺的建设工作。他们在当时的牯岭街中段合面街邮局后山坡上购买一块建寺土地，把九江清真寺的伊玛目胡朗初先生请到山上，主持建寺工程，1922年庐山清真寺竣工，该寺为两层石木结构，建筑面积200多平方米，可容100余人集中礼拜。从此，在庐山居住、旅游度假、商务往来的穆斯林均在此寺进行礼拜、念经、斋戒等宗教活动。

1947年4月16日，庐山上突发大火，火灾焚毁了整个牯岭街，清真寺也遭焚毁。不久，经信徒马从云、乐家庆、余春泉、齐干卿、法润身等精心筹划、多方求助，在社会各界穆斯林的资助下，很快又在原址重新修建了清真寺。

1953年，政府修建庐山上山公路时，对牯岭街进行了拆迁改造，原牯岭街清真寺由于属于危房，因此被拆除。为了体现民族团结，充分尊重穆斯林群众的宗教信仰和宗教活动，当地政府同时召集庐山清真寺主管马从云等原清真寺管理人员进行协商，选择了新址（现在的庐山牯岭街48号），由政府出资重新建造清真寺，新的清真寺面积220平方米，亦是石墙木构两层建筑，可容纳一百多人进行宗教活动。新的清真寺落成时举行了隆重的节日会礼。省、市伊斯兰教协会负责人前来参加祝贺，庐山有关党政领导也来到现场指导。一时，许多伊斯兰教徒兴高采烈，发自内心地说："感谢党，感谢政府尊重宗教信仰自由，对伊斯兰教徒亲切关怀。"

"文革"期间，伊斯兰教教务受到冲击，庐山清真寺停止了所有正常活动。1978年，党的十一届三中全会召开以后，我国民族宗教政策得到全面贯彻和落实。此后逐渐恢复了庐山清真寺的教务活动，全山有穆斯林130余人。

1984年，经江西省人民政府以赣府厅字第27号文件决定，庐山清真寺被列为省级重点对外开放宗教活动场所。同时，省和当地财政拨专款4万元维修清真寺。经过装修后，一座新的庄严肃穆的庐山清真寺正式对外开放。

二、历任清真寺教务及管理人员

庐山伊斯兰教第一任教长是安徽安庆籍的胡朗初阿訇，总管余春泉、法永胜。至1928年，清真寺总管改由河南南阳籍马从云和安徽安庆籍齐干卿担任。1945年抗日战争胜利后，阿訇胡朗初到九江市清真寺任教长。庐山清真寺由总管马从云任代理阿訇，任职时间延续到1952年。

第二任教长是李建业阿訇，执教时间从1953年至1956年，1957年李建业调任景德镇市清真寺教长，由马从云任代理阿訇。1970年代理阿訇海天聚逝世，再由其次子海鹏翔任代理阿訇。1984年，为了规范和加强对清真寺的管理，政府指导清真寺建立和健全了各项寺规制度，让庐山清真寺教务活动走上正轨。在庐山政府的指导下，庐山穆斯林群众经过选举产生了

"庐山清真寺管理委员会"，由法国伦任主任，委员有牧相科、海鹏飞、海鹏翔、钱让云。为了满足信教群众的需要，于1986年7月由庐山清真寺管理委员会向武汉市民权路清真寺请求，邀请李恩慈来山任阿訇。此后，庐山清真寺主要由清真寺管理委员会主任负责。

第三任于1989年经庐山清真寺管委会民主改选，由李恩慈任阿訇，牧相科任主任，海鹏翔任副主任，牧相云、钱让云任委员，并聘任法国伦、钱奕顺协助工作。此时庐山上有穆斯林145人左右。

第四任于1992年8月改由韩传红任阿訇。

第五任于1993年10月改选，庐山清真寺阿訇由马文岭担任，清真寺管理委员会主任为牧相云，副主任为沙玉琴、法国安，委员为海鹏飞、海光军。阿訇虽不属管委会成员，但必须参加清真寺的会议讨论工作。

第六任于1995年8月改选，庐山清真寺阿訇由陈锡武担任，管理委员会主任牧相云，副主任沙玉琴、法国安，委员海鹏飞、海光军，本届任期至1998年5月。副主任沙玉琴，经庐山统战部和清真寺管委会推荐，当选九江市伊斯兰教第二届委员会委员。

第七任于1999年3月改选，庐山清真寺阿訇由巴瑞慈担任，清真寺管理委员会主任牧相云，副主任沙玉琴、法国安，委员海鹏飞、海光军。同时，经庐山管理局党委统战部推荐，沙玉琴当选九江市第十届政协委员，法新红为九江市第十二届政协委员。

后续在山担任阿訇的分别有：马辉阿訇、李跃虎阿訇、马俊伟阿訇、丁安民阿訇。

现任庐山清真寺阿訇由海涛担任，清真寺管理委员会组成人员：主任海光庆，副主任刘喜德、马文学，委员法子芳、钱奕群、沙映辰。

目前庐山清真寺已建立和健全了各项管理制度，形成了一个充满民主、团结向上、爱国爱教的管理团队，清真寺各种日常活动和教务活动走上了正轨。同时，庐山清真寺坚持以弘扬社会主义核心价值观为核心宣讲新"卧尔兹",宣传倡导爱国、守法、平和、中道、宽容的理念,积极引导教职人员和穆斯林群众学法守法,坚持伊斯兰教中国化方向。激励广大穆斯林群众弘扬以爱国主义为核心的民族精神,传承我国伊斯兰教爱国主义的优良传统,坚定走与社会主义社会相适应的道路,为庐山建设发展作出积极贡献。

庐山清真寺的历史变迁,为庐山宗教文化史描绘了重要的色彩,它将是庐山宝贵的宗教文化财富,也将成为庐山的一个旅游热点。

作者简介: 杨鸿志,男,1961年9月出生于江西九江,祖籍安徽安庆,学历本科,中共党员。1978年就读于江西中医学院药学系;1981年至1996年在江西中医学院任教师,期间担任过学院团委委员、学院工会委员、学院教工团总支书记;1996年至2021年在九江市公安局刑侦支队工作,历任办公室科员、办公室副主任、情报大队教导员、四级高级警长,2021年9月退休。2019年11月被选举为九江市伊斯兰教协会副会长兼秘书长。2021年被推选为九江市浔阳区政协委员。

庐山近现代百年教育史

何仁烯

庐山白鹿洞书院,是庐山古代教育的最高范例,白鹿洞书院有过衰、败、倒闭,在宋代时期一再复建,规模日益扩大,成为四大书院之一,这是庐山被誉为"教育名山"的根基。作为封建时代的教育模式,随着封建社会的崩溃,"书院"也就淡出了历史舞台。尽管它有丰富的文化内涵,但其教学内容与方式,与后来兴起的现代教育、与科技的进步挂不上钩。这正如我国著名的学者与教育家胡适所言:白鹿洞代表中国近世七百年的宋学大趋势,而牯岭代表西方文化侵入中国的大趋势。这两个大趋势是截然不同的。前者是中国古代封建文化的发展与延续,而后者则是中西文化的融会,适应了"五四"时代的大变革、大潮流。

在世界变革的潮流中,英国人李德立22岁(1886年)上庐山,他花了十年时间冲破禁区,开始对庐山开发。李德立对庐山的开发,牵动了全世界,不仅打开了西方文明在庐山传播的大门,而且为庐山留下了近二十个国家风格的别墅。近二十个国家的人在庐山居住,其中英国、法国、美国人较多。为了孩子的教育,他们在庐山创办了自己的学校,成为庐山现代教育的先行者、开拓者。

一、庐山现代教育的发端——20世纪初的外国学校

本文所说的"现代教育",是与我国古代的书院教育、私塾教育相对而言的,即有校舍,有班级,有多门类学科,有国家统编的教材,如国语、数、理、化、音、体、美等课程,注重学生身体的健康与善良品性的

养成，尊重学生独立的人格，注重知识与技能的全面发展，为继续升学或就业打好基础。庐山的现代教育，是从外国人在庐山办学开始的。外国人办学之前，庐山有教育，有学校，只不过是"私塾"。

据当时有关方面的数据显示，20世纪初期在庐山的欧美人士，有四千人之多。除短时间的旅游者外，至少还有两千人长期住在庐山，他们想到子女的教育问题，于是互相沟通，并争取到教会帮助办起了学校。于是庐山先后出现了英美学校、美国学校、英国学校、法国学校等。这些外国学校在庐山的设立，具有时代的特征。外国人进入庐山办学校，对我们而言是鞭笞，也是促进。其中牯岭美国学校，办学时间较长（1916—1938），学校师生在1937年离开庐山后，学校房产闲置了10年，最初在山东烟台的英国学校芝罘学校，从上海迁至庐山，购得牯岭美国学校房产办学（1947—1951），这些学校对庐山的教育与人文的影响是深远的。

欧美人士上庐山办学校开始是自己掏钱建校舍，在无力支撑时他们才求助于教会。当初庐山上的外国学校，一般不接收中国的学生，后来稍有变化，，他们的课程跟他们本国的学校配套，这便于他们的子女一回国就能插入同年级跟班上课。他们注重少年儿童的全面发展，既重视文化课的学习，也很重视体育活动的开展，如各种球类与游泳。目的在于培养开放型的、体魄健全的人才。关于教学仪器的配备，总摆在首位。

在外国人未在庐山办学之前，庐山只有封建的书院教育，忽视现代科学知识的传播，历史证明我们落后了。因此要培养有科学头脑的青少年一代，就要从西方教育中吸收一切有益的东西，以弥补我们的不足。我们应当培养青少年一代拥有独立的人格，独立的精神，既有爱国的精神，又有自己的创见。在庐山的外国学校，特别是美国学校，从教学内容到教学方法，从教学设施到学校管理，其多样性与灵活性，对我们都有很好的启示。因此吸引了当时九江、南昌的公立学校来美国学校取经，以至外省都有代表团来参观考察过美国学校。美国学校也组织师生赴南昌等地参观过省立中学。

英美在庐山设立学校，开创了庐山现代教育的新篇章。

二、庐山现代教育的兴起

在英美学校与私塾存在的同时，在很短的时间内，庐山也有现代教育的学校。从所有权来说，有私立的、教会的、公立的；从性质来说，有普通的，有专业的；按层次说，有大学、中学、小学。但最大的区别就是长期的与过渡的。所谓长期的就是立足于庐山，为庐山人服务的；过渡的是因为日寇的侵华战争，致使外地的许多学校上庐山。但随着日本军队进攻九江，原想在庐山避难的学校只得离开。

能找到记载的学校有10余所。1927年建立的省林业学校是最早在庐山办学的公立学校。1931年庐山小学的创设是现代教育中公立小学在庐山的正式起步。庐山小学曾有两个分校，窑洼小学和莲花洞小学。前者在1955年左右撤销。后者在解放后改为民办场办小学。这里要特别提及的是茭芦学堂的李一平，李一平原是军人中的官员，后弃官不做而投身教育，以挽救民族的危亡。李一平认定教育是兴国之道，要培养有用之才。他是自掏腰包来办学的。他的人格，他的精神，他的办学思想和方法，得到了当时富有名望的专家学者的肯定与支持，他们利用休假时间，从远地而来为这所平民学校作贡献。

日寇侵占庐山后，日本统治者继续办学，目的是培养崇拜日本民族的亡国奴。首先是要求庐山小学开学上课，并迫使开办"庐山中学"，以吸引逃离庐山者再回来，让子女上学读书，接受奴化教育。

抗日战争胜利后，庐山管理局在经费短缺的困难中复建庐山中学。直到1949年，庐山中学的兴旺无愧于庐山的声誉。解放后的庐山中学，遭遇过撤销、复建，撤销又恢复的过程。直到"文革"结束之后，庐山中学又恢复了青春的活力，重新赢得了声誉。

三、特殊环境下的"过客"

在抗日战争的特殊时期,庐山成为一些学校的短暂办学场所。虽然这些学校办学时间不长,但在庐山的教育历史中留下光影。

1937年,"卢沟桥事变"后,上海"复旦大学"与"大夏大学"组成"联合大学"。学校分两部,其中一部迁至庐山,学校在庐山租房办学,但因日军侵略步伐深入,在庐山立足仅两个月的复旦大学离开庐山。"复旦大学"离开庐山后,1938年春,九江市区的光华中学用其所租赁的"复旦大学"未到期的房屋和教学设备,聘用其留守的人员办学,但半年后日寇进攻九江,学校迁往其他地方。

1937年夏,在日军侵华战争的紧张局势中,南京的中央政治联合大学、北平艺术专科学校、南昌豫章中学、葆灵女中等校也曾在庐山短期办学。1938年春,九江市私立"培德小学"的分校在庐山设立,救济因日寇入侵而失学的儿童。1939年日寇占领庐山后停办。后来未再复办。1936年,美籍女教士布朗夫人创办"快乐家孤儿院",收留弃婴。她募捐聘请工作人员和教师分工负责院内工作。1945年易名为"庐山儿童乐园"。1946—1947年,儿童到达入学年龄后,儿童乐园被撤销。

四、解放后庐山教育面面观

(一)已经消逝的身影

中南区干部子弟学校,原为第四野战军的干部子弟学校。1948年成立于东北。后随军南下至武汉,更名为"中南军区干部子弟学校"。1950年冬至1953年6月,该校在庐山办学,办学地点主要在民国三大建筑,即现在的庐山大厦、抗战纪念馆、会议旧址。

越南少年学校,是新中国成立后,在庐山设立的唯一的一所外国人的子弟学校。校址即前面的"中南区干部子弟学校"校址。但这所学校在庐山仅有半年的时间（1953年8月—1954年初），因越南子弟对庐山的气候不适应，学校从庐山迁到广西桂林。

"江西省立庐山林业学校"消失后，1953年，庐山又诞生了一所林业学校——"中南行政委员林业学校"，简称为"中南区林业学校"。用的是庐山中学被撤销后闲置的校舍，一年后迁往赣州。

共产主义劳动大学是江西省的特殊产物。1958年6月，共产主义劳动大学成立，学校以原南昌林业学校和综合垦殖场为基础，目的在于培养各垦殖场与广大农村需要的各方面的人才。它的办学方针就是"勤工俭学""半工半读"，学校既是教学单位，也是生产单位。1958年8月庐山分校成立，学校设于海会寺的原国民党军官训练团旧址部分房舍，1980年停办。

1978年，九江师范庐山分校建立，校址在"红旗中学"（莲花镇）。1980年，共大庐山分校撤销，九江师范庐山分校迁入共大校舍。1981年上半年学校更名为"九江市师范学校"，并被列为全省十所重点师范学校之一。1984年，因管理体制改革，"九江市师范学校"又更名为"九江市海会师范学校"。1990年学校撤销。

（二）艰难前行中的定位

1949年后的庐山教育，几十年来从总体上看，是进步发展、逐步完善的，但走过了一段坎坷曲折的路。庐山中学解放前就有名望，外地的学生也奔向庐山中学。解放后的1952年学校被撤销。1957年复办，1958年又撤销并入"共大"。"文革"结束之后，庐山的教育形势才有所好转，才逐步恢复了健康、平衡发展的局面。改革开放后，学校增多，学校的设施也得到明显的改善。

1949年，庐山解放后，庐山小学一直保持了平稳发展的局面。1957—1966年，因国家时局原因上课时断时续。1966年，校名改为"茶林场五七学校"，此时教师、学生都大为减少，学生也只上半天课，半天活动劳动。1969年,"庐山小学"恢复,并另办分校一所,后合二为一。

庐山的幼儿教育是解放后起步的,1953年,庐山管理局开设了"机关托儿所",这是幼儿园的雏形。1968年,"托儿所"停办了。1971年,幼儿教育恢复,并将"机关托儿所"更名为"机关幼儿园",所收幼儿均属机关干部子女。1992年,更名为"庐山幼儿园",正式面向社会招生。2007年,庐山管理局把已存在的5家私立幼儿园合并为一个,命名为"童心幼儿园"。

庐山垦殖场的职工子弟在"文革"结束之后,适龄儿童都逐步上学了。20世纪80年代,庐山垦殖场在各分场先后办了托儿所、幼儿园。庐山国有农场开设多所子弟学校,庐山管理局于2006年至2008年期间,将原国有农场的子弟学校全部收归庐山管理局直接管理,涉及学校有浔庐、通远、石门涧、长岭、青山、碧龙潭六所小学。

中共庐山党校建于1960年4月,是中国共产党对党的基层干部和党员进行培养、训练的学校。建成后两次撤销和复建,最近一次复建是在1990年4月。

1994年8月,庐山旅游职业高级中学建立,学校为全日制公办学校,学制三年,招收初中毕业文化程度的学生,培养旅游方面的专业人才。2001年起,成为九江电视大学的协作单位,即电大一个教学点;2002年开始招生授课,所设专业有计算机、金融、教育管理、法学等。

现在庐山教育的基本盘就是幼儿园7所、小学8所、中学1所、旅游高专1所、党校1所。

五、学校范围之外的教育

(一)形式多样的辅助教育

这里说的辅助教育,是指在国家基本教育体系之外的而有利于提高教育质量、培养人才的教育活动。如夏令营、讲习会、补习学校等。解放前,江西省教育厅在庐山开办过"暑期补习学校",在庐山"传习学社"开办"暑期学术讲习会"。青年团在庐山举办过青年团夏令营。暑假农村服务团曾按"新生活运动总会"的布置，组织过在校中学生服务农村的活动。省童子军总部在庐山举办了"童子军夏令营"（露营活动）。后因日寇侵华、庐山沦陷，该类教育活动遂转入后方。抗日战争胜利后，又恢复了以庐山为基地的活动。类似于上述的暑期学习培训活动，解放后也是存在的。

（二）特殊的军事教育——军官训练团

在20世纪30年代，庐山是国民政府的"夏都"，军事教育、军事活动成为庐山教育中不可分割的一部分。蒋介石在庐山创办"军官训练团"。军官训练团的全称是"国民政府军事委员会陆军军官训练团"。训练团的中心地点为庐山的海会寺。蒋介石自任团长，陈诚为副团长兼教育长。

一个社会的文明，首先表现在精神上，而教育阵地又是培养精神的基地。为了民族的振兴，为了国家的富强，我们应该反思，应该吸取前人思想精神方面的宝贵财富，要继承前人艰苦办学、热爱教育的精神。庐山现代百年教育史，在庐山的现代教育中，英美等学校的开创，为我们树立了一个标杆。我们中国人自己筹款创建白鹿洞学校、臧佑宸和李一平自己掏腰包创建菱芦学堂的行为都是值得我们学习的。今天我们的环境，我们的条件，比前人好很多倍，但我们对事业的忠诚与尽责程度是值得反思自省的。

编者注：此篇文章是何仁烯老先生《庐山现代教育史稿》的简介，《庐山现代教育史稿》一书出版于2017年，此书涉及的学校均为庐山管理局与星子合并之前的状况。

作者简介：何仁烯，生于1929年，江西九江瑞昌人。曾主持过九江地区的中等学校语文教学与学校行政管理工作的研究和九江师范的教导工作与教学研究。终生从教。专著有《九江师范百年回首》《疏荒斋诗存》等。

庐山交通史话

胡克平　陈　岌

一、解放前的交通

1.好汉坡登山道

1895年，英国传教士李德立强租庐山长冲，占为"租界"，开辟了剪刀峡至莲花谷的石级山路，即"好汉坡"路。此道原为庐山樵夫以及烧炭工人走出的樵径，从月宫堧至庐山小天池段连接东林头的小道。李德立强租牯牛岭后，为方便登山搬运物资，将原有的月宫堧与莲花洞的道路沟通、拓宽，形成现在的"好汉坡"路段，由1116级石阶连贯而成，全长9公里，成为游人从九江步行或乘轿上山的一条主要道路。

这条登山道成为当时重要的交通要道，也是记录庐山近现代发展史的一条山道。1926年12月，蒋介石第一次登上庐山就是走的这里。1937年国共两党两次庐山谈判时，周恩来等人也是从这里登上庐山。庐山成为国民政府"夏都"时，这里是最为繁忙的登山道路之一。抗战期间，这里成为庐山孤军主要的防御阵地与抗战的前沿。解放战争时期，美国特使马歇尔负责调停期间，从这里"八上庐山"。这些，记录着庐山近百年的发展历史与风云变幻，也记录着山民们的日常生活与爱恨情仇。"好汉坡"成为庐山人心目中割舍不去的"乡愁"。

2. 九莲公路

1910年，九江至庐山莲花洞公路建成通车，全长13公里，为江西省第一条公路。宣统元年（1909年），两江总督张人骏，同江西巡抚冯汝骙合商，拨库银五万两为资金，委托陶森甲，在九江至彭家河旧驿道的基础上，拓宽整平为公路。翌年完工，起点从九江城内新坝闸口经山川岭、女儿街、黄土岭、新桥、徐家竹林、花家舍、妙智铺、彭家河到莲花洞石门口，路基宽2丈余，总长25里，全程建有钢筋混凝土四梁式桥面砖墩台永久式桥梁2座，为江西公路混凝土桥之始。利用原有条石拱桥（华丰桥）1座。公路初通时，并未通汽车，由九江县商会会长陈霭亭发起，徐恒山（法国人女婿）等人备置马车，投入3辆马车进行莲花洞运客业务。一年多后，因马死无法补充不能继续经营，即停办。之后，马路交通全部由人力车（黄包车）承担。

1915年九江人张谋智在闸口前开办大同汽车公司，行驶九江至莲花洞公路，运送旅客及行李到石门口后，改乘轿上庐山。稍后有莲花洞人万中桢，申请开办九庐汽车公司，当时张谋智不许九庐汽车行驶，官司打到北京政府，经北京政府交通部长宁第七号营业执照批准，两家汽车公司同时营业。不久，万中桢从上海购买新福特汽车5辆，另开办交通汽车公司，在莲花洞及新坝口建有车库及营业房，并对公路进行养护和改建公路桥。自此，九莲公路营运即有大同汽车公司、九庐汽车公司、交通汽车公司之设，争相营业。

1935年春，国民政府鉴于九江为江西的门户，庐山是有名的风景胜地，中外人士荟萃，而九莲公路多年由私商经营，失于养护，损坏严重，影响甚大，故令省府限期整修，由公路处接管。公路处奉令，3月即组设九莲段，派工程师熊正琥兼任段长，率员测量，制订修理改善计划，并主持路基路面的整修工程，于同年5月15日完工，正式接管营业。1938年夏，日军侵入九江时，公路处奉令破坏，此后陷敌8年，至抗战胜利后，于1946年夏修复，并将路线展修至老莲花洞，比原来路线多了一座濂溪桥，延长了2里。

九江到莲花洞汽车票价是180元（内附警捐3角），小汽车3张票开车，大客车每次开车不能少于15张票。每年暑期国民党政府高级官员来庐山办公，上下山都是从端午节开始，逐渐增多，高峰期每天两三千人，汽车总是忙得调头就走。

新中国成立后，在国家经济基本恢复之际，1952年就着手修建新的登山公路，改善登庐山的交通条件。从此，曾经辉煌的九莲公路，也渐失其作用。随着九江城区的扩展，原新坝口至十里铺一段发展为城区的街道（人民路、九莲北路、九莲南路），新桥至莲花洞一段成为乡间的大道。

二、筹而未建的登山交通

中华人民共和国成立前，国民党政府曾多次筹划修建登山公路和缆车索道。1922年，拟修庐山登山公路；1937年拟修庐山吊车路，但终因政府腐败，多次筹建，终成泡影。

1.庐山钢绳挂车

1919年，德籍工程师葛乐尔，拟在莲花洞至牯岭路段筹建挂车。张谋知、俞志臣等人即组织股份公司，集资开办，并聘请葛乐尔为工程师，从事测量、绘图及开山、选线工作。不久，葛乐尔因病去世，于是这项计划及全部设计图纸寄交英国留学生张远东，由张远东与德国工程专家再行研究。张远东特往瑞士进行考察后，便重新恢复庐山钢绳挂车计划，并拟有利用庐山石门涧瀑布水建一水电厂，以供钢绳挂车和牯岭居民用电草议。然草议未成，徒有一纸空文。

2. 庐山登山吊车

1936年，国民政府又有筹建庐山登山吊车计划，经初步勘测后，又由德籍工程师史卫玛、彭赫西两人复测，决定登山吊车路线由东林寺南面附近的龙潭庵至牯岭的剪刀峡，全长3160米，升高210米。途中设钢塔6座，10分钟可到达。经测算每小时载客上下山各60人，每小时可运货50吨。其筹建计划，于1937年6月12日由庐山管理局局长谭炳训向江西省政府在线委员会报告，声称拟建的庐山登山吊车的全部材料，由上海建设公司向英商安利洋行订妥，总价为23000英镑。当时，拟定完成此项吊车工程，系有官商合组"庐山电气交通股份有限公司"，经江西省政府、中国建设银行签订合同。依合同规定，公司设董事7人，官股3人，商股4人，监察2人，官商股各占其一。当年7月，官股董事由江西省政府指定谭炳训、杨卓庵、廖国仁为董事，彭程万监察。商股监察由官方电请对方自行派定，并限安利洋行将所有工料自当年11月起至翌年1月底，全部运抵九江，2月开始安装，7月通车。后因卢沟桥事变爆发，工程停止。

3. 庐山电力缆车

抗日战争胜利后，四川重庆缆车公司总经理陈体荣发起修建庐山电力缆车设想。1946年夏，以江西省政府主席王陵基为首，集合银行界及中国旅行社、重庆缆车公司、中国桥梁公司，成立董事会于上海，筹划这项工程的事宜，并公推王陵基为董事长，陈体荣为总经理。

这项缆车工程，拟定以钢索挹击车辆，行驶于轨道之上。因牯岭海拔1000多米，路线如果延长5公里，则平均坡度约20%，所以采用最大坡度为35%，最小坡度为5%。其线路为单轨，中途设转运交会车站。1946年，四川重庆缆车公司总工程师梅旸春来庐山勘测，提出了四条方案：
（1）东林寺经龙潭庵、草鞋峡至小天池；（2）王家坡经枞树垅、剪刀峡至小天池；（3）东林寺经罗汉顶、吊松凹至小天池；（4）含鄱口至海会寺。以上路线局部坡度，有的达5%，有的达90%，均不适用。最后测小天池至姑塘一线，沿途比较平坦，便决定由小天池至长岭山脚，再由公路达高垅；与南浔（九江至南昌）公路相接。其平均坡度为18%，而局部最大坡度为35%，其曲线半径最小为200米。1946年12月组成测量队，1947年1月由工程师瞿茂宁率领，分中线、水平、横断面3组，同时开始实测。时至隆冬，天寒地冻，工作艰苦；至2月17日完成测量任务。全长计4000多米。山上起点与山下终点高度相差825米。最大最小坡度并曲线半径，均按初步测量时的理想标准办理。全线需建桥梁3座，涵洞10座，护墙3处，土石方共102972立方米。除长岭头一段穿山工程及白沙河栈桥较为艰巨外，其他地势较平坦。按照设计，电力缆车内有18张座位，还可临时加拖车2辆。车辆斜度为20%，座位斜度随坡度而变化。车内有自动刹车设备，万一缆车失灵，缆车便可立即停驶。工程预算原定法币155398万元，并美金15168万元，总共200多万元。1946年，亚光实业公司所代理的意大利厂家承制缆车设备。而此时正值国内内战，通货膨胀，物价飞涨，金圆券贬值，民不聊生，故全部工程，迫于国民经济崩溃而停止。

三、解放后的公路建设

1.北山登山公路

解放前，庐山无公路，居民日用杂货、生活用品及各种运输，全凭劳工肩挑背扛，徒步登山，很是不方便。解放后，江西省人民政府决定修建庐山历史上第一条登山公路——北山公路。1951年初进行了勘测，同年11月开工，1万多名筑路工人汇集牯岭至庐山东北麓威家镇一线，战严寒斗冰雪，攀崖附壁，艰苦作业，历时9个多月，至1953年8月1日，全线竣工通车，成为国内通向风景区山顶的第一条登山公路。

北山登山公路由庐山东北麓威家镇登山，盘旋西向经关帝庙、马尾水谷口，折转东南，过黑洼、松树林、王家坡、小天池，绕牯岭石，直至牯岭街口，全长24公里，总投资320万元，砂石路面。

全线敷设在崇山峻岭之中，盘旋而上，计有弯道429处。平曲线半径一般为15米，但在松树林有一处弯道，因地势特别困难只有8米，最大纵坡为9米。

修筑北山登山公路时，由中南公路局部署，江西省公路局承建，1952年7月组成庐山登山公路修建委员会，庐山登山公路修建工程处，办公地址设在九江市三马路，1953年7月迁牯岭河西路111号（今醉石酒家）办公。江西省公路局副厅长赖绍尧任庐山登山公路修建委员会主任，江西省公路局副总工程师熊正琥任庐山登山公路修建工程处处长，工程师程理宽带领测量队进行测量。

在登山公路施工中，绝大多数为悬崖绝壁，坚如顽石，施工困难，特别是黑洼，悬崖万丈，黝黑阴森，工程尤为艰巨，筑路工人及工程技术人员以绳索拴腰，攀登陡峭石壁悬崖，开山炸石，进行施工。第一工程队在推广先进经验"单人冲钎法"的基础上，创造出一天冲进六七米的全线新纪录。第二工程队运用"高速挖土法"，6个工时挖土93立方米，创全线最高纪录。

庐山登山公路工程的特点是：（1）全线429处弯道平曲线半径一般为15米，松树林弯道曲线半径为8米，避免了"之"字形的回头线，利用相连的山峦舒展傍山线，逐渐地升级，排除了回头弯道的小半径和上下线等不利因素，有利于施工、养护和车辆行驶；（2）庐山登山公路最大纵坡9%，路基宽度57米，路面宽度6米，碎石级配路面结构，石方较多的视线不良的路段70多处；（3）庐山登山公路的整条线路不是集中在一个坡面上，而是延展在20多公里的山峦之中，阴阳山坡相间，给人一种"车行海上，人在云间"的奇幻景观。1958年6月30日毛泽东主席曾沿着这条公路上山，写下了"一山飞峙大江边，跃上葱茏四百旋"的壮丽诗篇。

1990年5月，庐山北山登山公路改造，8公里以下改铺沥青路面，8公里以上改铺混凝土路面。

2.南山登山公路

1970年经江西省革命委员会批准，在庐山增建第二条登山公路——南山公路。

南山公路由通远登山，至庐山牧马场，全长2217公里。1970年9月4日，九江地区组成庐山南山登山公路修建指挥部，由九江军区副司令员曾福生任总指挥，调集庐山、星子、九江、湖口、彭泽、都昌等县民工一万七千余人，按军事建制，以县为单位，组成民兵团，下设营连排班，分段进行施工。1970年10月动工，1971年7月竣工，投资230万元，砂石路面。

南山登山公路设计和施工标准，基本上是按三级山岭区标准进行，最大纵坡为6%，最小平曲线半径为25米，会车视距不小于50米，路基宽度8米，路面宽度6米，全线桥涵永久化，载重为汽车13吨、拖挂60吨。主要工程数量：土石方124万立方米；新建中小桥梁9座，延长183米，涵洞319座；挡土墙58处，计12166立方米；石砌护路墩5300个，蓄水池4个，人工路面石30000立方米，铺筑砂石路面226000平方米，新建道班房6栋，全线绿化植树12000株。

南山登山公路的建成，减轻了北山登山公路的交通量和压力，由南昌开往庐山的汽车不必绕道星子经威家上山，缩短了34公里的路程，便利了庐山对外交通的联络。

1991年南山登山公路进行了改造，全线改铺沥青路面。

《庐山组曲》的价值以及对庐山的深远影响

陈 晖 李子非

19世纪末20世纪初，庐山牯岭的开发把庐山推向世界。那时在中国的10多个国家的60余个传教组织在庐山建别墅、教堂，同时还建起配套的图书馆、棒球场、网球场、游泳池等公共设施，并开设了多所不同国家的外国学校，这足以证明庐山常住外国人口不在少数。每年夏天来自世界各地的到庐山度假的外国人更多。他们举办文学、宗教、音乐等方面的讲座和活动，这里多元文化的碰撞、融合使庐山成为国际交流中心。

1972年应周恩来总理邀请，出生在庐山的美国人弗朗西斯·鲁茨·哈顿夫人和丈夫到中国举办音乐会。为了这场音乐会，哈顿夫人特意谱写了一首双钢琴组曲，即《庐山组曲》作为音乐会的第一首曲目献给她的出生地庐山。哈顿夫人接到总理邀请后开始谱写《庐山组曲》，最终完成于音乐会前两周在她的出生地庐山的一次朝圣之旅。这场音乐会再次把庐山推向世界。《庐山组曲》是多元文化交融的优秀代表，它不仅仅是一首曲子，它代表的是那些曾经在庐山生活过的外国人对中国、对庐山一生无法抹去的情愫。挖掘《庐山组曲》的价值对庐山有着深远影响。

《庐山组曲》的价值

一、艺术价值

《庐山组曲》的灵感来源于哈顿夫人在中国庐山，这个历史深厚而神奇的大山里个人鲜活的记忆。哈顿夫人希望组曲能唤醒那些让这座大山闻名的先贤、艺术家和诗人们，以及那些热爱它的来自不同文化背景人们的精神。组曲一共分为六个乐章。作为一部音乐作品，它的艺术价值突出。

1.把庐山石工号子编入音乐作品为世界首创

《庐山组曲》第一乐章庐山之歌的主旋律是曾经在庐山牯岭山城劳作的石工们反复咏唱的现为非物质文化遗产的庐山石工号子。庐山石工号子是庐山牯岭开发时期身处其中的外国人不可磨灭的记忆。哈顿夫人出生在庐山开发兴盛之时，响彻庐山山谷的石工号子伴随着她成长。中国著名现代诗人、散文家徐志摩曾创作题为《庐山石工歌》的诗。庐山石工号子展现了中国人坚韧地承受着国家在那个时代的波折和动荡，也支撑着人们对美好明天的向往。如果说徐志摩是从文学角度诠释石工精神，那么哈顿夫人则是把石工精神融入音乐中，并把它带向世界，向世界展示中国人民坚韧、勤劳的精神。把庐山石工号子融入音乐并用钢琴演奏是世界首创。

2.中西方音乐交融与中西方音乐家合作的经典之作

《庐山组曲》的音乐表现形式多样，六个乐章分别采用了六种不同的音乐表现形式。组曲中除了庐山石工号子外，还加入了《紫竹曲》和《孟姜女》等柔美的中国民间小调。当年纽约《时代周刊》的一篇文章这样评论："它结合了浪漫、印象派风格和东方韵味的旋律。"

在创作《庐山组曲》十年后的1982年，哈顿夫人与多年好友英国作曲家威廉·伦纳德·里德合作完成《庐山组曲》管弦乐的编曲，中国指挥家谭利华也参与编曲。1987年4月哈顿夫妇再次被邀请来到中国。这次他们在新落成的北京音乐厅举行另一场世界首演，由谭利华指挥，哈顿夫妇、威廉·伦纳德·里德、北京交响乐团共同演奏了《庐山组曲》新的乐谱。

《庐山组曲》是中西方音乐交融、中西方音乐家共同演绎的经典之作。

3.促进中国音乐的兴起和发展

由于历史原因，新中国成立初期中国音乐艺术的发展停滞不前。1972

年哈顿夫妇在北京人民大会堂的音乐会为中国人民呈现了一场双钢琴演奏的音乐盛会，现场有600多位中国政府的高级官员和顶级音乐家观看。哈顿夫妇在中国七周时间于五个城市正式演出七场。但他们在演出之余还参与了不少即兴演出，比如在一家广东音像店里进行一场意想不到的《噢，苏珊娜!》的表演；参观北京乐器厂时，他们与工厂工人管弦乐队演奏了美国民歌《稻草里的土耳其》，还有在大学、中学举办的临时小型音乐会。1987年4月哈顿夫妇再次应邀来华演出，他们与北京管弦乐团合作演奏了《庐山组曲》。在人民大会堂为哈顿夫妇举行的晚宴上，为表彰他们为中国作出的贡献，中国杰出的钢琴家尹承宗向哈顿夫妇赠送了著名的《黄河钢琴协奏曲》的首张LP拷贝。中国首席指挥家李德伦曾说过是哈顿夫妇把西方音乐重新引入中国。

20世纪70年代和80年代，哈顿夫妇在中国的音乐活动对当时中国音乐的兴起和发展有一定的促进作用。

二、外交价值

《庐山组曲》是作曲者哈顿夫人个人与中国的情怀，也是鲁茨主教家族以及与他们有相同经历的外国人与中国的情怀，他们在宣传中国方面大多是正面、积极的。鲁茨主教家族是其中的典型代表，他们为中国外交作出了重大贡献。

1.中国和中国共产党的正面宣传者

鲁茨主教在中国传教40余年，是非常有影响力的主教，他在中国工作期间为中国做了不少好事，是中国革命的同情者。他曾在教会的英文杂志上发表文章为中国辩护。他认为在有记载的中国外交关系中，所谓的基督教国家和中国的关系的记录是不光彩的。鲁茨主教在文中所说的充满了对中国人民的赞扬，在当时这种言论很少见。

1927年宁汉分裂后，鲁茨主教曾帮助周恩来脱险。蒋介石背叛革命后开始对苏区进行"围剿"和镇压，反共产党的言论在教堂里传播。虽然鲁茨主教家族和蒋介石夫妇是家庭朋友，但他没有选择沉默或说假话，而是发表文章为中国共产党和红军正名。他还预言中国共产主义胜利的到来。这些内容在当时流通的教会刊物里也很少见。作为一名在中国，甚至在世界有影响力的主教的言辞和观点对中共的正面宣传有积极作用。

抗日战争早期，周恩来夫妇是鲁茨家族的座上宾，是他们的家庭朋友。为帮助中国人民抗战，鲁茨主教在海外募捐善款送给八路军。弗朗西斯·鲁茨带领国际代表团和急需的药品、生活物资到解放区慰问。弗朗西斯·鲁茨举办钢琴音乐会进行义演为难民筹款。鲁茨主教家族成员用实际行动来支持中国的抗日，证明中国抗日战争的正义性。

2.家族成员回美国后继续为中国做宣传

鲁茨主教家族三代家庭成员在中国、在庐山的生活经历使得中国元素深入他们的家庭生活，他们在家会说中文、吃中餐，家中的摆设也离不开中国物品，甚至他们的社交礼仪也离不开中国印记。回国后，他们通过不同方式不仅把中国元素融入自己的生活，而且使之融入他们的社区。

家族中为中国宣传最广、最有影响力的是哈顿夫人，她喜爱穿的中国传统服装就是她的名片。她和丈夫有近二十年的全球巡演经历，他们曾为近20多个国家的国家首脑和民众演出，其中包括中国最高层领导人和美国总统尼克松及夫人。她和丈夫多次应邀参加国际上的重要活动，例如他们曾参加英国女王的加冕典礼。她自身的名人效应就是对中国、对庐山最好的宣传。哈顿夫人把她对中国的爱表露无遗，陶醉于她与中国和中国人民的紧密联系。仅仅哈顿夫妇的婚礼对中国的宣传效益就无法估量。他们的婚礼邀请了来自35个国家的近2000名嘉宾，能够参加这场婚礼的是各国非富即贵的高层人士，可谓众星云集。这场中西合璧的婚礼，是中国元素的展示秀。鲁茨主教去世后，葬在他最后生活的旅游胜地麦基诺岛，墓碑上刻有中文。哈顿夫人墓碑上的出生地用英文写着"中国庐山"。这些中国印记在无声地为中国宣传。

3.为中美关系正常化作贡献

鲁茨主教的长子约翰·鲁茨是作家和国际记者。1972年1月，在尼克松总统对中国进行历史性访问之前，周恩来总理邀请约翰访问中国，并接受了约翰的采访。约翰回国后，即在美国主流媒体《时代》杂志和《纽约时报》报道了他对周恩来总理的采访。他还写了一篇研究周恩来的文章发表在《读者文摘》上。约翰是周恩来总理最后接见的两位美国人之一。回国后约翰开始撰写《周恩来传》，并于1978年出版。周恩来总理是鲁茨主教的家庭朋友，约翰对周恩来总理采访的报道，有关总理的文章和书让美国人民通过了解中国的总理来进一步了解中国。

1972年10月，弗朗西斯·鲁茨·哈顿和丈夫应周恩来总理邀请在北京人民大会堂举办双钢琴音乐会，《庐山组曲》全球首演。音乐会上哈顿夫人用中文向观众致辞，将她的《庐山组曲》献给"全世界的中国人民"。这场音乐会是美国与中国建交前期文化交流的一部分。音乐会后总理夫妇和哈顿夫妇见面交流时，哈顿夫妇提出交换艺术家项目的建议。第二年，周总理邀请他们推荐的尤金·奥曼迪带费城管弦乐团访华。

鲁茨主教家族成员在中美关系关键时刻的活动为中美外交正常化作出重大贡献。

4.1972年北京音乐会的媒体效应

哈顿夫妇是参与全球巡演的音乐大使和美国文化大使。1972年，他们在北京的音乐会引发了世界媒体，特别是美国主流媒体头版头条的报道。《伦敦观察家》评论道："当美国钢琴家哈顿夫妇在中国的五个城市演出七场时，中国的大门第一次被一个组合猛然打开。"《美国音乐》写道："哈顿夫妇在文化交流中处于领先地位……在亲密和友好的规模上，他们迈出了第一步。"纽约《时代周刊》在哈顿夫妇回国后对他们进行了采访，评论哈顿夫妇的这次中国之行结束了两国文化的隔阂。他们还多次被美国国家电视台邀请接受当时美国著名主持人的采访，他们被主持人称为美国最幸福的夫妻。哈顿夫妇作为第一批在中华人民共和国演出的美国艺术家而闻名于世。

美国主流媒体对哈顿夫妇北京音乐会的报道是在新中国成立后第一次对中国的全球范围的正面宣传。

5.国共两党的隐形纽带

在与国民党和共产党的关系中，哈顿夫人和她父亲鲁茨主教一直和人民在一起。他们这种大爱并没有影响他们与国共两党最高领导人的友谊。20世纪二三十年代，鲁茨主教家族夏天在庐山生活、工作。主教与居住在附近的蒋介石就信仰、道德等问题有过多次的探讨。鲁茨主教曾是蒋介石最亲密的顾问之一。蒋介石夫妇是鲁茨主教的家庭朋友。主教夫人在庐山去世时，蒋介石夫妇给予了不少帮助，蒋介石曾用自己的专机接主教和他的儿子们回庐山处理丧事。

抗日战争早期，鲁茨主教在汉口的家是许多国家官员和记者聚会的场所，但主教本人并不是一个政治活动家，他的愿望是各国人民的团结，并为这个目标而努力。这段时间周恩来是他家的座上宾，他们之间有很多次的私人对话，周恩来夫妇成为他们的家庭朋友。为帮助中国人民抗战，鲁茨主教和弗朗西斯·鲁茨募捐、慰问、举办义演。1938年4月鲁茨主教退休带着弗朗西斯·鲁茨回国之前，蒋介石和周恩来都为他们举办告别宴。鲁茨主教同时宴请国共两党人员。

蒋介石退居台湾后，哈顿夫妇作为蒋介石夫妇的私人客人访台。新中国成立后，美国和中国断绝外交关系。周恩来总理和鲁茨主教家族的友谊在此期间从未中断。1972年哈顿夫人收到周恩来总理关于她来中国举办音乐会的邀请时，她有过犹豫。她非常珍视与蒋介石夫妇五十年的友谊。她曾担心接受周恩来的邀请可能会被蒋介石认为是一种轻视。但作为音乐大使和美国大使，他们最终将他人利益置于自己利益之上。1987年4月哈顿夫妇在中国与北京管弦乐团合作演奏管弦乐版的《庐山组曲》后，受宋美龄邀请到台湾举办音乐会，《庐山组曲》是必演曲目。鲁茨主教和哈顿夫人去世，台湾方面都发了唁电。

鲁茨主教家族和国共两党高层领导人都是家庭朋友。两党政见不同，并没有影响他们与鲁茨主教家族的关系，反而成了他们之间的隐形纽带。

三、史料价值

《庐山组曲》不仅是一部音乐作品，同时也是鲁茨主教家族跨越中西方文化的家族史。它由一个美国家族以及与他们相关联的朋友、教友之间来往的信件和日志记录下来的所见所闻从另一个角度还原这段历史，对研究中国近现代史具有史料价值。

1. 近代重要历史事件史料

鲁茨主教家族亲历了中国近代史的重要历史事件。19世纪末至20世纪初的义和团运动、辛亥革命、中华民国的成立，他们都是见证者，甚至是参与者，孙中山曾经在鲁茨主教家避难。北伐战争时，国民党军队围攻武汉近两个月中，鲁茨主教协同各方力量促使交战双方谈判，努力将妇女、儿童从被围困的城市提前撤离出来，并安顿好难民。在动荡的时期，主教是饥荒救济执行委员会的主席，而主教夫人则协助红十字会组织救助战争中的伤员和需要帮助的人。宁汉分裂后，共产党员遭到屠杀，主教帮助周恩来脱险。1931年大洪水，主教与全国抗洪委员会及国际红十字会合作，尽其所能提供帮助。

2. 庐山牯岭开发各个时期的史料

庐山是鲁茨主教夫妇订婚、度蜜月之地，他们是最早在庐山置地建房的外国人，家族中第二代、第三代都有孩子出生于此，主教夫人最后选择在庐山度过人生最后的时光并葬在庐山。人生的生、老、病、死、苦一家人都在庐山体验过。现存的美国教堂就在他们家附近，是主教为社区外国人服务的教堂，他曾在这里亲自主持次子的婚礼。牯岭美国学校旧址也在他们家附近，这所学校于1916年开办，主教夫妇深度参与它的建成，家族第二代、第三代的孩子曾经在此就读，主教夫人还担任过学校代理校长。

主教家族30余年在庐山的经历完整展示了当时居住在庐山的外国人的生活状态，他们留存下来的照片和文字为这段历史增加了史料价值。

3.研究近代中国基督教的史料

鲁茨主教夫妇于19世纪末从美国不同的地方来到中国，他们在中国40余年的所作所为展示他们是真正的基督教徒，是中国人民的朋友。他们这些传教士来到中国学习中文，取中文名字，融入中国人的生活中。年轻的鲁茨主教来到中国后，最初在武昌做英语老师，后被派往汉口管理教堂，接着成为汉口主教，最后成为中国的教会首领。鲁茨主教是当时在亚洲最受爱戴和尊敬的美国人之一，他在中国担任了许多重要教会的领导职务，还策划了全国基督教大会，并被推选为中国全国基督教协会秘书长。他在中国各大教派间工作领域的发展，使他跻身世界教会领袖之列。

鲁茨主教夫人来到中国后，最初也是英语教师，她的传教工作包括很多领域，其中就有医疗救助。作为妇女，她很关注中国妇女的生活状态，所以她特意为她们开办了妇女走读学校，同时她创立了外国妇女之家，专门帮助在中国的落难外国妇女。成为主教夫人为人母后，她不仅要抚养、教育孩子，料理家务，同时她是主教的生活和工作秘书。因长年累月超负荷工作，主教夫人因病在庐山去世，去世后她的朋友特意为她建立了纪念基金，给农村孩子作为奖学金。举行她的追悼会的教堂挤满了人，这是对她无私奉献，长年累月辛勤工作的追思。作为一名基督教徒，她把一生都献给了中国和中国人民。

19世纪末20世纪初来到中国的传教士中有不少是夫妻，他们共同传教但又有分工。鲁茨主教夫妇在中国几十年的工作经历，对研究中国基督教具有史料价值。

4.抗日战争史料

在抗日战争期间，鲁茨主教家族成员身处其中。他们的经历从另一个角度还原了日军早期侵华的活动和抗日战争的过程。日军制造南京大屠杀时，他们就在不远的汉口，他们也经历了日军的轰炸。他们谴责日本人公然违反《日内瓦公约》不杀俘虏的条约，屠杀投降的中国士兵，并揭露南京大屠杀的惨状，称其为20世纪最残暴的屠杀之一。1938年鲁茨主教退休离开中国，但是他的次子一家人选择留在中国同中国人民同呼吸共患难。他被日本人软禁，被迫为日本人工作，后来设法逃离至上海，然后乘坐轮船辗转到达缅甸当时的首都仰光，在仰光找了两辆卡车踏上滇缅公路，经过千辛万苦，损失几乎所有财产，最后到达中国，并在昆明附近的喜洲的一个寺庙里安顿下来。在此期间仍不忘他作为医生的职责，在当地治病救人。

鲁茨家族成员抗日战争期间的经历为揭露日军侵华暴行留下史料。

5.现代统一战线的史料

从辛亥革命开始，鲁茨主教在汉口的家便是统一战线的集会场，是研究政治、经济、国际关系的场所。主教在家时，这里经常被会议、招待会、茶会、午餐、晚餐等活动排满。主教不在家时，主教夫人一直忙着接待来自不同国家和地方的客人。经常有人在他们家过夜，甚至常住。

在抗日战争期间，鲁茨主教家的客人名册是世界名人录。这里有当时著名的外国作家、记者，中外政界名人，国共两党的高层官员等。司徒雷登和史迪威等曾是他们家的客人。著名美国作家安娜·路易斯·斯特朗经常到鲁茨主教家做客。美国作家和记者艾格尼丝·史沫特莱曾在主教家里住了四个月。她们都写下中国的抗日战争是正义的战争的文章，呼吁抵抗日军的侵略。主教和弗朗西斯·鲁茨在海外组织筹集的善款是斯特朗和史沫特莱陪着赠送给八路军的，彭德怀将军是当时在汉口的八路军副总司令。诺曼·白求恩医生曾经在主教家住了十天，后跟随八路军到达北方的前线医院，最终牺牲在中国。主教离开中国的告别晚宴宴请了中国政府统一战线双方代表，还包括美国总领事夫妇在内的不同国家的外交官和海军军官，以及外国记者。

鲁茨主教不管客人的政治、宗教派别或声誉如何，他家的大门对他们始终开放，统一战线各方人士都能自由出入主教家，这些活动为统一战线提供史料。

6.道德重整运动的史料

道德重整运动亦称"布克曼主义"或"牛津团契运动"。由美国路德宗牧师弗兰克·布克曼发起。他认为人必须遵循四大绝对道德标准，即诚实、纯洁、无私和爱。1916年鲁茨主教和布克曼第一次见面是在庐山，团结人们共同开创美好未来的愿景让他们走到一起。在主教的帮助下，这场运动的第一次集会在庐山举行。在中国、美国推广失败后，布克曼在英国牛津大学推广成功并成立了"牛津团契"组织。二战后这场运动被称为"道德重整"运动，并扩展至60多个国家，经常举行大会。

1916年鲁茨主教与布克曼在庐山的相识影响了整个家族成员的人生轨迹。鲁茨主教回到美国不久后，以精神领袖的身份正式加入道德重整运动，全职与弗兰克·布克曼一起领导道德重整运动。1942年，鲁茨主教把该组织基地集中到他最后生活和安息的密歇根州的麦基诺岛，使之成为道德重整运动的中心。鲁茨主教最后的日子里仍然接待来自世界各地看望他的官方代表和私人朋友，并参加了在麦基诺岛召开的道德重整运动国际会议。主教去世后，杜鲁门总统也发来了唁电，他说鲁茨主教无论在美国还是世界都是基督教高尚典范。

鲁茨主教家族的第二、三代成员大多参与这项运动，并在运动中成长。弗朗西斯·鲁茨曾全职为重整道德运动工作，跟随国际团队在欧洲国家和美国从事青年和音乐工作，后负责重整道德运动中国项目。她回国后的音乐历程大多和道德重整运动相关。她为道德重整运动的各种剧目创作音乐作品，并随着项目到世界各地演出。弗朗西斯·鲁茨和她的丈夫是在运动中相知、相爱的。他们的婚礼在瑞士道德重整运动培训中心举办，婚礼的规模是道德重整运动影响力的展示。

鲁茨主教家族在道德重整运动的工作经历为此运动提供了重要史料。

7.周恩来生平史料

鲁茨主教的大儿子约翰是国际记者，因为家族和个人与总理的关系，加上他多年的研究于1978年出版了《周恩来传》。这本书为周恩来的生平增加了史料。

《庐山组曲》对庐山的深远影响

庐山是中国名山中最早以文化群体的杰出创造载入中国史册的。自古以来中国一流的文化、艺术名人使庐山的自然美带着别具特色的社会性和艺术性，使之屹立于中国名山前列。近代庐山曾是国际交流中心、政治权力中心。新中国成立后，中央在庐山的三次会议改变了中国的历史进程。在中美关系缓和的特殊历史时期出现的《庐山组曲》对庐山有着深远的影响，下面从四个方面进行阐述。

一、填补庐山在音乐艺术方面的空白

在庐山熠熠生辉的文明历史长河中，一直缺少音乐艺术的身影，或者曾经有过，但是未曾记载。20世纪初期庐山成为民国的"夏都"，每年夏天在庐山的中国基督教青年会与来自不同种族和国家的音乐爱好者们举行即兴音乐会，并成立"合唱协会"，每年都会创作出气势恢宏的合唱作品。在庐山的外国学校也有自己的乐队，除了学校自己的活动也会参加社区活动。但这些音乐活动只是在庐山上自娱自乐，没有留下深深的印迹。1972年哈顿夫人创作的《庐山组曲》，从它的艺术、外交和史料价值三个方面而言，当之无愧地填补了庐山在音乐方面的空白。

二、推进中美文化外交

近现代的中美关系，走过了一段曲折复杂的历程，随着国际形势的变化、中美双方力量的消长，中美关系也在不断地发生变化。进入21世纪，随着中国国力和在国际事务方面的影响力增强，中美外交充满挑战。

今年（2022年）是美国尼克松总统访华和《上海公报》发表50周年。50年前尼克松总统和周恩来总理在北京首都国际机场跨越"世界最辽阔海洋的握手"，打破了中美20多年隔绝对抗的坚冰。中美开启了两国关系正常化进程。2022年2月24日尼克松基金会在美国加利福尼亚州约巴林达市尼克松图书馆举行尼克松总统访华50周年纪念活动，中国驻美大使秦刚出席活动并发表主旨演讲。今年（2022年）是美国飞虎队成立80周年。4月9日，"铭记英雄——纪念飞虎队80周年及二战时期美国援华空军历史图片展"在美国国家航空航天博物馆开幕。秦刚大使出席开幕式并发表演讲。这两则消息显示中美两国外交关系虽然有挑战，但双方都认可曾经的合作。

今年（2022年）是《庐山组曲》创作50周年，在这特殊时刻举办《庐山组曲》相应的纪念活动能重温在冷战之下中美最高层领导人的非凡的战略远见和高超的外交智慧。再次通过《庐山组曲》推动中美文化交流活动将对缓和中美外交关系具有现实意义。

三、吹响回家的集结号

鲁茨主教家族是曾经在庐山居住过的外国人的典型代表。近代在庐山置地做房的外国人和外国组织不在少数，他们的孩子基本在庐山外国学校就读。每年夏天有更多来自世界各地的外国人聚集在庐山。他们举办的各项活动使得庐山成为当时的国际交流中心。

庐山现存近20个国家的600余栋别墅，每栋别墅都有着深厚的人文背景。在《庐山组曲》创作50周年的时刻，可以把《庐山组曲》和鲁茨家族故事为点，庐山曾有过的外国学校为线，学校师生和他们的家庭为面，向世界吹响庐山集结号，召唤曾经在庐山生活过的外国人以及他们后代来庐山探亲、旅游。借此机会挖掘他们家族的故事、建立档案，并利用他们的资源研究、探讨庐山的国际性。

四、再续庐山的国际地位

《庐山组曲》是唯一一首由出生在庐山的外国人编写，并以庐山命名的音乐作品。编曲作者所在的鲁茨家族在20世纪初到中期在中国和世界的知名度，以及家族和中国领导人，特别是与周恩来总理的友情使其与众不同。《庐山组曲》在中美外交特殊历史时刻演奏所带来的世界媒体，特别是美国媒体的关注是对庐山一次国际性的宣传。北京音乐会后，哈顿夫人把《庐山组曲》编入数百场演出中，并把《庐山组曲》编写成管弦乐乐谱演奏、刻制成唱片、录制成磁带等方式让《庐山组曲》的受众更广、更远。

现代的庐山是中国首个以世界文化景观命名的世界遗产地，是首批世界地质公园。进入21世纪，庐山举办过世界名山大会、牯岭之夜国际音乐节、国际作家写作营、牯岭美国学校中国文化研修班等多项国际交流活动，这些活动曾大大提升了庐山的国际性。2022年是《庐山组曲》创作并首演50周年，如何在这特殊时刻，让庐山再次映入世界的眼帘，再续庐山的国际地位对庐山的发展具有深远意义。

作者简介：陈晖，女，联合国教科文组织世界地质公园评估专家，英语教师。从事有关庐山世界遗产、世界地质公园工作近十年。目前在整理、翻译、出版与庐山有关的外国人资料。

三代人的庐山情缘

陈义明

九江学院领导对离退休老人关怀备至,组织我们暑期分批上庐山短期休养。我是"老庐山",本不打算去凑热闹,但我突然想起,今年离我第一次上庐山正好70周年,是个值得纪念的年份。于是,我又决定:去,必须去!

我赶上的是短期休养的最后一批,只有从深圳赶回来的刘其祥老师夫妇和我等四人,就算一个小组,活动自由安排。我们的住地是学院设在庐山的实习基地,位于东谷上中路。这一带我太熟悉了,眼前一望无际的高大林木和散落在这绿色世界的200余栋别墅,引起了我童年的许多回忆。于是我提议,我们这次不逛景点,就看看坐落在优美环境中的庐山老别墅;由我当一回导游,大家跟随我去寻访我70年前的旧居,顺便讲讲陈年故事和我的经历。大家一致同意,于是在王文科长的关照下,我们开始了这次漫游。

初秋的庐山,气候最宜人,明丽的阳光穿过婆娑的树叶洒向地面,使林荫山道斑斓如画。我们沿着上中路东行,看起来这一带的道路布局与70年前相比没有多大的变化,只是路面加宽了,砂石路面变成了柏油路面,小汽车可以畅行;仍然是横向分为上中路、中中路、沿河路(又称下中路),纵向是中一路至中九路。刘老师说:你真熟悉,不愧是"老庐山"。

是的,提起"老庐山",倒要介绍一下我的家史:我的祖父叫陈昌太,莲花乡人,是世居莲花洞蛇土岭下的农民,生于清同治年间(1870年左右）。洋人大肆开发庐山时，祖父被招去参加抬石、开山、修路多年，靠苦力挣些血汗钱养活家小，后因伤病英年早逝，他的墓就在庐山脚下。当时的洋人多为基督教传教士，有一个年轻的美国女传教士叫昊格矩的，见我祖母带着三个孩子，生活困难，且又年轻灵活，就让我祖母到九江基督教教堂当保姆，主要是为洋人做事和搞教堂卫生。不久祖母也成了虔诚的基督徒，识了字，还略通英语；三个孩子也进入教会学校读书。最后，我父亲毕业于九江南伟烈大学（现同文中学），叔叔毕业于北京燕京大学。1914年，父亲被北洋政府招募为华工，到欧洲当兵参加第一次世界大战，在英、法转战八年，于1922年回国。因精通英语，以后多在英资石油公司任职。1938年日军入侵九江，公司解散，父母亲便领着我们兄弟历经千辛万苦逃到赣州，前后又是八年。1945年抗战胜利，1946年初我们才返回故乡。当时庐山光复不久，刚恢复的管理局要对洋人的别墅和产业进行调查登记，却又苦于缺少翻译人才，于是就找到我父亲，并聘他为管理员。这样，我们便于当年初夏举家迁上庐山，住在庐山中四路编号为74B的房子里，从此我们就成了庐山的常住人口。那年我13岁，刚上初中，算起来距今整整70年。

听完我的家史，刘老师颇为感慨。又问，听说最早来庐山开发的洋人叫李德立，是怎么回事？是的，庐山的近代开发是始于李德立。那是1886年夏，22岁的英国传教士李德立沿长江传教布道，由于天气酷热，便来到当时尚未开发的庐山。他被这里清凉舒适的气候所吸引，又为这世外桃源的优美风景所诱惑，于是雄心勃勃，他要在这里寻找合适的土地进行开发。他利用各种手段，经过十年努力，终于从腐败的清政府手上得到了庐山东谷长冲河一带的长期租借权，并将这块土地划分为若干块，分别转卖给其他洋人。这些来自不同国家的洋人经过33年（1895—1928年）的经营建造，就使这个荒无人烟的原始坡地耸立起数百栋风格迥异的别墅，成为一个规划有序、多姿多彩的世界建筑群。山上有"牯牛岭"，李德立将其取英文名为cooling，"cool"是清凉的意思，是形容词，李把它的名词形式cooling作为庐山的名称，巧妙地把"牯岭"英译的音和义结合在一起，对洋人产生了巨大的吸引力，于是，庐山很快成为世界名山。

这个来时20出头的年轻人，至65岁时，对庐山的开发已成规模，他付出的劳碌可想而知。但他并没有把庐山作为终其一生的享乐天堂，而是卖掉自己的别墅离开了庐山，又跑到新西兰去搞开发，据说也取得相当成效。1939年，76岁的李德立在异国他乡去世。我们且不去讨论当时李德立开发庐山的目的、性质，诸如掠夺、侵权等，毕竟仅40年后，这片开发地已成为中国人民拥有的财富，我真不知如何评价这个洋人，但他的事业、努力和精神是令人佩服的。

漫步间，我们已经来到中四路口，抬头突见一个木牌，上写着"赛珍珠旧居"。这是一栋两层楼（一层是地下室）的别墅，是传教士李德立开发的首批建筑物，石木结构，约200平方米，古老而别致。小时我曾到这里玩过，但那时主人早已回国定居。赛珍珠何许人呢？她当时是一个美国小姑娘，童年在这栋房子里度过，后来成为世界文化名人，诺贝尔文学奖获得者。她于1892年出生，一岁即随传教士父亲来到庐山，童年和青少年在庐山生活，十八岁回美国读大学，而她的父母亲却终老在这栋别墅里，父亲的坟地就在屋的近旁。赛珍珠学成后回到中国，在南京金陵女子大学任教，她利用假期来到庐山，在这栋房子里写下了大量文学作品，其中不少是与中国北伐革命、庐山人文有关的和怀念她母亲的名篇，著作有《奋斗的大使》《大地》和《统治者》等。她于1938年获得了诺贝尔文学奖，1974年在美国去世，享年82岁。尼克松总统曾称赞她是"沟通东西方文化的桥梁"，赛珍珠可以说是受过庐山孕育并从这栋别墅里走出来的世界名人，当然值得我们尊敬和怀念！

从赛居下行100米，就到了一座古朴的、庐山最著名的教堂——美国教堂。它建于1910年，约380平方米，它因粗犷的建筑风格而独树一帜，墙体看上去似乱石堆砌，凹凸不平，门窗也像是镶嵌在石头中，整个建筑物好像与大自然融为一体。关于这座教堂的故事很多，我想给大家介绍一位真实存在过的人，以及九江和庐山人民都怀念的与此人有关的悲壮故事。这座教堂属美国基督教会，但来的牧师、传教士很多，并不都是美国人。其中有一个很有名的、在庐山生活了大半辈子的英国牧师，叫都约翰，庐山人都称他都洋人。他在庐山生儿育女，其中有个儿子被孩子们称为小都约翰。1939年日军攻占庐山，因为都洋人曾为抗日守军施行过医疗等服务，日本人便下令让都洋人于当天离开庐山，都洋人反抗，并于当天自杀身亡，时年75岁。更动人的故事发生在1944年，当时第二次世界大战形势已明显逆转，日本已处于劣势，美国驻中国的第十四航队——著名的飞虎队开始袭击日本占领区的重要军事设施，九江沿江一带就是主要目标之一，因长江有日本海军和军用物资。飞虎队多次轰炸累获重大战绩，但也有一些飞机被日军击落、飞行员被捕获的事发生。有一天，日本兵发告示说抓住了一个美国飞行员，将于下午游街示众。九江许多老百姓怀着忐忑不安的心情走向大中路，想看看是怎么回事。果然日军一小队人马来了，他们用杠子捆住一侧手脚吊着一个洋人，另一边手脚则在地上拖行，这个洋人看上去只20多岁，是十足的欧美人样貌，看来已经在跳伞时受伤，加上受日军的折磨，被拖得血肉模糊，奄奄一息。从九江东门拖到西门口时，这个青年洋人突然挣扎着抬起头来喊话了，令人惊奇的是他竟用纯正的九江话喊叫："九江的父老乡亲们，我是美国飞行员，也是九江人，我出生在庐山，是美国教堂都洋人的儿子……打倒日本帝国主义，为父老兄弟报仇……"日本人不知道他喊的是什么，但知道不是好事，突然加快脚步将他拖向江边，有人说是被船带走了，有人说是丢进长江了。事情很快传遍九江，原来他就是小都约翰，生于庐山，童年就生活在这个教堂及周围环境里，常和中国孩子一起玩，能说一口地道的庐山话。二战爆发后，他去了美国，报名参军加入援华的飞虎队，多次受命轰炸日军的九江基地，多次立功，不幸最后落到日军手里。

这个真实感人的故事，我并未亲历，那时我还是个在后方逃难的小学生。但说来也真有些缘分，50年后一个意外机会却让我见到了英雄的两位战友。1989年，九江教育学院接到市外办通知，说有两个美国老人从庐山下来，因我们有英语系便于沟通，就请我们接待一下。当时我是学院的教务处长，领导决定由我带着两个英语老师承担这项工作。原来来访者是当年美国陈纳德将军飞虎队的两位飞行员。交流之余，我就给他们讲起了小都约翰的故事。不料其中一位白发苍苍、名叫保罗的老飞行员突然激动起来，说："我虽然不认识小都约翰，但听说过此事，我和他不在一个飞行队，却都在湖南芷江的美军空军基地。那时我的分队是飞广西执行任务，而他的分队是空袭长江日军。我知道在长江作战时牺牲飞行员的事，却不知英雄们下落何处……"我告诉保罗，这个小都约翰就牺牲在我们庐山脚下的浔阳江畔，他就是你们昨天到庐山访问时看到的那个美国基督教堂走出来的美国青年……啊，小都约翰！你不会想到50年后还有你的战友来造访你儿时的乐园和就义的天堂。小都约翰你可以安息了，你是芷江飞来的英雄，芷江——就是日本侵略者向中国军方投降签字的地方（1945年8月，日军总司令冈村宁次在芷江机场签字向中国投降）。小都约翰，你没能回到你的祖国，你的英灵却回到了生你养你的故土——庐山。

讲完这个故事，看到眼前的教堂，我自己也沉默伤感。我低头走向教堂的侧面，发现满地都是漂亮的扇形树叶，抬头一看，这不正是那棵古老的白果树吗？我告诉刘老师，我童年曾在这里捡树叶玩，当时树约一人抱，估计现在要四人抱了。白果树是著名的长寿树，又叫公孙树，学名银杏。看来这棵树有200多年了，在建教堂时就保留下来了。我告诉同行者，庐山是著名的裸子植物如杉松柏等的主要生长基地。同时还有不少稀有珍贵的树种，那棵檫树也有一百多年了，檫树是最优质的制枪托的木材。刘老师问："黄龙潭的三宝树是什么树？听说都有千年了。"他这一问我又想起另一段往事。我很肯定地回答，这三棵树中两棵是柳杉，另一棵就是白果树，它们都没有一千年，只有六七百年的树龄，因为我是有依据的。想起童年在庐山时曾看见父亲为工作常翻阅一本很厚的带照片的书，我知道它是一本关于庐山的书。60年代中后期我回乡工作，突然在老书架上看见那本书，翻开一看，才发现是一本了不起的书，约500页，红色精装硬皮书面，书名为 Lushan History，直译是《庐山历史》，实际这是一本很详尽的英文版的《庐山志》，是由李德立组织许多英国专家于1921年编写的，书的内容主要是调查、考据庐山的自然环境和人文历史。记得其中就有一段有关"三宝树"的介绍。经查阅资料，走访黄龙寺老僧人，作者写道："三宝树"是明朝初期的僧侣栽种的，原本有400余株，后发生一次火灾，烧毁一些，又被一些僧人砍伐卖掉不少，只剩几十棵，最后才保留下这三棵。这些英国作者当年深入黄龙一带查寻，还真发现了不少尚未完全腐烂的树墩，按年轮推算这批树有600多年树龄是可靠的。我非常珍惜这本书，于是突发雄心，想把它翻译成中文，于是用晚上工作之余埋头苦干，约一年时间译完300多页。当时九江政协有位李姓主委，看了我的部分译文后很赞赏，鼓励我译完全文，那大概是1965年，我32岁，自信我的专业知识和英语程度可以完成这部译作。可惜不幸的事发生了，"文革"来了，红卫兵抄了家，把那本书和300页译稿一并抄走了，说是崇拜帝国主义的文化侵略，一把火烧掉了……我心灰意冷，再也不愿想起这段心酸的往事。刘老师听后颇感惋惜，问及我的专业，说我是什么专家，这我就不敢当了，只能说兴趣所至，略备专业知识。谈到专业我确实又与庐山有不解之缘，作为旧事也就简略说说，人老了，绝无渲染之意。

受庐山自然环境的影响和熏陶，我自小热爱生物，并就读于古老的九江同文中学。说来我这个班还出了一些名人，如我校现任名誉校长杨叔子院士、著名医学翻译家王贤才，以及我校退休的黄云从、曹邦清教授（去年去世）。1951年我高中毕业，第一志愿录取浙江大学农艺系（院调整曾用名农业大学等，现又恢复原名），毕业后留校在植物生理教研组当助教多年。植物学当然是最基础的知识，当时学习苏联，教本都是苏联的，外语课也是学俄语，而我的校长、指导教授却都是留美的，著名的中国遗传学家谈家桢亲自讲达尔文主义。因此当助教时我暗暗地读了两本美国大学的植物学及生理学经典教本。后又进修过植物分类学，教本用的是胡先骕先生所著的《中国植物分类》，像一本大辞海。胡先生是中国大名鼎鼎的植物分类鼻祖，留美博士，原江西中正大学校长。说来又是有缘，他老人家就是庐山植物园的创建人，身后要求回归庐山大自然，墓地就在庐山植物园对面那座山的后面，庐山植物园有"三老墓"，其中"一老"就是胡先生。读了这些书也可以说是打下了专业基础吧，当然同时还有实践。英语是在中学打下的基础，当助教时经过努力自学，也曾翻译多篇农、林专业的科学文章，发表于《生物学通报》和《林业译丛》等全国性科学杂志。

回家乡后也多从事植物遗传育种方面的生物课教学工作，"文革"后当选为省植物学会理事、九江市生物学会理事长，做了一些科研工作，培养了一批学生，仅此而已。关于庐山植物的研究，我谈不上专业，但也有件涉及的趣事：1979年国家恢复职称考试，我报名由中科院庐山植物园主持命题的考试，给我的试卷是一篇英文的《庐山的自然环境和植物生长》，2000字，要求两小时内译完。我顺利地提前完成，一些同事便传言我是专家，其实也就是一般科普知识而已。但值得欣慰的是，我是恢复职称考试后，第一批获得中、高级职称的人。你看这不都是与庐山的情缘吗？

谈话间到了中四路中段，我找到了我70年前住过的老房子——中四路74号B。这是一栋较小的平房小楼，约120平方米，L户型，进门是客厅，右边是间玻璃房，那就是我的卧室，一切都无多大变化，但都修理出来了，据说现在为庐山五一疗养院所属。房前院子里有一块很大的石头还躺在那里，这是我小时候常和小朋友爬上爬下玩耍的地方；当年院子里有十几棵小树，现在都成了一人抱的参天大树了。我们坐在石桌旁休息，大家听我讲述当时经历的一些往事。1946年初夏我随父母亲、哥哥全家四人上了庐山，当时山上人很少，显得冷清而宁静，到七月份突然热闹起来，传说蒋介石（当时叫委员长）和夫人宋美龄上山了；不久大量的达官名人也上山了，原来是国民党要在庐山开中央全会。一时间服务人员紧缺，比如搞卫生、食堂勤杂、洗衣等需要大量人手，于是我母亲把舅妈等亲友也叫上山来，从事洗衣服等劳务，每天都有现金收入足以维持生活。这时山上的主道常有轿子来往，那都是高级官员和贵人的交通工具。一般的轿子也就是两人抬的竹制软轿。一次我从河东路上街，前面走来两个身穿蓝色中式服装的人，对我们行人说："请靠边一下。"接着来了一顶轿子，轿子并没有遮帘，里面坐着一个穿军装、有点白胡子的人，看上去似乎很眼熟，轿子走过后，人们才想到那就是蒋委员长（当时这样称呼的），因为他的挂像人人都见过。后来这种场面庐山人大都遇到过，我就碰到过四次。一天傍晚，在我住的中四路河东路口，我带着小表妹在路边玩耍，又出现了便衣人员招呼小孩们靠边站，接着就看见穿马褂的蒋介石和宋美龄步行而来，宋还向小朋友招招手，最后跟着来的是两顶轿子，据说他们是沿河下行散步，然后乘轿返回。还有许多国民党大官我们不认识，但有一位我是认识的，那就是蒋介石的儿子蒋经国，因为抗战期间我在赣州读小学时，他和他的苏联妻子来校视察过，这次在庐山遇见当然会认识。

当时在庐山还有一件重要大事，就是国共和谈，其间美国总统特使马歇尔率美国调解团多次上庐山，因此在路上遇见美国军政人员也是常事。一次我叔父上庐山来玩，我陪他路经中四路美国教堂处，突然前面出现一群美国人，看上去都是有身份的，有的穿军装，有的穿西装，他们都是步行。走近后，我叔父突然上前与一位穿西装的年纪较大的洋人说起话来。

这个洋人高高瘦瘦，有点小胡须，看起来很和蔼，二人高兴地说了四五分钟的话，我站在旁边不明就里，也不知这位美国长者是谁。后来叔父高兴地告诉我，他遇见了他燕京大学的老校长、现任美国驻中国大使的司徒雷登先生。啊，原来是位大名鼎鼎的人物。我叔父1927年自燕京大学毕业后到河南大学教书，再也没有见过老校长。司徒雷登这位长者也算是个见证中美人民友好的传奇人物，不用多说，就在2016年（9月6日）举行的G20峰会上，习近平主席在迎接美国总统奥巴马的欢迎会上介绍杭州时说："杭州是中美建交时的谈判地……有一位著名的美国朋友司徒雷登，就出生在杭州，后任北京燕京大学校长，去世后为了中美人民的友谊，按他的遗愿，他的骨灰也葬于他的出生地杭州……"我也算是有幸见过这位历史名人了。

我们一行最后来到庐山大厦，这是蒋介石在庐山亲自筹建的第一座中国式的大厦，旁边还有当时的图书馆，前面的平台，就是蒋介石发表"抗日宣言"的地方。

人间沧桑弹指间，当年我在这里游戏时，还是一个不懂事的少年，今天坐在这里的已是老人了！2013年，我80岁时随旅行团去台湾一游，我们瞻仰了台北中山先生纪念堂，也参观了蒋介石的慈湖陵园。慈湖是一个美丽而幽静的小湖，四周是葱葱树木半围着的小山峦，后面是一排中国书院型的平房，蒋介石的灵柩就停放在这里，游人们可随意自由参观。进门后，我绕到后厅，果见正中摆放着一副巨大的红木棺柩，旁边有几位穿中山装的工作人员。我有意走近问他们："这就是蒋老先生的灵柩吗？"答曰："是的。"又问："为什么不安葬？"答曰："蒋先生生前曾表示想回大陆老家奉化，想和他母亲在一起……"啊，不必多问了。听说离此一里之遥的地方就是他儿子蒋经国的灵房，同样也是停棺未葬。中国人嘛，都是华夏儿女，都讲共同的祖先，讲忠讲孝，说到底都是一个祖国啊！我默思着，七十年前在我的家乡庐山见到的这位老人，居然躺在海峡彼岸，有些苍凉，看来他是不安心的，他要回去，回到他母亲的身边！

我在高雄的一个公园里发现一位老人，看他抽着江西的名牌金圣香烟，以为他也是江西来的游客，一问才知道他确实是江西安义人，但不是游客，而是88岁的国民党老兵。当他知道我们是来自江西九江的游人，突然精神起来，眼眶含着泪花，嘴唇抖动着用带南昌口音的普通话告诉我们：他是1948年随军队来台的，两岸开放后三次回家乡为父母亲上坟，现在老了，不能再回去了，但总是想到老家的情景。他在高雄有个家，一个60岁的女儿照顾他，经济收入还是足以过日子的。他抽大陆特别是江西的烟，就是为了缓解他的思乡之情。我们临走时，他送我们上车，又见他泪流满面。真是老乡见老乡，两眼泪汪汪啊！

是的，一个中国，任何形式的分裂和闹独立都是不可能得逞的。祖国强大了，人民幸福了，都是中华儿女应该团结起来，在以习近平同志为核心的党中央领导下，迈向伟大的民族复兴。多好啊！

我们一行结束了这次庐山别墅的寻访，我也有点疲惫了，刘老师却保持着激情，建议我写篇游记，作个纪念，于是，回来后我就草就了这些文字，献给我的家乡——庐山。啊，再见，我儿时的乐园！我还要来，因为故事还没讲完。

沈祖荣故居巡礼

程焕文

长江以南，鄱阳湖之西，雄峙于江湖之会，紧傍于京九铁路与长江交汇点的庐山，峰岭绵延，巍峨雄壮，险情深幽，瑰丽灵秀；春山如梦，夏山如滴，秋山如醉，冬山如玉；素以神奇的自然风光和宜人的气候蜚声中外，并享有"匡庐奇秀甲天下"的盛誉。但是庐山绝不仅仅是著名的旅游避暑胜地，自两千年前司马迁将庐山载入史册之后，帝王将相、达官贵人、鸿儒硕学、文人墨客、高僧奇士，纷至沓来，或寻访探幽，或隐居修学，或讲学论道，或运筹帷幄，留下了浩如烟海的文物古迹、诗歌辞赋、名人轶事；庐山有着璀璨悠久的历史内涵，丰富深厚的文化积淀，鬼斧神工的冰川地貌，神奇独特的宗教蕴涵，神秘莫测、惊心动魄的政治风云。其人文历史的无穷魅力又使庐山成为令人神往的"世界文化景观"。在这令人陶醉、迷恋的"世界文化景观"中，如今又增添了一处令人神往的图书历史文化景点——中国图书馆学教育之父沈祖荣故居。

一、心驰神往

一提到庐山"沈祖荣故居"，总免不了使人产生无穷无尽的神奇遐想。沈祖荣宗师祖籍四川忠县，青少年时代生活在湖北宜昌，一生与位于湖北武昌昙华林的文华书林和私立武昌文华图书馆学专科学校同呼吸共命运，为何其故居却远在江西庐山？这自然会引起人们的种种猜想，但是，猜想毕竟是猜想，而在猜想的背后却蕴藏着一连串神奇的故事。

早在20世纪20年代，文华书林和"文华图专"蒸蒸日上、蜚声中外之时，年轻的沈祖荣宗师每年夏季都患痢疾，虽遍访名医，仍久治不愈。后经武汉一位名医诊断，此乃水土不服，以庐山之水方可治愈。是故，沈祖荣宗师乃赴庐山，廉价从一位居士手中购得其位于香山路574号的禅房两间。其时该禅房因年久失修已十分破陋凋敝，沈祖荣宗师乃略加修葺，并亲手在门前种下三棵柏树，因陋就简以做夏季疗养之用。

说来也真神奇，沈祖荣宗师的顽疾从此以后便不治而愈，因此，沈祖荣宗师对庐山一直充满着向往和眷恋，除抗日战争时内迁重庆以外，大多数年份的夏季均会到庐山休养。

1959年，沈祖荣宗师自武汉大学图书馆学系退休以后，曾常偕夫人姚翠卿到庐山长住。1967年，"文革"开始以后，沈祖荣宗师被造反派安上了一系列的罪名，并被列入武汉大学"第一号通告"的重点批判对象。那年夏季，武汉大学图书馆学系的两个"革命干将"曾将80多岁的沈祖荣宗师从庐山押回武汉批斗，从而导致沈祖荣宗师多次休克。1969年，沈祖荣宗师带着莫须有的"问题"远离喧嚣的武汉，再次来到这世外桃源般的庐山寓所，颐养天年。那时，沈祖荣宗师最为欣慰的是几十年前他在寓所门前亲手栽种的三棵柏树已十分高大挺拔，犹如"三个卫士"在一场浩劫之中忠诚地守卫着沈祖荣宗师。

沈祖荣宗师当年为什么要栽种三棵柏树？后来为什么又如此看重这三棵柏树？这的确是个谜。沈祖荣宗师的女儿沈宝媛曾提到：沈祖荣宗师当年曾笑称那三棵柏树是为三个女儿栽种的。此说似有沈祖荣宗师希望其女儿成才之意。但依笔者之见这似乎亦不尽然，因为沈祖荣宗师共有一儿三女，倘若是为了"望子成龙"则应种植四棵柏树才合情理。我猜想：植三棵柏树的缘故或许会有更多的意味："三"在中国文化中乃是一个吉数，"三"者"生"也（谐音）；"十年树木，百年树人"，此乃沈祖荣宗师一生之理想，因而晚年时目睹参天树木，虽忍辱负重仍时常以一生之"树人"（教育救国）为欣慰；柏树千寿，虽历尽风霜，仍巍峨挺拔，高风亮节，其本身亦有寓志之意。

更为神奇的是，1977年2月1日清晨，沈祖荣宗师在庐山寓所与世长辞，数小时后，姚翠卿师太亦因悲伤过度而随之而去。两位九旬老人虽非同年同月同日生，却在同年同月同日无疾仙逝，这怎能不令人称之为福气，又怎能不令人称之为神奇？

这看似平常的故居却蕴含着一代宗师如此多的神奇故事，并无时无刻不散发着诱人的魅力，这怎能不令人心驰，又怎能不使人神往？

二、朝觐故居

我虽为鄱阳人氏，但从未领略过庐山风光；虽深谙"沈祖荣故居"的诸多神奇故事，但一直只是在想象中复原故居的风貌；虽然从事过有关沈祖荣宗师的专门研究，但对宗师在庐山的生活始终缺乏真切的领悟。

2001年7月21日，应沈宝媛女士和林念祖先生的盛情邀请，我有幸偕家眷自广州赴庐山，朝觐沈祖荣故居，同贺故居重新开放，于是，一个强烈的夙愿顷刻变成了美好的现实。坐上飞驰北上的京九列车，仿如展开想象的翅膀；宗师已乘黄鹤去，故居今夕是何样？那三棵护卫故居的柏树是否高耸入云，荫可蔽日？宗师的墓冢是否依然屹立在高山之巅？在经历了一夜的急切祈盼之后，我们于次日清晨到达了九江。庐山就在眼前，但是翻腾的云雾把庐山笼罩得严严实实，仿佛拒绝让人感受"采菊东篱下，悠然见南山"的情趣。

我们坐上前来迎接的小车，在蒙蒙细雨中沿着蜿蜒的盘山公路缓缓驶上庐山之巅。车在盘旋，苍松、翠竹、鲜花在云雾中一幕一幕地闪现，仿佛在演绎"人间四月芳菲尽，山寺桃花始盛开"那种世外仙境。路在延伸，村庄、田野、山川在攀升中一步一步地缩小，好像在刻写"脚下的路越长，心中的情越深"那般朝圣的情愫。大约上午10点，待到"惊回首，离天三尺三时"，我们已经到达"云中山城"——牯岭。山下热浪翻滚，山上却清风阵阵，难怪早期到庐山的英国传教士硬是把"牯牛岭"改成了"牯岭"（Kuling），使之与英文的"cooling"（凉爽）谐音，以突出这清凉世界的魅力。

由牯岭镇向西沿东谷与西谷间的林间公路行去，不一会儿，我们终于到达了香山路574号——沈祖荣故居（现为白云观6号），鹤发童颜的沈宝媛女士信步迈出大门，高兴地将我们迎入了一楼客厅，耄耋之年的林念祖先生兴奋地拄着拐杖从沙发上站起来跟我们一一握手。少顷，早已先行到达的沈家三代十余人便陆续汇聚客厅。我们相互问候，继而围坐在两位耄耋老人的身旁，宛如久别团聚的一家亲人，一边品尝着庐山的云雾香茗，一边聆听着两位前辈的娓娓诉说。

1977年沈祖荣宗师逝世后，遵照宗师的遗愿，沈宝媛女士将沈祖荣宗师故居捐献给武汉大学，专供老教授到庐山疗养。20年后，当沈宝媛女士重游故地时，沈祖荣故居因年久失修已面目全非，尤其令人遗憾的是其用途已有悖于宗师的遗愿。不得已，沈宝媛女士只好收回故居，另觅有志于弘扬宗师遗愿的单位重新整修开发。广州市一国家机构问询后慨然出资四百余万元全面整修的沈祖荣旧居旧貌换新颜，灿然呈现在庐山之巅。它不仅接待来自广州此机构的老干部赴庐山疗养，而且还接待来自世界各地的图书馆学专家，同时更向社会开放。于是，一代宗师的遗愿在新的世纪得到了新的升华。

百闻不如一见，眼见为实，先睹为快。睿智幽默的林念祖先生恰到好处地合上了滔滔不绝的话匣。于是，在沈宝媛女士的引导下，我们开始兴致盎然地欣赏故居的精致。沈祖荣故居原是一栋两层的主楼和一栋一层的附房组成的西式洋房。重新整修后的故居虽然在外观结构上仍然保持着过去的格局，但丰富了其人文色彩，强化了其历史气息。

从外观上看，故居那灰白色的大理石外墙、圆拱形铝合金茶色玻璃窗、欧陆风格的大理石阳台和橘红色的锥形屋顶在青翠的树林中格外耀眼夺目。故居的四周新添了由水泥石柱和铁栅栏构成的院墙，院墙的东侧是欧式铁栅院门。由院墙东侧的铁栅院门入内，左面矗立着一块一人多高的木鱼状天然巨石，上面镌刻着"木鱼石"三个秀丽的隶书大字，旁注"新民刊，大智书"六个小字，微风中仿佛在不断地回响着悠扬的木鱼敲击声。右面是沿院墙新植的五彩缤纷的花圃长带，各种盛开的鲜花在四季常青的木本植物的衬托下光彩夺目，芳香四溢。花圃边缘两张面向故居的铁架木质长椅仿佛在悠悠然展现宗师夫妇当年在门前小憩的恬静。院中并排而立的三棵柏树高大挺拔，显露出故居的庄严与神圣，两盏英伦特色的铁柱路灯透着静谧与幽雅。在院中紧邻主楼和附楼结合部的正面方向矗立着一块约1.5平方米的沈祖荣故居的石碑，上面镌刻着我应邀撰写的碑文。如今黑色石碑上金光闪闪的楷书碑文正在向往来的人们述说着宗师的丰功伟绩和故居的故事。

三、祭奠宗师

1977年2月1日沈祖荣宗师与姚翠卿师太在庐山寓所与世长辞后，一直长眠在庐山之巅，在过去的25年中，只有宗师的亲人不时地远赴庐山扫墓祭奠。如今，作为宗师的第三代弟子，我终于有机会和宗师亲人一起去祭奠宗师英灵，心中充满了神圣、敬仰之感。

2001年7月21日早晨，一轮红日从鄱阳湖水面上喷薄而出，晨曦驱赶着翻腾的云雾，须臾之间，笼罩着神秘面纱的庐山犹如芙蓉出水露出了苍翠欲滴的秀丽面目。早膳后，我们十余人怀抱着鲜花乘坐小巴，从沈祖荣故居出发，经香山路至牯岭街，再向西经慧远路到大林沟右侧立有东林寺路路牌的一块空地上停了下来。东林寺路顾名思义自然就是通往东林寺之路。东林寺乃佛教净土宗始祖慧远于东晋太元九年（公元384年）创建，距今1600多年，是中国佛教八大道场之一。东林寺路是一条山道，我们只能徒步上山了。我们一行缓步沿着通往东林寺的山路上行，没走多远就来到了一片墓地，越往上走坟墓越多，我们已经到达了庐山的公共墓地。继续上行几分钟后，便到达山梁的凹口，山道从另一面向下延伸，沈宝媛女士说，我们要左拐继续上行到制高点——海拔1121米的土坝岭。

通往土坝岭的羊肠小道在公共墓地中蜿蜒盘旋，越往上杂草荆棘越多，小道越来越模糊，待到达山脊时小道已经很不明显了，远处在土坝岭顶端架设的一个铁架台——森林防火瞭望台便成了重要路标。到达森林防火瞭望台继续向前走大概一百米，在山脊的向阳面便是沈祖荣宗师和夫人姚翠卿师太合葬的墓冢。

穿过墓后齐腰深的茂密草丛，我们一行十人来到墓前。沈祖荣宗师和姚翠卿师太的合葬墓是一个水泥墓冢，宽约1米，长约2米，墓头高约1.4米，坟头正面长方形的凹面镶嵌着墓碑，上书"慈父沈祖荣、慈母姚翠卿之墓"几个大字。

默默端详着宗师的墓冢，我心中充满了敬仰和惆怅。待沈宝媛女士和沈家亲属进献鲜花，并三鞠躬祭拜之后，我一家三口肃立墓前，依照沈宝媛女士"规定"的祭拜程式，深深地向沈祖荣宗师和姚翠卿师太三鞠躬。那一刻我的心灵完全被净化，一种皈依图书馆学和图书馆事业的神圣感油然而生。

祭拜完毕后，我们一行开始原路返回，我一步一回头，不忍匆匆离去，于是在行走约30米后又独自折返至墓前，情不自禁地弯下双膝，向沈祖荣宗师和姚翠卿师太深深地磕了三个响头，潸然泪下，思绪万千……

四、情系庐山

自庐山返粤后，我立刻给旅居美国加州的沈宝环教授去信，描述我们赴庐山朝觐宗师故居和祭奠宗师的情形，并附数十张相关照片。很快，沈宝怀教授就有了回复。在信中，沈宝环教授反复述说与父母分别半个多世纪的惆怅和眷念，并与我相约来年共赴庐山祭奠宗师。我怎么也没想到，我和沈宝环教授这个约定后来竟成了我们的终生遗憾。那时，沈宝环教授的身体每况愈下，行动颇为不便，只好深居简出，每年最多去台北处理一些事务。后来医院检查发现，沈宝环教授已进入肠癌晚期，多次住院和手术使沈宝环教授的身体更加虚弱，回国已经希望渺茫。尽管如此，不知病情的沈宝环教授在来信中还念念不忘提及我们一起赴庐山的约定，令我感慨万分。

2004年9月9日凌晨3时（美国西部时间），沈宝环教授因病医治无效在美国仙逝，哲人其萎，海内外图书馆界无不为之哀恸。在其后的一段时间内，沈宝环教授的夫人贺湘云女士、女儿沈梅，以及华美图书馆员协会执行董事长曾程双修女士，一直与我保持着频繁的越洋电话和电子邮件交往。为了纪念沈祖荣宗师和沈宝环教授，我们商定：一、在大陆设立"沈祖荣沈宝环纪念奖学金"；二、利用颁发"沈祖荣沈宝环纪念奖学金"的机会，邀请贺湘云女士回国，共赴庐山，完成沈宝环教授遗愿。

2005年10月12日，沈宝媛女士、沈祖荣宗师的外甥女陈维尊、张伟萍、沈祖荣宗师的曾外甥女张惠，以及著名书法家吴志俭先生（"沈祖荣故居"和深圳"好日子"牌香烟题写者）和我等，陪同专程从美国回来的贺湘云女士和她妹妹贺聿珠女士（来自台北），一同乘坐京九列车前往庐山，去实现沈宝环教授的遗愿——祭拜沈祖荣宗师。像沈宝环教授一样，贺湘云女士平易而有亲和力，豁达而健谈。一路上，我们一直在谈论着沈祖荣宗师和沈宝环教授父子的故事，活在我们心中的沈宝环教授仿佛一直在和我们同行。

10月13日上午，我们一行安抵沈祖荣故居，从武汉赶过来的沈祖荣宗师外甥女邹维琳一家已在此等候，时任庐山图书馆馆长的刘庐松亦前来迎接。14日上午，我们一同前往土坝岭祭奠宗师。令我感到惊喜的是我在2001年上庐山时的一个提议早已变成了现实：林念祖先生和沈宝媛女士夫妇在那次庐山之行后便已出资重修了沈祖荣宗师和姚翠卿师太的墓冢，新修的合墓焕然一新,气势磅礴,在庐山公墓中闪耀着福地的光彩。墓碑上镶嵌着沈祖荣宗师和姚翠卿师太的肖像,碑文已改为"父沈祖荣、母姚翠卿之墓",立墓者则为"子沈宝环、女沈宝媛",端详着碑文,我顿生一种沈宝环教授魂归故里和父母长相守望的感觉。我们在庐山之巅祭奠沈祖荣宗师,追思沈宝环教授,默默地为前辈开创的图书馆事业和图书馆学术祈福、祝福。

在庐山的时候,热情好客的刘馆长专设晚宴接待我们一行。席间,我向馆长赠送了他祈盼已久的《中国图书馆学教育之父——沈祖荣评传》一书,刘馆长则特地向我们展示了江西文献委员会编的《庐山续志稿》(1947年江西文献委员会印行)卷三第40页的复印件,其中有一段令馆长感到十分骄傲的文字:

> 庐山图书馆成立典礼"为庐山文化创一新纪元"。庐山图书馆成立后的第一年,由庐山管理局直接管辖,派员办事,图书未丰,经费有限,管理亦颇简单。二十七年七月间,庐山管理局局长谭炳训奉熊主席谕,庐山图书馆改变组织,成立管理委员会,籍群策群力,发展馆务。管理委员会之组织规程,旋奉江西省政府,八月十九日教字第三零九号核准,各委员嗣经分别派定。九月二十七日,管理委员会即于牯岭正式成立,并召开第一次委员会会议。按其时管理委员会计五人为欧阳祖经(教厅派)、谭炳训(管理局长)、罗肖华、曾大钧(省政府派),又一人为励志社代表(未派定)。另征集图书委员程时煃、谭炳训、陈任中、袁同礼、沈祖荣、陈三立、陈布雷、欧阳祖经等。

在庐山我们还特意参观了"老别墅的故事"。那里同样有为了避"热病"和疟疾而在庐山置地安家的美国传教士赛兆祥的别墅(其女赛珍珠曾常住此地写作，并获1938年诺贝尔文学奖）。那里有粗犷豪放的石墙和精致娇巧的蓝窗构成的美国圣公会教堂（庐山中四路283号）。站在美国圣公会教堂中央，凝视耶稣基督为救赎世人而受难的十字架，听着沈宝媛女士述说沈祖荣宗师和姚翠卿师太当年常来此地做礼拜的情景，我一直在心里反复吟诵那神圣的诗句："我一直在心里暗暗设想，天堂应该是图书馆的模样。"

2005年10月16日下午，2005年度"沈祖荣沈宝环纪念奖学金颁奖仪式"在中山大学图书馆总馆聚贤厅隆重举行，共有13名硕士生和24名本科生获得本年度的"沈氏奖学金"，沈宝媛女士和贺湘云女士共同发表了热情洋溢的致辞，缅怀沈祖荣宗师和沈宝环教授的丰功伟绩，鼓励莘莘学子为振兴中华而努力读书，获奖学生纷纷誓言发扬光大"智慧与服务"的精神，服务社群，造福人类。一代宗师的图书馆精神薪火相传，绵延不绝。

作者简介：程焕文，现任中山大学信息管理学院二级教授，图书馆学专业与历史文献学专业博士生导师，国家文化遗产与文化发展研究院院长，兼任国际图书馆协会联合会（IFLA）文化遗产咨询委员会委员，中国图书馆学会副理事长，国务院学位委员会全国图书情报专业硕士教育指导委员会委员，教育部高等学校图书情报工作指导委员会副主任委员，广东省高等学校图书情报工作指导委员会主任委员。

我参与的重要会议接待轶事

周永林

1959年7月2日至8月1日,中共中央政治局扩大会议在庐山召开;紧接着,8月2日至8月16日,中国共产党八届八中全会也在庐山召开。有一天,九江地委书记吴平主持召开了地委机关全体干部大会,会上宣布地委机关外迁,办公大楼改作他用,要求大家不准议论打听搬迁原因。同时宣布以地委副书记袁健为首的留守人员名单和有关纪律,我有幸被安排在留守人员中。

从6月开始,整个会议接待工作分山上和山下两部分。山上由江西省委副书记方志纯、庐山管理局党委书记楼绍明负责,山下由地区专员朱冰和地委宣传部长崔玉峰负责。

山下接待场地,一是九江地委机关办公大楼,为九江接待站,作为中央主要领导下榻之处;另一处是庐山交际处设在九江的第二招待所,为各大区、省、市领导来往之地。九江地委机关二楼正副书记办公室,安排为几位政治局常委在山下休息、用膳、住宿的地方。一号房间摆放一张沙发、两把木椅、一张三个抽屉的办公桌,桌上放置茶杯、热水瓶,一张用厚实的樟木板特制的大床,安置着普通的蚊帐、棉被和一条毛毯。其他领导房间,除床不同外,别的陈设都一样。

我被安排在九江地委机关接待站,负责日常生活用品采购,各省市送给全会的土特产的保管,接待来站过往的各级领导,并管理接待站的日常事务。为方便工作,专门为我配了一部北京吉普和上下庐山的特别通行证。我被指定担负四位政治局常委的接待,受到组织和领导的特别信任,心中很是激动、自豪！

大会之前，公安部领导首先来九江检查指导接待站的筹备工作，周恩来总理亲自来到接待站查看有关准备事项，并到卧室、餐厅、厨房视察，对我们的工作表示满意，但当他看到各办公桌抽屉内都有一支口红时，即提出批评并令当场撤去。

大会期间，我曾因事上山数次。一次，中央派飞机送来一封绝密文件，崔玉峰部长令我立即送往山上交周总理亲收。任务完成当晚，负责山上接待工作的地委秘书长杜英权给我一张票到庐山疗养院参加舞会。当我手持特殊通行证进入疗养院大礼堂时，见舞厅四周安排了三排座椅，第一排座椅前的茶几上摆放着各式糕点和糖果，二、三排座椅上坐满各地的中央委员们。乐队正在演奏着欢乐的舞曲，许多委员在厅中自由踏步翩翩起舞，悠扬悦耳的轻音乐，令人感到心情舒畅。我刚坐到前排一个位子上，便走过来一位身穿深色旗袍的女士请我跳舞，我顿时紧张起来，不得不踏进舞场，没有转两圈，已是汗流浃背。原本没想到跳舞，只想见识一下大世面，看看领导人物的风采。不知不觉来到周总理身边，看见总理踏着慢四步，笑容满面，神采奕奕，我心中顿时放松下来，崇敬之情油然而生。

另一次，我陪地委副书记王书枫上庐山，秘书长杜英权给我们两张戏票，晚上到庐山电影院看演出，入场后坐在第五排中间的位子上，只见大厅内已经坐满了中央委员们，少顷，一大批党和国家领导人步入前三排就座。当毛泽东主席健步进入剧院时，全场顿时响起一阵热烈掌声，毛主席频频向大家挥手致意，坐到前排中间的位子上。演出的是江西赣剧团，歌声悠扬激昂、清心悦耳，到深夜十二点才结束。落幕时，全场爆发出热烈的掌声，剧场里处处欢声笑语。在电视没有普及的年代，能亲眼见到毛主席是人生最光荣的时刻！等毛主席、周总理等领导人离场后，大家才缓缓离开。我回到宿舍，心情仍然非常激动，久久不能入睡。

大会期间，地委召开过一次县委书记会议。周总理闻讯，特意亲临会场接见与会人员，并同大家合影留念，我也有幸参与其中。

会议结束后，毛主席坐火车离开九江。各大区、省、市委的领导们也纷纷返程。西南局书记李井泉是江西人，他带一行人特地来九江地委告别。吴平书记会见他时，把我叫到身边介绍给李井泉，说我是他的小老乡。吴书记问我有什么好东西送给大书记，我去仓库拿了二盒龙井茶，一盒九江茶饼，双手送给李书记，李书记握着我的手，连连说，谢谢，谢谢！

1959年5至10月，我有幸为庐山会议服务，因此接触到从中央领导到各大区、省、市、军队的领导，在我心中留下永久难忘的记忆。

我任九江地委总务股股长长达6年，当时机关内没有安保部门和外事机构，市内没有宾馆。无论什么规格的接待领导都交由我安排，上至国家领导来浔，下至县区领导会议，均由我具体负责。招待他们基本上都是"四菜一汤"。我也经常陪同地委书记到各县检查工作，县委接待也只是到的时候和离开的时候各招待一餐。平时住招待所，中、晚餐二菜一汤，规定一天付4毛钱的伙食费。

1958年10月，上海新中国京剧团整编制迁往庐山，更名为江西省庐山京剧团，许多文艺界知名人士齐聚九江。九江地委定在浔庐餐厅举办酒宴，以示欢迎。九江地区党、政、军、人大、政协五套班子全体领导人，陪同梅兰芳、周信芳、盖叫天、尚小云等等一批艺术家出席。吴平书记领着我陪同梅兰芳坐在首席。席间，大家相互敬酒，气氛热烈。1959年5月，庐山会议前夕，各地党、政、军领导都要上庐山赴会。地委决定，趁他们在浔暂歇之际，举行一次招待会，令我在地委机关餐厅办几桌酒席，以示欢迎。地委领导对两次宴请，事前都给出了明确指示，不能喝名酒，吃山珍海味，招待餐费每人1.50元，不准超支。我按要求，给浔庐餐厅经理和机关厨师们做出明确规定：酒为江西四特酒和九江封缸酒，8个菜是红烧肉、银鱼炒鸡蛋、冬笋炒肉片……外加一碗番茄鸡蛋汤。

这两次招待会，虽然没有高档酒菜，席间气氛十分热烈，客人相互频频举杯，欢声笑语不绝于耳，那种高兴劲，似久别重逢的亲人。

20世纪五六十年代，共产党廉洁奉公，社会风气好，干部们真心为人民服务，老百姓拥护共产党。

作者简介：周永林，1931年7月出生，九江都昌县人，九江市广播电视局退休干部。1953年1月加入中国共产党，1956年至1961年担任中共九江地委总务股股长，曾任国家广电部庐山休养所所长，庐山电视台副台长。

忆在庐山公安部队之往事

王耀洲

一

1949年5月18日庐山解放了,隶属中国人民解放军中南军区行政委员会管辖,不久中南军区警卫团先后派了两个连队的中国人民解放军到庐山,一个连队专门负责中南军区子弟学校的警卫,校址就是庐山大厦(原庐山传习学舍),学校的警卫岗哨就设在桥头。后来这支连队一直跟随中南军区子弟学校进退,学校于1953年前后离开庐山,迁至武汉,这个连队也随之到了武汉。

第二支连队上山后,即驻扎在河南路口瑞典灵修会的房屋。后来这支部队只留下一个排的中国人民解放军,这就是庐山公安部队的前身。这一排二十多名战士全都是东北人、朝鲜族人,全部装备着美式和加拿大式冲锋枪。

其中一个班的战士,轮流驻扎在莲花洞,1953年庐山北山登山公路通车后才撤销。这一个班的战士全部配备着冲锋枪。

公安队首任指导员姓郝名健,不到年底即被调回中南军区警卫团。

首任公安队队长纪思海,据说是河北人,一米八的大高个子,脸上有少数的白麻子,战士们背后叫他纪麻子,有人说他是连长,也有人说他是排长。庐山成立公安部队时,就是他率领一个排的战士为基础,然后由庐山、九江、瑞昌、德安县等地输送来的新兵,编成一个连队,战士们全部配备着三八大盖和汉阳造的步枪。

1951年春节前后，纪思海调离庐山，到星子瓷土矿，有的说调到海会劳改农场当领导。从此以后我再也没有见到他。

后来的公安队队长姓邱，几年后他转业到九江市林业局某一个单位担任中层领导。

我于1950年的春天从庐山公安科调至公安队任文化教员。一年多以后调至公安科当外勤。由汪学农（九江市体委退休）接任文化教员，汪离开了庐山公安队以后，由抗美援朝部队回来的文化教员刘得仁接替，这个人是四川人，个头很矮小，后来变化的情况我就不清楚了。

二

1956年前，每年的夏天都会从山下调公安部队上山负责安全警卫，维护社会治安。开始时，两个连队上庐山，后来随着社会治安情况好转，就逐年减少驻军，一般就是一个连队，他们专驻扎在吼虎岭一带。

我们公安队驻扎灵修会，1953年前每年夏季都会有一个连队上山同我们驻在一起，他们驻右边，我们驻左边，1953年后这支连队就从未上庐山。

我们公安队的首要任务就是在庐山公安科领导下维护庐山社会治安，保护庐山人民生命财产安全，参加地方上的剿匪反霸，抓捕现行反革命分子和特务分子。

我们庐山公安队日常警卫任务都是固定不变的。

一、保卫窑洼的庐山电厂，日夜都有战士站岗保卫电厂。

当时庐山电厂是柴油发电机，每天晚上发电，至十点才停止供电，夏季根据情况发电，晚上一般到十二点才停发电机。

二、庐山管理局和公安科都安排固定岗哨警卫。

三、莲花洞有一个班的战士轮流驻扎，他们装配清一色的冲锋枪。

四、公安部队每天晚上都有游动岗哨，由排级干部参加，负责值班、查岗、查哨等活动。

五、重点游动岗哨：美庐、朱培德别墅、管理局领导宿舍、电台机房等。

三

1950年的夏天，约七月初，刚吃完早饭，纪思海队长就对我说："小王，上级给我们派来了一个指导员，跟你同姓，叫王守德，你到小天池的半山亭那里去接他。"于是我就按纪队长的指示，先到正街公安科看了战友，打了个招呼，就从正街转弯到新街口，朝小天池下山的方向，慢慢地走去，不到半个小时，就到了半山亭，坐在亭旁边的石凳上，无心望景，两眼紧紧地望着月宫堑的上山之路，不到一会儿，就看见一名解放军上身背着背包，左边挂着盒子炮，右边挂着公文皮包，一只手拎着军上服，一步一步地往上山的小道上迈，脚好像有点瘸，不自然，步子迈得不大，于是我就离开半山亭，朝月宫堑走去，不到半个小时就接上了他，记得当时他看见两手空空的我，估计我是来接他的。迎面他就停下来，站在我面前，未等他开口，我就问道："你是王守德同志吧。"他笑眯眯地点着头。我便自报姓名地说："纪队长派我来接你，我是公安队文化教员，跟你同姓，也姓王，叫王耀洲。"我边说边帮他卸下背包，往身上一背，就领着他上山到公安队。

纪队长把他安排在我和纪队长的房间，于是我们三人就住在一个房间，从此，我们就生活、工作、战斗在公安战线。不到一年，1950年底前纪队长先调走了，只听说到星子县，后来我多次都未找到他。1951年上半年王守德指导员，调至庐山公安科任政治保卫股长，半年后我也从公安队调到公安科政保股当外勤。

四

　　指导员王守德同志系山西省孝义县人，1938年2月参军，在八路军115师补充团任战士、班长、副排长等职。1946年他在潍坊战役中负伤，脚掌被敌军手榴弹炸伤，伤好后左脚走路有点跛。1948年4月在东北松江省尚志县公安队任政治指导员，松江军区巴彦县解放团一营教导员，1949年6月在松江省干部南下大队警卫连任连长、指导员。8月在江西省吉安公安处警卫连任连长。后调江西省公安厅公安大队二连任连长。1950年7月调江西省庐山公安队任指导员。1951年元月任庐山公安科政保股股长，1953年8月任庐山特别区公安局副局长、局长。1956年8月在江西省工农干部文化学校学习，结业后在南昌铁路局上饶公安段任段长。1961年以后任九江五金交化公司副经理，后又调到星子县任公安局局长，九江四四一厂保卫科科长，四四一厂七分厂厂长，直至离休享受副厅级待遇，2016年4月23日逝世，享年96岁。

　　我与王守德同志既有兄弟般的感情，又有上下级的战友情，1956年秋，他离开了庐山，20年后他调回四四一厂，我们才相逢。

五

　　一天早饭后，我奉命领着两名战士下山执行任务，回到队部时，已是晚上，灯亮全山，我回到宿舍时，王守德同志见我走路有点不正常，两脚不能正步落地走，而是让脚后跟先落地后，再轻轻地迈开步伐，于是他让我坐在床上，脱下了军鞋，解开了绑带，脱下了袜子，叫我把双脚翘起来，他见我两脚前掌都磨起了水泡，立即从他的床头拿出针线包，拿出一根穿好了线的细针，又找来一盏煤油灯和一把剪刀，只见他把煤油灯头卸下来，便把针线放进煤油灯里打湿，拿出来后叫我躺在床上，两脚伸出床外，他先右后左刺破了我两脚掌的水泡，并在每个水泡里都留下了沾煤油的线，水泡两头都留下了短短的线头，不能全部抽出来，这样水泡里面的水就容易干掉，不会引起炎症，第二天就可以下床走路，两三天后就能正常走路，以后就不会再磨起水泡了。他还告诉我万一没有针线和煤油，还可以用妇女一根头发当线用，效果也是一样的。脚掌磨起水泡千万不能随意把它挑破，指导员亲自教给我处理脚掌磨起水泡的办法，让我受益不浅。

六

在庐山公安队的日子里，至今难以忘怀的有这么几件事。

1.夏天消灭虱子。一天纪队长宣布我们全体战士以排为单位，先把被子拿出来晒，然后把衣服全脱掉，只穿短裤子，把脱下来的衣裤，放在大铁锅里面煮一下，拿起来拧干，再拿到外面去晒，不用说那时我和我们指导员、队长、全体公安队战士们一样全身都生满了虱子。那才是"虱多不痒，债多不愁"的人。历经抗战和解放战争的老兵笑着说："没有想到这帮顽固不化的吸血鬼，跟着我们从关外走到关里，今天算是彻底被我们消灭了。"有的老兵说："这是富贵虫，像地主老财一样，专门吸人血，不干好事。"我们南方的战士则讽刺讥笑地对北方老战士们说："这都是你们包庇吸血鬼地主的结果，让我们受牵连。"

2.北方的战士。夏天，他们从来没有看见过街上有卖黄鳝的，所以他们问我："小王，你们南方人真胆大，敢吃长虫（北方人把蛇叫长虫）还敢抓来卖。"我笑着回答："那不是长虫，那是黄鳝，又叫鳝鱼，是端午节时吃的应时菜，相当好吃，但是价格很贵，一般人买不起。"

3.朝鲜族的班长孙德胜人高个大，有天他值班，陪事务长上街买菜，他问卖辣椒的菜农："老乡，你这个辣椒辣不辣？""辣！"人家回答道。他马上就说："我尝一尝可以吧？"卖辣椒的人望着这名解放军笑着说："同志，你可以尝。"菜农心想，解放前，我就在庐山卖菜，从来没有看见买菜的人敢生尝辣椒。这才是新鲜事。

4.北方的战士说:"你们南方的黄瓜带刺,我们北方的黄瓜不带刺,你们南方的黄瓜不脆又不好吃。"我笑着同他们说:"那不是黄瓜是苦瓜。"

5.解放初期,九江县、星子县常有小股土匪上山抢劫,如庐山胡金芳旅馆被抢,名中医姚国美家曾遭抢劫。

某次有一名土匪被公安队战士击毙在龙角石至大天池的山路旁边。从此就很少见小股土匪敢上庐山来抢劫。

七

一天早饭后,纪队长叫我陪他一同去公安科找吴启中科长,在办公室里见面后,纪队长就很不客气地说:"老吴,你知不知道这几天我们公安队战士们三餐饭吃不好说,还吃不饱,你们后勤供应工作不能只管你们机关单位食堂,不管我们战士们是否有饭吃。如果你们管不了,就让我们离开庐山。"当时我们公安队的大锅饭是一日三餐,早餐是稀饭,没有大饼馒头作主食,中、晚两餐每人只有半斤米饭,下饭菜几乎都是腌菜或清水煮萝卜白菜,没有一点油水。我们的肚皮是越吃越大,一顿没有八两到一斤米的饭是填不饱肚子的,生活的确很艰苦。大家没有工资又没有零钱上街买东西吃,我们这些年富力强的战士们坚持三五天还是可以的,但连续十天半个月,战士还是吃不饱,特别是本地的新兵,结果个别吃不了苦的战士,就半夜开了小差。于是排长领着几名战士兵分两路,一路从大天池下山,一路从土坝岭下山,把他们抓回来后全队就开会,开展忆苦思甜教育,不走的留下来,要走的准许公开走,不受任何处分,更不会像国民党反动派军队那样,把开小差的逃兵抓回,五花大绑,再打几十军棍,屁股打得开花。我们抓回逃兵后,通过忆苦思甜的教育方式,让老战士现身说法,他们为什么扛起枪从北方打到南方,尽管生活艰苦但都不开小差,启发新战士们的思想政治觉悟,开导他们听党的话,跟毛主席走,将革命进行到底，要他们向东北的朝鲜族的老战士们学习，大家同心同德，同甘共苦，相信党和人民政府领导下的新中国会克服一切困难，战胜饥饿。队里准许他们请长假，公开地走。结果走了不到十人。

话说回来，吴科长很耐心地听完纪队长一番牢骚话后说："老纪，我们都是从延安过来的老同志，你说的情况我都理解，请让我先说几点意见，你看行不行？"

"1.我马上向上级党组织和政府汇报你们供应困难的情况，让他们尽快解决战士们的口粮和菜金。

"2.你们回去以后，动员老同志组织全队战士们，学习"南泥湾"自力更生、丰衣足食的革命精神。例如：开荒种地，上山砍柴卖给商家店铺、机关食堂，换取现金改善战士们的伙食。至于劳动需要的工具，如柴刀、锄头、土箕、铁锹等，你回去做一个计划，资金我请沈坚局长让财务科直接拨款给你们解决。

"3.你们俩到我们公安科食堂去找管理员、炊事员了解一下，看看我们机关干部吃的是什么。"

最后吴科长又语重心长地对纪队长说："老纪，我们新中国成立还不到一年，现在全国解放区都是百废待兴，何况我们接手的又是国民党反动派留下的一穷二白的烂摊子。这就要求我们老同志团结起来，同甘共苦，共渡难关，保卫来之不易的新中国。老纪千万不要性急，有问题我们大家坐下来商量商量，我们要相信党中央，相信毛主席，一定会领导我们克服前进中的一切困难。"

离开吴科长办公室后，纪队长又领着我去了机关食堂，他问了炊事员、管理员，又看了一下厨房里的碗柜、大锅煮的饭、炒的腌菜和洋生姜，也是没有油水的一种酸菜。纪队长便低声地对我说了一句："走！"

离开公安科回到公安队后，纪队长就通知崔副队长与吕事务长、炊事班的段班长和三个排长们，开了队务会，动员大家学习"南泥湾"的精神。我这是第一次听说"南泥湾"这个新名词，纪队长还让我托人找来歌曲《南泥湾》，教战士们唱。

大家热烈讨论后，便作出如下决定：

1.每天安排一个排到土坝岭，一个排到汉口峡，另一个班到花径，放火烧山，开荒种地。根据本山参军的新战士们的建议，发现了有缓坡的空旷山坡地，选好后，先砍矮小灌木林和茅草，放倒在原地，摊开晒几天后再放火烧，四周多派人看守，防止火苗蹿发引起山林大火。两三天后再派人拿锄头刨地、松土，不需要深耕细作，及时撒上萝卜籽，两三个月后就可以收获小萝卜。因为我们无法施肥浇粪，更无法浇水，新战士说这是庐山一种望天收的蔬菜，山民叫它"火烧萝卜"，说这是庐山的特产。我想这是原始社会的刀耕火种的农作方法。

2.每天安排三个班的战士到大天池、神龙宫、仙人洞、大林沟、土坝岭一带砍棍柴，全队每人一天要驮两捆柴上街，按照事务长的吩咐，卖给指定的商铺或机关食堂，卖的钱归事务长统一结账，当作伙食菜金。全队除事务长、炊事班的战士们、警卫值班的排长和战士未去砍柴、驮柴外，队长、副队长都是带头去干，我们几乎是天天出勤，驮柴上街。一个星期后才停止砍柴。

3.庐山竹笋应时上市了，队里除警卫值班和炊事班事务长、领导外，全队战士在新战士的带领下，自愿组成五六人一组，到山上、山中、山下，或有寺庙的地方去拔竹笋，一天也能拔不少，但是也有打空手回来的小组，一颗竹笋也拔不到。

竹笋一是自己当菜吃，当天有多余的竹笋也会挑到街上去卖，有一天拔了很多的竹笋，庐山街上卖不掉，就派七八个人挑到九江去卖。

说实在的，那时战士们跟我一样，最喜欢干的事就是拔竹笋，它能让我们自由自在地满山游，又没有下达规定数量任务指标，不像砍柴，一天要驮两捆柴上街交差，也不像开荒种地，大家比着干。

4.一个星期后，接到公安科指示，全队一百多名战士同公安科干警一起到莲花洞，驮米上山。事后才知道，这是九江行署为了让庐山党政机关和部队渡过青黄不接的米市粮荒，不与庐山居民抢购粮食。因为那时庐山只有两家米店专门卖粮食，这样驮米的活动一共有两三次。

八

指导员郝健，1949年12月前调走了。传说回了中南警卫团。

崔副队长和一排东北朝鲜族的老战士，1952年前全部调离庐山。传说是参加抗美援朝战争。至今都打听不到他们的消息。

吕事务长，战士们背后叫他吕瘌痢，后因贪污被法办了，关在九江市监狱服刑。

炊事班的段班长不是北方人，全队数他年龄最大，50岁上下。后不知转业到何处。

司号员姓陈，后不知转业到何处。

新兵中不忘初心、牢记使命的战士，坚持革命到底的战士，如庐山、胡安仁等，后转业在庐山供销社离休。

九江县柯龙水转业到庐山公安局，历任派出所所长，庐山垦殖场保卫科科长。

瑞昌县刘志祥，转业到地方，退休前是庐山疗养院干部。

九

1949年6月，九江军管会公安处副处长苏敏同志的爱人任长华给我发了一套朴素光荣的中国人民解放军的军服。

1950年在庐山公安队任文化教员，夏初，我同全队排级干部一样，又领了两套军服和一顶大盖军帽，战士们头戴船形帽，身穿套头衫，这一年的军服全部是按苏联红军穿的款式服装装备。对此，全队战士都议论纷纷，认为这套服装很不符合中国的军情，不便于在战场作战。

1952年冬季，庐山公安科又给我发了一套军棉衣，只是多挂了一个公安盾牌肩背章，一直延续到1956年发工资后，才不再领这雄赳赳气昂昂的军服。

我穿着这套军服，1952年与1953年到上海两次出公差，1955年夏末到四川、重庆、成都等地出公差。

1955年前穿着它到江西南昌、靖安、奉新等县执行公务。这套军服比介绍信还有效，工作十分方便。

后来发了两条布绑腿带，它让我联想起抗日战争胜利前后至1949年10月1日中华人民共和国成立前，我父亲兄妹三人，一大家人因在湖北黄冈林家大湾织布厂学会了纺纱织线织布等手艺。故在抗日战争前，就在小校厂开了一家织布厂，同时织军警和挑夫用的绑带、商人装银圆纸币的腰带，全部用纱线织的绑带，肯定比这布绑带经久耐用。

我领了绑带后，纪队长教我如何打绑腿，如何打人字花，一只小腿上最多只能打3个人字花，他还对我说，绑带虽然没有武器重要，但是一个军人也要像爱护武器一样爱护它，不要扯破弄脏了它。并告诉我小腿绑上了绑带后走长路不累，也有劲，上下山时小腿不会充血发抖，长久立正也不会弯腰站不直，执行公务时还可以用它当绳子捆绑反革命分子，行军的时候它可以当绳子绑背包，翻山越岭过河时可用它当绳子牵引或急救落岩落水的战友。

清晨起床后，规定5分钟内打完绑腿，再到操场集合跑步练操，从此每天早晨我就很认真地打绑腿，一点也不嫌麻烦。1951年调庐山公安科政保股，在外勤人员中就只有我一个人每天早上还习惯坚持打绑腿，外面罩一条长裤子，故此，在1953年8月1日庐山登山公路通车前后，我在执行公务时，有时上午早饭后到九江市，下午又得赶回庐山交差，执勤警卫任务时，一天上山下山要往返四趟，能跟着轿工抬着游客一样健步如飞，一点也不累。1955年担任庐山管理局交际处副处长后，坐车执行公务或警卫时，才慢慢地不再打绑腿了。

十

大约是1950年，中南军区从野战医院调来了医生、护士。在庐山开办了一座医院，地址在今天大林路的飞来石宾馆。

医院的医师、护士全是现役军人，其中有几位还是日本人。如给我看病开刀治病的外科军医就是日本人。打针送药的护士女兵也是日本人。我在这个医院住了不到一个星期即出院回公安队了。大约在1952年，他们被动员回日本，有多少人我不记得。

这个医院是专门接待在山现役军人和来山部队和首长的，不接待庐山居民，驻山单位的机关干部、企业职工。

作者简介：王耀洲，1934年出生于九江，祖籍湖北黄冈。1949年6月18日参加工作，历任九江军管会公安处干部、庐山公安科干部、庐山公安部队文化教员、庐山交际处副处长、庐山公安局副局长、庐山综合垦殖场书记和场长，1994年离休。

我们所了解的庐山博物馆

黄 健 张武超 李 燕

庐山文物陈列室时期（1956—1972）

庐山文物陈列室是庐山博物馆的前身。庐山解放后，文物陈列室成立之前，庐山地面文物由庐山管理局园林科负责保护维修。1953年11月，该科代表庐山管理局接管了九江、星子县两县的名胜寺院和文物（1953年11月13日园林管理科《接收九江星子两县名胜寺院和文物的计划》）。至于庐山室内文物，1955年11月，庐山管理局房地产管理科无偿拨交了一部分适合收藏的物资给庐山管理局文教科（1955年11月16日《江西省庐山管理局房地产管理科无偿拨交文教科一部分适合收藏的物资的公函》），同年同月，庐山管理局办公室也把庐山解放后收集的文物古玩（包括庐山土改时收上来的《五百罗汉图》全部拨交文教科（1955年11月21日《庐山管理局办公室拨交文教科文物古玩清册》），另外，庐山图书馆也保管着庐山各寺院所存图书文物（参见1953年9月26日，中南图书馆呈送中南文化局的《关于请示庐山图书馆蒐集各寺院所存图书文物集中保管问题》）。这些室内文物主要来源于庐山管理局接管的河南路546号方本仁、545号胡宗铎及615号李石樵等人房屋中，黄龙寺、大天池等寺庙中，以及前外侨离开时被截留的物品，此外，还有庐山居民捐献的（如庐山居民宋道生，1955年7月21日自愿移交出房屋三栋及古玩字画）。对这些文物，1954年，作了初步调查，1955年7月，庐山管理局文教科成立庐山文物清理工作组，江西省文管会派来了两位专业人员协助工作，进行了正式的文物清理工作。在此基础上，筹划成立文物陈列室。1956年5月30日，庐山管理局向江西省文化局致函反映预设立文物保管人员编制一名的情况。这期间，便成立了庐山文物陈列室。在1956年10月上报的《文教卫生1957年度计划（草案）》中，已有了庐山文物陈列室的计划和工资，编制为2人。

庐山文物陈列室隶属于庐山管理局文教卫生处。成立之初，文物保管人员也即实际负责人是干习文。当时共有文物1159件（参见《庐山时报》1959年9月18日），全部集中在花径旁边的吴鼎昌别墅（现今庐山建委招待所）保管。1959年庐山会议前夕，干习文被清理下山到赛阳乡，杜光义同志接管文物陈列室。大会期间，朱德、刘少奇等领导同志前往文物陈列室视察过。1960年，庐山文物陈列室参与修复庐山一批重点文物古迹，如白鹿洞、濂溪墓、海会寺。1962年，根据江西省人民委员会批复决定（《省人民委员会关于观音桥、白鹿洞、秀峰寺管理职权问题的批复》1962年4月17日），观音桥和秀峰划归星子县管辖，白鹿洞书院则仍归庐山管理局管辖。庐山文物陈列室自成立后至"文革"前，都对外公开陈列，免票参观，并且曾在现在的庐山中学晾晒过《五百罗汉图》。"文革"之初，九江红卫兵冲上庐山，企图冲击文物陈列室，幸赖杜光义同志及其家人把吴楼门窗关锁，并在门窗上挂贴满毛主席像，文物陈列室才免遭冲击，文物未曾遗失。此后，文物陈列室也一直关闭，杜光义家驻守看管。这种状况持续到庐山博物馆成立之时。

庐山博物馆时期（1972—2020）

庐山文物陈列室等文化单位在"文革"初期，事实上已瘫痪，1969年起统归庐山毛泽东思想宣传站管理。1970年底庐山革委会撤销原"庐山毛泽东思想宣传站"，分别恢复"庐山广播站""庐山电影管理站""庐山新华书店""庐山图书馆"等单位建制，原"庐山文化馆"改为"庐山工农兵群众文艺站"（包括文物陈列）（参见1970年11月23日庐发政（70）031号《关于恢复"庐山广播站"等单位建制的通知》）。1970年7

月1日成立庐山阶级斗争教育展览馆，地点在湖北礼堂（现庐山旅游服务公司）。同年年底，成立毛主席在庐山革命活动纪念馆，地点在庐山大厦中楼。而中楼原藏庐山图书馆的图书搬到吴楼，吴楼文物则搬到江西礼堂（现庐山文化馆）。1971年开始筹建庐山博物馆，筹建人有王天民、余振祺、杜光义、贾江萍等。江西省博物馆的彭适凡、刘品三、张开生三位同志来协助布置陈列，并送来272件出土文物（青铜器、瓷器等）以及展柜。1972年5月1日，庐山博物馆正式成立，地点在庐山大厦中楼，而原在中楼的毛主席在庐山革命活动纪念馆撤销。庐山博物馆是江西省内成立时间较早的地方博物馆，同时期的只有赣州博物馆、清江县（现樟树）博物馆（该馆于1973年送给庐山博物馆出土文物25件），招牌由庐山中学的曹钟南书写。博物馆成立之初虽有公章，但还不是一个独立的基层单位，人员、领导机构与展览馆、文艺站合在一起，统归文教处管理，当时在博物馆负责的是杜光义同志，文物保管员为干崇旭。1973年3月，杜光义同志被任命为庐山文化站革委会副主任，在博物馆上班，负责管理博物馆、展览馆、文化站等单位。博物馆陈列也是实行通史陈列，展品大部分由省博物馆提供，庐山地方特色不显著。博物馆的业务工作主要是讲解和保管，当时还没有开展业务研究。至1975年下半年，文化站与博物馆分家，博物馆正式成为一个独立单位，并且管理庐山会议会址，参观会址需凭博物馆开具的介绍信（当时会址还未正式对外开放）。1976年8月，庐山革委会政治部发文，决定成立庐山会议纪念馆，由其统一领导和管理庐山会议会址、阶级教育展览馆、博物馆（参见庐革政（1976）101号《关于成立庐山会议纪念馆的通知》），并任命陈琳同志为会议纪念馆副主任。最终会议纪念馆未能筹建成立，有其名而无其实，而博物馆事实上管理展览馆和会址。这时的庐山博物馆办公、展出地点在庐山大厦中楼，并拥有花径旁的吴楼作为文物仓库，同时又管理会址与展览馆。展览馆原所在地点为湖北礼堂，即现在的庐山旅游服务公司。这些房产原都属于庐山博物馆。

1979年阶级教育展览馆撤销时，文化处把湖北礼堂一楼作为演员招待所，二楼办公，三楼为文化处招待所。同时把原博物馆筹备办公室移交给文化馆。同年，庐山会址改为庐山人民剧院，跟博物馆脱钩。而在1978年初，原为庐山博物馆仓库的吴楼被庐山管理局划给江西省建委作为招待所。截止到1979年，庐山博物馆的房产只剩下大厦中楼。

1984年8月，庐山大厦与泰国合资改造房屋，庐山管理局决定，将博物馆搬出大厦中楼，中楼改为餐厅，博物馆文物存放于江西礼堂（现在的文化馆），博物馆因无馆舍而关闭。1985年2月17日，《中国青年报》有一篇摄影报道，反映庐山博物馆等文化活动单位均关闭的问题。庐山管理局见后决定在如琴湖畔建新馆舍，在新馆未建成前，将展品存放在芦林一号（参见1985年3月16日《局办公室给〈中国青年报〉编辑部的函》）。芦林一号原为毛主席旧居，建于1961年，建筑面积3700平方米，占地面积1万余平方米。1961年中央工作会议和1970年九届二中全会期间，毛泽东在此工作、休息。1979年作为"国际友谊俱乐部"对外开放。1985年3月，庐山博物馆文物开始从江西礼堂迁往芦林一号，并于4月26日对外开放。"友谊俱乐部"留下四人由博物馆安排，其余人员由庐山旅游公司安排，至于芦林一号原有财产，一律交由博物馆管理，旅游公司增置的动产部分，由旅游公司搬出（参见庐局办发（1986）17号《关于芦林一号原有财产处理意见的通知》）。直到1987年5月，芦林饭店（属于旅游公司）才将存放在芦林一号的物品以及原在芦林一号的住户全部搬走，至此，芦林一号包括三栋附房才全部归博物馆使用。

博物馆原来只负责对庐山（包括山下）地面文物的维修和管理。1978年，庐山博物馆的陈琳、周家驹以及当时庐山电视台的李远栋三位同志负责东林寺的维修，至1979年8月10日，完成第一期修复工程，1979年初，庐山博物馆的孟昭学、周家驹二位同志又负责对庐山白鹿洞书院的修复，直到年底，除主体建筑大成殿因资金原因未落成外，其余项目均已按计划完成。1981年，庐山文物管理所成立，庐山博物馆停止对全山地面文物的管理，但在1983年，庐山博物馆参加了全山的文物普查工作，并于1985年参与完成了《庐山文物志》。

至于对室内文物的管理和保护，1981年初，庐山博物馆还在庐山大厦中楼办公展出时，利用江西省文物处的拨款，建成了文物仓库，搬迁至芦林一号后，于1997年底，利用自筹资金，建成了新的文物仓库，而从70年代末开始，博物馆便开展了业务研究。1980年增设《庐山地形模型》和《庐山第四纪冰川》陈列。1986年，增设《历代名人与庐山》陈列，自展出后，一直深受欢迎。2001年初，《历代名人与庐山》改版。1987年，增设《名人与庐山别墅》图片陈列。1989年恢复《庐山第四纪冰川》陈列，1996年改版，增加内容，2004年更名为《庐山世界地质公园》，该庐山地质博物馆的四个展室分别展出《庐山地质演变史》《庐山变质核杂岩与断块山的形成》《庐山复合地貌》《庐山第四纪冰川遗迹》。1990年，增设《庐山植物、昆虫标本》陈列。2000年，完成了《党和国家领导人在庐山》图片陈列，2006年增设《伟大的读书者——毛泽东在庐山读书展》，2007年《庐山的骄傲——党和国家领导人在庐山》图片陈展改版。2013年，庐山博物馆整体升级改造，以"跃上葱茏——庐山历史文化陈列"为主题，从毛泽东《七律·登庐山》抽取"跃上葱茏"四字作为总标，不仅能涵盖芦林一号毛泽东庐山旧居的内容，而且也能涵盖庐山博物馆陈列的其他内容（人文及自然两方面）。陈列涵盖《毛主席卧室》《庐山的骄傲——党和国家领导人在庐山》《名人与庐山》《五百罗汉图》《牯岭的记忆》《匡庐瑰宝》《庐山世界地质公园》等展览，增加了多媒体陈列手段，增加展示的文物，极大地更新和扩展了展示信息，提升了展示水平。至此，庐山博物馆的基本陈列形成了包括人文、历史和自然的地方特色，成为地方综合类博物馆的典范。国家文物局出版的《博物馆学概论》一书在地方综合类博物馆条目中将庐山博物馆和南通博物苑作为范例。

2015年11月5日，庐山松门别墅管理使用权由庐山国资委正式移交庐山文新局，同日，庐山文新局正式移交松门别墅管理使用权给庐山博物馆。

2015年12月，庐山管理局会议纪要2015年15号第六部分明确要建立"庐山石刻博物馆"，馆址为河西路29号，原先为庐山画院、庐山文化处办公楼，2017年8月，主楼改建成为庐山石刻博物馆。

2018年，河西路29号附楼改建为庐山地质博物馆。

2019年，河西路25号及其附房分别改建为庐山宗教博物馆、庐山诗词博物馆。石刻、地质、宗教、诗词4个博物馆均由庐山博物馆完成建设，并成为庐山博物馆的分馆。

截止到2007年，庐山博物馆馆藏和标本3071件套6626件，其中一级文物57件套205件，二级文物378件套670件，三级文物1024件套2697件，一般文物1612件套3054件。馆藏以名人字画和民国瓷器为特色。从1982年开始，践行"送出去，请进来"的原则，将博物馆馆藏《五百罗汉图》先后送到上海黄浦区文化馆、南昌、故宫以及国外等地展出过，而博物馆的另一个展览《蒋介石、宋美龄在庐山生活用物展》，自1995年起先后在南京江南贡院、长春伪满皇宫陈列馆、浙江溪口博物馆、广东佛山市博物馆等地展出。此外，庐山博物馆还引进过江西省内一些富有特色的文物展和书画展。

庐山博物馆有较强的业务研究团队。到1982年，先后出了五辑《参考资料汇编》，从1997年开始，每年至少出两期《庐山博物馆通讯》内刊。2003年出版《名人之庐山》，2007年出版《牯岭山上的石头屋——庐山别墅》《庐山博物馆珍藏——五百罗汉图》；2013年出版《墨浓纸香——庐山博物馆藏对联·条屏》；2014年出版《庐山博物馆珍藏——传砚图》。博物馆技术人员占大多数，现有高级职称1人，副高职称2人，中级职称10人，分别在国内外各种刊物上发表文章百余篇。

庐山博物馆原隶属庐山文化处，后隶属庐山遗产办，每年参观人数有六七十余万人次。

记忆中的牯牛雕塑

王春芳

庐山牯岭老街是庐山环山公路中的一段繁华街市，位于海拔1100米的山顶。这段街道，一边依牯岭峰峦，商店、住家鳞次栉比；另一边临剪刀峡谷，开阔、险峻，20世纪80年代前，这一部分仅有的几家店面也多在路基之下，因此又被老庐山人称为"半边街""单面街"。

1953年8月1日，庐山山北登山公路通车，为连通东谷与西谷，同年11月由庐山原建筑工程公司承建，开凿牯岭日照峰隧道。新中国的能工巧匠们，在艰难的工作条件下，铺设了小铁轨道，用翻斗推车将开凿隧道的土石方一车车地运至老下街，从老下街的基脚处起，往上砌筑了高达22米的驳坎，在牯岭正街正对剪刀峡的窒口处填建出了今天的"街心公园"。1956年庐山街心公园竣工，填下的土石方达万余立方米，占地2100平方米，公园里有草坪、花坛、紫藤花架、蘑菇亭、石桌石凳，还有任我们攀爬的高大的垂枝樱、棠梨树、鸡爪槭，这里成了我童年的乐园，留下了许多和小伙伴们的快乐、温馨的记忆。

1987年，庐山风景名胜区管理局确定在街心公园设立一座代表庐山形象的牯牛雕塑，由当时的园林处组织完成。1988年初，庐山园林处联系景德镇雕塑瓷厂组织了一次"牯牛"艺术设计比赛，比赛共收到了二十多份设计投稿，管理局在投稿中评选了三份比较符合要求的设计，又将三份作品拆分后取长补短，重新融合设计，并制作了一个八十厘米长、三十厘米高的牯牛雕塑小件，小件送到庐山进行确认后才进入正式雕塑制作中。

1988年12月，"牯牛"石雕正式落户在了街心公园的中心花坛中。石雕长4.7米，宽2.16米，高2.7米，原设计由九块花岗岩拼雕而成，由于石雕脖颈弯曲处比较薄弱，一体成型雕刻时容易破损，制作团队临时决定增加了一次单独的石料切割，因此最后建成时实际是由十块花岗岩组成。星子县温泉麻石厂供给了磨石材料，景德镇雕塑瓷厂组织了雕塑设计，浙江省温岭县石料厂工艺雕塑队负责施工完成。石雕基座使用黑色花岗岩精磨砌筑，上刻当代著名书法家启功先生手书的"牯岭"二字，因此，街心公园也被称作"牯园"，成为牯岭街闹中取静的绿地。

那时候，爸爸作为庐山方制作团队的重要一员，总是很晚回家。我去他办公室找他时先是发现他的办公桌上有一个精制的小牯牛雕塑，没过多久就在进门的大厅里看到有一个泥塑的大牯牛。有一天，爸爸很晚都没有回家，我早上起床后看到他，左手被厚厚的纱布包裹了起来，爸爸说是头天晚上在公园安装牯牛时，被吊起的石块撞掉了一块肉，流了很多血。爸爸说，石头太大太重，吊上车时差点把车砸翻了，在盘山公路上行驶时也是险象环生。爸爸换药时我看到了那个伤口，在鱼际穴往大拇指方向，伤口不大，但很深，是被磕掉了一块肉，记忆中，那个伤口很长时间都没长好。

第二天，我兴奋地跑到街心公园去看牯牛雕塑，简洁的造型和泥塑的一模一样，但是比泥塑的大很多。隔了段时间又去爸爸办公室，发现那头泥塑的牯牛不见了，心里就默认石牛的肚子里装着小泥牛的，直到很多年后，有一次和爸爸聊起这个话题，爸爸说泥牛是按照石牛设计大小的70%比例制作的模型，在正式制作前就运去雕塑厂了，作为制作前合理设计切割计算运用参考。1988年的我只有12岁，世界观限制了我的想象力，我没法想象切割、制作、再拼装是个什么流程，但记忆中石牛这古拙、朴素的造型和敦厚、温和的形象与牯岭传说中的牛郎建立起了一个美好的链接，在小小的我的心中，它就是庐山人朴实无争、敦厚善良形象的化身。

长大后，走出庐山，看到大商超门口的大型塑料拼装造型过程，我才能想象得出来，10块总重量近70吨的大石头，拼装时是一个什么样的场景，同时，也对这座至今风华不变、磐石稳固的石雕背后的设计、制作人员，再次产生了浓浓的敬仰之情。

2013年，庐山住建局利用新建的停车场顶部，将街心公园扩建了3000多平方米，为此牯牛所在的位置需要向后推移15米至20米，新扩建的公园，整修了藤架、绿化，搭建了木制观景台，将庐山的山雾云海奇观、晚霞浔阳灯火更好地呈现在了世人的眼前。而老牯牛所在的新位置，拥有了更大的背景区间，它在蓝天、青山、白云的映衬下安然伫立，美丽的白鸽在它的身前身后环绕飞舞、起落，静默无言地俯瞰这百年牯岭的生息变化。

作者简介：王春芳，女，1976年出生，庐山牯岭镇人，现就职于庐山景区管理与维护中心。

平生江海意，唯与此山同

——父亲的庐山地质缘

毛 弘

父亲毛焱超去世已近十年，近期整理他留下的大量书札笔录，发现大量的是关于庐山申报世界地质公园的资料。母亲向我讲起，父亲去世前最后一次讲课就是应邀向九江学院师生们讲述《科学庐山》。

父亲从事了一辈子的地质工作。1968年从北京地质学院地质系毕业，1970年自3317部队锻炼后再分配至九江市，在江西省地质局赣西北地质大队从事地质找矿工作。他光荣献身地质事业四十多年，走遍了九江地区的山川大地，与九江、庐山结下了一生的地质缘。

父亲早期一直在荒山野外从事地质找矿及勘探工作，两个星期才回家过一次大礼拜，这是野外地质工作者的惯例。孩童时的我们偶尔也会被同事叔叔接去父亲工作的野外营地玩耍。儿时我关于庐山最初的记忆就是骑在父亲的肩头远望庐山。那年父亲在庐山脚下的赛阳镇开展地质普查，营地离东林寺不远。傍晚时分，我与弟弟分别骑在父亲与曹乃波叔叔肩上，远望着庐山，走着山路吹着风。他们高唱着《地质勘探队员之歌》："是那山谷的风吹动我们的红旗，是那狂暴的雨，洗刷了我们的帐篷，我们有火焰般的热情，战胜了一切疲劳和寒冷，背起了我们的行装，攀上了层层的山峰，我们满怀无限的希望，为祖国寻找出丰富的矿藏……"这是父辈们献身地质事业真实的写照；我们在他们的肩膀上笑着闹着，回想起来，真是人生最美的记忆。

父亲所在的赣西北地质大队找矿工作硕果累累，是国家功勋地质队之一。庐山脚下的城门山铜矿地质成果曾获得国家科技进步奖一等奖,父亲是城门山地质会战技术骨干之一。

父亲热爱地质事业,也一直培养我对地质的兴趣。1987年,我作为地质队子女参加了江西省地质局组织的暑期地学夏令营,参观了庐山的飞来石、U型谷等地质遗迹,在石门涧采集化石标本,记得我用地质锤敲出了一块三叶虫古生物化石,兴奋不已,珍藏至今。在夏令营小论文活动中,我的一篇《庐山云雾的地质条件》还获得了一等奖。几年后,我考取并就读父亲曾经的母校中国地质大学(北京地质学院改名),父子成为地大校友。大学毕业后,我分配至广东省的地质单位,也算得偿父亲所愿。

父亲历任赣西北地质大队副大队长、景德镇地矿局局长、九江市地矿局局长、九江国土资源局调研员,在临近退休前一年接到庐山申报地质公园的任务,他欣然受命。作为领导干部,他支持机构改革急流勇退;作为地质专家,他投入了极大的热忱与精力积极参与地质公园申报工作。这一退一进体现了父亲的品格与担当。

本已是退休状态的父亲干起事来仍是满怀热忱,记得2003年8月的一天,我在广州致电父亲,60岁的父亲作为庐山申报世界地质公园的陈述答辩人正在北京出差,电话中父亲高声地告诉我,庐山申报陈述很成功,能为推荐庐山、宣传庐山,为地质事业出力他甚感自豪。这让我想起父亲常与我说到的男儿要干事、要干成事,干事就要全力以赴。

庐山申报过程中,父亲作为专家顾问之一及申报陈述文稿材料编撰人、答辩人,深度参与申报工作全过程。申报工作由庐山风景名胜区管理局统一主导承办,按时任九江市委常委、庐山管理局党委书记欧阳泉华所言:举全山之力,确保决心一次下定,措施一步到位,申报一次成功。言必行、行必果,庐山申报工作一路顺利通关,2004年2月,联合国教科文组织正式宣布庐山成为世界地质公园。庐山申园成功受到了江西省委的专项表彰,父亲也获得相应荣誉。

庐山成为世界地质公园后，父亲受聘成为专项顾问，积极参与地质公园的建设与宣传，多次应邀参加中央电视台制作的宣传庐山的电视节目《绿色家园》《科学庐山》《走进科学》。

父亲退休后受聘担任九江市老科协副会长，仍以宣传科学庐山为己任，经常在市政府、企事业单位、九江学院等作专项报告，讲述庐山故事，科普庐山地学知识。

正如他在《科学庐山》讲稿中所言：庐山是风景之山、文化之山、政治之山，庐山是一张绝妙的山水图，是一幅浓缩的历史画。随着人们对庐山进行多学科的研究，发现庐山更是一座科学之山，集地质学、地理学、气象学、植物学、昆虫学、建筑学、文学、史学、美学、宗教学、旅游学等多学科于一山。在诸多学科当中，最能揭示庐山真面目的还要数地质学，又称地球科学，简称地学。是地学真正揭示了庐山为什么如此神奇、如此秀美、如此雄险、如此充满魅力。大家都知道宋代大诗人苏东坡的那首诗："横看成岭侧成峰，远近高低各不同。不识庐山真面目，只缘身在此山中。"苏东坡所讲的不识庐山真面目，并不只是因为"身在此山中"，还因为当时历史的局限性和科学的局限性。如今地球科学（地质学）已将庐山真面目，将庐山的雄、奇、险、秀揭示得清清楚楚。庐山所表现出的地学特征、地质遗迹和地貌景观独特而丰富，在国内罕见，在国际上具有对比意义。这就是庐山被评为国家地质公园、世界地质公园的主要依据，即庐山世界地质公园的科学内涵。加上庐山深厚的文化底蕴，它给人类带来的科学价值、美学价值和经济价值将是不可估量的，是全人类的宝贵遗产。

这是父亲对庐山的地学解读，丰富了庐山的深厚底蕴与美学特质。

今年清明节，我休了个长假，从广东回到九江家中认真整理父亲的书架，第一次大量阅读父亲生前的工作笔记、材料手稿，如地质矿产管理方案、个人工作总结、设计稿、作词曲谱、手绘九江九八洪水水位图、呈市政府抗洪工作建议等，尤以庐山申报世界地质公园过程的资料为多，仅不同阶段的申报稿、陈述答辩稿的手稿就有数十份。父亲博闻强识、多才多艺，对生活的热爱、对工作的认真令人动容，这是他留给我们后辈莫大的精神财富。

平生江海意，唯与此山同。父亲对庐山的解读，也是他对人生的解读。

附：父亲的文章《论庐山世界地质公园的综合价值》

论庐山世界地质公园的综合价值

毛焱超

2004年8月

（注：1.本文作者系江西省九江市老科协副会长、庐山世界地质公园申报陈述人、庐山世界地质公园顾问、九江市地矿局局长兼党组书记、九江市国土资源局调研员。2.此文刊登在《庐山旅游报》。）

联合国教科文组织启动世界地质公园评选及网络建设是国际地学界的一件大事，它必将对国际地球科学的发展、对地质公园所在国和地区的社会经济发展产生深远的、积极的影响。

中国庐山被联合国教科文组织评为首批世界地质公园，是国际地学专家精明的选定，是对庐山地学意义的充分肯定。这是庐山继1996年获得"世界文化景观"后又获得的一个世界级桂冠。一位诗人，当得知庐山评为世界地质公园的喜讯后，写了一首激情诗，诗中这样写道："庐山，你从远古神奇走来，造山运动，第四纪冰川，把你雕塑得雄奇险秀。你向未来坚实走去，身着橄榄，头戴桂冠，更显多姿多彩。庐山，你是力的巨臂，你是飞的翅膀，你是知识宝库,你是爱的殿堂。庐山,不能永远是个谜——要识庐山真面目,但你永远是块宝——全人类的瑰宝。"解读这富有激情的诗句,不难看出诗人对庐山的深知和热爱,不难看出庐山世界地质公园的重大意义所在。

1.庐山世界地质公园对保护庐山珍贵的、不可再生的地学遗产,实现资源永续利用具有重大作用。在庐山500平方千米的地质公园范围内,地质遗迹丰富、典型、珍贵,这些遗迹反映了21亿年前至今庐山地区的地质发展史和古气候特征。这里出露了从元古代到古生代、中生代、新生代"四代同堂"的地层断面,特别是元古代"星子群"变质核杂岩,在江南古陆70多万平方千米的范围内,仅在庐山就出露42平方千米,是不可多得的珍贵遗迹,具有极高的科学研究价值。地质公园内302平方千米的中心区庐山,是一地垒式断块山,反映了喜马拉雅造山运动晚期庐山地区特有的构造运动特征,即伸展构造与岩浆活动使庐山抬升,形成了地垒式断块山,其中大构造巍峨壮观,滑脱构造、固流拆褶等小构造千姿百态,这种地质遗迹在国内也是罕见的。最为突出的是地质公园内159处第四纪冰川地质遗迹,它们清晰地记录了庐山第四纪冰川的形成、运动、侵蚀岩体、搬运岩石、沉积泥砾的全过程。庐山第四纪冰川遗迹丰富、典型,又表现得自然,它是李四光开创的中国第四纪冰川地质学的诞生地。庐山不仅是中国东部大陆第四纪冰川活动最典型的地区,而且与北美、欧洲阿尔卑斯地区第四纪冰川活动有很好的对比性。

2001年建立国家地质公园后,庐山成立了国家地质公园管理委员会,下设地质公园管理处,投入资金500余万元,对地质公园内的重要景区、点,实施了有效的保护和管理,拆除有碍观赏地学景观的建筑3万平方米,建立保护和导游碑牌65处,地质公园面貌焕然一新。世界地质公园建立后,地质公园管理委员会将进一步加大力度，加大投入，按照建设、保护规划，对园区内的地质遗迹进行更为有效的保护。实践证明，建立国家地质公园、世界地质公园，是保护地质遗迹最好的方式，庐山世界地质公园一定能为保护庐山珍贵的、不可再生的地学遗产，实现资源的永续利用发挥重大作用。

2.庐山世界地质公园对地球科学的普及、教学、研究和发展具有重大作用。地质公园突出的是地学价值，庐山地质公园在地学方面的价值之所以能够得到国家地质公园评审委员会和联合国教科文组织的肯定和认同，就是因其地学方面的价值可贵。这里"四代同堂"的地层，地垒式断块山构造，第四纪冰川活动遗迹和复合地貌景观，丰富而典型，是地学上一部难得的教科书。多年来，庐山就是许多高等学校地质、地理学科专业的教学实习基地，早在20多年前，庐山就是华中、华南地区中学生地学夏令营的首选地，通过地学科普教育，使许多中国青年热爱地学，报考大学的地学专业，投身祖国的地学事业。地质公园建立后，不仅来庐山旅游的人们增加了许多地学知识，而且中国青年对地学的求知欲望更是有增无减。如今庐山的导游人员经常可以听到游人发出这样的感叹："感谢造山运动给我们造就了这座奇特而又壮观的山！""庐山的真面目原来如此有趣，如此神奇！"对庐山的认识并没有终结，对庐山的研究还在继续，无论是地学还是其他学科。庐山世界地质公园的建立，更加有利于地学的研究，更加推进研究工作的深入开展。只有地质遗迹得到保护，研究人员才能有效寻找证据，研究工作才能深入发展，这种研究不是区域性的，而是世界性的。随着地学研究的深入，必将推进地球科学的发展。在过去70多年对庐山的探索与研究的过程中，形成了近300篇研究论文和专著，我们相信，在庐山世界地质公园管理委员会的组织与推进下，必将出现对庐山新的科普热潮、研究热潮，必将带来庐山地学理论的新进展，从而对世界地学的发展产生积极的影响。

3.庐山世界地质公园对促进地学旅游、文化旅游和综合旅游事业具有重大作用。庐山世界地质公园,不仅在地学方面具有重大的科学价值,而且还具有深厚的文化底蕴和极高的美学价值。庐山是中国唯一被联合国教科文组织命名的"世界文化景观",如今又是世界地质公园,地学景观与文化景观在庐山实现了最佳的和谐统一,它一定能成为旅游者的首选之地,一定能成为中外游客最向往的地方。2001年6月,国家地质公园揭碑,第二年来庐山的游客比上年增加了30多万人次,庐山的财政收入比上年增长了21.2%,庐山当年被评为中国十大名山之一。今年,当庐山批准为世界地质公园的消息发布后,庐山文化发展论坛,庐山旅游发展论坛,庐山旅游推介会,庐山地学科普讲座等活动一个接着一个地开展。完全可以相信,庐山世界地质公园揭碑后,旅游业一定会出现一个"庐山热潮",出现一个游世界地质公园热潮。

4.庐山世界地质公园对带动江西、九江地区的社会经济发展具有重大作用。我们深知联合国教科文组织启动世界地质公园评选和网络建设,除了有保护和开发地学遗产、推进世界地学发展的作用外,重要的还在于带动地质公园所在国家和地区的社会经济发展,这个作用已非常明显地表现出来了。前面已经说到庐山国家地质公园揭碑后,庐山旅游业的积极效应,随着庐山世界地质公园挂牌、揭碑,不仅庐山本身的积极效应增大,而且给整个江西省、九江市的社会经济发展带来积极而深远的影响。多年来,江西省、九江市为了促进地区社会经济发展,明智地提出"打庐山牌",效果显著。庐山获世界地质公园称号,明显地增加了这张牌的含金量。许多客商投资江西,到九江办厂,很大程度上是看好庐山。用客商的话说:这里人杰地灵,这里有世界级名山,从2002年起到2004年一季度,来九江地区投资办厂的国内客商一共3105家,投资总额达388.02亿元人民币,港、澳、台和国外客商投资项目163个,投资额达5.37亿美元。完全可以相信,庐山——世界文化景观、世界地质公园将在江西建设小康社会的进程中发挥重大作用。

5.庐山世界地质公园对促进人与自然的协调发展,社会经济的可持续发展发挥重大作用。19世纪末,英国传教士李德立来庐山,他惊奇地发现庐山是个"上帝厚爱的地方"。到20世纪初,就有来自世界25个国家的人士在庐山建别墅近千栋,当时,人称庐山为"万国公园""世界村"。无论是古代还是近代,无论是中国人还是外国人,他们看好庐山,最重要的是看好庐山的自然。凡是到过庐山的人无不从庐山感到快乐、抒发激情、获得知识。大自然是人类的载体,大自然也正因为有了人类才体现了它的价值意义。庐山的自然美及其无限的价值正是因为古往今来无数的中国人、外国人对庐山的探索、研究、保护和开发才得以充分体现。其中也包括联合国教科文组织的官员们、专家们。庐山建立世界地质公园后,科学意义得到了升华,当今的中国人,尤其是庐山人更加深切地体会到庐山是风景之山、文化之山、政治之山,更是科学之山,庐山是人类共同的财富。

庐山的自然已成为庐山特殊文化背景与源泉,共同保护自然与文化、对全人类的后代有着重大的价值。我们从庐山可以看到人与自然的最佳协调发展,这里四季如画——春如梦、夏如滴、秋如醉、冬如玉,全山森林覆盖率达76.6%,中心区牯岭达90.7%,人称"绿色家园",这里空气清新,地面洁净,这里的人好客、礼貌、文明,有知识且与时俱进。庐山人深知,保护好庐山的自然,保护好庐山的文化,保护好庐山的地学遗产,建设好世界地质公园,是推进人与自然的协调发展,推进社会经济的可持续发展的历史责任，对全人类的后代具有不可估量的价值。

地质公园，就其词义上讲，是对具有一定规模的、典型的地质遗迹进行保护、规划和建设，供人们进行考察研究和观光游览之地，它给人们展示的是反映该地区地质发展史、地壳运动史的地质现象，然而它给人们带来的是多方面的启迪和领悟：珍爱地球、珍爱自然、珍爱环境、珍爱遗产、珍爱生命的科学理念，保护与开发相统一，人与自然相协调，当前发展与永续利用相一致的科学发展观，给人们带来的是精神上的快乐，美的享受，知识的增长，经济上的实惠。所有这些，中国庐山世界地质公园都得到充分体现。庐山的未来"更显多姿多彩"、世界地质公园惠及人类后代，毫不夸张地说，建立世界地质公园网络，是联合国教科文组织在世界和平与发展事业上所作的又一重大贡献。

作者简介：毛弘，男，1971年出生于九江市，1992年毕业于中国地质大学（武汉），现居广州市花都区。历任化工部广州地质勘查院干部，花都区房地产总公司行政部主任，花都区自来水公司办公室主任，广州市金宏利投资集团副总裁、党支部书记等职务。

中国植物学家在庐山旧事五则

胡宗刚

一、秦仁昌曾兼庐山林场主任

秦仁昌1934年来到江西庐山，出任庐山森林植物园首任主任，植物园乃是由北平静生生物调查所与江西省农业院合办。是年秦仁昌三十六岁，之前任静生所植物标本室主任，已是享誉世界之蕨类植物学家。秦仁昌不仅学术造诣深厚，且具行政才能，植物园在其主持下，不几年即卓有成效，令中外人士瞩目。

秦仁昌在庐山（阿诺德树木园提供）

其时之庐山，虽为中国名胜，且为国民政府之"夏都"，但由于开发较早，居民甚多，人们平日做饭、冬日取暖均赖本山供应，故林木砍伐过度，致使庐山之巅皆成童山，严重影响风景。美化庐山自然是庐山森林植物园应有之责，秦仁昌来此两年之后，经过考察，写出《保护庐山森林意见》一文，对庐山森林所有权予以分析，探讨森林被破坏之原因，提出保护之办法。该文后刊于吴宗慈主修《庐山续志稿》（1947年）。

森林植物园隶属于江西省农业院，庐山林场亦为该院所领导。1937年3月农业院有鉴于秦仁昌之才干，又委任其兼理庐山林场。秦仁昌获此任命，即提出庐山造林计划，通过省农业院向省政府请款，继而由省政府转至中央政府。中央政府最高领导蒋介石，每至夏季来庐山办公已有几年，对庐山建设甚为关心，曾多次嘱咐美化庐山，将其建设成为一个大公园。因此之故，对秦仁昌之计划，特批准1万元为经费，并令立即着手进行。蒋介石批准之当日，秦仁昌即令植物园工作人员去办理相关手续，领回款项，以免日久生变。蒋介石批准1万元经费之后，大概还要浏览项目预算和计划书，请侍从室向秦仁昌索要。其后，蒋介石还在庐山召见秦仁昌，有所面谕。蒋介石亲自过问，可能是秦仁昌未曾预料的，他当即修改计划，重写《计划书》及修改预算。庐山植物园档案中保存此《计划书》之油印件，今亦弥足珍贵。其全文如下：

添设汉阳峰造林苗圃及整理莲花洞至小天池大路两旁天生杂木林计划书

汉阳峰及仰天坪一带之造林工作，照今年三月向省府呈准之扩大庐山造林计划，原属于第二期（自民国三十一年起）实施。兹遵委座面谕，着令提早进行，并蒙补助国币一万元，以便即日着手规划苗圃，培养苗木，使该地段之造林工作于第一期（自民国二十六年至三十年）完成等，因理当遵办。

查汉阳峰附近之仰天坪计地七十余亩，地势平坦，土质深厚，原为官荒。去年春经李一平鸠工开垦种洋芋，倘由庐山林场酌给开垦费收回，育成大批苗木，以供汉阳峰及其附近荒山造林之用，最为相宜。且其地原有同善社房屋一所，大可容两三百人，将来实施造林时，所有工人可借用此屋，以为食宿之所。如此可以节省甚多之临时用费，诚一举两得也。按汉阳峰昔年松林（此松名油松，又称黑松或庐山松），茂密苍郁，为庐山各地冠。徒以当时地方政府罔知保护，遂使百年茂林，一旦化为童山。今后造林所用树种，仍以油松为主，非特可以恢复旧观，且此树生长既速，抵抗风雪虫害之力复强，其材质之佳，胜于山下之马尾松多矣。但避风之山谷道旁，除油松外，尚可用宝树、扁柏及金钱松造林。此三种树种，目下庐山林场有大宗苗木，可供利用。故自本年秋季起，即可着手陆续造林，惟大规模之油松造林，须迟至民国二十九年春实现（按油松苗木须满三年生者方可造林，前此庐山林场忽于培养此项苗木，现无大量苗木可供利用）。再查汉阳峰一带之甚多地段，原有天生杂木内，有不少由萌芽而出之栎、枹等之乔木树种，混生其间，倘加以整理抚育，妥为保护，数年之后，即可蔚然成林，此类地段则无须人工造林之必要矣。

自莲花洞至小天池大路两旁，多为杂木丛生之山坡，内有可成材之楠木两种，枹、栎、栲三种佳木十数种，生长甚速，倘一方面加以整理抚育，一方面严密保护，不许滥伐，则不数年可以蔚然成荫，为庐山增色不少矣。

秦仁昌三月被任命为林场主任，五月《大公报》记者徐盈来庐山采访秦仁昌，所写报道云：

记者首先贺他自本年三月起兼理林场工作，似乎更可以放手来做事情了。他说："是的，我们已定了一个十二年的计划。"首五年是作"门面工作"，凡是入山的地方，牯岭一带，各名胜区，一律都要植树，先把门面整好，给人一个好印象之后，再作全山造林，现在正在添两个分区来育苗。

"现在我们有三百工人作植树工作，"秦氏微笑着说，"三百工人，就中国各林场里来说，也很是一个数目！恐怕都是少有的！"

此地林场年经费三万元，秦氏的计划是节减职员的开支，来增添工人，以最少的钱来做最多的工作。

由此可见汉阳峰苗圃和庐山小天池至莲花洞之绿化只是庐山林场整个计划之一部分，此项计划于1937年春即开始实施，《科学》杂志是年第八期，刊载一则新闻，名为《庐山荒地造林》，有云："蒋委员长以庐山汉阳峰仰天坪一带山地久荒芜，莲花洞至小天池大路两旁杂木丛生，亟须整理，特面谕庐山林场主任秦仁昌改善，并准拨给补助费一万元。该场主任奉谕，现正积极计划筹设仰天坪苗圃事宜，并开始整理莲花洞至小天池两旁杂木林。匡庐山色，将又增新态云。"但是，第二年抗日战争阴霾便笼罩庐山，植物园不得已西迁，而此项造林计划也无实施之可能矣。

今日庐山确实已是蔚然成林，除了恢复原来之次生林外，还有不少人工林。此人工林为20世纪五六十年代所造，采用外来之花柏、香柏、柳杉等单一树种，几十年之后，虽然林木茂盛，但林下幽闭，寸草不生，造成水土流失，许多林学家已指出其弊端。而秦仁昌之造林，则主要选用庐山本地树种，选择外来树种也是掺杂其间，力图恢复原来植被，显然要高明得多。另今日庐山导游，向游客介绍这些人工林时，言其为蒋介石在庐山时，以飞机播种所造。此说甚为荒唐，无须辩说，只是流传甚广，则令人费解。

二、朱树屏记卢作孚出席庐山森林植物园开幕典礼

庐山森林植物园成立于1934年，是年中国科学社第十九次年会在庐山

召开，植物园创始人胡先骕乃借国中科学人士云集庐山之机，于8月20日在园内举行开幕典礼。四川民生公司总经理卢作孚应邀前来参加年会，并出席开幕典礼。朱树屏1935年在《新世纪》杂志发表《庐山印象记》一文，记述其追随卢作孚来庐山之经过。此朱树屏非山东昌邑之海洋生物学家朱树屏，而是卢作孚秘书，重庆永川人氏。

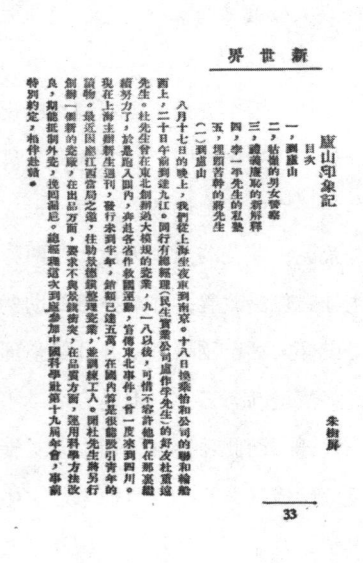

卢作孚与中国生物学界关系深厚，1926年中国科学社生物研究所派方文培赴四川采集标本，卢作孚即派员协助，并给予经费支持。此后生物所几乎年年有人在川采集，卢作孚均派员跟随。1930年卢作孚创办中国西部科学院，秉志、胡先骕为其选派门生施怀仁、俞德浚赴川工作，主持动物学、植物学之学科建设。1933年8月卢作孚邀请中国科学社前往重庆北碚举行第十八次年会，此为一次科学盛会，获得巨大成功。其时科学社生物所开始募集基金，四川刘湘、杨森各捐1万元，甚为有力。1934年庐山年会，科学社邀卢作孚前来参加，此节录朱树屏所记参加庐山森林植物园典礼之经过如下：

八月十七日的晚上，我们从上海坐夜车到南京。十八日换乘怡和公司的联合轮船西上，二十日午前到达九江。同行有总经理（民生实业公司卢作孚先生）的好友杜重远先生。上岸，到中国旅行社坐汽车至莲花洞（上山马路终点）。我们在游客登记处报明来历和入山事件后，每人发给入山证一张。游客自此登山，则多以轿代步，四人一抬，颇有官味。到牯岭后，杜先生寄住在马占山将军的别墅。我们则在一家胡金芳旅社住下。在牯岭饭店午食后，赴含鄱口参加庐山森林植物园成立纪念会。到时开会尚早，一些筹备人员，正在忙于布置会场。我们趁此机会，一登含鄱口，眺望鄱阳湖景。此地系一高岗，沿岗筑有亭阁，汉阳峰突出其右，五老峰聚蹲于左，星子县平铺其下，鄱阳湖环绕其麓。我们披襟亭上，游目湖间，不禁有遗世独立之感，栩栩几欲仙去。回顾植物园道上，已渐渐发现人影，乃另觅路下岗。抵麓忽得一溪，蛇蜓林下，淙淙有声，我们各解革鞋，濯足而后离去，参加庐山森林植物园成立会。

　　庐山森林植物园在经营上与各方面切取联络，如在南京之中山陵园，现有树木一千余万株，本国喜马拉雅山所产之珍奇植物亦有培植。其拟具规模，搜集的品类，皆至伟大。此外如广东中山大学的校园，在未来亦拟扩充为大的植物园，与此间庐山森林植物园切取联络。在四川之中国西部科学院，亦有植物园之经营，未来在研究上，品种交换上，皆与此间切取联络。所以此间的植物园，是会成为一个领导全国植物园的中心机构的。未来森林造成，不特于国家建设，学术研究大有帮助，即于庐山风景也增加不少。以是各方前往参加成立大会的，有胡步曾先生、董时进先生等四十余人，颇极一时之盛。

庐山森林植物园成立典礼在此举行

　　会毕已是五点多钟，胡先生送我们一包饼干，我们伴着夕阳去谒五老峰。……山巅渐有寒意，我们踏月而归，仍回到植物园。晚餐席上有一位浑身土货十足而村装的来宾，总经理一望而疑为李一平先生，竟一猜而中。相互通了名姓，约于明日前往参观他一手创办的私塾。膳毕仍返牯岭。沿途林中，有发动机的震动声，有留音片的歌声，有收音机放出的平戏。进入市场，五光十色，较之白昼，分外美丽。置身其中，俨然一个不夜之市。二十一日午前，总经理赴莲花谷报道，中国科学社第十九次年会会场即设于此。

庐山森林植物园成立典礼在此举行

朱树屏生于1912年，来庐山时年仅二十二，但其文字清澈。以本人对庐山植物园地理环境之了解，可知其状物写景均为准确，宛若让人看到八十多年之前这里没有公路、没有多少建筑、没有电灯的模样。庐山森林植物园开幕典礼，《大公报》著名记者王芸生也来参加，也写有报道，但未有朱树屏所写细致，这些场景应是植物园历史珍贵之镜像。朱树屏还对其时中国植物园界有所介绍，很是全面，并认为庐山森林植物园将成为全国植物园领导机构。卢作孚一行人员共有几人，作者则未介绍，似为欠缺。西部科学院生物研究所植物部之俞德浚曾言其1934年来过庐山植物园，是否是与卢作孚偕行，也来参加典礼，则未可知。卢作孚在庐山还拜见了李一平、马寅初，与政府要员陈立夫晤面谈话，文中均有记载，甚为珍贵。

三、熊耀国赴庐山汉阳峰采集植物

庐山植物园已有八十八年历史，关于其创始人胡先骕、秦仁昌、陈封怀在此所建业绩，因他们都是中国植物学史中的著名人物，被记述已甚多；但经他们培养、长期在此工作的人员，被记述的则不多，有些事迹已鲜为人知，熊耀国即为其中一位。

1934年庐山植物园在筹建时，距植物园不远的芦林有李一平所办存古学校，秦仁昌请李一平推荐几名学生到植物园工作，熊耀国被推荐到植物园。熊耀国是江西武宁人，之前在九江市第二中学毕业，慕李一平之名而来庐山半工半读。此后熊耀国跟随秦仁昌、陈封怀，无论野外调查采集，还是园

熊耀国

林植物种植,均能独当一面。他采集江西植物甚多,许多关于江西植物分类学研究基于或参考他所采标本。

抗日战争爆发后,庐山植物园西迁至云南丽江,熊耀国因家有老母亲,不能远行,遂回武宁,任中学教员。武宁位于幕阜山脉之中,植物种类丰富,熊耀国于假期曾往山中采集植物标本,战后返回植物园时,这些标本归于植物园;而植物园未曾支付任何费用,可见那时人的胸怀。熊耀国曾告诉笔者,一人在外采集,晚上点着篝火,并撒上胡椒粉,这样可以防止野兽靠近;有时遇见荒冢,也住在其中。可见野外艰险,但他乐此不疲。

1947年胡先骕筹得经费,进行湘鄂赣边区森林资源调查,陈封怀派熊耀国领队前往,为时半年,得腊叶标本1538号、木材标本32种、球根1100余个、种子71种,尚属丰富,并写出《湘鄂赣边区森林资源调查报告》,刊载于《中华农学会报》1948年第189期。

庐山植物园致力于庐山植物采集,成立后几乎年年进行。1955年7月,熊耀国又率队在庐山汉阳峰采集,且写下《庐山绝顶汉阳峰采集记》(以下简称《采集记》),由此文可知采集经过。汉阳峰距牯岭约有60里路程,当时没有公路,徒步往返需一整天,所以这次带上帐篷,安营扎寨,以求作全面深入采集。一行九人,其中六人未曾到过汉阳峰。一早出发,明知天气不甚好,但因难耐等待,还是前往。将营地安置在大汉阳峰之顶,但抵达当晚即开始下雨,且一直在下,第三天回去三人,第四天又走了四人,最后只剩下熊耀国和涂宜刚,直到第二周时,天才放晴,他们两人在此又作一周的采集。此时,米和面包都已发霉,不知如何处置。此次采集,探明汉阳峰及周边植物,有乔木20多种,灌木和藤本40多种,草本80多种,并发现不少新的植物资源。关于其地林相关情况,《采集记》作如下记载:

> 在汉阳峰的周围有很多水沟,自山顶到山脚的大沟就有十多

条。有些沟比较平坦易爬，乃是烧炭采柴的人时常来往的处所，奇异少见的植物极难保留。有些水沟经过悬崖陡壁，爬起来费力，缺乏毅力的人是无法到达的。这些水沟就成了人迹不到的处女地带。

离开水沟几丈以外，大部分地区几乎每年都被野火焚烧，一片嫩绿的山峰和水沟沿岸苍翠蔽日的树林相对照，很明显地成了两个世界。山上，禾本科的茅草占据着大部分面积，还有少数被火烧后的新萌发出来的木本植物残株。只要绝对禁止焚烧和砍伐，几十年以后，就可以成为森林。在水沟沿岸，除少数常绿阔叶树和偶然可以看见的几颗三尖杉外，绝大多数是落叶阔叶树。这些树林覆盖着半山以上整条水沟和沿岸的岩石，从远处看去，像是一条绿色的长龙，钻进树林去，则枝叶层叠，不见天日。

六十六年之后，2021年庐山植物园在汉阳峰设置永久性森林生态监测样地，苦于不知昔日植被景观，熊耀国之《采集记》，或可参考。

《采集记》刊载于1956年之《旅行家》杂志八月号，能被编辑选用刊载出来，还得胡先骕推荐。在庐山植物园档案中，有一通胡先骕致熊耀国函，即是关于该文稿件之事，全文如下：

耀国同志：

九月七日的来信及《庐山汉阳峰采集记》均已收到，《采集记》已转寄《旅行家》杂志社。《庐山植物园》一文，该社以为内容不够充实，《庐山纪胜》稿来之后，值该社四月份已发表关于庐山的一篇游记，不拟在短期内再登载类似的文，故将稿退回，然文字不够生动自是一主要原因。《汉阳峰》一文则较佳，且看如何。兹将两稿退回，我以为有暇仍可试为重写，二者且可合而为一，重写后明年春间可再寄来一试如何。我们科学工作者，每每不善于写通俗文章，亦是一种缺点，而值得多多练习，亦普及科学之一助。

专此，即颂

研祺

胡先骕　九月十八

时已秋深，今年不作来山之计，到明年再说。

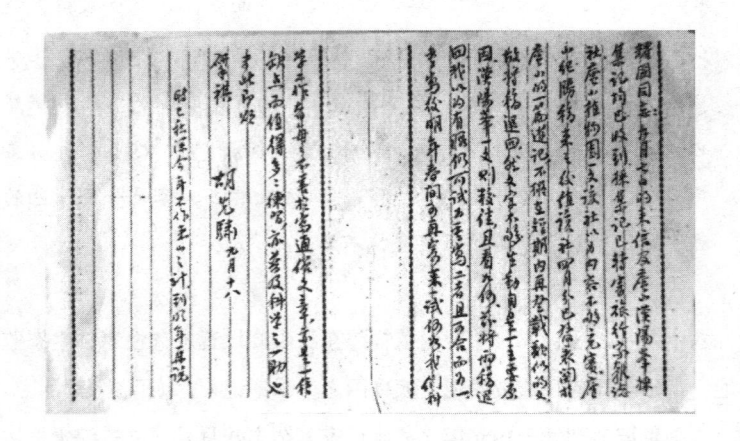

　　熊耀国在一九四九年之前，常在报刊上发表文章；而此时或因中文报刊数量减少，无处登载，乃请胡先骕援手；胡先骕乐于提携后学，故多次与《旅行家》编辑联系，终有一文在近一年之后发表。胡先骕还鼓励熊耀国多写普及性文章，显出长者之关怀。胡先骕多次来庐山植物园，想必熊耀国均为拜见；熊耀国所采标本质量甚高，胡先骕曾为研究，并为之赞誉；有此渊源关系，胡先骕推荐熊耀国之文于编辑，也在情理之中。

四、俞德浚五上庐山

　　俞德浚（1908—1986），字季川，北京市人，1928年入北京师范大学生物系，1931年毕业。胡先骕其时兼任该校教授，主讲植物分类学，经常鼓励学生云：大学毕业后可进研究所作专门之工作。俞德浚甚得胡先骕器重,其在未毕业时,被纳为助教。毕业之后,被胡先骕推荐至重庆北碚,在民族资本家卢作孚所创建之西部科学院,组织生物研究所植物部。

1984年初夏,俞德浚上庐山为主持庐山植物园安葬胡先骕骨灰仪式,期间植物园曾召集全体职工集会,请俞先生讲话。余有幸一睹尊容,并聆听讲词。俞老开场即言此次是其第五次来庐山,并言每次来山大致经过。二十年后,余开始致力于庐山植物园史料收集,偶尔想起俞德浚所言五上庐山,但所言内容已不复记忆。然而,史料阅读至多时,此问有解矣。

一上庐山

1934年夏,中国科学社在庐山召开该社第十九次年会,与会学者百余人,胡先骕为科学社重要成员,即借科学盛会之际,于8月20日举行庐山森林植物园成立典礼。俞德浚亦来庐山参加是会,也至三逸乡参加典礼。但《年会纪事》中没有列俞德浚之名,所列有胡先骕、张景钺、秦仁昌、陈封怀等植物学家;有秉志、王家楫、伍献文、曾省、张宗汉、卢于道、孙宗彭等动物学家。西部科学院卢作孚亦来与会,其跟随者朱树屏曾发表文章记录此行,但在《年会纪事》亦无卢作孚、朱树屏之名;俞德浚其时亦在西部科学院,是否属于同样的某种原因而未注册,则未可知。

一九三四年俞德浚(右一)在四川西部科学院

1955年俞德浚来庐山时曾言："廿年前我来过庐山，那时庐山充满洋化气氛"，此当指1934年，而非1935年。1935年俞德浚自北碚回到北平，在静生所从事研究。1937年被派赴云南采集，其任务之一是为庐山森林植物园采集高山花卉之种子和球根。

二上庐山

1955年俞德浚应邀来庐山参加"庐山园林建设座谈会"，关于此次座谈会，未见记录，仅得阅一份油印《中国科学院植物研究所俞德浚先生在庐山园林建设座谈会上的讲话》，王以鼎、邹垣记录。邹垣为庐山植物园员工。此时植物园已深度介入庐山园林建设，陈封怀在主持庐山植物园建设的同时，也为庐山建设尽力。拙著《庐山植物园最初三十年》已有记载，然于1955年约请国内著名园林专家来山，就园林建设举行座谈会却失记。俞德浚对庐山园林建设有云：

> 我认为在开始建设之先，应该有一个全面统一的地形规划图和一个从长远发展着想的通盘统一的计划草案。根据计划，广泛吸收群众意见，并呈请上级政府批示后，再行施工，才不致产生返工浪费的现象。像人工湖这样大的工程建筑，或每一个风景区的布置和设计，我同意陈封怀主任的意见，都必须采取自然形式与自然条件相结合的原则。因为庐山本身就是一个优美的自然风景区，所以一切建设都应该结合自然条件，采取自然形式，否则就会显得不调和。

熟悉中国近七十多年社会主义建设蓬勃发展者，对此七十多年前学者之建议，当有许多感慨。

三上庐山

1964年庐山植物园成立三十周年，中国科学院将第一次植物引种驯化学术会议安排在庐山举行，以作为主要纪念活动，前来与会之专家有俞德浚、陈封怀、叶培忠、盛诚桂、王战、章绍尧、董正钧、林英、冯国楣、张育英等。全国科协副主席、中国科学院副院长竺可桢也到会祝贺。庐山植物园出席会议的正式代表有沈洪欣、刘昌标、朱国芳、聂敏祥四人。会议于9月21日开幕，由王战主席，沈洪欣报告会议筹办经过，竺可桢作"引种驯化的历史"主题报告。

1964年中国植物学会第一届全国引种驯化学会会议与会人员与庐山植物园职工合影。前排左起六、七为俞德浚、叶培忠，左起九、十为竺可桢、陈封怀

四上庐山

1977年6月，"文革"已结束，中国科学院开始逐步恢复正常工作秩序，如恢复学术委员会制度、恢复科技人员技术职称晋升制度、恢复招收研究生制度等，并于9月重新制定各学科规划。北京植物研究所在起草"植物分类学规划草案"中，乃将编写《中国植物志》作为首要工作任务。然而经过二十几年的政治运动，人们的思想意识已被改造，价值观念混乱，大多数人茫然失措，进退失据。《中国植物志》如何编纂，便摆在编委会的面前。

但是，编委会并不能立即从意识形态中解放出来，依旧率领百余名编写人员上江西庐山，召开上年精心筹备的"学习唯物辩证法经验交流会"。此时俞德浚为《中国植物志》代理主编，其实只是名誉，并不能左右编辑事务。俞德浚也来庐山参加会议，如同一般参与编写人员，提交一篇学习辩证法，运用到分类学的文章——《关于分属问题的讨论》。

1977年5月编委会组织庐山会议，部分人员在庐山植物园合影。前排左起：溥发鼎、刘玉壶、李进、吴征镒、俞德浚、陈封怀、单人骅、慕宗山、曾沧江、孟昭凡、汤彦承；后排左二起：张少春、聂根英、□□□、陆玲娣、丁志遵、陈书坤、洪德元、□□□、李朝銮、张本能、胡嘉琪、□□□、夏振岱

会议还邀请从事哲学研究之学者参加，在中国自然科学史上，类似这样的会议还是第一次，当时编委会预言，会议将对中国自然科学的发展产生一点影响。殊不知，此会既是第一次，也是最后一次，社会思潮很快进入思想解放时期，过去念念不忘的意识形态很快被唾弃。其后，即使是在植物分类学领域，也无人再提起1977年5月9日至18日在江西庐山举行的此次会议。余1980年2月来庐山植物园工作，看见许多人办公桌上玻璃板下压着的照片，有此次会议照片，但未有人语及是会，2013年撰写《中国植物志编纂史》才知此会之原委，且还与庐山有关。

五上庐山

胡先骕于1968年在北京逝世，其骨灰至1984年才得到安葬。1982年庐山植物园时任领导慕宗山认为胡先骕为中国植物学奠基人、庐山植物园创始人，将其骨灰安葬于园内具永久纪念意义。经层层请示，最后获得全国政协同意，才付诸实施。胡先骕生前所在机构中国科学院植物研究所对此不予关问。其时，"文革"结束有年，但对"文革"中受到迫害的人和事，仍未彻底平反，即以暧昧态度处之。骨灰安葬仪式在1984年夏初举行，庐山植物园邀请胡先骕两名健在门人陈封怀、俞德浚来庐山主持仪式。俞德浚虽为中科院植物所副所长，但其来庐山系以个人名义。此时，俞德浚还曾撰写《胡先骕传略》，此为首篇胡先骕传记文字。

俞德浚在庐山植物园观察猕猴桃选育。左为慕宗山

俞德浚此次来庐山，步履安健，不曾料到，两年之后即归道山。

五、陈封怀谈庐山森林植物园之创建

1984年8月，庐山植物园隆重举行建园五十周年纪念大会，并召开植物引种驯化学术研讨会，特请时任华南植物研究所名誉主任、前庐山植物园第二任主任陈封怀先生来山参加，并在纪念大会上发表主旨演讲。陈

封怀作《漫谈建设植物园的作用——庐山植物园五十年来的成功和失败的经验》讲话。余最近获得该文之油印件,拜读之余,对所言植物园历史最有兴趣。余曾依据档案材料,撰写出版《庐山植物园最初三十年》一书,当初并未获得陈封怀是文。今将两者对照,自感余不曾曲学阿世,杜撰历史,以哗众取宠也。陈封怀言:

陈封怀在庐山植物园纪念建园五十周年大会上演讲

早在1930年,胡先骕教授当时任静生生物调查所所长,有感于研究植物资源,必须建设植物园,配合进行引种驯化栽培利用,才能起经济作用,因此建议在北平附近开办植物园。当时花了不少时间却没有物色到适当的地点,最后与江西农业院合作,在庐山含鄱口建园,开始称之为森林植物园,以后改为植物园。蹉跎岁月,经过战乱和动乱波折五十年之久,坎坷转折,不堪回首,但毕竟仍建成我国唯一的高山植物园。

首先必须提到胡先骕教授、秦仁昌教授二人,作了开辟先锋,把原来荒芜之三逸乡林场建成庐山植物园。之后我回国继承庐山植物园工作,当时战祸临头,不得不匆匆逃避,把队伍转移到云南继续调查采集引种,为庐山植物园以后的发展作准备。经过八年战争,物换星移,人事变迁,自感归去来今,园林荒芜。所见皆乱草丛丛，断墙残壁，满目凄凉，令人伤感，但树木阴翳成林，得到安慰，遂有重整旗鼓之决心，于是与在山之工友结合，恢复园地。但由于经济无着落，不得已，只得筹措出卖种苗，解决数十人的生活问题，得设法与国内外联系，组织出售种苗机构。于是在短短的一两年中，出售一般种苗，每年得美金万余元，使是园不仅能解决工人生活费用，而且能继续进行引种驯化工作。在此时期还得到蔡希陶同志之协助，相与协作推销云南各类种苗，因此在战后极端困难时期，云南所、庐山园都能继续工作前进。回忆当时无出路，确有柳暗花明又一村之感。

陈封怀（1900—1993），字时雅，江西义宁人，1927年东南大学生物系毕业，后在清华大学任教，1931年1月入静生所，先后在河北、吉林等地采集标本，发表有关镜泊湖植物生态和河北省菊科植物分类之论文。胡先骕筹划在北平设立植物园，曾令陈封怀踏勘选址，但因水源匮乏等因素而作罢。1934年8月胡先骕借助中国科学社第十九次年会在庐山召开之机，举行庐山植物园成立典礼，陈封怀来庐山参加年会且出席典礼。因此之故，其知悉植物园创设原委。胡先骕开创植物园之时，即任命秦仁昌为首任园主任，在此筚路蓝缕，以启山林。而陈封怀则赴英国爱丁堡植物园学习，其出国期间，夫人张梦庄被胡先骕吸纳为静生所图书管理员。陈封怀两年后回国，入庐山植物园，任园艺技师。

庐山植物园创建，陈封怀言之为"建成我国唯一的高山植物园"。庐山植物园纪念建园五十周年之后，对其历史地位界定稍有提高，乃名之为"我国第一个植物园"，后似有不妥，更改为"中国第一个正规化植物园"，与陈封怀所言仍有距离。陈封怀言庐山植物园历史，以胡先骕、秦仁昌为开辟先锋，他只是其后继承。现有学者将陈封怀誉为"中国植物园之父"，此当也是"庐山植物园之父"，此亦与陈封怀自言有出入。

至于抗日战争之后，陈封怀与蔡希陶联合向国内外出售种苗，则我未之闻也。不仅写《庐山植物园最初三十年》时不知，即便十年之后写《云南植物研究史略》时，亦不知，当注意进一步发掘史料，使之完整。此前本公众号有一冯国楣复熊耀国函，即言及在云南采集松柏类植物种子事，或是其始。

1984年夏陈封怀（中）与熊耀国（右）、王秋圃（左）重返庐山植物园合影

1984年，陈封怀已是八十有四高龄，但思路清晰，且在如此隆重仪式上，回顾历史，撰写成文，当经过深思熟虑，谨慎落笔。后辈学人，当明此理，引以为重。

作者简介：胡宗刚，江西九江人，生于1962年，现为中国科学院庐山植物园研究馆员，致力于中国近世生物学研究和主要人物之研究。出版《静生生物调查所史稿》《胡先骕先生年谱长编》《中国植物志编纂史》等著作十余部。

一杯庐山茶，半部国茶史

郭青云

陆羽在《茶经》中写道："茶者，南方之嘉木也。"茶，本是一片树叶，岁月酿成了茶的味道，雨露滋润出茶的清香。在世界黄金产茶带的北纬30度，长江南岸，鄱湖北岸，有一座山，中国历代有4000多位先贤来过，写下了15000多首诗词，其中涉茶诗文就有300多首，这便是庐山。"人文圣山"便是季羡林先生对庐山的高度定位。在庐山独特的地理条件和生态环境中生长着一种树叶，就是我国名茶宝库中的珍品——庐山云雾茶。"雾芽吸尽龙香脂"，它常年被云雾缭绕，受山泉润泽，使芽叶中的单宁、芳香油和多种茶氨酸等物质丰富，形成了条索粗壮、青翠多毫、汤色明亮、叶嫩匀齐、香气持久、醇厚味甘的特点。庐山云雾茶悠久的文化底蕴和优异的品质吸引了一代又一代的帝王将相、文人雅士，其本身成为中国历史的"十大名茶"之一。

一、一个美丽的传说

西汉末年，佛教传入我国。至东晋时期，庐山寺院众多，僧侣云集。他们攀危崖，越飞泉，采野茶，在白云深处，劈崖填谷栽植茶树，采制茶叶，留下了众多千古佳话。其中有一个古老而又美丽的传说。早在汉朝，庐山上有一个寨子，住着赵、王、刘、李、占五姓茶农。这五姓茶农都有儿有媳，以采制茶叶和打柴为生，日子过得还算安宁。随着光阴流逝，这五姓老人们体力日衰，难以上山下地干重活了，儿媳们见了就摔盆砸碗，骂狗赶鸡，讨厌起老人来了。先是赵老头受不了气，抱着床破棉絮，沉痛地对儿子说：

"孩子，如今爹老了，不能给你们增添麻烦，爹要离开这里，希望你们往后和和气气过日子！"儿子虽再三劝阻，但老人去意已决，临走时带一个破烂铺盖卷和一包亲手采来的茶籽，告别另外四姓老兄弟，就上山了。

不久，王老头同样被逼得过不下去，于是卷起铺盖，离家上山去找赵老头。王老头在深山里转啊转，不时呼喊着："赵家兄弟，你在哪里？"脚走肿了，喉咙喊哑了，仍没听到回声。看看山间悬崖峭壁，心想莫非赵家兄弟死了？心感悲痛，左思右想，产生了轻生的念头，正打算纵身跳崖时，忽见树上有只鹞鹰向着对面山峰飞去。王老头眼光随鹰望去，意外发现对面山峰下大崖洞中有轻烟飘逸，心想：啊！肯定是赵家兄弟在洞里栖息。心中一喜，劲头也来了，于是直向那山峰爬去。这是庐山的第二高峰。王老头爬呀爬呀，肚子饿了，脚趾皮破了，便坐下来休息一会儿，喝几口水，吃些野果嫩草，又向上爬去。在爬到洞口时昏了过去。待王老头醒过来时，已躺在石洞内的大石床上，赵家兄弟正坐在一旁喂米汤给他喝。又过了一会儿，王老头高兴地坐起来拉住赵老头的手，两行眼泪像断线的珠子直往下掉。赵老头一看，心中就明白了，便说："别难过，好好休息几天就会好的。还有那三位老兄弟怎么样了？"王老头深深叹了口气，诉说了那三位老兄也遭到了一样的冷遇。赵老头听罢气愤极了，决心去接三位老兄弟上山，五老一起生活。

不久那三位老兄弟也被迫跟着赵老头上山了，五位老人围坐在一张石桌旁，吃着王老头做的饭菜。饭间，刘老头说："我们五人聚在一起好是好，但在这山高水冷，土荒石穷的地方，以后怎样维持生活呢？"刘老头说出了大家共同的心事，四双眼睛同时转向赵老头，只见赵老头红润的脸上露出神秘的微笑。赵老头提起筷子说："别想那么多，饭菜趁热快吃吧！吃饱了我再告诉你们。"大家觉得这两年来赵老头腰板更硬，脸色更红，心情更好，相信他一定会有办法的。吃罢饭，赵老头带着四人来到一个山坡上，指着一片绿油油的茶园，对大家说："我当初出来就带了一包茶籽，我深信世上有负心的儿媳妇，绝对没有负心的庄稼。我一生种茶，茶仙会保佑我的。我在山上白云深处开垦山地，播下的茶籽，已经长大成树，长出来的茶叶已采制成茶，品质特佳，而且能治病健身。如今有几位客商每年都上山来向我换茶，我要什么他们带什么，生活可好哩！"说罢呵呵大笑起来。这种欢怡情绪感染了大家，大家决心住下来，齐心协力发展茶叶生产，从此庐山的云雾茶年年增加，五老的生活也越过越红火。据传说，这五位老人都年过九旬仍个个身体硬朗，人们看到五老种茶采茶时常有云雾在山头绕来绕去，认为是仙气所在，山神所佑，所以上山后人人都变得更健壮，更年轻了，当他们儿媳过世后，五位老人还快活地生活在大石洞中。此后五老过世了，而这片茶园却保存下来了，人们为了纪念这五位老人，便把产茶的山峰称为"五老峰"，五老住过的大山洞称为"五老洞"，将五老采制过的茶叶称为"云雾茶"。有一年皇帝出巡来到庐山，在品尝庐山云雾茶之后，问到云雾茶的来历，官员便把五老植茶的事迹叙说了一遍，皇帝感念五老茶情之深，意志之坚，贡献之大，遂亲笔题写"五老洞"三字，并令刻在当年五老聚居的石洞口。而今这"五老洞"三个字虽久为风雨洗刷，仍依稀可见。（引自《中国茶经》665页）

二、一部宏伟的历史画卷

庐山茶的历史可以追溯到先秦时代，道家人物追求"长生不老"，唐代著名诗僧、茶僧皎然在庐山所写诗《饮茶歌送郑容》曰："丹丘羽人轻玉食，采茶饮之生羽翼。名藏仙府世空知，骨化雪宫人不识。"唐时名道吕洞宾在庐山修道时题诗云："要通道复通玄，不要逡巡，游移不前，必须思茶逐旋煎。"即必须反复地饮茶。据诸多史志记载，先秦时期，那些来庐山修炼羽化成仙的人，正是由于庐山有好茶好水，在庐山饮佳泉煮精茶可益寿延年，长生不老甚至羽化升仙。因此，招徕了后来不少人相继慕名而来，他们或修行，或隐居，或游历，都和一杯庐山茶相连。2017年庐山市农业局组织了以刘希波先生为首的文化学者修纂《庐山茶志》，编纂委员会经过大量走访调查，参考了像《竹书纪事》《史记》《汉书》《后汉书》《三国志》《真仙通鉴》《庐山略记》《茶经》《煎茶水记》《庐山草堂记》《庐山记》《晋书》《宋书》《南齐书》等史料和《江西省大志》《南康府志》《星子县志》等地方志以及《当代茶艺》《庐山道教史》《庐山佛教史》《宗教与庐山》等文献资料，历时两年完成。《庐山茶志》对庐山茶文化、历史做了翔实记录，引记如下：

殷商时期，彭祖钱铿来庐山采仙药、炼丹、修炼，寿长八百岁成仙。春秋战国时，老聃与方辅来庐山修炼，饮庐山珍泉、食庐山仙草而羽化成仙。周武王时，匡俗来庐山修道，因服庐山瑶草（茶）灵物而羽化成仙。易顺鼎言："庐山茶，却是匡君自手栽。"秦始皇登过庐山，在庐山饮茶服丹药。并有十三位仕官亦弃官南求长生不老之药来过庐山，曾居住庐山金轮峰"三将军洞"。这三位将军是唐建威、李德殳、宋刁云。秦并六国，楚康王后裔在庐山深谷耕种生存，当地有其种茶为饮以延年的传说。此谷故名"康王谷"。

汉武帝南浮大江，过彭蠡，诏举逸民。时有庐山岩下老人（丹丘叟）庞眉皓发，处于岩下，采药煮茶。左右强以应诏，老人曰："尧人如天，孤云自飞。一水一石，臣之乐也。"帝曰："卿不愿仕乎？"老人曰："簪缨擂笏，束身王朝，其如旧山溪之云何。"帝嘉其志，礼而遣之。东汉末年，董奉来庐山修行隐居，并用庐山茶等草药和温汤为当地百姓治病，成为佳话。至今庐山灵溪也还有杏林、董奉馆、杏林庵遗址。

《本草衍义》中记述：东晋成帝咸和元年（326年），江州刺史温峤，上贡江州茶，向朝廷上表曰："温峤上表，贡茶千斤，茗三百斤。"并记江州茶"味醇、色秀、汤清、香细如幽兰"。

东晋孝武帝太元六年（381年），慧远大师来庐山，开启庐山品茶禅师之风。太元十一年（386年），江州刺史恒伊为慧远大师建东林道场，从此慧远高僧住持东林寺，与名士陶渊明、陆修静来往甚密。并创建"白莲社"，聚徒讲经三十余年。茶是他们的日常生活必需品，慧远大师喜欢饮庐山茶，深感饮茶可以解渴、健胃、除睡、提神，利于修行。于是慧远公带领众僧人把庐山野茶移植到寺庙栽种。便有了"东林茶"（民间俗称）。推行禅与茶之道，认为"禅茶一味。"

陶渊明在这里采菊东篱下，《九日闲居并序》中写道："余闲居，爱重九之名。秋菊盈园，而持醪靡由，空服九华，寄怀于言。"

南朝宋孝武帝大明五年（461年），陆修静慕名来庐山，继承和践行"茶果邀真侣，觞酌洽同心"，开饮茶即悟道的茶道之风。

南朝谢灵运在庐山之南作《入彭蠡湖口》诗云："客游倦水宿，风潮难具论。洲岛骤回合，圻岸屡崩奔。乘月听哀狖，浥露馥芳荪。……"

南朝宋鲍照所作《登庐山》和《登香炉峰》诗云："方跻羽人途，永与烟雾并"；"谷馆驾鸿人，岩栖咀丹客。殊物藏珍怪，奇心隐仙籍"。其"殊物"和"珍怪"就是指庐山云雾茶。

《庐山小记》载："晋朝以来，寺观庙宇僧人相继种植（茶）云雾茶，山僧多种崖壁间，更有鸟雀衔茶籽坠生林谷。"说明庐山茶在晋代就有僧人种植，茶籽是由鸟雀衔来坠落林谷的，至于何年有茶，没有明确记载。

同治《星子县志》载："杜荀鹤，杜陵人，南游入庐山，过处士刘遗民隐居，欲卜邻居未遂。"后宦游有诗云："长忆在庐岳，免低尘土颜，煮茶窗底水，采药屋头山……"反映了东晋南朝文士在庐山煮茶隐居状况。

到了唐代，庐山的饮茶之事与茶文化传播已经非常盛行、丰富。典型代表人物有陆羽，他在安史之乱时，约于唐至德年间（756—758），避乱过长江，首住庐山品茶鉴水。他在考察全国三十多个州郡的茶事水质后，评定天下二十处宜茶之水，将庐山康王谷水帘列为天下第一，庐山招贤寺下方桥潭水列为第六，因茶而论水，如庐山没有好茶，那陆羽是绝对不会将"天下第一"和"天下第六"的殊荣加给庐山的。

还有一个重量级人物，就是上文中说到的诗僧和茶僧皎然。他是谢灵运的十世子孙。他崇尚慧远大师的"茶即道，禅茶一味"，他酷爱庐山山川灵秀，峰泉殊美。"香炉七岭秀，秋色九江青"。皎然在庐山与陆羽及众多儒释道名家交往时，写下了大量诗文，当代编辑的《庐山历代诗词全集》只搜集编入了其中37首，其中《饮茶歌送郑容》是代表作。

青莲居士（李白）一生五上庐山，结庐五老峰前相辞涧南北，"拨云霞"，"弄紫烟"，"摘云腴"，炼丹药，为民治疾，并在驿道建搭棚为路人供茶消渴。至今地名仍名"茶庵"。（今海会五老峰的青莲谷也是因他在此隐居读书而得名。）

唐宪宗元和十年（815年），白居易谪贬任江州司马前后五年，他"春游慧远寺，秋上庚公楼。或吟诗一章，或饮茶一瓯……"并在北香炉峰下建草堂，辟茶园，"药圃茶园为产业，野麋林鹤是交游"。写下了大量涉茶诗文，反映了他爱茶和他来庐山的心境，更反映了当时九江是江南茶叶贸易的集散中心。一首《琵琶行》更是成了千古绝唱，也见证了九江"三大茶市"的辉煌。

唐天宝七年（748年）冬，扬州大明寺高僧鉴真和尚在第五次东渡日本未遂之后，慕名来庐山东林寺，在此观经、研修佛理、饮茶禅修并为志恩（智恩）法师传戒。于此坚定了六渡日本的宏愿。五年后他第六次东渡日本，他特意带上了东林寺的智恩和尚和东林寺经书、东林寺的茶苗，以惊人的毅力完成了中国佛教史上意义深远、影响很大的壮举，成功东渡日本传教，使茶文化在日本发扬光大。唐宪宗元和年间（806—820），道容禅师与司马头陀拜谒东林寺，慕慧远大师"禅茶一味"之道。把庐山茶苗移种云居山并兴建云居禅院。大中至中和年间，山东籍高僧从谂和尚行脚天下名刹。中和年间（881—885），过庐山拜谒东林寺，驻锡云居禅院，与当时住持道膺禅师"煮茶论道"，离寺时，道膺禅师以茶相送。从谂禅师北归后居河北赵州观院（今柏林寺），力倡"禅茶一味"之道，所以赵州和尚"喫茶去"的经典渊源亦来自庐山东林寺和云居山。

唐代文士、僧、道中名士甚多，如张九龄、颜真卿、钱起、李端、韦应物、李涉、韦庄、释无可、顾况、朱放、吕洞宾、释灵彻、释灵一、张又新、马戴、李咸用、罗邺、黄滔、杜荀鹤、释修睦、释怀悟、刘长卿、刘混成、刘轲、贯休、释齐己、伍乔、李中、释若虚、释行因、存初公、李璟等。都在庐山写下了大量涉茶诗，反映了唐代庐山儒禅道三家以茶为缘，悟禅吟诗著文圆融相处的真实状况，这在中国其他茶区是很少见的。

宋代，尤其是北宋，是庐山佛、道两教发展的鼎盛时期，也是中国茶文化发展的鼎盛时期。庐山茶的种植也有较大的发展。当时有361所寺庙、道观。处处种茶。大批名士与文人谛缘庐山茶事，使庐山茶文化在宋代不断丰富，影响不断扩大。《宋书》与《星子县志》、沈括《本朝茶法》都记载了茶事和贡茶情况。如同治《星子县志》载："宋太平兴国中，例贡茶。山寒，茶恒迟，市之他邑充贡，民甚苦。邑人吴昶走阙下言之，诏免贡。"

佛印，真净文禅师效当年慧远大师结白莲社之举，先后在归宗寺和青松社煮茶论道谈诗。《庐山归宗志》《南康府志》《星子县志》《星子志》《庐山志》均载："周敦颐为南康军知军，遂请师（佛印）作青松社主，追媲白莲故事。"又载："宋元丰间，真净文禅师主归宗寺时，濂溪周先生自南康归老莲花之麓。""黄太史（黄庭坚）以书劝先生与之共游甚切，故先生数至归宗，续以青松社以踵白莲社，以寺左之鸾溪比拟虎溪。"二人常邀当时学界名士与诸山大德来鸾溪青松社煮茶论禅，传为佳话。

苏轼父子来庐山，苏轼在《记游庐山》中写道："仆初入庐山，山谷奇秀，平日所未见……往来山南北十余日，以为胜绝，不可胜谈。择其尤者，莫如漱玉亭、三峡桥。"他到栖贤寺时，已是农历四月中，天气偏热。寺僧在三峡桥取天下第六泉水为他煮茶，苏轼品茶后，又单取泉水饮，感到特别甘洌，于是作诗曰："空蒙烟霭间，顼洞金石奏。弯弯飞桥出，潋潋半月觳。玉渊神龙近，雨雹乱晴昼。垂瓶得清甘，可咽不可漱。"还有一首"横看成岭侧成峰"更成了庐山千古经典。

苏辙先后多次游庐山，留有36首赏景佳作。其中多首涉茶诗文，如《漱玉亭》诗中写道："目乱珠玑溅空谷，足寒雷电绕飞梁。入瓶铜鼎春茶白，接竹斋厨午饭香。"

欧阳修与圆通寺居讷禅师友善，访寺、夜坐小亭，煮茶论道至天明，口占《赠居讷》诗曰："方瞳如水衲披肩，邂逅相逢为洒然。五百僧中得一士，始知林下有遗贤。"

曾巩与南阳张侨、颍川晁仲升等名士考探庐山名胜，他在《游庐山记》中记曰："凡观游之，得石有名者一……"讲经十八贤煮茶试泉二："虎跑，石盆。"他认定当年慧远与十八高贤煮茶禅修，主要是汲取虎跑、石盆二泉泉水。

陆游于乾道六年（1170年）由浙江赴任四川夔州通判。过庐山品庐山谷帘泉水。其《入蜀记》曰："史志道饷谷帘水数器，真绝品也。甘腴清冷，具备众美。……"朱熹于淳熙五年至八年（1178—1181）任南康知军，政绩丰硕，种茶是他劝农的重要内容之一，他捐俸钱十万。在刘凝之隐居地附近的卧龙岗，嘱托隐士崔嘉彦"因其旧址，缚屋数椽，将徙居焉"。欲在此辟园植茗，邀友煮茶论道谈诗，他在《卧龙之游得秋字赋诗纪事呈同游》诗中曰："蹑石度急涧，穷源得灵湫……"他将茶与自己的思想融为一体，常言："茶中有理，茶中蕴德。"他为人题匾赠诗时，曾用"茶仙"署名。

宋代庐山茶诗非常丰富，诸如王禹偁、晏殊、梅尧臣、范仲淹、李常、王安石、郭祥正、孔武仲、孔平仲、刘涣、陈舜俞、黄庭坚、张耒、王十明、张孝祥、周必大、杨万里、李钢、文天祥等名家，都在庐山留下大量涉茶诗文。在此就不一一赘述，从而大大增加了庐山茶文化的内涵而影响全国。

到了元代，庐山的凤髓茶在两个都城都有很大名气。元代的著名散曲家王晔一首散曲可证：

小令【双调】水仙子·答

黄金铸就劈闲刀，茶引糊成划怪锹，庐山凤髓三千号，陪酥油，尽力搅，双通叔你自才学。我搋与娘通行钞，他掂了，咱传世宝，看谁能够凤友鸾交。（这里的"凤髓"不是指建州的"龙团凤饼"，而是指庐山的云雾龙团茶）

元代释善住禅师在庐山作《春日杂兴三道》，选一诗曰："山中三十年，枕石抱云眠。南岳煨黄烛，东林种白莲。碗香供茗饮，帘暖护紫烟，俯仰人世间，清风有遗贤。"

又如，胡布作《庐山图》诗曰："路入匡庐望紫霄，云开日出射山椒。吃茶先到东林寺，送客不过虎溪桥。断库水雷留宿艇，近村烟火候归樵。通图老眼成陈迹，拂拭苍松欲挂瓢。"

明代有方回、虞集、赵次诚、李孝光、郑允端、法智、钱宰、詹同、贝琼、钱仲益、蓝智、刘永之、练子宁、夏原吉、陈炜、周汝德、苏葵、林俊、汪颖、何棐、郑岳、边贡等诸多先贤在庐山作有涉茶诗文，为庐山留下了巨大文化财富。

茶文化到了明代是一个历史转折。一是改革制茶工艺：朱元璋在鄱阳湖与庐山地区和陈友谅交战，因战事紧急，研碾团茶不便，怜惜老百姓做茶不易，故令茶叶从原来的团茶改为散茶。二是改变饮茶方式：把以前的点茶法改为泡茶法，是饮茶文化的又一重大变革。

明初朝廷钦定庐山茶区每年上贡贡茶，后因贡赋过重，星子县令奏免茶贡。同治《星子县志》载：朱敏，字悦道，义乌人。洪武五年以监察御史改为星子令，兴当劝农，奏改税粮茶贡。

明万历四十二年（1614年），汤显祖在庐山栖贤寺发出《续栖贤莲社求友文》与乐愚禅师效当年慧远大师圆融儒释道煮茶论道谈论诗文之举，在栖贤寺续结莲社。

清初，庐山立有《庐山免给茶引碑》。因为庐山山上种茶、产茶几乎都是寺庙、道观的事，很少有普通农家在高山种茶。而山高地寒，寺庙、道观种茶也只是自饮和待客交友之用。若要领茶引，则要交经营茶叶税费，农民们不愿。因此通过与官府协商，得到允许，在庐山免给茶引。于是僧人们请当地名士文德翼代拟免给茶引文，经官府批准，刻碑于庐山。

《庐山通志》载："一日，南康郡守薛公（薛所习，顺治十年任南康知府）登山取胜，见茶地尽芜，询诸静者，具言前事，太守感叹言之，出示招僧复位，是后又得培植残根耳。"

临川才俊清内阁学士李绂，曾来过庐山。康熙五十八年（1719年）第六次过庐山，住通远驿，作《六过庐山记》曰："红杜鹃花照耀山光，又有黄、蓝二色，他境所无，山中皆种茶，循茶经而下，至清溪……"

清咸丰四年至六年（1854—1856），太平军与清军在庐山地域激战，以寺观种茶为主的庐山，寺观十之八九遭兵燹所毁，僧人、道士无处安身，逃离者十有八九，因此大批茶园荒芜，野化。

《德化县志》载：光绪七年（1881年）九江有茶行252家，次年增至344家。可见"九江茶市"繁荣。1884年鸦片战争之后，因不平等条约签订，九江港口被迫开放。光绪十年（1884年）俄国人强占庐山九峰寺避暑，并大量收购茶叶，在九江建有多处茶砖厂和仓储。光绪十一年（1885年），英国人李德立来庐山开发避暑区，庐山便成了国、政、军、商共聚之地，庐山茶也是众多人物共爱之物，受到西欧等地海外商人青睐。

清朝官员、文人名士多有咏庐山茶之篇章，如纳兰常安（1681—1748）游胜庐山时作《东林寺》："黄昏策马东林寺，松栝摩天一径深。莲社谁招来已晚，虎溪相笑去无心。清泉虢虢穿疏竹，白月荒荒生碧岑。满面红尘消片刻，茗谈便觉解烦襟。"刘命清，江西临川人，生卒年均不详，约清世祖顺治十二年（1655年）前后在世。作《舟泊庐山酬僧送茶》："惊天浪泼晓帆停，喜饷玉芽春满瓶。几度寒云垂脚绿，一泓乳雪唤樵青。飞沙隐见吴城近，杳岫苍凉石壁扃。笑向炉边问行者，君来应梦伍乔星。"

清康熙雍正时期著名文学家、方志学家冯咏（1672—1731），江西金溪人，游庐山作《东林寺》："清溪悬翠壁，活火煮新茶。枫栎名山地，松云释子家。石流虎啸水，岩隐麇囊花。惆怅匡庐下，东林落晚霞。"

清代还有像钱谦益、方拱乾、阎尔梅、释函昰、彭士望、方文、钱澄之、李滢、施闰章、陈宝箴、张之洞等名士来庐山，所作涉茶诗文近百首。可想而知当时庐山云雾茶影响之大。

到民国时期，庐山茶事尽管屡遭波折，仍不乏兴盛之象。兵燹频仍，寺观遭创，茶园几度荒芜。加之山高气寒，风雪太厉，使得云雾茶时兴时败。1913年江西省立林场，在庐山九奇峰下，择地育苗，栽植数十亩，至1919年方得采收数斤"以供各界品尝"。1934年庐山植物园创始人秦仁昌先生（当时兼庐山林场管事）从原山南星子五乳寺引种一年生茶苗，种于七里冲，植茶一亩。整个庐山云雾茶未有发展。"一唱雄鸡天下白"，新中国成立后，庐山云雾茶才得到发展，只是庐山的云雾茶产业按不同行政区划分管理，主要由庐山管理局、星子县、九江县、庐山区、植物园分别管辖和生产经营。

1952年庐山植物园创始人陈封怀先生，从武宁引来茶籽1000公斤，播于植物园内月轮峰下，种茶12亩，成为庐山植物园云雾茶的主要产地。

1957年庐山设立了庐山东林、通远、云中、海会四个国营垦殖场，之后又组建为国营庐山综合垦殖场。各分场恢复老茶园，并组织开挖大批新茶园，相继发展为庐山茶场、庐山云雾茶场、圆通茶场等几个国营茶场，茶园面积不断扩大。50年代初海会五老峰南面，共大师生栽种千亩茶园，即今天的海会茶园基地。

山南的星子县在新中国成立之时，将原道观、寺庙管理的茶园全部国有化和集体化。恢复原有茶园，开垦新茶园。把庐山山体新老茶园，全部由东牯山林场统一管理，也有3000余亩，分布在芝山、灵霄、观音桥、太乙村、归宗、庐山垄一带。

1959年中共八届八中全会，1961年中央工作会议，1970年中共九届二中全会相继在庐山召开，党和国家领导人对珍稀的庐山云雾茶赞赏有加。会后，庐山云雾茶被定为中央的特供茶。此时茶园面积不断扩大，到了2000年后，庐山云雾得到了空前的发展，但是由于庐山"一山六治"原因，又是国家级的世界文化遗产、国家级风景名胜区、世界地质公园，和先保护后发展的矛盾，茶叶面积的扩种受到了许多的限制，所以近十年来庐山云雾茶的种植面积一直徘徊不前。

三、一方水土滋养一种灵物

庐山云雾之所以闻名于世，受历代帝王将相、文人雅士青睐，主要是它有着得天独厚的地理环境、气候和土壤条件。

"一山飞峙大江边"的庐山，是一座千古名山。成语"三山五岳"中的"三山"就是指庐山、黄山、雁荡山。它自"余南登庐山，观禹疏九江"而闻名天下，距今已有两千多年的历史。它位于北纬29°35′，中纬度偏南，山体自东北向西南走向，长25公里，宽10公里。全山面积为250平方公里。主峰汉阳峰1474米，五老峰1436米，牯岭镇海拔1100米，庐山是中国名山中唯一漂在长江和鄱阳湖中间的山。两千多万年前，喜马拉雅造山运动中地层开始断裂，裂隙处在地壳的挤压下缓慢上升，初现庐山样子。300万年前，庐山已是一座宏伟、高大的孤立山体，正经历着第四纪冰川运动。它北临长江，南面鄱阳湖，树林茂密，泉水涌流，蒸汽上升，蔚成云雾，四时不绝。特殊的生态环境条件，有利于茶树的生长。

庐山属亚热带季风区，气候温和宜人，雨雪充沛，年平均温度为11.5

摄氏度，无霜期平均225.9天，年降雨量在1249.2—2259.4毫米之间，相对湿度平均为78%，年平均雾日数为188.1天。庐山气候湿度大，雨量多，满足了茶树的生长要求，使芽叶肥壮；昼夜温差大，积累大于消耗，内含物质丰富；海拔高，利于紫外线照射，有利于茶树体内芳香物质的合成，形成了高山好茶的物质基础。

庐山土壤为以砂岩为母质的山地黄棕土和以第四纪红色黏土为母质的轻黏土。由岩层风化形成的沙质土，夹杂粗细沙粒、石英等。下层多黄壤或棕壤，而庐山山体形成后，常年的落叶和山上长冬短夏的温带气候，已形成庐山特有的棕色森林土，有机质含量极为丰富。生长在这样环境条件下的茶林，新梢粗壮，叶色绿而叶质厚，芽叶开展慢，持嫩性强，因此，使其茶具有条索紧结，青翠多毫，汤色清亮，叶底嫩绿匀齐，香气持久，醇厚味甘的品质特征。据中茶所与德国合作研究，庐山云雾茶中黄酮苷类含量仅为2334mg/kg，其中芦丁含量仅为60mg/kg，比同一批绿茶、红茶、乌龙茶等国内外代表性茶叶的含量均要低，均为同期检测茶样中的最低数值。黄酮苷及芦丁具有苦味，含量低则苦味弱，表明滋味品质更好。

中茶所研究表明，庐山云雾茶春茶水浸出物、茶多酚、氨基酸、咖啡碱的含量分别为44.4%、18.72%、5.64%、5.46%，江西蚕茶所春茶为41.33%、22.34%、3.4%、5.66%，两者间水浸出物与氨基酸的含量差异显著，以庐山云雾茶为高。氨基酸组成：庐山云雾茶中茶氨酸、谷氨酸、天冬氨酸等鲜味氨基酸的含量分别达到2023.35、301.35、227.36mg/kg，这高于低海拔茶园的95.357、208.20和207.98mg/kg。其中茶氨酸在庐山云雾茶中占氨基酸总量的70.58%，远高于低海拔茶园的58.88%。

庐山云雾茶叶香气指数分别为7.21和7.26，要显著高于低海拔茶园茶叶的6.27和4.06，从而清晰地解释了庐山高海拔茶园茶叶的优异香气品质形成机理。（以上数值来源于中茶所科研报告）

庐山云雾茶的加工也非常讲究。必须选用一芽一叶初展位原料，长度不能长于3厘米，不采紫叶、病虫叶和雨水叶。上午太阳出来后方可采摘，采回来薄摊于洁净簸箕上，摊青4—5小时，使青气味散失，含水率降低。再进行杀青、抖散、揉捻、杀二青、搓条、拣剔、提毫、烘干。独特的生态条件和地理环境、优良品种、精湛的加工工艺奠定了庐山云雾茶的珍稀好茶地位。

四、一杯茶香越千年

"一杯庐山茶，半部国茶史。"庐山云雾茶凝聚了庐山茶农一代代人的不懈努力，有天时、地利、人和三个不可分割的因素。"高山出好茶"是人们的口头禅，但像庐山这样，高山千岩竞秀，万壑争流，群山环抱，云雾缭绕的地方，虽然茶叶品质高，但由于高寒，茶树生长难，产量低，比较珍稀。早在晋唐时期，深山僧侣种得云雾茶一两斤，拿来供奉佛坛和招待访客，一般人不易尝到。就是现在也如此，像植物园、五老峰、汉阳峰超过1000米海拔的茶叶，也是一泡难求。难怪在1934年陈封怀先生在主政庐山植物园时，拿起那支修养有素、刚劲有力的画笔画下了一片茶园，并题诗一首："匡庐云雾绕天空，茗茶育出此山中。陆羽未尝真风味，红袍原在月轮峰。"说明庐山云雾在好的环境中生长出的好茶就连陆羽也不曾尝到。

1957年庐山会议召开时，朱德委员长在会议期间陪夫人康克清在植物园散步时，看到工人在做茶，随即泡上一杯品尝之后便题诗赞美："庐山云雾茶，味浓性泼辣。若得长时饮，延年益寿法。"说出了庐山云雾的特点和其养生功效。庐山会议期间周恩来考察观音桥天下第六泉和海会共大茶园后说："这庐山是茶也好，水也优，天下难以兼得。"毛泽东主席庐山会议期间住在庐山，品尝庐山云雾茶后说："倒是庐山云雾茶这个宝贝可以令人神清气爽。"

"虎溪遗迹千年胜，何日来参慧远宗。"一杯庐山云雾茶，香越千年，味醉群芳。

太乙诸贤——庐山最后的"隐士"

黄 澄

正道难行诸士结茅

隐逸是中国传统文化的一大特征。道教徒崇尚清静无为,逍遥自由,所以基本上都是隐逸之士。佛教徒追求涅槃寂静,绝尘出世,六根清净才可以参悟佛法,遁隐山林就成了许多僧人的最好选择。儒家具有强烈的入世思想,治国安邦本是儒士永远的责任,然而基于正义的原则,"天下有道则见,无道则隐。邦有道,贫且贱焉,耻也;邦无道,富且贵焉,耻也"。所以每当社会混乱,正道不行时,就会促使儒士结茅为舍,"隐居以求其志",此隐者不是懦夫,而是对"正道"的一种坚守,一种宣示。

庐山襟江带湖,重峦叠嶂,崖耸云逸,泉清壑幽,自古以隐逸之山而闻名。由于辛亥革命多是各省各县自行宣布独立,国内、省内、县内帮派林立,群龙无首,到了1920年代初,宣统退位、民国肇建已然十余年,饱经沧桑的中华民族仍未等来一元复始、万象更新的新气象,反而迎来一个群强肆掠、内外交患的混乱局面。正值盛年的古直先生对为之奋斗多年的民国政治倍感失望,在同乡好友侯过先生的极力推介下,1921年2月来到庐山开始隐居生活。此时的庐山,已经不是中国传统的庐山,英国人李德立开辟牯岭度假,带来了西方文化。古直的退隐,也不是陶渊明式的躬耕南亩,他出身于普通农民家庭,参加革命以来也不置产业,为避免陶渊明"瓶无储粟"的窘境,他带来了广东的商业文化,邀朋友集资入股,成立"万寿林业公司",自任"董事长",买山垦田,植树造林。后来参与的人逐渐增加，资金充裕，高峰期合计有竹林区（因独马楼多竹）、贤山区（阮家棚后）、万杉区（因万寿寺多杉）、白鹤区（白鹤涧至欢喜亭）、含鄱区（欢喜亭至含鄱口）、太乙区（太乙村）等六大林区。成家畈村民至今还说，周边的山林、农田，当年几乎都被广东人买下了，可见盛极一时。

　　1922年夏，古直与侯过等发现太乙峰倚天耸立，左侍汉阳，右挟五老，气势雄伟，峰下有地稍平，坐倚千山巨障，俯瞰鄱湖太空，风景极佳，决定在此开辟新村。此时张励也接踵而至，成为太乙村的主要设计者和建设者。他们披荆斩棘，陆续建成的公共设施有蓄水池、球场、图书馆、俱乐部、游泳池、事务所、岁寒阁、水榭、亭台等等。个人出资入股，就可以得到一块土地自建房屋成为"村民"。"食米按口供给，出自公田，薪炭取之于山，水则架竹引泉，终年不竭；菜畦瓜棚，家家可见；村人守望相助，疾病扶持，缓急可通，往还无间。"（闵孝吉语）康有为1926年7月游庐山时曾应邀到太乙村做客，他感叹说："太乙峰头太乙村，七人筑室各柴门。"当时的太乙村宛如一幅高山桃源画卷，名声大震，几乎要与牯岭并驾齐名。

　　据侯过、古直、蔡廷锴等人回忆，"葛陶斋"同仁有邓铿、张励、严重、翁桂清、吴奇伟、丘哲、马时辉、王振威、熊素村、曾骞、李倬、丘左虞等，早期人员多为同盟会成员，严重、吴奇伟、蔡廷锴等则是后来由于某种机缘加入的。从这份名单来看，该"公司"可以说是"群星璀璨"了。邓铿原名邓仲元，是孙中山主要军事助手之一，1922年遇刺身亡，后被孙中山追赠为陆军上将。侯过毕业于日本东京帝国大学，曾任日本广东同盟会支部长，归国后历任湖北农务局长、广东森林局长、中山大学农学院院长等职，中华人民共和国成立后，曾任广东文史馆馆长等职，是我国现代林学的开拓者，也是著名书法家和诗人。丘哲是民盟和农工党的创始人和领导人之一，著名的民主人士和政治活动家，中华人民共和国成立后曾任广东省副省长等职。蔡廷锴是十九路军军长，因指挥"一·二八"淞沪抗战一战成名，后获授陆军上将衔，中华人民共和国成立后曾任全国政协副主席等职。吴奇伟也是抗日名将，曾率第九集团军在德安围歼日军第106师团，取得万家岭大捷，获授陆军中将衔，中华人民共和国成立后，任全国政协委员、广东省政府委员。张励（1892—1952）字翼之，号爱松，湖南浏阳籍，自幼随父生活于广东，1908年考进广东陆军小学堂，1911年跟随邓铿参加革命，邓铿被刺杀后来到太乙峰下隐居。1926年应陈铭枢之邀再度出山，参与北伐，转战南北。由于张励博览群书，虽在军旅，手不释卷，同僚都担心他作为主官不善攻战，1929年广东白坭之战、1930年山东济南之战令其威名大震。后升任十九路军61师121旅少将旅长。1932年日寇进犯上海，挑起一·二八事变。十九路军奋起抵抗，张励率部浴血奋战于庙行、江湾之间，以伤亡超过全员四分之一的代价苦战三十余日，"杀倭数千，俘其营长。"1933年张励参与"福建事变"，任"人民革命军"第二军副军长，失败后赴欧洲游历考察。1937年张励进入陆军大学特别班学习，1940年起任张发奎的中将高参，1945年被张发奎任命为广州前进指挥所主任接受日寇投降。1946年张励参与成立民促，1948年加入民革，在配合华南解放的军事指导原则下工作，中华人民共和国成立后任广东交通厅副厅长。1952年在北京逝世，葬八宝山。曾骞号晚归，早年留学日本，归国后任同盟会本部总干事，1917年出任南雄县长，1923年春解官赴庐山，大约在1927年前后出任庐山管理局局长。1929年陈铭枢主政广东，曾晚归出任省民政厅厅长。熊素村早年留学日本，加入同盟会，在庐山期间曾与好友严重一起为著名民主人士李一平创办的"茭芦精舍学堂"义务教学，后任南华学院数学教授。翁桂清字纫秋，1913年和朋友创办《琼岛日报》宣传共和，1917年曾任陈炯明粤军总司令部的政务处副处长，1921年任海丰县县长，1926年再加入陈铭枢部队，后任十九路军驻粤办事处主任、汕头市市长等职。

吴宗慈《庐山志》载：1933年太乙村房主分别为曾晚归（曾骞）、熊素村、翁桂清、李蔚然、潘敬忱、古公愚（古直）、邱继明、张爱松（张励）、蔡廷锴、毛于忠、徐木生、许观明、杨德发、严重等13人。侯过等人的回忆与这份名单不完全一致，所谓的葛陶斋同仁应该指"公司"股东，在太乙村建屋的只是其中的一部分人，有人可能只是在成家畈居住，也有人可能并没有来庐山常住。比如邓铿在1922年就已经被刺身亡，应该没有来过庐山；侯过虽然是最先的提倡者，却在1921年就辞去了江西的教职，以后辗转各地，不再在庐山常住；革命家丘哲在各地奔波，只是偶尔来太乙村做客；蔡廷锴的加盟更是偶然，1928年他在海南剿匪，于返程船上遇报复，躲在煤舱中侥幸逃脱，但身体受到严重伤害，远赴庐山疗养，在庐山偶识同乡李倬，在太乙村玩得高兴，便也出资"国币一千八百元"请李倬代建，戎马倥偬的蔡将军直到1931年5月才有机会参观自己的小屋，但"从无机会住"。根据有限的资料，目前可知在太乙村居住时间比较长的人有古直、曾骞、张励、熊素村、李倬、严重等。

1939年日寇攻打庐山，太乙村完全毁于战火。"鸟鸣而山斯寂，龙去则渊不灵。"笔者于2019年6月陪同古直之子古成业老先生访问太乙村，在黄益满先生带领下寻访故迹。20世纪80年代搞旅游开发，旅游公司为吸引眼球，根据作家创意，在太乙村旧址"修复"、命名了"三柳巢""吴氏院""松庄""桂庄"等各种奇葩的别墅，并安排了蒋介石、陈诚、蔡廷锴、白崇禧、冯玉祥、阎锡山等将军"入住"，使太乙村原貌遭到严重改变。我们仔细搜寻，在荆棘丛中仍发现颓圮的石构遗迹多处，有古道纵横相通连。其中最高一处可以确定为曾骞的"晚庵"，其嗣子之墓就在附近，墓碑由曾骞撰文，严重书丹。有一处曾有林场职工居住，老人传说叫"熊村"，当为熊素村所居。在劳动宾馆石坝上发现一块碑石，黄益满说宾馆餐厅处原有房屋遗迹，房前有水池，碑石原在池边，石上还有过去山民磨刀的痕迹，建设宾馆时把水池平整了，有心人把这块碑石嵌进了石坝，碑上书"金杯"二字，落款为"爱庐主人"，古直记载张励（号爱松）所居为"爱庐"，所以此处应该就是张励故居。进村的位置有一处平地，其石材都被搬去建设旁边的交通宾馆了，山里老人说此处是"董事会"遗址。

需要特别说明的是，息肩亭下有太乙村堡垒，保存基本完整，但它并非由太乙村所建。1930年由于"地方不靖、匪患严重"，庐山管理局向地方人士特别捐款，在全山险要关口大天池、土坝岭、月弓堑、太乙村及金竹坪等六处营造堡垒，此为其中之一。堡垒门右嵌石碑列"计划委员"刘一公等六人姓名，门左嵌石碑列"监工委员"文汝舟等五人姓名，十一人都是当时庐山各界名流，只有曾晚归一人是太乙村的代表，但不知为何，被作家方方全部安排住进了《英雄末路》的太乙村。

今天，我和古成业老先生站在四周布满射击孔的堡垒上，面对漫山苍翠，俯瞰鄱湖波光，仍可以想见那段烽火连天的岁月。

慕陶思葛竟成大家

古直（1885—1959），字公愚，号层冰，广东梅县人。1900年开始从著名学者罗翙云为学，博览诸子百家。1906年加入同盟会，1907进入同盟会主办的松口体育传习所，以体育为名，进行军事训练，为武装革命作准备。同年冬，创办梅州学校，亲自作校歌："五岭东趋尽揭阳，中有梅花乡。横枝独傲冰雪里，奇人节士代相望……勿怠荒，勿怠荒，努力好修以为邦家光！"一直传唱至今。不少蜚声中外的各界精英诸如叶剑英、谢晋元、黄琪翔、古大存、林风眠、黄药眠、曾宪梓等，均曾在此接受过基础教育。1911年与钟动等人在梅城组织起义，光复梅县，古直任梅州军司令部秘书长。1912年出任汕头同盟会机关部秘书长，创《大风日报》，因反袁被查封，后回乡再创龙文公学。

1916年，为唐继尧等"讨袁护国"出洋筹饷。途经越南，感其在外族统治之下，深受奴役之苦，作《海防行》长诗："爷娘妻子问永别，白衣泣送期一诀。……回眺众多亡国儿，马牛圈禁不得移。眼望故乡双泪落，海阔天长何处飞。"誓言"男儿终不为奴死，万里沧波一间关"。此诗被誉为近代《兵车行》。由于华侨对古直人品的高度信任，筹饷颇丰，南洋回来之后，被留任云南都督府顾问。对于这一段经历，古直回忆说，民国新立，全国人民喁喁望治，不料政治腐败反有过于清廷，所以不再挂名党籍，一心从事教学工作。然而此时年富力强，壮志不已，讨袁运动方起，万里奔波，结识唐继尧，望其能救中国，后觉无望，懊悔而返。

1919年再因林虎将军推荐，古直出任陆军部秘书。李烈钧率三军祭奠黄花岗七十二烈士，古直为其代作祭文：

望高岗之峨峨兮，潸然而涕下。
惟七十二士皆我良兮，赋同袍以兴夏。
值胡运之将残兮，规义师以日夜。
将翻珠江使倒流兮，呼汉风而叱咤。
破镜群翔以蔽日兮，绩弗成而死乍。
肝脑涂地固不予悔兮，适稔虏之罪恶……

词旨雄奇悲壮，一时争相传诵。后转任高要县长，当时抓到一个土匪头子，其党羽以白银相贿赂，被古直严词拒绝，正要严惩，却因其他高官受贿施压而被迫释放，令古直异常窘迫。22岁加入同盟会，投身反清革命，15年来，虽民国早立，但军阀混战不断，腐败尤甚，民不聊生，面对自己与许多仁人志士热情投入革命所建立的"中华民国"，其"政治腐败反有过于满清"，"细察南北军阀，皆是人民之敌"。今又受此屈辱，古直倍感悲观。1920年夏，好友侯过途经高要，向古直大力称赞庐山的好处。原来1916年秋，侯过从日本留学回国，应江西省南昌农业专门学校的聘请，任该校林科主任兼白鹿洞演习主任，经常率领学生到白鹿洞林场实习。庐山有一位朋友，见侯过喜爱林业，还将在折桂寺的两千多亩山林送他经营。侯过对庐山的夸赞坚定了古直退隐之决心。此时混战再起，粤军赶走桂军，于是他11月便"拂衣径去"，邀朋友集资到庐山买山隐居。

1921年2月，古直先来庐山，他先暂住白鹿洞书院，在独马楼买到一座荒山后移居独马楼僧舍，并开始在观音桥边成家畈买地建房，同年冬建成楼房首幢公屋，取名为"葛陶斋"，后来分别在成家畈、太乙村建成寒泉馆、隅楼、映庐等小舍。

初到庐山的古直如得脱樊笼的倦鸟，五老峰天开金芙蓉，三峡涧水窜万貔貅，太乙村玉雪映梅骨，玉渊潭碧水隐龙宫，庐山的奇山异水让诗人灵感迸发：

此中何所有哉？
滔滔不绝者流泉，清妍欲绝者湖山。
冬有积雪兮夏有长云，春秋佳日兮景物无伦。
山山红叶兮处处杜鹃，映以朝霞兮霏以夕烟。
更有幽兰兮空谷娟娟，竹柏杉松兮苍翠蘸天。
风清月明，水流花放，而我高卧乎其间！

古直迎来了一个不一样的创作高峰期，写出了大量的山水诗，结集成《庐山樵唱稿》出版。多年的奔波，使古直深感自己"性刚才拙，与物多忤"，庐山近柴桑栗里，终遂其仰陶之意，灌园鬻蔬之余，偶有会意，便集陶渊明句为诗，两年得九十余首，取"旧玩出新妙"之意，汇为《新妙集》。

住山期间，古直咏陶诗，谒陶墓，访醉石，考栗里，写成《醉石考》《栗里考》《南村考》等文及《陶靖节诗笺》《陶靖节年谱》《诸葛武侯年谱》《陶集校勘记》《陶靖节年岁考证》等书。朱自清曾专门为《陶靖节诗笺》作《陶诗的深度》一文，佩服其"用力极勤"和"爬罗剔抉的工夫"，高度称赞其"颇多胜解"。但朱自清认为陶渊明到底是隐逸诗人之宗，指出古直的笺注有些以史事比附以强调陶诗为"忠愤"之作，未免穿凿。学者朱自清也许读懂了陶渊明，却没有读懂古直，古直年轻时就委身革命，他的隐居其实是一种无奈，他把自己的烈士情怀投射到了对陶诗的研究中，他从陶渊明《归园田居》等貌似平淡之诗中读出了"清刚之音"，更从《饮酒》《述酒》《咏荆轲》等诗中读出了"激越声情"，在"悠然见南山"之外更多地读出了"猛志固常在"，古直高呼：若仅仅以"平淡"来概括陶诗，"岂知公者哉！"，他把在庐山建筑的第一个住所取名为"葛陶斋"，既慕陶渊明，又思诸葛亮，其心可昭。

1927年冬，古直曾移居东林。被太平天国军焚毁殆尽的东林寺此时仅有简陋僧寮，三笑堂、神运殿等名胜早成瓦砾，古直继康有为发现柳公权残碑于灶下之后，"显六朝之松于连林，发初唐石刻于榛莽"。写了《初抵东林怀远公》《东林六朝松歌》《东林寺绝句三首》等诗歌，传诵一时，吸引了大量的文人雅士对东林寺的注意，对复兴东林寺起到了广泛的宣传作用。古直又于寺中讲学，招九江弟子六人，后来竟有三人闻名于当世：杜宣原名桂苍凌，著名剧作家、散文家、诗人；闵孝同字舜白，学者，工诗善书，曾为江西文史馆馆员；闵孝吉字肖伋，号苣斋，闵孝同之弟，跟随古直求学最久，1947年赴台湾，两栖于政界与学界，曾先后兼台湾政大、文化、世新、东吴诸名校教职长达四十余年，他所撰写的《庐山东林寺三笑堂记》原碑至今还嵌在三笑堂廊壁上。

古直是不幸的，也是幸运的，他找到了庐山，他找到了陶渊明，他从一个慕陶者变成了研陶大家，从一个"革命家"转变为"学问家"，其对陶诗的全面笺注，对现代注陶史有着开辟之功。1925年，古直被刚刚成立的广东大学（旋改称中山大学）聘为教授，此后往返于广州、九江两地，潜心于治学育人，先后有《钟记室〈诗品〉笺》《曹子建诗笺》《汉诗辩证》《客人对》《阮嗣宗诗笺》《韩集笺证》《汪容甫文笺》等大量著作问世，还有不少弟子后来闻名于海峡两岸。

1938年广州沦陷，中山大学奉命西迁，古直毅然放弃大学教职，回到家乡梅县，在战乱中勉力从事基础教育的同时，宣传抗日救亡。

北伐名将困知苦行

严重（1892—1944），字立三，湖北麻城人。其父曾做过新建县丞，后任江西按察使文案，1899—1908年，严重跟随父亲在南昌接受私塾教育，从小立志做圣贤，服膺阳明之学。其时清朝政府内政腐朽，外侮日亟，随着父亲调任颍州通判，他投笔从戎，1908年考入安徽陆军小学。武昌起义时辍学参军，对祖母发誓说："报国救民，孙惟一死而已。"其间上书都督黎元洪、统领王国栋大谈文宣武战之方略，为王国栋所赏识，要调他到司令部去任职，然而严重认为自己的建议乃是为大局着想，不能以此为进身的手段，因此谢绝了王的好意。

严重后入保定军官学校第五期学习，1918年毕业，其间与邓演达极为友善。1920年应邓演达之邀加入粤军第一师，先后任其副营长和副团长，两年间目睹当时军纪废弛、将领奢靡、残暴人民、干涉地方行政等种种乱象，认为都是军人的耻辱，1923年请假回南京。

1924年，孙中山创办黄埔陆军军官学校，邓演达参与筹备，邀请严重前往服务。从教育入手，培养新生力量，革除旧军恶习，建立真正的革命军队，是他一向的主张，故欣然前往。一、二、三期以战术教官兼总队长，四期先后调任训练部主任和教师部主任，严重"律己之严格，生活之简朴，处事之正直"，在学生心目中，建立了最崇高人格的偶像。被誉为"黄埔良师"，黄杰、袁守谦、韩浚、宋瑞珂、李弥、王耀武、胡琏等黄埔名将都对其终生执弟子礼，尊崇不已。

1926年严重任二十一师师长参加北伐，他提出"官长士兵化，士兵民众化，民众革命化"口号，在师、团、连部中组织"经理委员会"，遴选下级干部及士兵参加，定期审核账目，公布收支。国民革命军中设置审查经费的组织，即以二十一师为肇始。桐庐浪石埠之役，二十一师作为"补充师"却打了决定性的大胜仗，严重又被誉为"北伐名将"。但他丝毫没有一般得胜将军的踌躇满志，看到伤亡枕藉，伤兵呻吟，他不断发出反省，对自己"料敌不当""用兵欠稳"等深深自责。黄埔军校一至四期学生中多有共产党员，在二十一师中充当各级干部，国民党发动"清党"运动时，"二十一师掩护共产党徒"的说法不断流传，其时国民党内又闹宁汉分裂，严重深感失望，两边都不愿参与，遂于1927年4月21日将二十一师交团长陈诚代理，自行辞职离去。从该师走出的著名将领有陈诚、黄维、周至柔、袁守谦、宋希濂等。

　　宁汉复合后，严重于1928年4月受邀出任湖北省民政厅厅长，因当政者专横跋扈，厉行"清乡"，致使其一腔抱负难以施展，"叹苍生之业薄，伤道德之陵夷"。11月再次黯然辞职赴庐山，友人熊素村留客太乙村，严重喜其偏僻，托熊素村代为建筑庐舍，1929年9月落成迁入。其建筑经费有不同的说法，宋瑞珂回忆说严重辞职后有一段时间陈诚代理其职，领到薪水后汇给他，他认为无功不受俸，退回了，陈与颜道鹏商量，用此款在太乙村盖了这幢小平房，卧室兼书房，餐厅兼客厅，加上厨房，总共也只有20多平方米。而严重的胞弟严正则回忆说，陈诚见老长官囊中滞涩，派袁守谦出资在太乙村建了一座平房供起居之用。可能是严重的清贫众所周知，才有了这些传说。

　　严重名其室为"劬（qú）园"，自号为"劬丁"，取"维此哲人，谓我劬劳"之意。自书其诗"千溪潺湲百峰将，岳峙泉流万古长。博大雄奇皮相耳，乾坤浩气此中藏"于壁间，院内房前遍种菊花以明志，开始独居治学的生涯，砍柴挑水，种菜做饭，都是亲力而为。1934年宋瑞珂去拜访他，第一次，"两人吃了邻居送来的几个粽子就是一餐"。第二次，"我烧火，他煎饼，既无菜，又无汤"。他在一篇旅行日记中说："近日周身痒渐剧，解衣视之，虮虱成群，往时奔走甚劳，故不觉耳。"清贫如此。

严重一生都在思考修身齐家、救国救民的道理，即使在军校学习及后来带兵训练、打仗也从未间断。在太乙村隐居后，专心研读，除史学外，大都以哲学为中心，先贤古籍、时人近作以及外国译著，无所不读，每年读书几十种。他曾对来访的袁守谦说，自己从小立志做学问，要从学术上开辟一条人生可行之大道，但绝不能轻易著述，要闭门再读几年书，以期深造。所以在太乙村期间，除了1929年冬写成《大学辨宗》一书外并未再有著作，只是读书思考。最终于1943年在成都写成《〈礼记·大学篇〉考释》及《〈大学〉释义》二书，其所有学术见解均体现在二书之中。

1931年蒋介石捕杀邓演达，噩耗传到庐山，严重悲吟"痛哭到千古，狂歌入万山"，誓不再出。然而国家连年混战，民不聊生，"虽置身世局之外，而其忧世也弥切弥深"（梁漱溟语）。由于严重是三民主义的忠实信徒，虽然对蒋介石极其失望，但没有参与任何反对派，所以蒋介石曾多次通过陈诚力邀他复出，甚至亲自到访他的"劢园"，但蒋从前门进，他从后门逃去。直到七七事变爆发，民族危亡之际，严重才毅然出山，本欲投身抗日大军，但再次被委任为湖北民政厅厅长，并于次年代理省主席。由于日寇的步步紧逼，湖北渐次失守，抗日救亡，千头万绪，严重以羸弱的身躯勉力为之，废寝忘食，逐渐体力难支，1940年8月准辞。代理两年多，省主席特别办公费却毫厘未用，多年的励志苦行，深深地伤害了严重的身体，1944年的一次重感冒引起多种并发症，导致英年长逝。陈诚说："立三先生的廉介清操，可谓并世无两……立三先生一生简直过的是清苦不堪的生活。纵观他的一生，可以说是苦死的。"一生处于中华民族最不堪的年代，严重先生岂止身苦，心尤苦！

立德、立功、立言，谓之三立。严重先生品行高洁，功业显赫，时人称道，后人景仰，而其一生致力的哲学研究却似乎被遗忘了。严重提出"道在君后、道在世卿、道在师儒、道在庶民"这一历史性的道统观，针对朱熹"即物穷理"和王阳明"致良知"的支离难行，严重强调至善为本，强调修身而近道，更为平易可行。董必武称赞严重"自深千年立国奥"。黄维说："关于严重的言行，是值得后人研究的一个题目。"梁漱溟先生更称严重为"真近世之醇儒也"，"以最切近平妥之功夫道路昭示学者，纠正朱子、阳明过去解释《大学》之失，实为近八百年来未有之创获"。

中华优秀传统文化是我们最深厚的文化软实力，也是中国特色社会主义植根的文化沃土。在提倡大力弘扬传统文化的今天，研究、传承严重先生的学术思想和知行合一的人生信条尤其具有现实意义。贵州有阳明悟道的龙场驿，庐山有严重思学的太乙村。严重的日记在十年动乱中被红卫兵掠去，今已不能详细了解其在庐山多年的生活、交往和思考，所幸部分著作、日记副本、读书录等被颜逍鹏带到台湾，如果有一天能公之于世，必将极大地丰富庐山的历史文化。

白鹿洞书院藏书纵火案

景玉川

书院藏书楼失火

一百年前（1921年）的10月，上海的《民国日报》《时新闻》《申报》《时报》，天津的《益世报》和武汉的《四民报》等著名报刊均报道了一则惊人的消息：庐山白鹿洞书院藏书楼失火。

接着，这几家报刊又先后报道了各界人士对此案的关注，一致要求依法严办有关责任人。

《中华民国史资料丛刊·大事记》第7辑（中华书局1978年出版）以《盗卖藏书及纵火案》为题概述了这一事件：

1921年8月27日夜晚，江西星子县白鹿洞（图书馆）被人纵火，全部被焚。白鹿洞为南宋朱熹讲学之所，有图书100余万卷，价值当在百万元以上。星子县及全省各界人士开会，要求北京政府查办此案。经调查此纵火案系教育厅第三科科长王经畬、星子县图书馆馆长梁亦谦、馆员胡亨所为。王经畬于是年夏奉命东渡日本考察教育、私将藏书售与日本人，得20万元。回国后，即将此书秘密运出。后伙同梁、胡纵火焚毁白鹿洞，以图灭迹。

积极要求追查此案的，除了官方和康有为等知名人士外，还有"九江旅省同乡会""南康旅浔同乡会"成员及旅沪、旅京的江西人士。国民政府教育部也于这年11月8日颁发第324号训令，要求"选派干员密查失慎原因及藏书下落，务获真相，以凭追究"。

此后的1922年、1923年与1924年，报界都有关于这一事件的消息。综合报刊资料，这次失火的原因与侦查情况大致如下：

八月二十七日夜晚，东北角楼门外突然起火、馆役与书记从梦中惊醒，见火势方张，乃高声喊救、时馆长丁继父忧，在家灵寝，比经馆员胡亨、督同邻近居民拼救，一面遣人报告钧署暨警署，查此处向来无煮饭煎茶，并未安置炉灶，火从何起，且不起于白天而起于黑夜，不起于楼下而起于楼上，此中情节，不无可疑。八月（应为8月28日——引者）下午警佐与馆长，亲赴火场查看，适有跟随人曹少金，并馆役在一字桥当头下面，瞥见煤油破瓦壶大小共八只，似此情形。显系有人暗中纵火等情、据此理合呈报核示遵行，杨省长阅后，乃训令浔阳道尹与教育厅派员急速往查，闻浔阳道尹所派之某委员，其查覆之报告中，有细查火场，并无丝毫纸灰、该馆藏书多百万余部，岂所化之纸灰亦尽飞去乎等语……（1921年10月13日《民国日报》）

白鹿洞书院失火为何引起这么大关注，实在是因为这座"海内书院第一"的白鹿洞书院名声太大了。

《民国日报》称：江西星子县之白鹿洞为大儒朱熹讲道之所，千载古迹，幽景天然，历来名人所藏入之书籍，不下百余万卷，其价值当在百万元以上。

国民政府教育部第324号训令云：星、都、永、安四县公函略谓鹿洞藏书自宋迄清内府所颁经史子集不下千万卷，又历经名人搜集，古籍宏富，著闻全国。

更重要的是这些藏书"多为先贤朱、陆、阳明亲笔批点"。

案发后，星子方面的警员与浔阳道尹（一道之行政长官，管辖所属各县的行政事务）也派人前往实地侦查。查看结果主要有：

一、图书馆为爱莲池中一亭楼，四面为池，并不接近房屋，楼中无人居住，何至失火，且失火后现场竟"无堆积纸灰"？

二、在爱莲池楼北一字桥下面，发现了煤油破瓦壶，大小共八只，疑是有人暗中纵火。

三、怀疑此案与省教育厅三科科长王经畬、星子县图书馆馆长梁亦谦、馆员胡亨有关。因王经畬曾于该年夏天去日本考察教育，疑他趁机将藏书私售给日本人，得洋二十万元，返国后将这些书秘密运出。又因馆长梁亦谦、馆员胡亨都是王所提拔，所以很可能他们狼狈为奸，互相隐匿，纵火以图灭迹。

激于"公愤"，南康（府）旅省四县（星、都、永、安）同乡会开会商讨，决定了八项措施，其第七、第八为：

（七）通函驻外各公使、领事与留学生，请其侦察此项图书，有无出售外人实情。（八）呈请大总统，迅令驻外各公使、领事就近切实调查。毋使漏网。（1921年10月29日《时报》）

嫌疑人王经畬则抗议是对他的诬蔑，并呈文请省长交法庭办理。几个月后的1922年2月，江西省教育厅厅长李金藻也因此事"于除夕夜引咎辞职，径自北返"（1922年2月6日《申报》）。但当时被拘押的"馆丁"（工友）不久即为星子县许知事（知县）释放。

所焚藏书是否有数千万卷

这起"呈请大总统"甚至要求"通函驻外各公使"的惊天大案，沸沸扬扬闹了两年多，最后不了了之。

细心研读史料，拨去岁月云雾，还是可以比较接近史实，浅释这纷繁乱世发生的历史之谜。

第一，遭焚毁的白鹿洞书院图书馆，是否真的有"数千万卷""千余年之藏书"？

答案是否定的，所谓"千万卷藏书"只是人们对这座著名书院的盲目猜想。

从朱熹1179年重兴白鹿洞书院，到1921年书院藏书被焚，前后共742

年。即使在书院最鼎盛的时期，也不见得有"藏书数千万卷"。据史、志记载：历经宋、元、明、清，近千年来，每一次改朝换代，白鹿洞书院都曾毁于战火，纸质藏书更难免遭灾。书院最后一次大劫难是1853年太平天国军占领南康府（星子）时，庐山所有的寺庙道观书院都被太平军焚烧一空。怎么还会有"多为先贤朱（熹）、陆（九渊）、（王）阳明辈亲笔批点"（《时报》语）的藏书呢？

1855年太平军败走，湘军收复南康府。1901年清政府"废书院，办学堂"，前后不过46年，这期间白鹿洞书院也曾几度修复，但战乱后的晚清无论中央还是地方政府都经济拮据，财力匮乏，书院修复的建筑不多，短时间内不可能增添"经史子集，不下千万卷"藏书，即便有人捐赠。

"废书院，办学堂"后，书院藏书于1909年移送1902年开办的星子县南康府中学堂，学堂在爱莲池后的"二贤祠"。不久（1914年）南康府中学堂停办，其图书则存放在县署（紧邻爱莲池）。

1917年9月至1921年初，鲁迅先生好友许寿裳任江西首任教育厅厅长，在极端艰难的情况下，他"大力开发社会教育，设立地方的博物馆、图书馆"，白鹿洞书院图书馆就是在这样的历史背景下成立的。1921年初，书院图书馆正式成立，任命梁亦谦为馆长，胡亨为馆员。图书馆制订了详细的图书管理章程，并报呈教育部。教育部于该年3月14日发出"第五百一十七号"指令，批转江西省教育厅。作为书院图书馆存放在县署的藏书，则被移至爱莲池中的"风月亭"。

谁料几个月后，就发生了这起火灾。

这次火灾中被焚毁的图书有多少，分析藏书所在的"风月亭"有多大，就应当明白。

"风月亭"在爱莲池中，爱莲池传说为周敦颐凿池种莲所开，池在南康府谯楼旁。今天爱莲池仍在，位于小城中央，是县城小孩经常玩耍的地方，离我家不过数百米。1949年后爱莲池曾几次疏浚，池四周叠石为壁，长48.84米，宽34米，深3米，总面积1661.24平方米。池中叠石成台，台高3.8米，长宽均11米，面积121平方米。藏书的"风月亭"建于台上，池南、池北均有石桥通"风月亭"，南为三墩四孔一字桥，北为五墩六孔"之"字桥。亭两层，下层为阅览室，上层藏书。今台上亭子为新建，可能比当年小。但即使当年"风月亭"紧贴池中石台边建立，建筑面积每层也仅为121平方米，第二层的藏书室使用面积应不到100平方米，怎么能放得下千万卷藏书？更何况这些书应多为旧式古本线装书！

所以说，被焚图书应远远少于外界的估计。

至于说王经畬以大洋二十万元私自将藏书售给日本人，返国后与梁亦谦、胡亨等合谋，将这些书秘密运往日本，等等，也经不起推敲。二十万大洋要售出多少书？除非是极珍贵的善本书。日本人不是傻瓜，不可能没有见到书就付款二十万。如果是善本书尚可以秘密私下挟带偷出，如是一般的古本书该有多少册？如何运出？

1914年南康府撤销，作为府城所在地的星子渐趋冷落，1921年星子城街道清冷，行人寥落，稍有动静都会引起居民的关注与围观。王经畬他们要穿街过巷、偷运这么多图书去鄱阳湖边码头上船起运（那时没有公路），很难瞒过小城人的眼睛。

此案为何难查

相对而言，在一定条件下，私家藏书会比公家藏书要安全。明代"天一阁"藏书楼能延续数百年而幸存，除了有幸免于改朝换代的战火外，藏书楼创建者明嘉靖兵部侍郎范钦的子孙世代小心维护也功不可没。而地处山间、负责人不断变换的白鹿洞书院，其藏书不可能有如此幸运。因而这桩书院藏书失火"大案"查了两年多，一直没有查出个子丑寅卯，最后终于烟消云散，无人问津。

如果分析当时中国动荡的政局与糟糕的社会治安，焚书案之所以会有这样的结局，也就可以理解。

辛亥革命推翻清政权后，中国各派政治势力相互争斗，政局变幻莫测，社会动荡不安。在白鹿洞书院焚书案侦办的几年内（1921至1924年），中国发生的一系列大事，都足以影响和制约有关部门破案，弄清事实真相。

1921年3月，开滦煤矿工人罢工；同月，（外）蒙古宣布脱离中国独立；5月，孙中山在广州任中华民国大总统；接着北京政府内阁改组；12月，内阁总理靳云鹏内阁倒台；中国共产党也于这一年成立。

1922年，香港、武汉、澳门、安源等处工人罢工；8月2日，九江发生兵变，原因是驻军十二师一团因索要军饷而爆发事变，参与兵变的军队抢劫、焚烧商铺146间，死亡60多人，经济损失估达400多万银圆。

1923年更是大事不断，京汉工人大罢工、曹锟赶走总统黎元洪；5月，还发生了震惊中外的"临城劫车案"：5月6日凌晨，匪首孙美瑶率领1000多名匪徒在津浦路山东临城境内，抢劫了由南京浦口开往天津的特快列车，使列车出轨，匪徒们掠夺财物，挟持中外旅客数百人……

1924年，全国到处闹学潮、工潮，工人罢工，学生罢课；7月，驻九江滇军与当地民团在沙河口一带激战，双方死伤500余人，当地民团在省民团支援下，于8月击溃滇军，恢复秩序；10月，冯玉祥发动政变，总统曹锟下野。

……

这样风雨飘摇、动荡不安的环境中，百姓人心惶惶，基层吏员饭碗岌岌可危，从中央到地方各级官佐如走马灯似的变换，性命尚且难测，哪还有心情与时间去破这桩焚书案？随后发生的一系列社会变化，使书院图书被焚的真实情况更无法查清。

1925年，孙中山逝世，接着是北伐和第一次、第二次国内革命战争，无论北伐还是两次国内革命战争，江西都是主要事发地。1927年秋星子农民发起星子暴动，打响了"赣北第一枪"，占领了星子城。暴动的组织者就是在白鹿洞书院接头，召开秘密会议的。再后来是十四年抗战，三年解放战争……剧烈的社会变化中，小小的焚书案渐渐被岁月的风尘深埋，也就不奇怪了。

后来的文化馆失火案

20世纪星子县文化馆失火，烧毁了不少古籍。让人想起2021年的焚书案，怀疑白鹿洞书院当年藏书是否全部存入了爱莲池中的"风月亭"。

1901年清廷颁诏"废书院，改学堂"，1909年，白鹿洞书院正式停办。江西省于1912年在书院成立了"江西农林专门学校"，后又改为供林校师生实习的"演习林事务所"，书院图书则归开办不久的星子县南康府中学堂。1914年南康府中学堂停办，其图书于是存放在爱莲池旁的县署内。1921年白鹿洞书院图书馆成立，这些图书便又移交存放至爱莲池"风月亭"。

前面已经说过，爱莲池不大，池中的"风月亭"就更小，不可能放得下很多图书。且书院图书馆成立还不到半年，就发生了火灾。由于事发现场少有纸灰，人们便怀疑"风月亭"中没有藏书。这次县文化馆失火烧毁了不少古书。也许当年图书尚未全部移至爱莲池亭，仍有一部分在"县署"原存放地。

星子县在共和国成立后才组建文化馆（具体年份无记载），馆内设有图书阅览室。1984年星子县成立县图书馆，就是在原县文化馆图书阅览室的基础上成立的。据《星子县志》（1990年版）"大事记"记载：

1961年11月3日7时，县文化馆（原扬武角）发火，烧毁乾隆御赐袈裟、如意玉带、金刚经、舍利、佛珠104粒及府志、县志等珍贵文物。

星子县1949年以前没有文化馆，也没有图书馆，1961年被烧毁的乾隆袈裟、玉带、舍利、佛珠等珍贵文物及府志、县志以前存放何处？没有详细记载，但有可能是在谯楼。因为谯楼也属"县署"，据载县、府志梓版曾存放其中，故书院藏书（包括失火后新募集的图书）也可能存放此处。

巧合的是，县文化馆失火时，我是个中学生，文化馆与我家只隔了二间民舍，我目睹了这次火灾的救火过程。这次火灾烧毁的书籍不只是"大事记"所说的县志、府志，而且有不少古籍，我就在火灭后一片狼藉的现场捡到了一本完好的袖珍版线装书《饮冰室合集》。那时我不知此书为何人所著，将这本小书拿给语文老师看，他告诉我是梁启超，我这才知道戊戌变法领导人梁启超的大名和他的《饮冰室合集》。《饮冰室合集》有多册，我捡到的仅是其中一册。如不是旧时存书，新政权属下的县文化馆，不可能购置一整套的《饮冰室合集》，这种书在县文化馆图书阅览室也少有人能有兴趣或看得懂。

根据以上分析，关于这桩焚书案，大致可以得出这样的结论：

一、书院藏书和被焚毁的图书没有报刊上所说的数百万册，只是由于白鹿洞书院"盛名之下，其实难副"，才有了人们对其藏书甚丰的过高估计。

二、传言王经畲等以大洋二十万将藏书私售日人，后焚书以图灭迹之说不可信。一字桥下"发现了煤油破瓦壶"，但难以证明是失火还是"纵火"，因为当时没有电灯，靠油灯照明。

三、限于当时动荡的社会状况，有关部门没有可能彻底搞清这次失火的原因与真实损失。

四、当年存放在星子县"县署"的书院藏书，应有一部分（包括失火后新募集的图书）藏于县文化馆，于1961年11月3日毁于火灾。

五、这次事件发生在兵荒马乱的时代，政局不稳，交通不便，通讯落后，8月发生的事情，到10月才得以见报。当时新兴的媒体新闻报刊蜂起，消息来源却不一定可靠，信息相互转载。加上为了扩大影响，媒体往往夸大其词，以至内容彼此矛盾。如1921年10月《民国日报》称现场"无丝毫纸灰"；教育部颁发的第324号训令则说"无堆积纸灰"（《教育公报》）……

今后如再修县志、府志、山志或书院志，关于这桩非常时期发生的非常案件的记述，应当更加客观、准确一些。

火烧白鹿洞

毛　静

1921年8月20日晚，有着"天下书院之首"美誉的白鹿洞书院突然发生火灾，所有建筑毁于一旦。更让人痛心的是，书院历代积累的100多万卷藏书不翼而飞，连片纸灰都找不到，这事就有些蹊跷了。

消息传开以后，国内知名学者康有为等人、江西旅省、旅京代表及省内各界人士纷纷发表言论，对书院被焚、藏书失踪一案表示愤慨，要求当时的北洋政府彻查。天津《益世报》等媒体也及时对这一案件进行了跟踪报道，持续给政府方面施加压力。

白鹿洞书院前身为南唐时的"庐山国学"，是当时南方地区的最高学府。经宋代兴复，特别是朱熹主持修整之后，逐渐发展成为中国书院史上首屈一指的书院，其《白鹿洞书院揭示》甚至成为书院界的"ISO"——认证体系和行业标准。经过一千多年的积淀，其地位是不言而喻的。现在，书院被焚毁，藏书失踪，难怪举国一片哗然了。

北京的北洋政府也感到事态的严重，遂成立专门的调查机构前往江西，表示一定要把这件案子查个水落石出，好向全国人民有个交代。

调查组先到了省会南昌，与主政江西的省长杨庆鋆取得了联系，随即与当地调查人员汇合，到白鹿洞所在的星子县展开调查。专案组传唤有关当事人到庭，据星子县长杜甄报告，由于白鹿洞地处庐山南麓一个山壑中，地理位置比较偏僻，为了加强对白鹿洞书院藏书的管理，今年元月专门成立了白鹿洞书院图书馆，委派梁亦谦担任馆长。火灾发生后，梁匆匆来报告灾情，他与梁随后去了现场查看。梁馆长汇报说，因为自己的继父去世，正在家里办丧事，所以这段时间自己不在书院值守，对书院失火、自己失职感到痛心和悔恨。调查组又传唤了当时在书院值班的管理人员胡亨、曹少金等人，了解当时的情况。

不久，一些疑点被专案组人员发现，主要有以下几个方面：

一、白鹿洞管理人员不在书院就餐，书院没有正式的厨房，那么火源从何而来？

二、火灾没有发生在有人员活动的白天，却发生在晚上，近期没有雷电天气，火从何起？

三、起火点位于藏书的楼上而非楼下，是谁晚上在楼上活动？

四、原来书院中数百万卷藏书被"焚"，为何没有留下焚烧后的纸灰？

五、在书院一字桥下起获的八只瓦罐，里面还残存有煤油，作何解释？

调查组针对上述疑问，对相关人员实行分别讯问，力图从他们的口供中寻找突破点。

案件取得进展，居然是从专案组成员内部找到的，一同来书院办案的省教育厅第三科科长、永修人王经畲成为重点嫌疑对象。有人反映，王科长于今年夏天奉命东渡日本考察教育，受到日本方面的热情接待。他参观了日本公私藏书机构，看到里面的中国宋元时期古籍保存完整，价值连城，顺口就说自己家乡永修与星子县同属南康府所辖，星子白鹿洞书院也有很多宋元以来的善本古籍，数量质量都与你们相当。日方听了之后大为震惊，白鹿洞书院的历史地位他们太清楚了。于是日方对此表现出极大的兴趣，私下与王氏展开公关活动，最后达成协议，日本方面出资20万元大洋，由王回国负责后洽购白鹿洞书院藏书。

一开始王经畲见钱心动，但也害怕被人追究，日方安慰他说，1907年，日方就洽购过中国四大藏书楼之一的"皕宋楼"藏书，并由此成立

"静嘉堂文库"，现在不好好地保存在日本吗？现在中国战乱频仍，保存在中国，不如保存在日本。日方又甜言蜜语地说，中日同文同种，保存在哪里不是一样？你们中国的学者杨守敬来日本访书，我们不是痛痛快快地提供方便么？日方还承诺，如果王不愿意公开买卖，可以秘密交易，附近的日本领事馆可以暗中接应，全力促成此事。听到日方的保证，王经畬眼前仿佛出现了20万块白花花的大洋，决定横下心来，趁现在兵荒马乱，干他一票。

回国以后，王经畬借检查工作的方便，几次到星子县约见白鹿洞书院图书馆馆长梁亦谦及其心腹胡亨密谋盗卖藏书的事。因为最近传出江西农业专门学校要迁入办公，这个宝贵的天窗期要利用好，所以得加快工作进度。梁是王经畬一手提拔起来的干部，对王一直忠心耿耿，他开始也害怕被追究责任，但经不住王的威逼利诱，当即合谋制订了先悄悄分批次盗运古籍、再转交给日方接应人员的计划。完事之后，再一把火烧了白鹿洞——反正农校进驻后也要改建重建，烧得干净彻底可以顺势掩盖作案痕迹，这个计划看上去衔接紧密、天衣无缝。于是一桩牵涉卖国、盗书、纵火焚毁名胜古迹的阴谋开始实施。

为了伪造当事人不在现场的假象，王远在南昌，遥控指挥；梁借父丧，回家操办丧事，让人感觉事发时他不在书院；值守书院的胡亨精心准备，做到几次运出图书，一次性烧毁书院，绝不留下任何人为纵火的证据，于是就发生了本文开头的一幕。

大家可能以为，事情的原委基本清楚了，只要查获赃物即藏书，就基本可以结案。但难就难在没有掌握他们盗卖国有资产的真凭实据，特别是藏书没有下落，就不能抓人。而且调查专员刘燮臣提醒大家，书院藏书并没有人们想象得那么多、那么好，而且此前每有领导来书院视察，就要顺手牵羊弄走一些珍贵古籍，美其名曰"拿回去研究研究"，对此也没有人敢吱声，于是上行下效，各级干部都到书院要书，很多书柜其实早就被这些人偷光了。要说盗书，可能省内外各位大员都脱不了干系，都是共犯。经刘燮臣一说，开始还吵吵嚷嚷表示要严厉追究当事人责任的各级领导，顿时集体失声了，不久还出现压制舆论、抓捕记者的现象，局势朝着有利于王经畬等人的方向发展。

事情一下子就拖到了第二年，调查组将有关情况递交给省长杨庆鋆，杨庆鋆又呈报给了掌握江西实权的督军陈光远。岂料此时江西发生排外风潮，陈、杨二人于1922年6月同时去职，后来虽然不断更换省领导，此案却一直没法结案。到1926年北伐战争爆发，广州的国民政府正式接管江西，而此时距白鹿洞纵火案已过去整整五年，最后居然不了了之了。

这件事情告诉我们，至少在民国时期，别人偷书叫作案，官员拿书则叫"研究研究"。

书院轶事——"酒趣"随笔

涂长林

中华酒文化源远流长，酒不仅是美好事物的催化剂，也是矛盾事物的激化器。历史上出现过吕不韦借酒投资成就秦国、孙权饮酒试英才、越王勾践品酒提高人气指数、阮籍醉酒拒女儿婚姻、李白斗酒诗三百篇等例子。酒改写过历史、成就过佳缘、留下过名篇，酒成为国人交际场所及日常生活必需品。对此，当年刚参加工作的我一直不明白，酒真有这么大能量？随着时间的推移，慢慢对杯中之物也有了不同的理解，从厌恶到喜欢、从不喝到喝，至少它给我在白鹿洞书院的生活带来了不少"乐趣"。

当年，大学毕业分配到白鹿洞上班，意气风发的我踌躇满志，对人生也充满了憧憬。但理想很丰满，现实却很骨感，来书院后，才感觉到工作和生活并不是自己想象的那么美好和生动。尽管白鹿洞是千年学府，有着"天下书院之首，海内书院第一"的美誉，但是地理位置并不好，三面环山，只有一个出口且离闹市远，生活极为不便，没有一个小时是走不出去的，但是走到路口坐车又不方便，白天还好大家都忙于工作，还有来来往往的游人，可到了夜晚，方圆几公里的洞中没有几个人影，只能听松涛阵阵。同事经常调侃我说，书院热闹是一时的（旺季的白天），寂寞是永久的，你得耐得住寂寞哦。刚参加工作的我，开始还能尽情投入工作，闲暇看书充电，日子还算惬意，可随着时间的推移，过于单调的生活，也太寂寞难耐了，尤其是夜晚，除了远处的灯光忽明忽暗，就是漆黑一片，一根针掉地上都能听到响声。此刻，才明白在书院为什么有朱熹与狐仙的一段"剪不断理还乱"的传说，虽然结局不好但也算才子佳人的佳话，明眼人一看就知道，这不过是完全杜撰出来的故事而已，只是想反证就连朱熹这样的大理学家都耐不住寂寞，足见书院夜晚的寂静。

而后为打发长夜漫漫的寂寞和无聊，渐渐地相互约三五同事一起聚餐唠嗑，因而与酒就接触多了。同事也时不时跟我讲一些书院里与酒有关的趣事。书院有一位老革命，我们称他为老周，据说有一次因陪老家来的客人雪夜喝多了，在回来的半路上打瞌睡，竟然就在书院那两棵千年怪松底下睡了一晚，早上被冷醒后才知道回家，你可以脑补下老翁雪夜醉卧松下的情景，是如此有趣；还有一位裴老先生，因书院经常有文人墨客来访，一次在接待签单中有意无意地签名为裴酒，被大家传为笑料，但在哈哈大笑中我们可见其中交流的氛围和成果吧；还有时任书院文化研究所学术部主任的沈老师在酒桌上借酒为一对来自江西社科院的青年男女指定终身，据说这对夫妇婚姻美满至今，成为书院佳话。

或许是耳濡目染过后，慢慢自己也不讨厌酒了，工作中有时来客人，领导邀请我去参加也就不拒绝了，开始主动起身给客人倒酒，偶尔也主动倒一点酒跟客人随意一下。下班后经常参加同事之间的邀请，哪家炒几个小菜，搬桌椅在外面一起开喝，直到媳妇多次催捡碗筷搞卫生才草草结束。有时候他们还划拳"哥俩好啊""宝一对"，"六六顺啊、七个巧"，热闹非凡，惹得一旁山上的小动物都偷偷溜出来露出脑袋来瞧一瞧，输了就喝酒，菜没了就整个花生米，不大好酒的我也禁不住被同化，慢慢地参与其中……

当时书院的主管单位庐山文化处有位领导，是位有名的文人雅士，一次来书院调研时在酒桌上根据大家的姓氏一个个取了酒名，什么礼（李）不拒、抿（闵）一口、搞（高）不倒、离（黎）不得、陪（裴）到底、过（郭）不熟、王一斤、涂八两等，既贴合了姓氏又切合了酒量，此段子现在还一直被书院的同仁津津乐道。

后来，自己也开始慢慢喜欢酒了。黑夜来临，时不时也会请大家一起聚聚，觥筹交错中把工作的烦恼和一切不顺心抛诸脑后，大家都脱下斯文外表，豪气胆气随着酒精而释放，大凡喝到兴处，还带着点扳倒对方的劲儿。当场记住的喝酒段子也不少，什么酒是粮食精越喝越年轻，什么感情深一口闷，感情浅舔一舔……当然，偶尔难免也有喝多的时候，回家被关在门外，即使进门了也是遭老婆一顿痛骂然后睡沙发，第二天又被当作笑话传开。至此，我明白了为什么中国人爱喝酒。酒是营养品，它能活血、解乏；酒是润滑剂，它能洗涤人的心灵，拉近人的距离；对我来说酒还能消除寂寞，平添一份乐趣。喝酒更是一种人生态度，在工作中，它能带来意想不到的效果，谈判桌上的僵持在喝酒的过程中可迎刃而解。记忆中，一次书院组织到景德镇搞旅游推介，上午拜访各旅行社，很多家的表态都模棱两可，但是中午宴请时，推介的同事特别用心陪，旅行社的老总们个个喝得高兴，最后推介圆满成功，书院文化线路立即在景德镇各大旅行社上线，景德镇来书院的游客立竿见影地多了起来。酒在生活中，也能化解一些朋友、同事、邻里之间的矛盾，增进人与人之间的关系，联络加深感情。至此，我彻底明白了为什么酒在中国能成为一种文化，而且源远流长。

时光荏苒，因工作关系调动，离开千年学府白鹿洞书院有十几年了。往事历历在目，其中书院喝酒的这些趣事最是难忘，经常拿出来与新结识的朋友说道与分享。

作者简介：涂长林，男，曾任职于白鹿洞书院、庐山管理局党委宣传部，现任职于庐山智慧旅游发展服务中心。

东林寺初复亲历记

周家驹

　　1978年，有关部门决定修复庐山东林寺，修复工作交由庐山文化处负责实施，前期准备工作是接管"文革"中被太阳升公社（现赛阳镇）化工厂占用的山林土地及房屋。化工厂迁往下化城新址，8月初接管工作完成，化工厂人员设备已搬往新址，果一和尚与徒弟常智已被文化处派人从马尾水小庙接回东林寺。8月10日左右，庐山博物馆革委会陈琳主任把我叫到办公室，他说："上级决定抽调我去主持东林寺维修工作，你也一道去，公社化工厂已搬完了设备，但要求我们帮忙把用于化工生产的原材料运往新址下化城，过两天你先去东林寺做这件事。"8月18日，我和庐山物资局的林司机开一辆载重两吨半的卡车来到东林寺，将化工厂的原材料（主要是废铁屑）拉往下化城。林司机早上开车来，傍晚开车回庐山，而我住在东林寺与果一和尚师徒同食宿，23日任务完成后，我随林司机一道回到庐山。

　　8月25日，庐山文化处办公室副主任王炳如将参加修复工作的陈琳主任、七〇一电视台台长李远栋和我三人送到东林寺。

　　8月27日，陈琳主任带我前往福建省惠安县选用维修所需的工人，那时跨省务工还需省计划委员会与福建省计划委员会协调开出调工计划书，我二人拿着调工计划书到达惠安县委，县委指定我们所需的工人由该县后龙公社建筑队调派，后龙公社是海边的一个公社，田少人多，男人下海捕鱼和外出务工，女人在家种田。与后龙建筑队签完合同后，我俩即返回了东林寺。

回到东林寺后，在等待工人进场期间，陈主任带领我们为维修所需的材料购置作准备。寺庙建筑多系砖木结构，东林寺亦是如此，砖木结构建筑所需的主要材料是木料、砖瓦、沙子、石灰。沙子、石灰在九江县蛟滩村和狮子公社都能购买到，那时生产的砖瓦都以红砖、红瓦为主，而东林寺建筑所需要的是青砖、青瓦，瓦头则更难买，只能找到砖瓦场让其为东林寺专烧砖瓦。而距离东林寺较近的红旗公社（现莲花镇）红灯大队（现双塔村）有一砖场，陈主任派我和果一和尚前去与砖厂联系，他们同意按我们要求的尺寸及式样，烧一窑手制青砖、青瓦及瓦头。这时，庐山文化处又从山属工厂和庐山文工团调来鞠静维和孙其林两位同志参加维修工作，负责材料的采购。木材采购任务重，因维修和新建用材都需大木料，只能从武宁县、修水县调购，鞠静维同志负责木材采购，在他的辛苦努力下圆满地完成了任务。

9月初，福建惠安后龙建筑队三十七名包括泥工、木雕工等的建筑工人在林会计（名字记不起来）的带领下到达东林寺，技术负责人是一名叫陈招添的老木工，六十多岁，所有的维修、新建施工图纸都由他绘制。9月10日维修工作开始，在神运殿落架维修中将房梁（大梁）放下时见梁上有墨书的"大清光绪三十二年"八字，梁长约7米，材质为樟木，光绪三十二年即公元1906年，由此可佐证东林寺于1906年进行过维修，神运殿应为1906年所建。

9月17日，王天民处长带我前往浙江省天台山国清寺考察。旅途中他给我讲述了国清寺的历史沿革及他所知道的现状。国清寺始建于隋开皇十八年（598年），寺庙占地面积7.3万平方米，隋代高僧智越在此创立天台宗，为中国佛教宗派天台宗的发源地，鉴真东渡将天台宗教义传到日本，日本留学僧最澄至天台山取经，从道邃学法，回国后在日本比睿山建延庆寺创立日本天台宗，后尊浙江天台山国清寺为祖庭。国清寺是"文革"后我国最早恢复对外开放的寺庙之一，已接待多批前来朝拜祖庭的日本天台宗信徒。天民处长还提到，东林寺是佛教净土宗祖庭，日本的净土宗信徒众多，修复后东林寺将对外开放，天民处长的讲述让我领会了我们考察国清寺需学习的内容是什么。国清寺殿宇恢宏、僧侣较多，我们在国清寺住了两晚，参观了僧侣礼佛、诵经的早晚课，这也是我第一次见识到寺庙宗教活动。回到东林寺后我向果一和尚介绍了国清寺的现状及我所见到的寺庙活动。

在翻修十八高贤堂、客堂等工程中挖掘地面时，挖出了一层铺设较完整的地面砖，砖长约30厘米，宽约20厘米，厚约5厘米，保存完整面积约5平方米，柱础两块，柱础直径约1米，无饰纹，地面砖和柱础的发现是可作为研究东林寺某一时期建筑规模的佐证，遗憾的是那时我们关于这方面的知识缺乏，没有留下详细记录，也未保存实物。

1979年3月，东林寺维修工程基本完工，佛像塑造已提上议事日程，在讨论佛像塑造准备工作时，果一和尚提出北京各寺庙的佛像在"文革"中有一部分没有毁坏，现集中存放在中国佛教协会管理的寺庙，并建议去北京向中国佛教协会请求调拨一批佛像到东林寺，较大佛像新塑。文化处领导采纳了这一建议，指派我随同果一和尚进京办理此事。

3月10日，我二人乘船到达武汉，当晚入住位于汉阳的归元寺，11日从武汉乘飞机飞往北京（机票63元），在北京我二人住在中国人民革命军事博物馆招待所，12日上午果一和尚带我前往位于西四阜的中国佛教协会所在地归元寺，拜访当代高僧正果大和尚，并有幸与大和尚一道共进他亲自炖煮的"罗汉斋"。3月15日时任中国佛教协会会长的赵朴初先生在中国佛协接见了果一和尚和我，赵老精神很好，他询问了东林寺的修复情况，我们向他作了详细的汇报，赵老很高兴，果一和尚向赵老请求为东林寺题写寺名，赵老笑而不应，但同意向东林寺调拨佛像。

中国佛教协会一位还俗的王姓秘书是我们选调佛像的联系人，在他的帮助下，我们选好了十二尊明代脱胎佛像和归元寺耳房内放置的一尊高约1.2米的明代弥勒铜佛像，王秘书只同意给十二尊脱胎佛像，不同意调拨铜佛像，后经果一和尚和他私下沟通，他才同意了铜佛（这尊铜佛曾在东林寺天王殿供奉）的调拨。十三尊佛像移交手续办好后，我立即打电话向庐山文化处王天民处长和陈琳主任进行了汇报，3月27日，陈琳主任带一辆解放牌卡车（开车的是庐山汽车队的刘大明和一位叶姓司机）到达北京，也住在中国人民革命军事博物馆招待所。第二天果一和尚乘火车返回东林寺，陈主任此行除检查调拨佛像外，更重要的任务是去中国历史博物馆要求调拨几件不够文物定级的铜质寺庙供器，此前庐山文物部门已向中国历史博物馆提出过申请，这次陈琳主任带我去面求，中国历史博物馆同意调拨十二件清代仿明的各式宣德香炉，填好调拨单后，我在收件人一栏写了我的名字，佛像供器之事已办完，陈琳主任乘火车返回东林寺。陈琳主任返程后的第二天佛像包装完毕，4月2日一早，佛像装车，我和刘、叶两位司机开车返程，中午汽车进入河北省界不久，因道路不熟悉，偏离了主道，进入一条泥土小道，时逢大雨，道路泥泞且狭窄，行驶缓慢，傍晚在距离河北安阳约五十公里处，汽车向右侧滑，尚幸道旁有一道干打垒的纵向土墙挡住了汽车使车避免了侧翻，此时天色已晚，二位司机前往安阳请吊车，我留下来看守，在附近一大车店坐了一晚，第二天上午九时，安阳请来的吊车到达，将侧滑的车吊起，在吊起一瞬间干打垒土墙垮塌。4月5日佛像运抵东林寺。

  北京运回的佛像，没有神远殿中需供奉的释迦牟尼和迦叶、阿难二尊者之像，果一和尚从浙江余姚请来了佛像塑造师，现场塑造、造像工艺为先用木料搭成骨架，再用筛选好的细黄泥和捶烂的精选干稻草搅拌均匀后，在骨架上堆塑成型，风干后打磨添泥，数次后，再上彩，佛像成。

  十八高贤堂内的十八高贤像碑于"文革"中被毁，仅搜集到几块残碑，十八高贤像碑是东林寺较有影响的文物之一，修复的十八高贤堂内不能缺少像碑，于是从庐山博物馆借来了拓片，在星子采购了青石板，并聘请星子工艺厂的雕刻工人进行雕刻，五月中旬碑成。

东林寺内的聪明泉水，天旱不竭，连雨不溢，可供百余人饮用，且得名有一趣说。应立碑以志，特聘请庐山书法家吴光才先生题写"聪明泉"三字并书写了得名趣说，趣说之字按习惯应为竖行，吴先生却是直行书写，而我们都没有意识到不妥，将吴光才先生书写的原稿，交给了刻碑工人，碑刻完即安放在聪明泉上方，至今已历四十余年，此碑仍在。

东林寺前有一条宽三尺许，深不盈尺的小溪，溪从东来缓缓向西，水甚清，被称为贯道溪，名称确否无从考证，虎溪桥就建在溪上，桥存无虎。我听当地村民讲红灯大队（现双塔村）陈家村后山，距三教庵不远处有座清代万青藜墓（实乃万嗣达墓），"文革"中被平毁，但墓道旁的一对石虎仍在，闻此信息心中一喜，虎有矣！当即请一陈姓村民带路前往查看，到后，果见一对雕工粗糙，石质已微有风化，但神态尚可，且古朴感甚强的石虎，立即请陈姓村民请来一台手扶拖拉机将石虎运回东林寺置于虎溪桥前两侧。

1979年7月10日，庐山文化处在东林寺召开了东林寺修复庆功会，标志东林寺修复工程已正式竣工。7月10日上午，我离开东林寺返回庐山。

庐山天后宫建成记
——妈祖情缘

殷建红

初冬时节，风和日丽，恰似冬天里的春天。庐山马尾水风景区绿树环抱，银杏金黄，翠竹碧青。坐落在此的庐山天后宫远望雄姿伟岸，近瞧肃穆典雅，让风景秀丽的马尾水平添一层圣洁神秘的色彩。

11月下旬，我们来到庐山北山10公里处的马尾水景区，庐山妈祖文化协会会长、马尾水旅游开发中心总经理曹俊平先生接待了我们。在景区总部八亭山会议室的阳台上，曹俊平与我们讲述了在马尾水创建妈祖文化大业的艰辛和快乐。

曹俊平，1958年出生，九江市庐山区五里街道八里坡西洋垅曹家村人。童年读书，少年从师民间高人学医。学成后自己闯荡，1990年，三十来岁的曹俊平随着"打工潮"南下深圳，开设诊所，打拼6年。1996年，从深圳回乡的曹俊平看到距家不远的马尾水实在太美了，决心在此地大干一番旅游事业，于1999年3月与主管马尾水地段的国营庐山茶场签订开发马尾水景区合同，联合成立了庐山马尾水生态旅游有限公司。于当年5月1日起，开始对马尾水景区正式进行全面开发。探路修路开路，新建修复桥梁，整修水潭，规范修复原有的状元桥、千年夫妻银杏树、九峰寺、马尾水瀑布、龙穴等景点，建设景区基础设施，并新开辟休闲竹楼群及养生基地等。

1999年9月，原毛主席警卫局副局长、中国老龄委副主任曲琪玉老人率领300余人来庐山出席国内外企业家联谊会，参观马尾水，结识了曹俊平先生。2000年，曹俊平到北京参加全国老龄委会议，会议结束后的第二天，受曲老之邀，赶赴天津参加妈祖文化节。当初，对被称为海神、水神的妈祖，曹俊平并不了解，曲琪玉向其介绍了妈祖文化的起源、发展，妈祖代表着中华儿女对维护世界和平的期盼，成为连接海内外中华儿女的精神纽带。妈祖文化和中原农耕文化、草原游牧文化一样，是中华优秀传统文化的重要组成部分。一般来说，世界上有水的地方就有妈祖宫、庙和妈祖信仰。九江地处长江和鄱阳湖之滨，从古至今应该有祭拜妈祖的庙宇和信仰。经曲琪玉的一番指教，曹俊平顿生对妈祖的敬仰之情，从此怀着对妈祖的崇拜，决定在庐山马尾水建一座妈祖庙。经曲琪玉的引见，他结识了香港经济学家、对妈祖文化有专门研究的李先生，香港铜锣湾妈祖庙宫主罗春华先生，他们一行人立即前往妈祖祖庙所在的福建莆田湄洲岛进行考察。祖庙林金榜董事长热情地接待了他们，在林的办公室里，大家热烈共商，很快就妈祖分灵事项达成共识，表示将尽快安排时间去庐山考察。

不久，在湄洲岛妈祖祖庙董事长林金榜的安排下，由曲琪玉、曾在刘少奇主席身边工作过的李翠英、香港经济学家李先生、风水大师罗春华等著名人士组成的考察团到达庐山马尾水风景区。也许是天意巧合，最后，庙宇选址在大家本不知道的原明代曾建有天妃宫的旧址上。这里坐东向西，北扶天花井山，南连牯岭正街。左边为形同狮子的大背山，右边为酷似金龟的龟背山，前可俯瞰长江、后可放眼鄱阳湖，当即确定这块风水宝地为建造天后宫的位置。

2001年10月，天后宫破土动工，历时8个月，于2002年6月竣工。其建筑面积为600余平方米，长30米，宽（纵深）20米，高13米，仿宋建筑。天后宫附建有妈祖殿、斋房及厢房，同时建有从广场至天后宫踏阶，原为69格，后接台湾南投慈善宫宫主黄李济得到妈祖感应说庐山天后宫踏阶应为108格，故改建为108格。兴建的天后宫前广场，占地6亩，计4000余平方米，广场至天后宫脚19米，加上天后宫高13米，从广场至宫顶高度达30

余米，仰视天后宫显得气势磅礴。天后宫的建成共计投资500余万元。

在天后宫竣工当月，即2002年6月决定于10月赴福建湄洲妈祖故里，10月22日分灵，恭迎妈祖于10月23日到达庐山，10月25日上殿。天后宫主供妈祖位，列入大殿正中中心主位；2002年，庐山天后宫又自立妈祖神像一座，坐落于大殿中后主位（这天正好是神舟五号上天）；2004年9月，又从台湾北港朝天宫妈祖分灵到庐山，恭请坐落殿中前位主位。附供观音、福主、千里眼大将军、顺风耳大将军四尊菩萨，分坐主位两侧。

自各神灵入宫后，开展了正常的祭祀活动。于2007年11月5日，成立了庐山妈祖文化协会，曲琪玉、林金榜、蔡辅雄当选为名誉会长，聘请台湾新党原主席谢启大女士为庐山天后宫顾问。2007年11月5日，举办妈祖由湄洲分灵庐山天后宫五周年庆典活动。自2008年以来，台湾南投慈善宫宫主黄李济连续5年（2008年至2012年），7次率团来庐山天后宫参拜妈祖，给了庐山天后宫极大的支持与帮助。妈祖是海岛信仰，曹俊平请妈祖上庐山，庐山妈祖宫庙庙居高山，在大陆仅此一家，另一家为台湾南投县山上的慈善宫。南投的山没有庐山高，其天后宫的规模也没有庐山天后宫大。

2004年由全球29个国家及地区在中国成立中华妈祖文化交流协会。同年10月31日，庐山天后宫当选为中华妈祖文化交流协会常务理事单位；同时，曹俊平个人当选为中华妈祖文化交流协会常务理事。2008年8月，全国政协副主席、中华妈祖文化交流协会会长张克辉亲自为庐山妈祖题词"庐山妈祖文化"，这些都为庐山天后宫的殊荣增辉添彩。

交谈中，我们知道，曹俊平当初从深圳打工回来，把辛苦赚得的几百万投入到马尾水的开发。此后苦于没有社会资金的注入，他甚至把自家房产抵押贷款，继续天后宫的一至二期筹建和庙宇的正常运转。曹俊平倾其所有，掏尽腰包，从事神圣的妈祖文化事业。

十余载岁月，暑往寒来，曹俊平夫妇守着这片高山，过着日出而作、日落而息的清苦生活，经济条件捉襟见肘。日复一日，年复一年，他们依然全身心地扑在妈祖文化事业上。在曹俊平的身上，我们读到了他的坚毅，还读到了他的无奈。他至今扼腕叹息："在马尾水修个路，建个庙，被媒体曝光，差点锒铛入狱；这还不算什么，可惜的是，因此影响而流失5个亿的海外投资，被海南抢去了。5个亿呀……"

我们心怀敬意，问曹俊平："明知坚守这项事业很苦很坎坷，为什么还要继续？"

曹俊平平静地说："人的一生总要做点什么，自2000年参加天津第一届妈祖文化节，带回那座纯银的妈祖像那天起，我就和妈祖结缘。为妈祖我愿奉献一切，无怨无悔！"

的确，正因为妈祖精神的核心价值是正义、慈善、博爱、和谐，使得千年妈祖信仰，经海内外华人华侨代代传播弘扬，已发展成为拥有3亿多信众的世界性信仰。妈祖祭拜与孔庙祭拜、黄陵祭拜一起成为三大国际祭典，妈祖信俗被列入世界人类非物质文化遗产。2013年9月，江西省庐山天后宫喜获全球第一张"全球妈祖会北港"世界吉尼斯纪录证书。

宗教文化带动旅游，马尾水自然风景和人文风景交相辉映。十四年的苦苦奋斗，妈祖人曹俊平承包的马尾水旅游观光景区到如今已小有规模。景区能提供游览观光、绿色餐饮、竹楼休闲、接待会议、学习培训等一条龙服务，旅游设施较为完备，天后宫的主体建筑不断完善。12月2日，我接到庐山摄影师秦永言的电话，他欣喜地告诉我，由福建荣发集团捐赠给天后宫的大型浮雕"九龙九凤"铺设完毕，极为漂亮，并拍了很多照片要发给我。我想，天后宫在"九龙九凤"的映衬下肯定会更加壮观。我们真诚地祈祷：妈祖保佑我们国家国泰民安，赣北大地风调雨顺；保佑天后宫香火兴盛，道长曹俊平苦尽甘来，事业吉祥昌隆！

作者简介：殷建红，九江市史志办《党史文萃》编辑部主任、九江市宗教文化研究会研究员。

我所知道的庐山机场

陈晓松

若干年前，出外或外归，经常羡慕别人比我晚走却比我早到，不是因为别人路程短，而是交通便捷——可以乘坐飞机。厦门同学刘旺婢主任那是牛牛的，没有飞机不出差；武汉同学阳运四校长兴致一来，赶去厦门吃顿年夜饭，一时成为美谈。羡慕之余，暗自期盼九江有四通八达的航空线，也可少受许多舟车劳顿之苦。

九江交通自打改革开放之后，应该说改善了不少。以前唯一的铁路南浔线分明就是一根盲肠，最遥远的站点就是南昌。如果想去北京，须得先乘船去武汉或者南京再转车。去上海、重庆方便一点，有大江轮。原先都叫"东方红×号"，后来根据属地关系分别改作"江渝×号""江汉×号""江申×号"等，我坐得最多的是"江申7号"。乘坐江轮很舒适，有源源不断的开水供应，可以洗澡，有情趣的人还可以去宽敞的甲板望着螺旋桨搅起的浪花遐想。所以欧洲的有钱人休假多是豪华游轮，开上一两个月地放松身心。可那年月，咱老百姓出门就是办事，偶尔游山玩水也是开小差跑马观花，立正稍息咔嚓照相拍屁股走人，所以乘船太慢。现在去武汉，大巴3个小时，那时候江轮将近15个小时，到上海更是两天三夜。放在现代人身上，漫长得会把人憋死。

慢慢地，九江长江上的老胡子大桥通车了，先通了汽车，1997年香港回归之前京九线通了，九江有了不需要转车就到四面八方的火车，虽然很多都是过路车，年节的时候上车就得站着。不过，想想目的地就是这一根线牵着，躺下去也能到家，倒也释然。可人心就是这样，难有知足的时候，而且现实也的确不容九江人满足，九江人还想飞。

要说九江的机场，不光是有，而且历史还不短。

九江最早的机场叫十里铺机场。有资料显示，十里铺机场修建于抗战胜利之前的1944年，推算应该是日本人修建的。1949年之后，几经扩建和维修，1958年开辟了空运业务。20世纪六七十年代，中共中央在庐山多次召开重要会议，许多中央领导即是从北京乘飞机到十里铺机场降落后，换乘汽车上山。熟悉"林彪事件"的朋友可能都看过林总和五虎将的合影，那就是于此拍摄的。70年代之后，中央再不来庐山开会改去北戴河了，加之临近市区，十里铺机场日渐凋败，可是1988年7月11日它再次夺人眼球。是日，新疆航空公司TU-154M型2603号飞行机组在执行"乌鲁木齐—广州—上海"航班任务时，由于绕飞雷雨导致迷航，迫降于此，162名中外旅客及11名机组人员安然无恙，堪称奇迹。奇迹之二，当时央视正好有个新闻纪录片在九江船舶学校（现九江职业技术学院）拍摄，摄影师敏锐地捕捉了这个历史瞬间，全程记录下迫降过程，于次日在中央电视台新闻联播播出，让全国人民的目光瞬间集中到九江十里铺机场。奇迹之三，就是中国民航有关方面没有采纳飞机设计方俄罗斯拆机分解的建议，而是经过充分准备，9月8日9时51分，2603号客机将在"王祥春机组"的驾驶下从一条只有1250米的土质跑道上起飞，10分钟后顺利转场至九江境内的空军马回岭机场。9月10日13时05分，2603号客机从空军马回岭机场直飞乌鲁木齐，18时33分安全降落在地窝堡国际机场。

此后，十里铺机场彻底完成了它作为机场的历史使命，让位于鸡场和娱乐场。鸡场是城郊农民搭的，而娱乐场建在蒙古包里，我的两个同事曾参与其中，还从泰国请来过气人妖，不过亏了本。该亏，谁叫他不请我去看看人妖。哈哈，开玩笑，下面要说的就是前文两次提到的空军马回岭机场。

位于九江县的马回岭镇是一座历史名镇，建成于清代崇德年间，境内文物胜迹颇多，有三国周瑜水师练兵场芦花荡，有晋代酒鬼诗人陶渊明墓，有金陵街古县城旧址，有南昌起义重要据点马回岭老火车站，历来为兵家必争之地。因为马回岭机场是空军机场，一般老百姓知之不详，现在可以搜索到的历史是1992年10月经中国民航总局批准，在原空军机场的基础上改建成4C级标准军民两用机场，并开始使用"庐山机场"之名。1996年6月18日首航。因客源不足，1999年10月停航。2002年8月以租赁方式复航，仅过了两个月再度停航。经过江西机场集团公司投资8000万元进行改造后，庐山机场开始运作第三次复航。2006年2月完成了复航前的飞行校验。6月27日，庐山机场正式取得机场使用许可证。7月7日庐山机场正式复航成功。2008年1月11日，九江市政府第十五次常务会议决定，设立每年总规模为2200万元的航空事业发展专项资金，大力扶持庐山机场。现在，庐山机场开辟到了北京、上海、广州和厦门的航线，其中，厦门航线开通于2008年9月2日。

听到开通厦门航线的消息，我欢喜了好久，立即在同学网发了帖子，可是这帮家伙没情趣，不回应，连喜欢坐飞机的刘旺婢主任也没任何反应。不过，我心里牢牢记着这事，经常看看这方面的消息。

有报道说，九江—厦门航线使用的是加拿大庞巴迪宇航集团提供的民用支线喷气飞机，型为50座CRJ-200型客机，以安全、舒适和环保著称，是当前世界航空市场占有率最高的现代化喷气式支线客机。但我对此不太相信，所以我说这是"飞机中的拖拉机"。这次去厦门决定乘机，心里却是忐忑的，出门之前，我在博客留言："对鬼神，要敬而不畏。敬，因为鬼神也是生命；不畏，因为将来你也是鬼神。"写完之后，心里觉得怪怪的，又删除了。人到了一定的年纪，多少有些迷信，不能也不想免俗。

购买机票很顺利，一是购票的人不多，二是事先也打电话进行了咨询，准备充分。除了身份证外还带了教师资格证，后面这个证件还真管用，让我拿到了最低折扣的机票，来回不到700元，划算。前边说到九江市政府大力扶持庐山机场，具体举措就是在行政事业单位摊派了不同数量的代金券，所以在民航售票处可以看到拿着大摞代金券的，在那和售票员争执。原来，代金券有不等的金额，可是不一定能够和实际购票款完全一致，多余的部分售票处是不退的，垄断经营之弊可见一斑。

在民航售票处坐上去机场的班车，33公里每人16元。出了市区就上高速，通远下高速之后是一段漂亮平整的柏油马路，虽然下着雨，四十几分钟就到了。庐山机场是个小机场，但因为是军民合用，所以还有不少的军队建筑和蒙着帆布的军用飞机，比我去年去过的新疆和田机场有模有样多了。飞厦门的航班是周二、周五（回来之后的第二天就改为周二、六了），飞京沪广的不知道具体时间，反正在我候机的过程中没见任何飞机起降。候机外厅本来不大，因为乘客太少，所以显得很宽敞，东西两边各有十几个座椅，各摆放一台信号模糊的电视机。提前一小时安检，进得候机厅内，广播里通知说因为气候原因飞机晚点一个小时。火车、汽车晚点一个小时，乘客会嗷嗷叫；飞机晚点就不会，大家明白安全第一，火车、汽车事故还有生还的希望，飞机掉下来基本上都玩完，何况刚刚电视里还在播巴西及伊朗的空难，大家嘴上不说什么，其实都往心里去了，因为那时除了几个小孩子叽叽喳喳，大人们都屏住呼吸看画面。放眼望去，庐山被厚厚的乌云笼罩着，广播没有说谎。只是过安检时打火机被悉数收缴，本来就无所事事，当下更想抽烟，没办法，熬着。

飞机终于来了，小小的，很平稳地降落。二三十个人很快下来，二三十个人很快上去。刚上飞机觉得空间很逼仄，一排四个座分两边，一共13排，我是最后一个座位（回来时座位在安全通道）。不过，坐定之后凉风一吹感觉还不错。起飞了，身体感觉很平稳地上升，还好，没有"飞机中的拖拉机"的噪音和抖动。旁边通道坐着的空哥很健谈，从他嘴里得知这架飞机今天是经过了"厦门—赣州"和"厦门—安庆"的往返才飞九江的，难怪座位上可以看到今天的《赣州日报》，想找份《九江日报》，对不起，没有。网络上经常有人为争江西第二城是九江还是赣州而面红耳赤，这里已经看出了差距。开始看到乘客都坐在后面，大伙纷纷责怪航空公司先卖差的留着好的，经过空哥介绍才知道，这样的机型行李舱不像大飞机在肚子里，而是在尾巴上，现在乘客少，为了保持飞行，乘客就得靠后坐，如果乘客多了，还得用沙袋压住飞机尾巴，有趣，有趣。只是支线飞机只供应一瓶矿泉水，小气，小气。后来我在意见簿上提了意见：应该供应点小食品，你航空公司不差这个钱！

飞行的前半程基本是云雾，但颠簸很少；后半程开始晴朗，刚看到大海，飞机就准备降落了。"飞机中的拖拉机"，也蛮舒服的……

想起29年前第一次去厦门，汽车、火车叽里咣当三十多个小时，那还是第一次坐火车，到了厦门之后，蹲在厕所里、躺在床铺上还晃荡了三四天才消除后遗症。现在飞行时间不到一个小时，加上进出城及候机时间也不过五六个小时，九江上机时落在头上的雨水还没干，就到达目的地了。呜呼，诸多思绪伴随我步出厦门高崎国际机场，顿时，一股热流几乎堵住嗓子眼，一个字凝聚了万语千言：好！

2009年7月底

补记

1996年6月18日，庐山机场正式开通民航业务；2000年、2002年、2006年三次停航；2015年3月21日，庐山机场民航停航改造；2019年6月3日，庐山机场复航成功。

2021年，庐山机场共完成旅客吞吐量1.5880万人次，全国排名第241位；飞机起降222架次，全国排名第244位。

难忘的过去

胡华桐

一、九江：日寇铁蹄下的苦难日子

　　1937年7月7日，爆发了卢沟桥事变，日军发动侵华战争；1937年9月18日抗日战争全面爆发，日军占领了东北黑龙江、吉林、辽宁三省；接着九江很快就沦陷了。我那时年龄很小，然而在铁蹄下的苦难日子却永生不能忘却。

四处"设卡"限制中国人的行动

　　沦陷区里，日军害怕中国人民的反抗，尤其害怕抗日游击队的袭击，在九江几个下乡去山区的要道上设立"卡子"。这种"卡子"在九江、四都，都可以见到。例如在女儿街到庐南十里、妙智、莲花等地的要道设立"卡子"。在木架上钉上带刺的铁网。人们经过"卡子"，首先要检查"良民证"，无论大人小孩都要任日军搜身检查，规定不准携带药品和食盐。在正北九华门长江边设了一个去江北的二套口、孔垄、黄梅、蔡山等地的"卡子"。在东门口岳王庙附近设"卡子"，限制人们去新港、虞家河、姑塘、高垅、海会、南康等地；在阎家渡设"卡子"限制人们去港口、岷山、瑞昌等地……一句话，中国人不能在自己的国土上自由行动。

　　广大农村的农民没有盐吃，浑身疲软，没有力气干活。为了活命，他们想出各种办法，偷运食盐。例如把盐化成水，把棉袄浸透，回到乡里，再用清水浸泡含盐分的棉袄，然后再把剩余的"清水"放在锅里用大火蒸煮，熬出晶盐来吃。有一次，九华门"卡子"检查一队去江北安葬死人的送葬队伍，任凭孝子贤孙们哭丧，伤心不已，守卡的日军硬不放行。非得开棺检查，日军仗着武器和狼牙棒的淫威，把棺材盖劈开，发现里面装着盐，立即把孝子捉到河边枪决了事。像这种偷运食盐的事花样繁多，数不胜数。我虽年龄小，却也壮着胆子干过。头天晚上，妈妈做了一条妇女用的月经袋，到市里买了四两盐放在袋里，又用网袋替我绑在裤腰里，经过女儿街卡子时，日军掀开我的草帽，在我身上摸了摸，没发现什么，就让我过了卡子。

传染病肆虐，到处死人

沦陷区里弥漫着传染病毒，死人的事几乎四处可见。那时，广大农村流行四种传染病：一是疥疮，二是痨病（肺结核），三是打皮汗（疟疾），四是过喜事（天花）。为什么农村传染病这么横行肆虐？主要是预防条件极差，根本没有疾病疫苗针可打。病毒通过空气传染，在病人房间坐了一会就会被传染，用病人用过的没有消毒好的碗筷的人，也会被传染，总之传染速度极快。那个时候，医疗条件不好，科学不发达，得了传染病根本没有药治疗，人们只有迷信鬼神。迷信盛行，人们到处插香、烧钱纸，求神拜佛，可死人的事天天有，四处可见。有个屋场，一天抬出七口棺材，两只火板（小孩死后找几块木板，钉个盒子埋），条件差的用芦席一卷，挖坑就埋了。

患上上述几种传染病是十分痛苦的，就说打皮汗（疟疾）吧，它是有周期的。一、三、五不等，皮汗发了，全身冷得发抖，连盖几层棉被还是不能解决问题。皮汗过去，全身大汗淋漓，浑身发软，没有力气，不能劳动。再说痨病吧，得了这种病的人，黄皮寡瘦，咳嗽不已，吐出浓痰或鲜血。那时谈痨色变，得了痨病，就等于判了死刑，只有慢慢挨着等死。第三，说说疥疮吧，这种病，我和二哥（胡华钧）都传染了。"疮"有两种，一种"捞头疮"，全身都是斑点，浑身发痒，一抓就不可收拾，非得出血不可；二是"龙疱疮"，浑身长出各种形状的带脓血的疱疹，一抓就破皮，流出带腥味的浓血，沾在衣裳上结壳，脱衣是件痛苦的事，因为脱衣又要撕破皮，流血不止。脱下来的衣服就像剪鞋样的糊巴壳硬邦邦。

传染病的流行，是因为卫生不好，有传染源。那时候，苍蝇、蚊子、老鼠、扁老（臭虫）、虱子（跳蚤）特别多。白天绿豆苍蝇和麻壳苍蝇在腐烂的老鼠、蛤蟆尸体上或发臭的瓜皮果壳上叮咬，又带菌飞到人们吃饭的菜碗上生子，人们看不见，吃了剩饭剩菜就拉肚子；晚上蚊子飞来狂轰滥炸，嗡嗡叫，吵得人们睡不着；实在累极了，倒头呼呼大睡，蚊子就大显身手，趁机把从得了"皮汗"病的人身上吸来的血又叮注到好人身上去，致使打皮汗到处传染。老鼠也很讨厌，从地洞里爬出来，从东家跑到西家，从南溜到北，整个屋场乱窜，据说老鼠是传染伤寒的凶手。扁老（臭虫）藏在人们睡觉的床裂缝里，当人们熟睡之后，焐热了木板，臭虫就爬出来，在人们身上到处叮咬，人们太痒，用手抓破皮，流血不止，于是疥疮就生出来了。还有，特别是年轻的妇女，长期没有肥皂洗头，出了汗也不及时清理，于是生出虱子，人们瘙痒不过，就剃光头，变成不是出家人的"假尼姑"……最后，说说"过喜事"（天花）吧，这种病大人、小孩都可能传染，尤其是小孩传染得更快，重则死亡，轻则破相，满脸满身都是麻子。

长大后，听人说日军制作了很多细菌炸弹，进行细菌战争，这是日本战争贩子的伎俩，他们企图把中国人民都变成"东亚病夫"任其宰割。也许在沦陷区九江农村，就是日军使用了这些东西，才使九江农村，传染病如此猖狂，肆虐不已吧。

拐子爹提篮卖烧饼

七七事变前,我们家祖孙三代有七口人,在逃难中婶娘涂生英得了痨病,无法治疗,死在逃难路上,至今尸骨难寻。只剩六个回到沦陷区九江。为了活命,一家人分得七零八落:祖父胡其谟,到四码头"一品鲜"馆子店打工,做他的老本行——烧腊,养活后祖母徐氏;大哥胡春泉到西园巷口一家杂货店当学徒,混口饭吃;拐子爹胡家浩和童养媳妈妈郭如秀带着我和二哥胡华钧住到十里,拐子爹不论天晴下雨、起风落雪,每天天不亮就要提着篮子到螺蛳山下屈家墩(现在的南山公园)飞机场去卖烧饼。童养媳妈妈隔日挑担把柴到九江去卖,隔日又到山里去收把柴。他们就这样披星戴月,天未亮就走,日头落山很久了却回不来,拼命地干活,也难糊住四个人的嘴巴!

抗日战争进行的第十个年头,即1941年的冬天,北风呼啸凛冽,特别冷,冬雷不断,响声隆隆。俗语说"雷打冬,十个牛栏九个空"。旧社会一家人买不起耕牛,舅舅和金家叔叔等合养的老牛冻死了,各家按股分了一些死牛肉。舅舅把分得的死牛肉,给我们割了一块过年,妈妈要赶早到九江去卖把柴,换点年货回来,半夜摸起来,唤醒二哥说:"起床后,到隔壁周木匠叔叔家接火种烧炭炉,煮牛肉!"二哥起床后,拖着大人穿破的棉鞋,到周叔叔家接来火种,生起炭炉,烧牛肉。一个上午快过去了,爸爸和妈妈都没有回来,快到傍晚了,有的人家在还年火。可我们家还是冷冰冰的。二哥拖着那双大人穿的破棉鞋,想看看炭炉里还有没有火。一不小心,破棉鞋撞倒了炭炉,牛肉和胡萝卜撒了一地,于是兄弟二人赶快把地上的牛肉和胡萝卜又捡到钵里,我们二人都眼泪汪汪的,生怕大人回来责怪我们。天已黑了,二哥说我们到桑树岭去接妈妈吧!我俩沿着濂溪河到十里河交汇处拱桥边的娘娘庙,又走过金氏和俞氏山庄,快到桑树岭,才看见妈妈肩上的扁担上挂了一袋米。妈妈往下跑,我俩拼命地向上奔，母子相会，搂在一起流泪不止。我们三人一同回到家，妈妈立即煮年饭。又把土钵里的牛肉和胡萝卜用清水冲洗了一遍，重新生炭炉煮牛肉，这时，拐子爹爹提着烧饼篮，疲倦地拐回来了。一家人总算是团圆了，年饭开始了，可是拐子爹爹和童养媳妈妈不吃年饭，坐在桌边唉声叹气，眼泪巴沙，流淌不止！我们一家人就这样度过了一个凄惨的除夕之夜……

错把避孕套当气球

十四年抗日战争中，出现了骇人听闻的怪事，为满足日本侵略者官兵的兽性需要，他们到处抓"花姑娘"，即年轻的女孩和小媳妇们，一旦被他们抓住了，日军官兵就去轮奸。可怜这些姑娘给他们糟蹋得惨不忍睹、死去活来。我们听说，日军官兵在姑娘身上蹂躏之后，拉来体格高大的狼狗上去强奸这些无辜的姑娘，姑娘们哭爹喊娘，叫天天不应，喊地地不理，而日军们拿着枪，在一边手舞足蹈，哈哈大笑。后来这些姑娘回到社会，受到世俗的影响，终生抬不起头。

除此之外，为了满足日军官兵发泄兽性的需要，他们把从韩国及其他地方抓来的年轻妇女们，当作慰安妇，到处设立军妓院或慰安所。沦陷区九江，据我所知也设立过这种提供慰安服务的场所。老人们曾记否？现在浔阳区卫生防疫站石板桥对面叫莲花池的地方，莲花池右岸有三栋两层楼的建筑慎德里。这就是日军犯下滔天罪恶的"慰安所"。对面就是连城大戏院和大光明电影院，向北走到尽头（五中围墙外），日军建了一座钢筋水泥的池子，连到莲花池里面也灌满了池水。日军们在慰安所蹂躏了慰安妇之后，生怕染上疾病，纷纷赶到水池里来净身。把避孕套丢在池水里飘荡。小时候，我们无知，不知道那里的漂浮物是什么东西，当日军离开之后，我们也进池子里玩水，把浸泡在池水里的漂浮物捡起来，用力一吹就鼓起来了，觉得蛮好玩的，于是四码头的街头巷尾都飘移着"白气球"。日军见了拍手大笑，笑我们这些无知的小孩们。日军把善良的年轻妇女们抓来作慰安妇，满足他们的兽性之后，还要侮辱无知的中国小孩，真是可恶至极！

以上是我在日寇铁蹄下九江沦陷区的苦难生活的记叙，由于当时年龄小，涉世不深，现在又年老体弱，记忆力甚差，极有挂一丢万的可能。抚今追昔，不忘历史；前车之鉴，后事之师；珍惜拥有，展望未来。权记录之，告知后人：庐山脚下，长江之滨，有座叫九江的城市，我曾经的经历……

二、星子：终生难忘的两个春节

1974年，我已经在星子工作了将近18年，在县教育局担负起了领导工作。

那年，我正在星子县温泉公社东山大队蹲点。年关快到了，我们配合大队把张家山水库大坝的任务完成了，各队的栏粪也基本上堆在红花草田里了，东牯岭边的荒地也开垦了，开春就可以种上庄稼，于是，工作队决定腊月二十九放假回家，置办年货。腊月三十那天下午，我和夫人黎姿英忙着除夕的团圆饭，天上正下着鹅毛大雪，真是天有不测之风云。

第二天清晨，我正准备起床，忽听外面有人敲门，我连忙起身赶去打开门。我以为是赶早来拜年的亲戚或朋友。谁知却是东山大队的书记吴家雨同志，他对我说了噩耗：郭章荣老师除夕之夜逝世了，天上落大雪，我们无法上山砍树做寿材。所以赶早坐拖拉机上街来找你帮忙，到林业局去拖口寿材回去办丧事。郭章荣老师琴棋书画样样皆能，吹拉弹唱件件都会，是农村学校不可多得的全面发展的优秀教师。听家雨书记说完一切，我二话不讲，连忙和他一同到县林业局去商办。县林业局大楼只有一个老师傅守着，问我干什么？我把吴书记对我说的话又诉说了一顿："本来东山大队自己有林场，可惜腊月三十晚上，下起鹅毛大雪，即使砍下湿树也做不成寿材，开春后，湿树做成的寿材马上就要腐烂，您老人家做个好事，让我们赊一口寿材，等财会上班后，一定照价偿还好吗？"老师傅听我们诉说诚恳，也同情郭老师和孤儿寡妇。于是，叫我们到右边棚里去选一口寿材。吴书记和拖拉机手把寿材搬到拖斗里，我也写好了欠条给老师傅。吴书记这才舒了口气，和我们道别，回东山去给郭老师办丧事去了。

1975年，"文化大革命"阴云密布，雾霾茫茫。毛主席和周总理带病接待外宾，我们看了新闻记录后，心中久久忐忑不安，为党和国家的前途命运担忧。

人的寿命是不可预测的，转眼1975年的春节又到了。正月初一早上，我起得蛮早，心想今年可以安静过春节吧！忽听外面有人喊我，我赶忙去开了门。原来是蓼南"五七"中学贫宣队长、党支部书记郭章白同志。我问他："这么早就从蓼南上了街，有什么急事吧？"章白说："高奉璋老师昨天晚上过身了，他是瑞昌人，星子没有亲戚，我们要替他办丧事。蓼南那里没有林场，买不到寿材，县里也没有建火葬场。所以，我们赶早来找你们到县林业局买口寿材回去装殓。"章白一说完，我的脑海里立马浮现了高奉璋老师的形象，他拥有一身白嫩的皮肤，一张英俊的脸蛋老带着甜蜜的微笑，很惹人喜欢，加上娶了一位年轻貌美的老婆，他显得尤其得意，很幸福。他曾在我面前炫耀说，他是世界上最幸福的人！高奉璋老师是九江师范的毕业生，我们是同校的校友，可算是我的学兄，早年分来星子农村学校任教。可以说高老师是生在旧社会，长在红旗下，是共产党培养的人民教师，可能是有点社会关系吧，在政治上他有无形的压力，他只好努力学习，钻研业务，刻苦地自我改造，积极地参加劳动，再难再重的活他都愿干，上湖洲打草也去，到鄱阳湖草地割草、挑草、堆草，由于防护不过细……钉螺粘上了他，得了大肚病，虽然经过血防站多方治疗，积极医治，有些好转，但由于条件限制，一些尖端的医疗科技还跟不上，他的脾脏被严重侵害，病入膏肓，没有回天之力，最终英年早逝，令人惋惜。

正月初一的清晨，守护林业局大楼的老师傅正在大楼阶梯上生火烧开水沏茶，见我们坐着拖拉机开进院子，奇怪地问我："怎么今年正月初一又是你坐拖拉机到林业局来，莫非又是要赊寿材？"我说："老师傅，春节好，您老说对了，我们就是为这件事来的。"于是，我把高奉璋在蓼南逝世的事学说了一番。老师傅二话不说，照去年一样办理。让拖拉机开到棚子里去挑寿材，对我说："你留下来办手续吧！"章白带着人挑好寿材，向老师傅致了谢，顺道开往十里湖，沿汉岭街、沙山、蓼花池、泡沙墩回蓼南去办丧事了。

这连续两个特殊的春节，我是终生难忘的！

作者简介：胡华桐，九江市人，1937年出生，1957年九江师范毕业后分配到星子县（现庐山市）城区小学工作，后调入县文教局，历任县文化馆广播站站长、县团委副书记、县教育局局长等职。1981年调回九江市，历任九江京剧团团长、群艺馆馆长、九江教育学院党委委员、副院长等职。

忆过年

景玉川

一

我从小在庐山脚下的星子城长大。在我的印象中，小时候只知有过年，不知有"春节"。"春节"是我上中学以后才听说的词语，其实，它也只是在民国时才开始使用。那时在我们小县城，元旦人称阳历年，"春节"叫阴历年，阳历年似乎与小孩无关，只有阴历年才是孩子们所盼望的。每当临近阴历年，孩子的心里都充满了温馨，无论他们的家境是贫穷还是富裕。

进了腊月，小城的气氛渐渐变得温暖柔和起来。家境稍好的人家，早在冬月末就开始腌制腊鱼腊肉。过了腊月二十，离年越来越近，小学也放了寒假，在此前后大人对孩子的警告常常是："细伢子莫劣（顽皮），小心打一顿过年。"为了不挨这一顿打，再顽劣的孩子也会有所收敛。小心翼翼等到挨过了腊月二十三，那就万事大吉了，因为过了小年，大人再也不会打小孩。大概由于在过年期间，打骂声与哭喊声会影响过年的喜庆气氛和新年的吉利，所以父母对孩子的严惩，一般都在过年前。腊月二十三是打扫卫生、祭拜灶神的日子，北方称灶神为"灶王爷"，我的家乡则称"司明爹"。这一天，不仅卫生要搞得很彻底，大人还会一再嘱咐小孩不要乱说话，因为这天是"司明爹"上天的日子，人们希望他"上天"后在玉皇大帝面前多说这家人的好话。故砌有大灶的人家，会在灶上方烟囱旁贴上寸余宽小小的红对联："上天言好事；下界保平安。"

腊月二十四是小年，平常人家这天的餐桌上并不丰盛，仅有不多的鱼肉而已。不过，让人振奋的在于：一过小年，家家户户的女主人就要忙着炒花生、瓜子、豆子和切糖糕。糖糕用炒米和米糖（家乡叫"打糖"）在大锅里混合，再掺以花生仁、芝麻或桂花，然后趁热切成小薄片。这种糖糕又甜又香又脆，比如今超市里卖的冻米糖好吃多了。家乡人称糖糕会在糕后加一个"得"音，说成"糖糕得"，就像北方话中的"儿"化音一样。炒花生切糖糕的这一天，灶膛里炉火熊熊，屋内花生、瓜子、糖糕的香气弥漫，孩子们兴奋而活跃，基本上不会离开伙房，偶尔也会去屋外放一两个爆竹。

到了腊月二十六，就开始有人家"还年福"了。小城里每家"还年福"的时间有所不同，分别为二十六、二十七、二十八、二十九和三十，所以这几天每天下午晚上小城里鞭炮声不断。我至今也不知道"还年福"三字究竟应该如何写，只知道这一天全家人要在一起聚餐和祭祖。至于"还年福"时间的不同，则在于各姓氏家族祖上制定并传下来的规矩不同。听父亲说，我家"还年福"的时间原本在腊月二十九日半夜，也就是除夕日的凌晨，后来不知哪一代大人嫌麻烦，将"还年福"与除夕合二为一。北方民俗很重视"腊八节"，在我的家乡，好像没有这一节日，我只是长大后从书报上才知晓"腊八节"的。

除夕日这天下午，进城的人都返乡了，各家店铺也陆续关门，街上少有行人，小城恬静而安详，散发着过年的瑞气。入夜，鞭炮声此起彼伏，震响夜空，空气中飘散着好闻的硝烟的气息，各家都在吃年夜饭。

我家由于"还年福"与除夕合一，所以大年三十晚上还要祭祖。景姓是小姓，在城里没有祖厅或祠堂，祭祖在家里进行。厅堂上方有一神龛，神龛中摆放有"天地君亲师"的牌位，前有香炉、烛台，神龛两旁写有"金炉不息千年火；玉盏常明万岁灯"的对联。那对联写得好，字也好，所以几十年过去了，我依然不忘。燃烛、焚香、放鞭炮、祭拜之后，一家人便开始吃年夜饭,也叫吃团圆饭,此时家中在外的人再远也会在饭前赶回来。年夜饭是一年中最丰盛的晚餐,号称"十大碗":鱼、鸡、笋、粉丝、猪肠、薯粉汤、肉丸……还有我最喜欢吃的红烧肉。星子地瘠民贫,历来待客的最高礼仪便是"十大碗",所以除夕年夜饭也是"十大碗"。附带说一句,小时不知"除夕",只知(大年)三十夜,"除夕"这一词是长大后才知道的;北方除夕夜兴吃水饺,南方好像没有这一习俗。

年夜饭之后,孩子们会到屋外放炮仗,放烟花是有钱人家或十数年之后的事。年饭后孩子们开始向父母长辈要压岁钱,这也是他们最渴望的事情。我家穷,兄弟姐妹多,所以压岁钱很少,一般是五分、一角,顶多为两角。不过,这些钱都是父母年前就换好了的崭新的纸币,所以钱虽少,我们也满心欢喜。"三十夜,侃大话"(家乡方言中,"夜"与"话"押韵;"侃"念作kuang)。意即这一夜可以畅谈自己的志向,甚至能吹点牛。三十夜还要"守岁",即守到天亮不睡,起初孩子们也都有守岁的雄心壮志,可熬了一阵,一个个忍不住哈欠连天,到了十二点前后,终于撑不住,先后上床睡了。

第二天是正月初一,天刚亮,父亲就打开铺门燃香烛,放鞭炮,这叫"出天方",大概是乞求新年好运的意思,只是我一直不知道这"方"字究竟该如何写?除夕夜祭祖放鞭炮时,大人还会将一块劈柴丢到门外,"柴"与"财"同音,自然也是乞求发财。所以"出天方"时,那块昨夜丢出去的劈柴,会被捡进来。

"出天方"前后,小孩大都醒了,起床后第一件事就是给长辈拜年,要跪拜。正月初一的早餐在我家好像不太讲究,或面条,或菜饭。饭后则在客厅摆出糖糕、瓜子、香烟等,准备招待来拜年的客人。早餐后父母会吩咐孩子出去拜年,主要是给左邻右舍的店老板和在城里的亲戚拜年。拜年时,要跪下一条腿或双腿,受拜方的大人会对来访的小客人说:"啊呀呀,快起来,就是一样,天保佑你肯长肯大。"("肯"是"快"的意思），说罢则给小客人糕点。拜年归来，每个孩子的荷包（口袋）里，都塞满了托（"托"有犒赏的意思）来的糖糕之类的食品，有的还会有几支香烟。所得较多的孩子，自然有几分神气。

初三初四，乡间耍龙灯的队伍便进城了，队伍中还有舞狮、踩龙船和耍蚌壳的。正月初八（七？），小城各家店铺开张营业，除了晚上的龙灯，过年的气氛有些淡。那时居民生活水平不高，年前腌制的鱼肉也吃得差不多了，"拜年拜到初七、八，坛坛罐罐都洗刮"，普通人家连糖糕薯片之类的食物都吃光了。不过，到正月十二、十三，"年"的气氛又浓起来，到正月十五形成最后的高潮。

正月十五是元宵节，这一天小城张灯结彩，每家店铺门前都会挂出灯笼，居民午餐或晚餐以吃食汤圆（又叫元宵）为主。这天晚上每家都灯火通明，每一间屋子，哪怕是小过道，都要点上蜡烛，以求新年前途光明，大吉大利。我们小孩手上则拿着樟树枝或榨树枝，让树叶在蜡烛上烧得噼啪响，嘴里喃喃道："照什么？照胜，一年胜一年。"……元宵夜进城的龙灯队伍也最多，小城里铳炮震响，锣鼓喧天，火树银花，"一夜鱼龙舞"。有的舞龙队耍龙时会不小心被龙腹中的蜡烛烧了龙身，整个龙队这一天不免有点狼狈。

元宵节过完，春节也就结束了。

"月光爹爹，保护娃娃；娃娃长大，好做买卖；买卖赚钱，犒猪过年"（这里"犒"应念作gao，是杀的意思）。"大人望赚钱，细伢子望过年"……这是我小时熟悉的儿歌，儿歌中都提到赚钱，不知是否与小县城里多是生意人有关？因为我的父亲也是星子县城一位小生意人。所以我关于过年的回忆，也许带有买卖人家的特色。

二

以上所写的过年风俗，在我的记忆中其实也只经历过一两次。因为在这以后，家境日难，社会上渐渐物资供应紧张，"左"倾思潮逐年高涨，充斥社会生活，小城过年传统的喜庆气氛自然大打折扣。

记得1960年春节，正是"大跃进"后的困难时期。大年三十无肉，父亲好不容易从乡下姑姑家搞到了一块肉，那肉不过斤把，很像是病猪或猪崽肉，但全家人还是欢喜异常。

再后来，就是提倡"过革命化春节"，"年"的气氛更淡。那些年，人们在外面过"除夕"的也不少，我在乡下和矿山就度过了好几个"大年三十"。不过，虽说提倡"革命化"，但作为最重要的传统节日春节，在一般的百姓心中还是不易被"革命化"掉的：只要有条件，在外当兵做工务农的人，都会尽量赶回家过年，哪怕远在千里；在外过"革命化春节"的人，单位也会组织他们加餐、开晚会，热闹一番。

作为一种特殊的文化现象，传统节日关联着民族情感和民族精神，给人带来心灵的抚慰与温暖。即使在物质异常贫乏的年代，生存异常艰苦的环境，这一天哪怕过得再简单，再朴素，但佳节所负载着的美好愿望和生活理想，仍能给人带来温馨。"告花子也有年节"，"千里之外也要赶回来过年"，这些记述先人习俗的古话，显示着我们民族顽强坚韧的文化传承。

1979年春节，我在广州我的老师家过年，那时打倒"四人帮"不久，老师还是"现行反革命"，他与妻子离异，上有老母下有弱女，生活极其艰难。广州除夕夜兴花市，大年三十夜市民倾家而出去逛花市，我和老师一家也不例外。花市上欢声笑语，观花人熙熙攘攘，街市两旁群花争妍，芬芳飘逸。花价有几元、几十元、数百元，最贵的要上千元，我们买不起，只要了两枝一角钱一枝的银柳。花市归来，将银柳插入小瓶，我也感受到了南国除夕夜满室盎然的春意。

近十几年来，传统节日气氛日淡，洋节反倒时兴火爆，尤其是在年轻人中。有人将这一变化归结于物质丰富，生活水平提高，这貌似有理，实则不然。你看《红楼梦》中的贾家，何等富贵，而贾家的春节，过得是何等隆重、排场和喜庆，特别是贾府的除夕夜、正月初一与元宵节。每个国家的百姓对本民族的传统节日，我想都应会感到亲切，昔日欧美也有穷人，《卖火柴的小女孩》中的小姑娘贫困致死，她对圣诞节是多么渴望；当今美国与西欧，远比我们"物质丰富"，但洋人的圣诞节却年年过得有滋有味！

2007年国家将除夕、清明、端午和中秋定为法定节假日，实在是明智之举。传承着民族精神与情感的节日，将给我们带来更多的欢乐、和谐、温馨与诗意。

愿每一个春节都能给孩子们留下美好的记忆。

我家住在城墙外

汪传贵

当我们漫步在如今的庐山市区，总喜欢不时地走近点将台、爱莲池及坡头老街等那些仅存的旧迹中，努力寻找着昔日星子南康古城那繁华的记忆。而我，每当悠闲时分，也总情不自禁地沿着南康古城墙的痕址漫步一周，遥想着记忆中古城墙内外喧闹的模样。

古时因战乱频发，城墙成为当地府衙的一道重要城防工事。庐山市（原星子县）南康古城墙于明朝正德年间开始兴建，四周城墙高3～4米，宽限1～2米，长约4公里，步行绕城墙一周需40分钟左右。同时，在城墙的东、南、西、北四个方位分别设有一座便于人们进出的城楼城门，在城墙外侧挖有护城河及设有护城桥。另外，在县城境内原设有两座塔楼。一座于明万历十九年（1591年）由知府田琯建在县东城墙上，名凌云塔；另一座于明万历二十二年（1594年）建在东门外，塔面临鄱阳湖，共七层，高约30米，被称为梯云塔，俗称大塔。而梯云塔至1969年才被拆除，据说其塔及城墙的砖块当时大都用于建造影剧院了。两塔及古城墙历经近400年的风雨洗涤，如今其基础踪迹荡然无存了。

我小时候的老家与县城北城墙相距仅二百米。对老城墙及周边景状的记忆，自我孩提之时起便深深烙印在脑海，城墙内外那历经岁月变化的轨迹，犹如一道道亮丽的风景，时常在我的眼前若隐若现，回味无穷。

原有的古城墙，两侧外底层基础用麻石条块（大理石）相砌，上层用青砖砌墙，中间用泥土筑实。中间筑城所用泥土大部分均从城墙外墙脚下取土，由于大量的泥土被取用填筑城墙，城外墙旁便自然形成了一道宽

5～6米不等的沟渠（后也称护城河），其沟渠既可用为排水防涝，又可充当城内与城外防卫的缓冲护城地带。

早时的星子县城，其地势自北至南呈高低阶梯状，城北的各路流水自然汇集于北城墙脚下。在临近现中医院东南的城墙处，原有一处穿越城墙的大型拱门状洞口，早时人们称之为"水管头"。别看这酷似普通的一个流水管口，它既是北城墙外的唯一出水口，又是涨水季节城内向城外的泄流分水口。据前辈们说，很早以前遇鄱阳湖大的涨水季年份，通过从"水管头"涌入城外的洪水，最高水位一直漫涨到了现计生委旁原粮贸公司宿舍的位置。早时，北城墙外的水源主要由黄泥岭和郭家坂前后三条沟系汇集。黄泥岭上端汇集的各路水源，自上而下都从现供电局至计生委东侧一线的田垄及沟渠流入城墙脚下，而田垄间每相隔百来米处还各挖有一口水塘，上下共有水塘六口之多，这些水塘除用于雨季大水的缓冲储存外，当时主要也作为本地村民农田灌溉及生活的保障用水。当然，这一垄而下的水塘、沟渠，也成为我们小时候戏水及垂钓的乐园。从黄泥岭及郭家坂前后汇集的水源，经过水沟、池塘缓存后，便一齐流入北城墙外的护城河沟，然后经"水管头"穿墙而过，统一集中在城墙内侧的两口相连的大型池塘中，再开始缓缓地涌入冰玉涧至鄱阳湖，这也是冰玉涧能在原有的岁月中保持长久清澈充盈的重要源泉。

而今，城墙古址内冰玉涧的上段涧渠已难见踪迹，池塘及河涧早被所建的房屋及道路填充掉了，原有清澈的源头涧水也变成了由各路地下管道汇集的生活处理用水。冰玉涧下段残存的涧渠已是奄奄一息，当年人们洗衣洗菜的喧闹繁华景象再也难觅踪迹了。感叹之余，我联想曾耳闻对南康古城内有着悠久历史的冰玉涧有重新恢复改造的规划设想，这似乎很诱人向往。然而，失去源头活水的涧水涧渠，又总觉得少了些原味的想象与自然活力，就像那曾为朱熹《爱莲说》打造的"爱莲池"一样，如今似乎竟也成为闭门的"天井"。而印象中，婺源理坑等那些保留完整的涧渠溪水,却能够让众多游客流连忘返。为此,我认为注重原生态自然环境的保护与传承,尊重历史景观原始风貌,似乎更能让人有触景生情及身临其境之感。

老城墙在六七十年代初,其形状整体保存还是较为完整的,但两边砌城的麻石条及砖块基本上被人们挖取用于做墙基及建房了。城墙只剩下中间一些残存的土墩,但围绕城墙原栽种的柏树却顽强地生长着。城墙脚下的护城河道,解放初期便被附近村民改造成了稻田,但沿城墙脚下是仍留有排水沟渠的。早时听父辈们讲,现妇幼院一线原城墙外的几块粮田,最早还是我们家族用于"吃清明"的公用粮田。80年代后,由于我们生产队改为种植蔬菜,原有的一些稻田也随之被改种了田藕及蔬菜。

70年代前,在紧临北城墙脚下沿线的村落也仅有汪、郭两姓十来户人家居住,后慢慢建有汽车队、印刷厂的一些厂房及宿舍。那时候,正北城墙门口是唯一一条进城的沙石公路,我们则常从家门口对面穿越城墙,沿现菜市场(原看守所)东侧往爱莲池方向的小道进入城内,而东面郭村等人们大都从"水管头"沿东门涧进城上街,如今的一些人行道路及冰玉路、南康大道等公路也都是按照原有的小路雏形拓展而来的。

记得在我学龄前,父亲便常牵着我走过城墙,来到爱莲池后父亲上班的粮库玩耍,有次我还独自好奇且有惊无险地走向了鄱阳湖边。那时的城内城外可是天壤之别,城内南康府一些旧房址依稀尚存,十字老街仅有一些铺子的喧闹,那些挑着菜担子的叫卖声,确实让人感受着生活的充实与精彩;而城外却大多还是一片高低起伏的荒山及田地,一派典型的乡村景貌。

在北城墙外,原砖土窑的南北两侧各有条从东至西,由山地、田畈凹凸相间贯通的小道,如今的南康大道也只是80年代中后期渐次由窑南一线的小道轮廓填充拓建而来的。上小学时,我们便沿着城墙外这些高低起伏的小道来回。在现农行西侧原有的山坡上,曾有一座小庙,应是"文革"后期毁损了。记得小学时有一次上学，我和金毛来到小庙周边，金毛带着偷拿来的他父亲用于打猎的少许火药，我们用纸包着后用火柴点燃试着玩耍，可能因粉状火药点燃慢的原因，我们便匍匐在地上用嘴吹，火药突地燃烧起来，我们脸上被燃起的火药熏得一团黑，那惊恐之状至今历历在目。

在绵延的古城墙上戏耍，那是孩提时的快乐与浪漫。上小学时，学校与西城墙也仅相隔几十米。每当上学、放学前后，我们一些男生总是呼啦啦地一群往城墙上蹿。印象最深的是我们老五班那个"大头"，常带着我们爬上城墙从南跑到北，或与别班同学在城墙上下打"土巴"仗。到上中学后，在城墙内外穿梭便成了家常便饭，我们也常结伴从南至北绕着东城墙或西城墙一周上下学。那时，为了大家庭的生计，每逢周日或放学后，我也常和姐姐们迅速地在城墙内外穿越来回，来到城内蔬菜队的菜园里，扒一些菜叶用来喂猪；也常爬上城墙偷砍着城墙上的柏树枝用作烧饭柴火，或攀上桐树、木子树采摘一些桐子、木子换点零花钱。那残存的土城墙，既像一道跑场，又似一扇屏风，活泼了童年的快乐，也磨砺了我们成长的阅历。

约1983年起，星子县北门粮站及农行先后开始建于城北门外。至80年代中期，在城墙北门外东侧开始了南康大道东线至农行门口沙石路雏形的填修，农贸菜市场从老街临时移至现今菜市场对面的简易半截公路上。由于农贸菜市场建设的需要，紧靠北城墙的原中队及看守所随之迁出，而沿线的北城墙也随着悄声地开始被摧毁。随着菜市场向北城墙脚下转移，星子县向城外拓展的城市建设脚步由此得到加速推进。

在现二中门口的左前南侧，有块庐山市人民政府于2018年设立的"彭蠡门古城墙"文物保护石碑，从其简介可知原处城墙上有谯楼称"星子楼"，彭蠡门系古时官宦名士从鄱阳湖登岸星子的客船专用码头，其东侧湖岸旁仍保留着数十米的南康古城墙残址。如今其他方位一些原有残存的古城墙,除西线老粮食局那公路旁可见部分尚存的古城墙基外,原有残存的老城墙都渐随着城市房地产的建设而毁无踪迹了。

古老的城墙,承载着南康府曾经的荣耀辉煌,也诉说着历经变迁过往的苦楚酸甜,作为曾有的一道风景或标识文物,它将永远铭刻在人们的记忆中。再见了,星子南康的古城墙;欢歌吧,没有了城墙的星子早已日新月异、旧貌换新颜,而今的大美庐山市正焕发着新的蓬勃生机。

作者简介:汪传贵,男,1963年10月出生,庐山市南康镇人,大专文化,原星子县粮食局干部,现庐山市农业农村局干部。

"冰玉堂"史话

刘 影

近年，庐山市刘氏曾几次起念重建冰玉堂。本人应希波先生之约，凑合赘作《"冰玉堂"史话》，查阅、考稽诸多史料，根据许怀林、罗伟峰等先生所著，主要依据刘元高所撰《三刘家集》，《三刘家集》乃最为翔实可信。今与希波先生诸君再谒冰玉堂旧址，寻先贤足迹，沐冰玉遗风。感曰：茅屋亭台无处觅，前溪尚在日潺潺。鸡鸣西涧骑牛去，鹊报东都背稿还。种豆陶潜山脚下，采薇伯叔首阳边。我来未载黄花酒，页页飞来当纸钱。

刘涣（1000—1080）字凝之，号西涧居士，筠州高安（今江西高安）人，宋仁宗天圣八年（1030年）与欧阳修同登进士，任颍上（今安徽）县令，"心刚直不能事上官"，约庆历七年（1047年）弃官南归，"筑室"隐居庐山之阳，南康（今庐山市）"郡治之东"。涣长子刘恕（1032—1078）字道原，邢州巨鹿（今河北巨鹿）县主簿，著作佐郎，官至秘书丞。熙宁三年（1070年）归家亲奉父母，元丰元年（1078年）九月病卒于南康。两年后，元丰三年（1080年）刘涣也悲然离世。其次子刘恪致书正贬谪筠州的苏辙，可惜此书未及时送达，苏辙未能参加葬礼，后来他补作一篇《刘凝之屯田哀辞（并叙）》，表达哀悼祭奠之情。辞曰："……若凝之为父，与道原之为子兮，洁廉而不挠，冰清而玉刚……"乡旧以为大文学家苏辙所言"冰清而玉刚"是对刘氏父子一生冰清玉洁、松贞玉刚恰如其分的最好评价，遂称刘氏故居为"冰玉堂"。"冰玉堂"之名由此而得。

冰玉堂从刘涣始建，到其长孙刘羲仲（约1120年辞世）退归还住，风光七十余年，历览北宋真、仁、英、神、哲、徽诸朝，来访名流大咖络绎，见贤思齐，高山仰止者不断，送赠酬唱无数，乃数百年，以至今天仍不失其教化之用。

冰玉堂筑建第三年（1049年），涣长子刘恕赴京参加科举进士考试。当时皇帝有诏，能讲经义的考生单列考试，因此，刘恕和其他数十人得应此诏。在应试中，刘恕以《春秋》《礼记》对答，他先列出有关《春秋》《礼记》的注疏，接着援引先儒们的各派学说，最后提出自己的观点和见解，凡试题中的二十个提问，刘恕都以这种形式作答。主考官十分惊异于他的才华，擢为第一名。其他诗、赋、论、策也均列前茅。但殿试时不中格，下国子监试讲经书，刘恕又得第一，遂赐进士第，一时名动京师。因年未弱冠，依吏部限年之法，暂回冰玉堂家居守选。"射第遂魁天下选，限年却就里中居"，这是刘敞《送秘丞初及第归南康》中的诗句。刘敞此时正回临江新喻获斜（今属江西樟树），因为父亲去世，回家守丧。皇祐三年（1051年），冰玉堂接到第一道诏令，封授刘恕为邢州主簿。

皇祐三年（1051年），欧阳修尚在第二次贬谪中，内心萌生隐退之意，刘涣的弃职，触发了老同学蕴积已久的情愫，想起当年第一次贬谪夷陵，路过庐山时，庐山松涛阵阵，瀑泉恬恬，嶙峋巍峨，岑崟万千，雄奇的自然景观给他留下了美好的回忆，便触景生情，状物抒怀，挥毫泼墨写下《庐山高，赠同年刘中允归南康》：

庐山高哉，几千仞兮，根盘几百里；巉然屹立乎长江。长江西来走其下，是为扬澜左蠡兮，洪涛巨浪日夕相冲撞。云消风止水镜净，泊舟登岸而远望兮，上摩青苍以晻霭，下压后土之鸿庞。试往造乎其间兮，攀缘石磴窥空欲，千崖万壑响松桧，悬崖巨石飞流淙。水声聒聒乱人耳，六月飞霜洒石矼。仙翁释子亦往往而逢兮，吾尝恶其学幻而言哤，但见丹霞翠壁远近映楼阁，晨钟暮鼓香霭罗幡幢。幽花野草不知其名兮，风吹露湿香涧谷，时有白鹤飞来双。幽寻远去不可及，便欲绝世遗纷厐。羡君买田筑室老其下，插秧盈畴兮酿酒盈缸。欲令浮岚暖翠千万状，坐卧常对乎轩窗。君怀磊砢有至宝，世俗不辨珉与玒，策名为吏二十载，青衫白首困一邦，宠荣声利不可苟屈兮，自非清泉白石有深趣，其气兀硉何由降？丈夫壮节似君少，嗟我欲说安得巨笔如长杠。

在这首长歌中欧阳文忠公起笔对庐山瑰丽雄浑的景象作了精细的描写，续而叙述刘涣"买田筑室老其下"，具有陶潜"不为五斗米折腰"的隐逸之风。后抒"丈夫壮节似君少，嗟我欲说安得巨笔如长杠"，以庐山之峻拔，状刘涣之高节，可谓美文第一！欧阳文忠公"自以为得意"，"是最好的一首"。宋诗"开山祖师"梅尧臣佩服得很，"使我更作诗三十年，不能道其中一句"，可谓五体投地。《庐山高》面世，震撼了北宋整个文坛及朝野，上下无不仰慕刘涣的节操，争相拜谒冰玉堂。一首《庐山高》唱响了庐山，也捧红了冰玉堂，如果没有文坛领袖欧阳文忠公的点赞，刘涣可能也只是无数默默无闻的隐士之一，无声无息，湮没于荒烟。

熙宁五年（1072年），陈舜俞，字令举，以不奉行"青苗法"，降监南康军酒税，因令举与刘涣志趣相投，为冰玉堂常客，白天和刘涣一道骑黄牛，访遍庐山南北，晚上两人伏案挑灯，磨砚稽论，合作编撰《庐山记》，《庐山记》一书于熙宁末年（1076年）问世于冰玉堂。全书二万五千余字，分总叙山水、山北、山南、山行易览、十八贤传、古人留题、古碑目、古人题名八篇。其史料丰富，考据精赅，为现存第一部庐山专著。之所以说是合作编撰完成，陈舜俞自己在《庐山记》中说："每恨慧远武辈作庐山记疏略，而涣旧尝杂录闻见，未暇诠次。舜俞因采其说，参以记载耆旧所传，昼则山行，夜则发书考证。泓泉块石，具载不遗，折中是非，必可传而后已……"刘涣在作《庐山记序》中也云："予雅复庐山之胜，弃官南归，遂得居于庐山之阳，游贤既久，遇贤亦多，或赋或杂，寻为一编，将欲次之，未暇也。熙宁中，会陈令举以言事斥是邦，山林之嗜，相与和黄犊往来之间，岁月之积，遂得穷探极观，靡所不见，令举采余所录，及古今之所记、耆旧之所传，与夫耳目之所见，类而次之，以记其详，尽足以传后。"

编撰《庐山记》期间，陈令举陪同刘涣回老家高安一趟，此非衣锦还乡，纯属冰玉一壶"老大回"，刘涣在当年读书的净慈寺题有一诗，《题寺》："被布羹藜三十春，苦空存性已通真，我来试问孤高士，翻愧区区名利身。"

令举不仅与刘涣感情深厚，与刘恕、刘恪也相处甚笃，"三年江湖上，得友唯道原"，仿佛就是冰玉堂一员，之间有颇多赠咏唱和。其《赠刘道原》诗谓刘恕"少小负英特，诵书日万言。长好史氏学，执笔以专门。废兴数千载，抵掌洪河翻。洁身比夷齐，见义勇育贲"。可是这样一个才学超群品格高洁之人，却因见地不同，而不能见容于朝廷，此诗接着又述道："夫子之故人，公台既调元。闻初学问时，幽兰并芳荪。及今议论乖，良弓对惊猿。云泥成暌离，治乱空自论。古来用才者，如梓匠轮辕。短长无弃遗，同异非仇恩。何不付国史，置子西掖垣。我语虽鄙贱，几欲叫天阍。"和刘恪亦有唱和，在《送南康刘道纯秀才起应新诏》中写道："乘时得志君其人，平生好学气撞斗。诋诃毛郑为低眉，辩说仪秦不容口。"对刘恪才学高度赞誉。

刘恕任巨鹿主簿、和川县令期间，廉洁清白，不趋炎附势，刚正不阿，敢于揭露检举官场奸佞之人和社会阴暗丑恶现象。在那是是非非的年代，能保持自身廉洁，出淤泥而不染，就很不简单，何况还要揭露社会黑暗，更是难能可贵，是其狷介、刚直个性使然。当时那些自以为很有能耐的官吏都自愧不如。亲民爱民，为人很重情义，答应办理之事一定马上去办。郡守犯了罪被弹劾，下属官吏都被牵连关进牢狱，只有刘恕体恤他们的妻子儿女，就像对待自己的亲人，又当面数落转运使援用法律条文苛细严峻，有刻毒诬陷之嫌。尽管远在巨鹿，晏殊把他请到府上，以隆重的礼仪来待他，让他讲解《春秋》，自己率属下官员听讲。

治平三年（1066年），冰玉堂再次接诏，刘恕受诏与司马光同修《资治通鉴》，升迁著作佐郎，专在史局修书。司马光《奏召同修书劄子》云："……刘恕专精史学，为众所推，欲望特差与臣同修，庶使早得成书不至疏略。"刘恕从小就十分聪颖，悟性超高，读书过目成诵，八岁时，听到家里来客中有人说孔子没有兄弟，于是立刻举《论语》中"以其兄之子妻之"之句，使在座众人都为之惊异。十三岁时，他想应制考试，于是向人借了《汉书》和《唐书》，只用一个月时间就阅读完了，即数归还。刘恕拜谒丞相晏殊，请教晏殊一些学问，使得晏殊茫然不知所答，连著名的诗人也被他问住了。刘恕以史学擅名，从太史公司马迁所记始，到周显德末年，纪传以及纪传之外的私记杂说，没有不读的，上下数千年间，无论大事小事，都了如指掌。司马光编写《资治通鉴》时遇到有史事纷繁杂乱难以整理的，就把它们委托给刘恕。刘恕对于魏、晋以后的事，考证差错，最为精当详尽。协助者除刘恕外，还有刘攽、范祖禹，以刘恕出力最大。全祖望作《通鉴分修诸人考》说道："温公平日服膺道原，其通部义例，多从道原商榷；故分修虽止五代，而实系全局副手。"

熙宁三年（1070年），王安石想要引荐刘恕到三司条例司任职，刘恕以不熟悉钱粮为借口推辞，并借此之机直面王安石说："天子正托付你主持大政，应该张扬尧、舜之道来辅佐明主，不应该把利益放在前面。"刘恕当面指责他，有时还在大庭广众之下，直言他的过失，毫不回避、遮掩，王安石自然不悦。由于与王安石关系有隙，自度在京不能，刘恕奏乞监南康军酒税,归奉父母。诏许之,遂复冰玉堂,两年后改秘书丞,神宗命其在南康带官修书,居家修史。同年,司马光也因反对王安石变法,出知永兴军。刘恕毅然回冰玉堂,告别是非环生的京都,苏轼、苏辙兄弟早来为其送行,苏轼作《送秘丞归觐南康》:

晏婴不满六尺长,高节万仞陵首阳。青衫白发不自叹,富贵在天那得忙。十年闭户乐幽独,百金购书收散亡。竭来东观弄丹墨,聊借旧史诛奸强。孔融不肯下曹操,汲黯本自轻张汤。虽无尺箠与寸刃,口吻排击含风霜。自言静中阅世俗,有似不饮观酒狂。衣巾狼藉又屡舞,旁人大笑供千场。交朋翩翩去略尽,惟我与子犹彷徨。世人共弃君独厚,岂敢自爱恐子伤。朝来告别惊何速,归意已逐征鸿翔。匡庐先生古君子,挂冠两纪鬓未苍。定将文度置膝上,喜动邻里烹猪羊。君归为我道姓字,幅巾他日容登堂。

苏辙也作《送刘道原学士归南康》:

大川倾流万物俱,根旋脚脱争奔徂。流萍断梗谁复数,长林巨石曾须臾。轩昂颠倒唯恐后,嗟予何独强根株。三年一语未尝屈,拟学文学惊当涂。心知势力非汝敌,独恐清议无遗余。扁舟岁晚告归觐,家膳欲及羞纯鲈。隐居高节世所尚,挂冠早岁还州闾。纷纭世事不著耳,得失岂复分锱铢。投身固已陷泥滓,独立未免遭沾濡。君归左右识高趣,牛毛细数分贤愚。

刘恕在冰玉堂日夜修史,从不间断。1076年冬,他将修好的部分史料风雨兼程、跋山涉水送给远在洛阳的司马光,返程时司马光见其衣不御寒,便送给他一些衣物及褥子,可他执意不受,走到半途中又送了回去。

途中得知母亲病故，加之风寒，患下手足风挛病。刘恕病痛中坚持撰修未完史稿，只争朝夕，到病得实在不能动弹，才停笔。

在冰玉堂的几年里，频繁收到苏轼兄弟的和寄，苏轼《和刘道原见寄》：

敢向清时怨不容，直嗟吾道与君东。坐谈足使淮南惧，归去方知冀北空。独鹤不须惊夜旦，群乌未可辨雌雄。庐山自古不到处，得与幽人子细穷。

本诗还与"乌台诗案"一并成为苏子瞻被弹劾的"佐证"。诋之"群乌未可辨雌雄"是"影射朝廷"。

徐望圣于元丰年间，知南康军，目睹刘氏父子之洁廉，仰望冰玉堂之高节，奉公守法，为政清廉，广施仁爱，时人称颂。将其听事之东堂命名为"直节堂"，且恭请前来造访冰玉堂的苏辙作《南康直节堂记》，记云："……庐山之民，升堂见杉，怀思其人，其无已乎？"

熙宁九年（1076年）十一月，冰玉堂首例挂孝，刘涣妻钱氏鹤世，中书舍人、南康老乡曾巩亲来吊唁，作《屯田员外郎刘涣妻钱氏墓志铭》。

元丰元年（1078年）九月，刘恕病卒于冰玉堂，其父将其葬于其母墓旁。

刘恕早逝，冰玉堂肃穆哀伤，文史两坛沉痛追悼。《资治通鉴》编著团队范祖禹代表司马光等全体队友前来送别，羲仲遵其父嘱托，请祖禹作《秘丞墓碣》，将司马光所作《十国纪年序》，作为墓志铭，放入墓塘。司马光在《十国纪年序》中详述自己所知"道原之美"，将刘恕平生事迹如实记录此中。

元丰三年（1080年），冰玉堂主人刘涣，在痛失长子哀伤中溘然仙逝，享年81岁。冰玉堂，刘涣一住就是三十多年，尚书李常为其作墓铭：

"……居庐三十余年，环堵萧然，馆粥为食，而游心尘垢之外，无戚戚意……"

1076—1080年五年间，冰玉堂连失三柱，尚有刘恕之妻蔡氏、刘恪夫妇、刘羲仲、和仲、和叔、羲叔健在。

刘恕病故，司马光上书《乞官刘恕一子劄子》："……非恕精博，他人莫能整治，所以敛等众共推先，以为功力最多。不幸早夭，不见书成，死之前未尝一日舍书不修，今书成奏御，臣等皆蒙天恩，褒赏甚厚，独恕一人不得沾预，降为编户，良可矜悯。欲乞如敛等所奏，照黄鉴梅尧臣例，除一子官，使其平生苦心竭力不为虚设。取进止。"刘羲仲得司马光推荐，任效社斋郎，后改钜野（山东巨野）主簿，德安县主簿。

羲仲从小受冰玉堂之熏陶，爱书读书，"藏书万卷，所居充盈"，晁说之为之作有《刘氏藏书记》称"如愚贾润屋似金珠"，博学精思，传其家学。一次与苏东坡交流，议论史学，指出欧阳修《新五代史》误谬之处，苏东坡屡屡称是，东坡甚迷《三国志》，他自己对陈寿的笔法有些不满，要羲仲续编三国史书，羲仲以东坡才高，反而要其自作。羲仲继其父志，以史学闻名，录其父修《资治通鉴》时与司马光往复论难书信的结集《长编疑事》，编次为《通鉴问疑》，另有《欧阳列子传》存世，《资治通鉴奇异》未完遗稿。

崇宁元年（1102年），宋徽宗用蔡京为相，召羲仲为修史检讨，预修道教史。羲仲对当时的政治气候极为不满，持极力反对态度。九月，宋徽宗令中书省进呈元祐中反对新法及在元符中有过激言行的大臣姓名，蔡京以文臣执政官文彦博、吕公著、司马光、苏辙等二十二人，待制以上官苏轼、范祖禹、晁补之、黄庭坚、程颐等四十八人，余官秦观等三十八人等，共计一百二十人，分别定其罪状，称作奸党，并由徽宗亲自书写姓名，刻于石，竖于端礼门外，称之"元祐党人碑"，不许党人子孙留在京师，不许参加科考，而且碑上列名的人一律"永不录用"。后来，更增

"元祐党人"为三百零七人，蔡京手书姓名，发各州县，仿京师立碑。蔡京并未就此罢手，为了彻底在舆论上消除守旧派的影响，蔡京上奏宋徽宗要将这些人的诗文一并毁掉，徽宗下诏"为正天下视听，将苏洵、苏轼、苏辙、黄庭坚、张耒、晁补之、秦观、马涓等人的文集，以及范祖禹的《唐鉴》、范镇的《东斋记事》、刘攽的《诗话》、文莹的《湘山野录》等书籍的刻版，悉行焚毁"。

幸亏有些收藏在民间的留了下来，否则，今天的人们恐怕难以看到苏轼"大江东去，浪淘尽，千古风流人物"这样震撼人心的词句了。

刘羲仲就是在这种政治背景下，弃官不仕，回居冰玉堂，尔后一直未曾离家。

离开京师时陈师道、林敏功、翁挺为其送行钱别。

翁挺送别诗《送刘检讨归南康》：先生来东都，貌如林间鹤。闻名今见之，信难尘中著。诸儒纷藏宝，人进已反却。眇然千载事，独与复商略。斯人昔俊豪，世故熟斟酌。冥栖二十年，不为幽禅著。秋风有所思，木落庐山脚。岂为菇莼念，亦负溪友约。清霜动车轮，不复生四角。想见胸府间，天地冯寥廓。平生杜陵老，妙处倚山阁。岁晚或相从，应分半岩壑。

陈师道送别诗《送检讨》：平生师友豫章公，矻矻谈君口不空。半面相看吾已了，连城增价子何穷。三千奏牍诸儒上，四百庵寮一岁中。二父风流皆可继，谤禅排道不须同。

林敏修多次拜访冰玉堂，听闻羲仲归，作《送检讨》诗：二年食贫儿女煎，大寒客居衣里穿。闭门穷巷气不屈，谁问过午无炊烟。腹中万卷自得饱，冷热不假世人怜。思归一日止旧隐，墙垣荆棘荒三椽。青山不肯埋妙器，幅巾却作康庐仙。今年再渡江北船，旋买走马趋日边。即今日月九天上，陛下旰食思求贤。结交老苍半台阁，亨衢插翼看翩翩。朱颜谁无起家念，壮志输君先著鞭。我今憔悴类蟠木，斧斤不到终天年。病身无用聊自惜，对榻犹堪雨夜眠。

林敏功与刘羲仲别后仅十天，就非常想念，作《与刘羲仲检讨别后有怀》：

> 檠灯耿夜窗，夜雨欲达晨。寒鸡催晓色，结束征车轮。车行马上霜，送子西入秦。二年绝廪禄，此去当通津。人生萍托水，相遇即相亲。况我与夫子，恩意渝天伦。屈指十日别，今君千里人。关山行役劳，欲雪风怒嗔。投身声利区，纳足冠盖尘。铜墨不须叹，君心知爱民。岁晚勿滞留，归及江南春。

情意浓浓，感语真切。

苏门四弟子中有三人多次来冰玉堂，他们均被列为"元祐党"黑名单。晁补之《冰玉堂辞》："论世以观士兮，集义以为词。所非正而敢从兮，曰可罝而东之。嗟若士之弗获兮，羌何愆而负石。繄圣贤之出处兮，惟遵道而守德。凤览辉而乃下兮，雏犹耻乎腐嚇。非九方之为使兮，夫何足以得马。庐岑岑以镇楚兮，汹大江之东渎。分阴阳之晦明兮，钟斯人以正直。惟天道与地宝兮，非所求其犹爱。与之全而不用兮，怀斯美以固在。大固不可以适兮，方固不可以圆。试回功谢于土谷兮，夫乃同道于禹稷。譬人生犹吹昳兮，无得丧之可齐。纷吾何指以为正兮，服吾初其庶几。"补之作《冰玉堂辞》说："冰玉之名，非乡人故旧之言也，天下之言也。……君父子进不犯难，退而伏清节以没，与原异于原不更愈乎推此志也，虽与日月争光也，况冰玉乎哉。"赞刘氏父子之"冰玉"，不仅是乡里之"冰玉"，更是天下之"冰玉"，其名节与日月同光。

羲仲在巨野为主簿时，将自己的居室命名"是是亭"，陈师道为其作《是是亭记》。回南康后，在冰玉堂侧建一室，名曰"漫浪阁"。漫浪者，放纵而不受世俗拘束也。晁补之为其作《漫浪阁辞》说："南康刘羲仲壮舆，志操文义，早知名于士大夫，年四十矣，而学问益苦，盖不欲一日弃其力于无用也，筑室庐山，其先人之居，自号曰'漫浪翁'，意以比元结，从仕与物，皆不得已也。……"

在绍圣年间（1094—1098），张耒作《冰玉堂记》，后又作《寄检讨》："堂有书万卷，园有竹千竿。逍遥于其间，漫浪追昔贤。乃祖首阳人，疾世饿空山。堂堂秘书公，赤手犯鲸鳣。后来得吾子，门户真有传。已信怀道贵，预知行世艰。婆娑欲头白，不肯弹其冠。我顷未见之，千里知肺肝。不惜委珠玉，投我书数编。我穷安放逐，老去颇知田。君独胡取之，学问考渊源。江乡岁已晏，幽独抱悁悁。何当一杯酒，与子相周旋。

与其父同修《资治通鉴》的刘攽，自是几次来冰玉堂，羲仲来冰玉堂驻住后，不忘羲仲，作《寄刘道原秘丞》："君家庐山南，云水当户庭……自兹访都邑，乘兴及郊坰。清洛湛寒玉，嵩高环翠屏。……念昔始相从，子少余壮龄。……后会十五年，见子云龙廷。……怀君意无涯，永望几涕零。寄书南飞鸿，矫矫双翅翎。"

黄庭坚自幼与刘氏有深交，曾在刘涣身边闻教，侍坐，长大出仕后更是崇拜他们的气节，尽管刘涣不在世，他也依然往来冰玉堂。《过致政屯田刘公凝之隐庐》中说得很详细："儿时拜公床，眼碧眉紫烟。舍前架茅茨，炉香坐僧禅。女奴煮罂粟，石盆泻机泉。今来扫门巷，竹间翁蜕蝉。堂堂列五老，胜气失江山。石盆烂黄土，茅斋薪坏椽。……"长诗回忆了当年的情形，而现在是"石盆烂黄土，茅斋薪坏椽"，嗟叹不已。一次进冰玉堂，仰遗像，犹见其人，音容宛在，遂作《拜刘凝之画像》："弃官清颍尾，买田落星湾。身在菰蒲中，名满天地间。谁能四十年，保此清静退。往来涧谷中，神光射牛背。"

元祐八年（1093年），刘羲仲为父亲刘恕迁墓于江州龙泉山。同次"一举八丧"。刘羲仲《家书》云："改葬老人、老母于江州龙泉，以二弟从焉，又改葬叔父、家婶于南康军，以弟、妹从焉，一举八丧。"黄庭坚为刘恕迁墓作《秘丞迁墓志铭》，除了生平、事迹，还坦诚地记录了刘恕"自说"的"二十失""十八敝"内容，足见其俩关系不一般。

黄氏与刘氏有姻亲关系，但更多的是彼此相投。《三刘家集》云："山谷与道纯游久。"元丰三年（1080年）黄庭坚与刘恪游落星寺，两人醉饮，并在寺壁题诗留念。

"北风吹倒落星寺，吾与伯伦俱醉眠。螟蛉蜾蠃但痴坐，夜寒南北斗垂天。"刘恕、刘恪兄弟过世多年后，他仍然与刘羲仲兄弟保持密切关系，互为往来，相互安慰。羲仲作《欧阳列子传》，黄庭坚赞其"实于春秋，笔端已有史氏风气"，并说"他日当以不朽之事相传也"，刘和叔去世较早，亦是黄庭坚作墓志铭。

羲仲归官冰玉堂十多年，撰修《通鉴问疑》，潜心《春秋》，研治易学，但遗恨的是《十二国史》未完稿。羲仲约1120年谢世于南康，刚过花甲之年。可惜的是至今未查到其墓志及墓碣，据推断，很大原因是其生前好友晁、张、林、陈、黄等都在他之前去世。家道中落，人丁欠旺，世态炎凉。藏书万卷，收入南康官库。数年后"佛门诗史"挚友李彭过其故居写下了《过检讨故居》一文：

刘郎平昔居，门巷草芊芊。念我眼中人，骨惊泪溅溅。中允实高蹈，倦游自丁年。问舍得匡庐，卜宅如涧瀍。悬车著屋山，骑牛弄寒泉。秘书极精锐，笔下走百川。口戈击奸佞，直声寰宇喧。诸郎排候雁，一一落云天。独馀漫郎叟，高名星斗联。辟书日夜催，援毫录群仙。几负衮明责，挂冠遂言旋。中河忽坠月，半岳遽摧巅。孤嫠俱幽愤，一仆无复痊。门楣惟蔡琰，择婿得鲍宣。驱车官殊方，衡宇颓荒阡。坏壁蜗篆满，小窗蛛网悬。翠葛远山暝，苍苔修竹连。往时所憩树，相与听鸣蝉。忽逢持斧翁，葆鬓青行缠。采薪收斜日，伐竹破疏烟。沉痛迫中肠，裴回不能前。高明鬼得瞰，岂弟神所捐。微吟复凄断,暮角西风传。

详细叙述了刘氏三代冰玉遗风。目睹羲仲过世后冰玉堂的荒凉与悲凄,及刘氏家族的衰落,是研究冰玉堂之刘家族人重要史料。

三刘均去,北宋也摇摇欲坠,1127年北宋王朝走到尽头,宋室南渡,人们对三刘的怀念,对冰玉堂的景仰没有了却。

孝宗淳熙六年(1179年)大儒朱熹知南康军,认为刘氏之遗风足以"激儒律贪",寻访昔日冰玉堂,但很遗憾冰玉堂、漫浪阁都已屋塌堂圮,匿于草莽,于是致力恢复其建筑。首先在刘涣墓地立"壮节亭"以资纪念。"壮节"二字取自欧阳文忠《庐山高》之"丈夫壮节似君少"之句。不巧,朱熹于淳熙十六年(1189年)十一月调离南康知漳州。心愿未遂。绍熙二年(1191年)继任南康知军的曾致虚,亦仰慕三刘冰心玉骨,在其废墟上重建冰玉堂、漫浪阁、是是堂、刚直亭,并请朱熹作《冰玉堂记》,赞颂刘氏"壮节未亡远,高风杳难攀"。历代南康知军(府)皆对冰玉堂崇赏有加,陈宓知南康时作《题冰玉堂》:"此是刘君处士家,茅檐犹整旧横斜。我今添著朱夫子,薄祀秋初荐水花。"陈宓知南康军,是年歉收,奏蠲免赋额十之九,并筑修江堤,修缮白鹿洞书院。数十年后,追思冰玉堂诗文屡见不鲜。杨万里《寄题刘凝之坟山壮节亭》写道:

见了庐山想此贤,此贤见了失庐山。胸中书卷云凌乱,身外功名梦等闲。一点目光牛背上,五弦心在雁行间。欲吟壮节题崖石,笔挟风霜齿颊寒。

又作《题刘道原墓次刚直亭》:

山南山北蔚松楸,四海千年仰二刘。迁叟馈缣宁冻死,伯夷种粟几时秋。平生铁作三尺喙，土苴人间万户侯。庐阜作江江作阜，始应父子不傅休。

筠门高安刘氏后裔刘元高，字仲公，淳祐十年（1250年）进士，曾官柳城主簿、宁都侯官知县、御史。为撰《三刘家集》。考察冰玉堂无数次，作有《访西涧先生隐房》：拚把筠门换此山，长松数亩屋三间。绿荫细雨重门锁，独恐骑牛去未还。

表达对先辈的深切追思与怀念，意幻中先人宛在，已欲归来。

刘羲仲女婿鲍贻逊，知筠州，为漫浪阁半子，冰玉堂曾孙辈，曾住冰玉堂自然不用说，南宋绍兴九年（1139年）为建西涧书院，也曾多次回故居，寻迹西涧，将刘涣昔时读书的净慈寺，改建"西涧书院"，以作对先人的怀念。

蓼花池水患治理记

刘 影

蓼花池，又名"草堂湖""廖家池""里湖"。

明正德《南康府志》记载："草堂湖，即廖家池，在县西三十里。"康熙《南康府志》更是将其记入山川湖泊之列，志载："草堂湖，即蓼花池，去县三十里。"蓼花池又因东面有浩瀚的鄱阳湖为邻，并有狭窄的水道相连，对应外面的大湖，民间又称之为"里湖"。蓼花池恩泽着世世代代的周边村民，同时，治理蓼花池水患也是长期以来当地官民坚持不懈的大事。

传统意义上，"湖"多指广阔的水域，进出水口均自然宽敞，不受人控制，而"池"则为较小的水面，呈相对封闭的水域状态。那么蓼花池又是怎么由"湖"演变成"池"的呢？

蓼花池位于庐山市（原星子县）境内，北倚匡庐山，西为庐山余脉黄龙山、髻山；东、东北横亘着南北走向绵长15公里、面积2.1万亩的沙山；南为黄壤丘陵，属典型的中央盆地地形结构。纳庐山山南九十九湾之水为一体，流域面积达92平方公里。历史上东面沙山一低洼处有一池口（"老池口"，与后来的"新池口"之称相对应）水道与鄱阳湖相连相通，平衡和调解着里湖（蓼花池）的水位，正常年份湖水保持着3平方公里的水面。随着东北方向飞沙、流沙不断西侵、南塞、淤堵水道，老池口被废，里外断流，彼此孤立，"里湖"从而形成了封闭的池。每遇暴雨，洪水狂涨，形成内涝，周边村庄、农田被淹，灾民流离失所。有诗云："九九湾流路不通，乱山围绕水连空。千家屋角寒鸥外，万顷山田雪浪中。"生动记录了当年洪水浩渺，周边村民受灾的惨景。

自从湖演变成池那天起，池区人民及历朝政府便开始了"治池还湖"的斗争，努力改变蓼花池封闭状态，恢复里湖与外湖的沟通。

康熙五十八年（1719年），知县毛德琦"舍故道而避高岗"，"于北岸东边土壤无沙之地另开新口"，蓼南乡"水口万"万姓自然村村名便由此而得。雍正八年（1730年），知府董文伟请奏："只缘居民无力，是以所开水面不宽，水底不深，水发时仍不能畅流入湖，至今被淹田地尚有三千余亩，请加开浚。"准奏，巡抚两次拨币千余，发动村民疏通加宽新渠，取名"永利渠"。嘉庆二十二年（1817年）内涝延续，冬季未清，灾民远走他乡，知府狄尚絅组织劳力疏浚，次年池内收粮万担。道光十一年（1831年）知县候坼督同首事刘盛兴工挑浚，并于沟旁起筑避沙堑埧，添建闸板。同治四年（1865年）于望湖垅开挖新口（后新池公社由此而名），疏导积水外泄入湖。这一工程虽未成功，但有其创新意义，首次由东疏改南泄。洪水由池东入鄱阳湖改由池南泄鄱阳湖，为建国后成功治理蓼花池水患提供了新思路。20世纪初，光绪二十七年（1901年）乡绅邹聪臣倡议另辟北岸开池，因资金不足而罢，至今在星子镇（原蓼花乡）汉岭街西还留有"池口上"地名。民国期间几兴几废，忽东忽北，虽有其权宜之效，但仍未彻底清除水患。

在历朝治池斗争过程中，留下了许多可圈可点的典范。

南康知府董文伟组织村民疏通蓼花池老池口（泊头李西），在池口建石桥以通来往，取名"永利渠"，并励教以后继任者"后之君子，岁督民力。因其势而利导之，使渠道久而弥深"，消除了池内87个村庄、2100户、1.2万亩农田，历时90余年的洪涝灾害。又"购蔓荆百担，遍种沿池沟旁诸沙山，禁民采取，数年后荆藤滋蔓，葛桑联络，鲜飞沙填淤沟渠之患"。其率先植被（蔓荆）固沙，是江西水利史上成功治理风沙的第一次记载。迄今300余年，我们还在沿用这一成功做法。为纪念知府董文伟，星子人民为其刻石立碑——董公碑（泊头李西，永利渠旁），有诗赞曰："落叶犹稽瓜蔓涨，飞鸿争怨蓼花风，荆条掩映平沙上，疏渝还应忆董公。"

狄尚綗，字文伯，乾隆四十二年（1777年）进士，嘉庆十年（1805年）授江西南康知府。在任24年，体察民情，履勘池患。"余深忧之，屏马刍从，亲诣相度，泛舟池口者再"。亲力亲为，督同首事、民工，集资兴工，成效显著。"水口深建，全池畅流，岁获增至万余石"。并个人带头捐廉百金置田产70亩，"发县每年收租，为岁修之资"。终劳累成疾，把最后的生命付与南康。《清史稿》卷四七八《列传·循吏三》载："引疾去官，不能归，卒于南康。"

治理蓼花池始终是以民众为主体，官府为主导，首事直接指挥、主持。首事的作用至关重要，首事一职必须由乡绅、贡生或监生担任，具有一定的社会威望及较大的财力，乐善好施、侠肝义胆。蓼南乡新屋刘村人刘盛，可谓其中翘楚。

刘盛，号焜耀，监生，生于乾隆三十六年（1771年），殁于道光十七年（1837年）。道光十一年（1831年），在原农户每亩捐钱200文的基础上，添捐租谷三十一石（载同治《南康府志》）。更值得记忆的是，为方便民工、村民往来于九十九湾的蓼花池，他在池东岸创建"三义渡"，置船免费提供过渡。前后延续30余年。同治《星子县志》载：三义渡，刘盛倡建。卒后，碑铭"皇清待赠"。

为了根治蓼花池水患，新中国成立后星子县人民政府第一项工程便是蓼花池治理工程。县人民政府成立蓼花池开修委员会，政府决定支付大米12万斤，以工代赈，按工取米，藉度春荒。在1950年4月8日的开工典礼上，县人民政府县长、开修委员会主任常流承诺："多做多得米，有奖有罚，保证一不贪污，二不马虎，每粒米都用在修池上。"组织动员二、三区民工1600余名。用三个月时间开挖土方5.1万立方米，完成一条4800米长的北渠（经槽门程、陶家山、三角坜入鄱阳湖）。因遇梅雨季节、地层松软，施工受到影响，继而成立护池委员会，整顿蓼花池原有公共秩序，并将治水之计，转为治理沙山，以防流沙塞渠。采取封山育草措施，扎根固沙，湖岸植柳樟、麻栗等树207万余株，营造林带近10里长。

20世纪60年代初，沙山林木破坏严重，蓼花池水位升高，北渠效益难以发挥。星子县政府在认真总结历史治水经验的基础上，决定来一次脱胎换骨的根治。星子县人民委员会、九江专署请求省人民委员会批准，由省水利厅派总工程师万、杨二人实地勘察，确定了对该工程的全面测量、地质钻探、设计等前期工作。经九江专署水利处和星子县水利局技术人员七个月的全面测绘、钻探后，县人民政府提出了"东固、西蓄、北导、南泄"的全面治理方案。所谓南泄，就是开挖南渠道，排泄内水，建闸防洪；北导，就是引导部分山溪北入鄱阳湖，减轻蓼花池纳水压力；东固，就是封固沙山，防止流沙南侵，保护渠道；西蓄，就是在蓼花池上游修建塘堰水库，既可减少入池渍水，又可蓄水防旱。1964年冬，南泄渠道率先开工，县委、县政府动员组织12个乡、114个生产队、14000余名群众参加历史上规模最大、难度最高的大会战。至次年3月20日竣工，开挖南泄渠5000米、石方1.5万立方米、土方17.8万立方米，从池南岸经长西岭、刘家湾、槽门朱、何家堡、左辅里、新池口入鄱阳湖。并建上下两座排水控制闸。上闸为敞开式，下闸为箱涵叠梁式，可供排水和防御鄱阳湖洪水倒灌，共投入资金71.68万元，其中国家投资61.6万元。围垦利用洲滩四片，合理开发利用3000亩，保护原有耕地旱涝保收面积8000亩。时任县委副书记、治理工程总指挥的项亚平与群众同吃同住同劳动，当工程快接近尾声时，他非常欣慰。小年那天从工地回县城，路过老池口时信手拈来一首诗："开罢新池看老池，正是腊月小年时。黄昏夜幕迷方向，喜得渔人引路归。"

为保护南渠能够长久畅通，又在池东的安全湖、泡沙墩、沙山一带栽植柳树15000株、巴茅55000斤，种胡枝子1000多亩，筑拦沙坝一条。渠道两旁栽桃、梨、油桐6000多株。许多当年的参与者如县委廖庭龙、农业局陈家模等人都保存了一些自己参加工程会战的珍贵照片。

此项工程终于彻底解决了蓼花池长期困扰池区人民的难题，也只有共产党领导下的人民政府和人民群众真正能做到。池区村民无不欢欣雀跃，竣工庆典的那天，板桥刘村一位80多岁的老汉，硬是叫家人用轿子抬着参观新池，一路连声道："共产党好！毛主席好！"

为祝贺蓼花池得到彻底治理，既根治水患，又便利灌溉的业绩，时任江西省省长的邵式平特填《渔家傲》词一首："鄱湖苍茫庐山碧，湖山之间一县立，雄壮秀丽世无匹，谁查悉，有多少名胜古迹。落星墩前风帆急，海会寺后悬岩壁，龙潭爱莲和洗笔，都不及，蓼花池改造成绩。"

观音桥水库筹建记

李杰三

在美丽的庐山南麓，栖贤大峡谷的下游，有一座千年三峡古桥——观音桥。顺桥而下，可见一湾清澈碧水，这便是庐山市著名观音桥景区的曲尺湾水库（原称观音桥水库）。

据说在很久以前，在现今庐山山南的观音桥处有一座观音庙，寺庙与山外的来路之间隔着一条长长深深的山涧。而在山涧里却生活着一只"棺材精"，有时棺材精性情发作，咆哮而起便产生山洪，给山外来寺庙朝拜的香客及下游的老百姓造成生命及财产损失。由于山洪的经常泛滥，老百姓过涧到寺庙朝拜不方便也不安全，大家就着手修建一座桥梁，方便往来群众，但修一次洪水就冲毁一次。多次修桥失败后，当地老百姓便更加相信有精怪的作怪，于是周边的群众成群结队来寺庙祈求观音菩萨保佑平安。

有一天棺材精酝酿又要发作，观音菩萨受老百姓朝拜的虔诚感应，来到此地对棺材精说，你经常危害老百姓，今天我特来收拾你。棺材精说我不怕，你想怎么样。观音菩萨对棺材精说，如果你直的来我还怕你，如果你横的来我就不怕你。棺材精骄傲自大，想自己的威力这么大，从未遇到过对手，难道怕你观世音吗？想完就顺着山涧横地冲向观世音菩萨，观世音菩萨腾空而起从空中向下，将棺材精踩在脚下。从此，一块象征棺材精化身，留有脚印及酷似棺材形状的巨大石头便横卧在观音桥上方的山涧之中。从此山涧的洪水小了很多，百姓们便在山涧之上修建起了如今横跨山涧的观音桥。

观音桥水库未建之前，因为山涧之水没有堤坝的阻拦，每当暴雨来临山洪暴发，来自庐山汉阳峰、含鄱口及五老峰的洪水，便自山南三峡涧穿越观音桥由此一泻千里，冲毁着下游村落的良田及道路。同时，由于山涧流水缺少堤坝的蓄水功能，往往洪水过后，遇上干旱之年，沿山而下的一垄良田又无水灌溉，造成大量农田因干旱歉收。

　　1956年，庐山脚下的星子县又因缺水遭遇大旱，而庐山山上来水似乎也较往年又异常减少，多数农田因无水灌溉而颗粒无收。五里公社河村畈的群众张文玉、黄友煌，欧阳畈的群众龙金火、熊正高，玉京与阮家牌的群众李忠功、张闻玉等纷纷来到星子县水利局反映情况，说庐山上植物园附近建造了水库，把流往山南星子县的水全部堵死了，要求县里派人去查看协调。那时，县水利局局长柯聪德已调任横圹人民公社做社长，我作为当时唯一的副局长临时负责水利局全面工作。我接到上述群众反映情况后，及时向分管水利的副县长彭文德作了汇报。县委县政府对此非常重视，决定由彭文德副县长带领我及龙火金、李忠功、熊正高、张闻玉等人前往庐山上面先实地察看情况。

　　我们一行人来到庐山，找到庐山管理局有关部门人员后，一同来到庐山植物园附近新建的水库坝上（土坝），看到水库旁已铺设了管道，可能是装置了抽水设备向山上居民实施供水。见此情形，星子县一同前去的群众代表认为，因山上建水库供水阻止了山水流入山下，因而造成了山下农田的干旱。但庐山管理局有的人员认为建水库不是干旱的主要原因，当时双方为此争辩激烈。彭文德副县长和我为了避免矛盾扩大，及时劝阻了星子群众代表的过激言论。为合理有效地解决水源断流问题，我们商量当晚留宿在牯岭街上，决定第二天找庐山管理局有关部门领导进行反映再作商议。

　　第二天上午，彭文德副县长和我们一行便去找庐山管理局有关部门领导反映有关情况。1956年庐山管理局是隶属江西省人民政府管理的正厅级部门，对于我们反映的水源情况，有关部门人员认为影响不大，借故推辞不愿理睬，避而不见。

当天下午，彭文德副县长和我们从庐山管理局出来，正当行走在牯岭街上觉得无计可施时，彭副县长突然对我说："老李，你看那不是德兰姑吗？"我仔细一看，见胡德兰（以前胡德兰和我同村人李柱同志一道乘车到星子县来，住在星子县委招待所，我去拜访李柱同志，与胡德兰有一面之缘）手里拿着一件毛衣和一位女同志正走在对面的牯岭街上，我们就快步走到胡德兰面前，叫了声"德兰姑您好"。胡德兰听出了我们星子方言，就说："你们是星子县来的？"我们回答说："是哎。"她又问："你们上庐山来做什么事？"我们便把来庐山处理水利纠纷一事从头到尾讲了一遍，并告诉她庐山管理局有关部门对我们似乎置之不理的情况。德兰姑对我们说："这样，明天早上八点钟，你们到庐山第三交际处找他（指其丈夫邵式平省长）反映一下吧，他明天在那里和管理局秦书记、娄副书记们开会。"

第三天一早八点钟，彭文德副县长和我便赶到庐山管理局第三交际处，工作人员将我们带到交际处一间办公室。当我们敲开门时，看见邵省长（我从前多次到南昌开会，见过邵省长作报告）和另外二位同志正坐在沙发上谈话。邵式平省长问："你们是星子县来的？"我们回答道："是的。"邵省长说："听说你们是来反映山下水源断流情况的，你们把具体情况向秦书记、娄副书记汇报一下。"彭文德副县长和我便相互补充，把庐山植物园建水坝，对星子县人民群众生产生活带来的农田干旱影响讲述了一遍。邵省长当即说道："两位书记啊，这个问题事关百姓生产生活，是要想办法解决一下哟。"秦、娄两位书记回答道："庐山上面也有很多生产生活方面的困难，如果山上建设用水要顾及好庐山山下周边的方方面面，庐山管理局在水利工程设计及建设方面确实存在难处。"

邵式平省长沉思一会后，起身拿起办公桌上的固定电话，当着我们众人的面拨通了省水利厅陈志诚厅长的电话，介绍了星子县和庐山管理局之间因水利建设引起山下星子县农田水源干旱的情况，并指示省水利厅出资、出力做好"和事佬"（原词），彻底解决山上山下因水利建设引起的矛盾和问题。放下电话后，邵省长对我们说："你们现在可以先回去先商量规划好，找好水源集中的地理位置，争取省水利部门支持在山下建座水库，从长远切实解决好家乡防洪抗旱及人民群众生产生活的水源问题。"山上之行，意外得到邵省长的帮助和支持，大家兴奋至极，于是，当日我们便向邵省长辞行，返回了星子县。

彭文德副县长回到星子县后，当即向县委县政府汇报了与邵式平省长见面的座谈的情况。根据邵式平省长的建议，星子县水利电力局在实地考察后，报县委县政府批准，决定在紧随观音桥下游修建一座水库。在由九江市水利电力处确定设计方案后，在邵省长亲自关心下，我县争取了省水利厅17万元观音桥水库项目建设资金的支持。1956年下半年，星子县成立了由副县长彭文德任总指挥的观音桥水库建设指挥部，抽调全县各乡镇场民工（其中南康镇不需要抽调民工，组织菜民生产蔬菜，供应观音桥水库建设者食用）展开了建库大会战，观音桥（曲尺湾）水库由此正式拉开了建设的序幕。

讲述人：李杰三，曾任星子县水利电力局副局长，2019年12月讲述，2021年4月逝世。

记述人：李茂，男，1964年5月出生，庐山市南康镇人，大学文化，曾任原星子林业局、林业公安干部，庐山市公安局所长等职。

我的"林家铺子"

李 茂

有山便有森林,生活在庐山脚下,我庆幸自己这辈子曾与林业结缘。我于1982年夏季分配到原星子县林业局工作,1990年调入林业公安(1997年到公安系统),在林业的那15年,记得人们总习惯将林业系统亲切地称为"林家铺子",尽管如今自己已离开林业二十多年,每当独坐静思的时候,林家铺子的往事总不时地浮现眼前,一树一木历历在目。

森工印象

1985年以前,在林业系统中,森工部门是个很吃香很不错的部门,主要是这个部门掌管着一种那时候有钱都难以买得到的紧俏物资——木材。森工是森林工业的简称,包含有林产化工、人造板制造、森林采伐等方面。建国初期我国的林产化工、人造板制造技术相当落后,非林区市县森工部门的工作实际上就是管理森林采伐、运输、销售。那个时期"林家铺子"重采伐、轻造林,大量采伐木材既可以满足国家建设及人民生活需要,又可以给各级人民政府带来经济收益,所以森工系统又酷似"林家铺子"的老大。

早时的星子县还属非林区县,只有一个坐落在庐山自然保护区的国营东牯山林场,同时各乡镇也有乡办、村办的小型林场,但能产出的木材也是杯水车薪。虽然每年上级林业主管部门都安排一定数量木材采伐指标,但数量远远不能满足全县人民生产生活及社会建设的需要。因此,上级林业主管部门每年都要安排3000立方米左右的木材指标,分配到我县林区进行统购统销。木材从林区运到星子县后，由林业森工部门根据运输成本核算初定销售价格报县物价局核定，木材统购价格在70年代为每立方米几十元，至80年代初加价到每立方米160元左右。

为缓解当地木材的紧缺状况，星子县森工部门每年都要按照上级木材分配统购统销计划，派出人员前往永修接收九江地区幕阜山脉从修水、武宁等产材大县水运过来的木材，那些接运木材的人员在永修付坝一住有时就是大半年，整个过程历时长且非常辛苦。

我参加林业工作时只有18岁，那时单位可能考虑到我接收木排经验不足，所以没有安排过我参加永修付坝的木材接运工作。80年代，九江市非林区县基本上都集中在永修付坝接运木材，水运的修河上下一片繁忙，陆运的公路上汽车如织，我有幸多次通过跟随九江市林业局汽车运输团前往过木材的接运现场，耳闻目睹过那人山人海的木材接运盛况景观，那种爱木如潮的景象至今让我深印脑海。

接运后的木材都是重新扎排后通过水路运输。在坝内接收木材后，又将木材转运到付坝外下游的永修县三溪桥、白槎等地重新扎排。等到修河、鄱阳湖涨大水季节，转运的木材按每只长15米，宽约12米，高出水面80厘米的规格，在付坝外被重新扎好木排，然后，按照两块木排左右平行摆放，前后十多块木排首尾相连，前面用大功率轮船拖运，犹像一艘艘战舰，浩浩荡荡，从永修上游顺修河、赣江、鄱阳湖水路而下，最终被拖运到星子县南门河外。

停靠在南门河外坝外面整排的木材，也是湖边一道别样的风景。夏季大水浪涌的季节，每当傍晚时分，晚霞辉映着湖面，许多男女老少都到鄱阳湖边外坝洗澡、洗衣服。有的妇女因坝上水浅洗衣不方便，便想方设法爬到木排上洗衣服；有些胆大的游泳者则登上木排往水里跃，木排便成了人们天然的跳水平台。那种由木排构成的湖岸风景，犹如一道浓浓的水彩画，为湖畔人们的生活平添了生活气息及欢声笑语，也成了生活在那些年代的人们脑海中挥之不去的美好回忆。

我一开始主要在单位从事木材检验工作。一年四季都有群众来县城购买木材（群众还有鼓励种植棉花奖励木材指标），记忆最深的是逢每年枯水季节，木排"开排"（拆散木排销售）的时候，一些手握木材购买指标，又想买到好木材的群众，得到"开排"的消息，便从十里八乡提前陆续来到县城。有的住饭店，有的住亲戚家，等候着木材的"开排"。"开排"那天，小小县城就像过年一样热闹，木排上人山人海，像蚂蚁啃骨头一样，有时为争抢一棵好树甚至不惜大打出手的也不少见。由于人特别多，部分群众要在县城住上两三天才能买到木材，然后用汽车或拖拉机运送回家，县城附近的群众还有用肩膀将木材扛回家里的。随着新型合成板材的出现及普及，如今那种大量砍伐及抢运木材，家家户户为木材奔忙的景象，已经永远离我们远去了。

营林往事

1983年林业部、教育部共同委托南京林业大学，在华东六省区委培200名在职的林学专科人才。我有幸通过考试录取，学习主要以自学函授的形式进行，并按时邮寄布置的作业给南林老师批改。暑期到南京林业大学听两个月面授课，并进行专业课程考试。借此机会，三年间我顺便游历了南京、上海、苏州、无锡等城市的森林地带，一饱江南秀丽的绿色美景。1984年我开始从事营林工作，至1989年底，我先后参加了全国森林资源清查、省二类森林资源清查，踏遍了星子县的绿水青山，那也算是最早的登山运动或户外吧。

"营林"可以狭义地理解为就是造林种树，管护幼林。80年代的大面积造林有飞播造林和工程造林。所谓飞播造林就是利用飞机从空中播撒种子，自然飘落，落地生根成林。根据当日的气象条件，对飞机的性能和飞行员的技术要求很高，飞机基本上都要求低空飞行。如果飞播造林时，地面覆盖物过多，种子不易落地生根，会较大程度影响飞播造林成效。同时，飞播造林适合用于大面积成片宜林荒山荒地、沙荒地、其他宜林荒山及疏林地补种适量的种源。80年代我在南京林业大学进修学习，也只是听老师介绍过这种造林方法，1956年广东省进行过我国第一次飞播造林，从此拉开了我国飞播造林的序幕。1965年江西省在赣南开始飞播造林。由于飞播造林对各项造林条件要求较高，而我们星子县及九江市地处赣北，森林覆盖率较高，且宜林林地植被覆盖丰富，地形复杂，适合飞播造林的林地不多，所以我在星子县林业局工作期间，星子县没有开展过飞播造林。

工程造林顾名思义，是按照工程管理的要求，对相对集中连片的宜林荒山进行作业设计，按照设计要求，林业部门统一购买苗木，统一组织造林施工，对种植单位按亩给予一定金额补助，在森林郁闭成林前，每年统一组织劳力抚育，并给予一定的抚育经费。2020年我在登山前往温泉镇东山村的黄莺寨途中，就看见了我当年负责施工造林的成果之一，一棵棵树木高高耸立，郁葱成林。

随着人类居住的地球气候、环境日益恶化，山洪、干旱、飓风等频频发生，人类对森林调节气候及改善环境的巨大作用有了深刻认识。而做好森林保护与植物保护、野生动物保护紧密相连，息息相关。而在动物保护方面，或许我们还做得不够，还需更多促进森林与动物的和谐相处。如今，随着科技的不断进步，大量新型材料对原木的替代及新能源的广泛应用，使得原有直接木材应用和日常烧柴做饭取暖等木材使用越来越少。让空气更清新，让青山更绿，加强森林保护的责任意识如今已深入人心且蔚然成风，庐山市整个森林覆盖率正得到稳步增长。

作者简介：李茂，男，1964年5月出生，庐山市南康镇人，大学文化，曾任原星子林业局、林业公安干部，庐山市公安局所长等。

宣传队的回忆

李文辉

位于鄱阳湖畔、星子县（今庐山市）东南部的新池、蓼南两个乡（公社），属星子县三都地域，乡音无异，民俗相同，人杰地灵。新中国成立后，时有分合：1956年始设新池乡、蓼南乡，1958年两乡合并为蓼南人民公社，1962年分设为蓼南公社和新池公社，1968年新池公社并入蓼南公社，1972年新池公社又从蓼南公社划出，仍称新池公社，1984年公社改称乡，2001年底新池、蓼南二乡再次合并，即今天的蓼南乡。我从小生活在新池公社，有幸成为设在横岭的新池公社中心完全小学（新池完小）首批五年级学生、新池公社完全中学（新池中学）首届高中毕业生。光阴荏苒，今非昔比，诸多往事早已化作庐山烟云或随鄱阳湖水远去，但我在学校宣传队的经历，却历久弥新，难以忘怀。

20世纪70年代，许多机关和企事业单位、公社大队与学校等，相继成立毛泽东思想业余文艺宣传队。1974年上半年，在新池完小五年级下学期，当班主任陶亮老师（教语文）宣布我和其他同学成为学校宣传队首批队员的消息后，刚满11岁的我高兴而激动。从此，在课余时间我们便开始参加宣传队的活动。

人生的许多第一次有时是刻骨铭心的。记得学校宣传队排练的第一个节目是《火车向着韶山跑》。利用歌曲开头的过门，辅导老师安排我和另一个同学朗诵："滚滚延河水，巍巍宝塔山，我们红小兵向往着你啊，红太阳升起的地方——韶山！我们盼呀盼呀，这一天终于来到了，请听《火车向着韶山跑》。"简练而深情的语句，既调动了少年表演者们激昂的情绪，又同时报幕了。这是个载歌载舞的节目，男女队员相间排成"火车"队形，需要把手搭在前面队员包括女同学的肩上，起初男女少年们显得矜持害羞，老师见状，说道："都是同学嘛，有么事关系？要出众些，莫影响节目表演哈！"但女同学依然不好意思。伴随着明快而欢乐的旋律，小伙伴们不多久逐渐进入状态，宣传队师生之间也很快熟悉起来，体现出"团结、紧张、严肃、活泼"的氛围，有个别调皮鬼还问："老师！么时候带我们去看火车哟？"有的说："韶山，不晓得有几远呵？要是真能去毛主席老家看看，真好！"辅导老师回答说："九江、德安就有火车，离我们远着咧。韶山在湖南省，就更远啦，不光我，校长也没去过啊！莫急，以后总会有机会的。"老师说的是大实话。交通不便、信息闭塞，是那时农村的普遍现象。在我印象中，直到新中国成立30周年之际，才开通了星子县汽车站到新池公社的班车，但班次少，停靠站点不多，岁数大点的人还不舍得花钱买票坐车，出门步行仍然是常态，春夏鄱阳湖丰水期，走路到蓼花渡口，搭渡船过十里湖到街上（县城）；秋冬季节湖水退去，沿湖村民习惯于从沙岭下的湖岸走，再踏上十里湖土路到街上。在1970年代，我就几次从朱洪武点将台旁的家乡下扬澜村，步行去县城，早出晚归，虽然脚酸人乏，但那时年少，睡一觉第二天就恢复了体力。我读小学、中学时，也常见公社和大队干部裤脚扎得高高的，走山路到小队开会议农事；大队或公社业余宣传队的同志们，有时晚上打着手电筒、提着马灯翻山越岭到小队屋场演出，及时宣传毛泽东思想和党的农村政策等。有一年暑假的一个下午，公社、大队宣传队一同来到我们村里演出，在鄱阳湖畔以歌咏形式宣传毛主席诗篇《七律二首·送瘟神》和预防血吸虫病常识，歌颂党和政府消灭血吸虫病的政策措施，表演群众喜闻乐见的节目，深受乡亲们欢迎。

当然，我也永远忘不了1977年国家恢复高考制度后，我荣幸地成为新池公社东光大队首位大学生。1980年9月12日，我第一次出星子县从庐山南麓来到山北，入九江师专（今九江学院）中文系学习，终于看到了六年前宣传队歌声里的火车和课本中的浩浩长江。联想到我在大学就读期间不用交学费，学校每月还发给我们充足的饭菜票，毕业后党和政府将会分配工作，等等，百感交集，快慰莫名，感恩之情油然而生。1999年8月我终于实现了去韶山的夙愿，2007年11月我游览了向往已久的革命圣地延安。而小时候屋门口近在眼前却又觉得遥不可及的湖对岸都昌县城，则是参加工作后1983年10月首次出差时的第一站。可喜的是，2019年6月28日鄱阳湖二桥通车，一桥飞架湖上，天堑变为通途，当年朱元璋、陈友谅鏖战争雄之地，正呈现出一派祥和安宁欣欣向荣的景象。

1974年下半年，新池公社第一次创办了中学，我升入初一（2）班。学校宣传队此时补充了新队员，队伍壮大了，表演的节目多了起来，除了适合学生们演唱的歌曲《我爱北京天安门》《学习雷锋好榜样》《我是公社小社员》《北京的金山上》《我们是共产主义接班人》等以外，还有《东方红》《大海航行靠舵手》《没有共产党就没有新中国》《三大纪律八项注意》《歌唱祖国》《社会主义好》《我们走在大路上》等，均为必备的演出节目。随着当时政治运动在基层的陆续开展，宣传队也紧跟形势，演出的节目涉及农业学大寨、忆苦思甜、反对美帝苏修、批林批孔、儒法斗争、评论《水浒》、学习无产阶级专政理论以及反修防修等内容。

我们学校宣传队分为歌舞组和乐队组，我在歌舞组，表演独唱、合唱、舞蹈、朗诵等节目，还常担任报幕员。那时提倡勤俭办一切事情，排练的曲目台词与节目单都是用复写纸抄好，便宜实用，很少刻蜡纸油印，当然也没有如今生动活泼的主持风格，往往是用半方言半普通话杂糅而成的"星普话"直截了当地说："下一个节目是……"，没用过"请欣赏……"之类的字眼。我多次给观众背诵过毛主席诗词，尤其是1959年、1961年他老人家的两首庐山诗。在学校演出时，我还被安排背诵毛主席语录："我们的教育方针，应该使受教育者在德育、智育、体育几方面都得到发展，成为有社会主义觉悟的有文化的劳动者。""学生也是这样，以学为主，兼学别样，即不但学文，也要学工、学农、学军……"那时无单个话筒，只有一个扩音器摆放在舞台前沿，空旷而略带嘈杂的露天演出现场，音响效果欠佳。

学校宣传队的节目以歌舞和器乐演奏为主，略显严肃的是朗诵与对口词，极易引发观众笑声的则是三句半。通俗易懂、简洁明了、诙谐幽默的三句半，特别是最后"半句"，辅导老师要求我们用方言说，接地气而妙趣横生，话音未落，一声锣响，台下已是笑声一片，我见前排观众中有人在抹眼睛，老师说那几位社员群众是笑出了眼泪。这时候，我猛然觉得我们平时排练节目再苦再累也值得。

宣传队的排练一般安排在下午的课外活动时间。有时为了完成公社、学校安排的演出任务而赶节目，也会占用上课时间，宣传队辅导老师跟任课老师临时打声招呼，我们请假，上场进入角色。当然，这样的次数多了会耽误正课，影响学习进度跟不上。对我来说，政治、语文、历史等课还好些，如果碰到上数理化课而临时要去排练，事后又没有安排补课，就难以跟上课程进度，不免感到学习吃力。后来我的理科成绩明显弱于文科，我想或许与此有关。

1975年下半年后，我和有关同学承担了表演对口词的任务。对口词节目，不同于相声，亦有别于如今的小品，通常由两人表演，节奏紧凑，你一言我一语，停顿短，应答快，需要事先把台词背得滚瓜烂熟，演出时方能从容自然，否则就怕冷场。有一次，我就差点"卡壳"。幸好辅导老师先前再三叮嘱过："演出时如果忘了台词，千万莫怯场，赶紧接上后面的内容，就当作没事一样。"当时台下观众似乎未看出我们表演时的细小异常，但老师发现了破绽。这次失误，对我是一个教训，我懂得了"台上一分钟，台下十年功"这句话的分量。事后，宣传队辅导老师及时找我谈话，并要求写检查，老师接着说："我们千万要牢记毛主席的教导：世界上怕就怕'认真'二字。昨夜县文工团来公社演出，你看了吧？人家多用功、演得真好，我们要向他们学习。"

星子县文工团这次到新池公社的演出，形式活泼，歌声嘹亮，舞姿优美，琴声悠扬，特别是器乐独奏或合奏《喜送公粮》《赛马》《扬鞭催马运粮忙》《牧民新歌》《新疆之春》和《花儿与少年》等，给大家带来一次精神盛宴，时令虽是深秋，但汽灯下的观众热情甚高，掌声此起彼伏。那时，农村虽然家家户户通了广播，公社、大队和小队有时会放露天电影，但是没有电视，收音机、自行车奇缺，只有大队才装有一部手摇电话。所以，无论是大队和公社宣传队的演出，还是我们学生的表演，都很受欢迎。县文工团的到来，对基层群众而言，更是如同过节一般，赞不绝口，要回味好长时间。记得我就曾悄悄地对家里人说过："要是以后我能到县文工团上班，吃上商品粮，梦里都会笑醒啊！"毛泽东时代的县市专业文工团，曾是群英荟萃之地，改革开放后不少活跃在舞台上的知名艺术家，就有过在文工团工作的历练。

为了使自己的表演能日益长进，我曾请教过在新池公社上班的表姐香姐。香姐在公社宣传队出演过现代京剧《红灯记》里的李铁梅、《智取威虎山》里的常宝。她说："表演时莫慌，加上平时刻苦，内容熟悉，就演得好。"她接着说："好多社员连字都认不到几个，他们却能一字不漏地唱好几段语录歌和样板戏呢，因为他们听熟了、跟着唱熟了。"我说："古文《卖油翁》里有句话'无他，惟手熟尔'，讲的就是熟能生巧。""你古文背熟了，才能脱口而出，演戏也是一个样，心中有数就能表演自如，老古话说得好：拳不离手，曲不离口。"香姐接过话并叮嘱我说，"多向老师请教，按照老师教的去做，他们辛苦"。

学校宣传队的辅导老师们确实辛苦，既要做好教学工作，又要挤时间指导我们排练，他们满腔热情，乐观向上，群策群力，义务奉献。学校三位语文骨干教师陈林森、魏裕泉、易宗立老师，他们编剧目、写台词、做示范，集编导于一身，耐心细致地辅导我们排练。乐队带队老师郭嵩山对二胡、京胡和笛子等乐器十分娴熟，让人称羡。教数理化的曹希德老师（此时正在手抄《康熙字典》）和朱贞洁老师、教语文的黄凤老师还有钱远吉校长等人，也时常到现场观摩指导。特别是文史功底扎实、知识渊博的"老三届"陈林森老师（新世纪之初获"全国优秀教师"荣誉称号），他在新池中学首倡普通话教学，教我们掌握汉语拼音，持续多年为宣传队写台词和指导排练，倾注了大量心血。于是，后来我们也能用较为标准的普通话演出，给习惯于欣赏方言演出的观众耳目一新之感。当时新池中学附近的公社林场里，有好几位多才多艺的下乡知青，多次应邀来校辅导我们彩排。1976年从省城南昌的江西师范学院中文系来了几位朝气蓬勃的实习老师，除了教学外，他们还为我们的排练出谋划策。那时宣传队所有辅导老师们脸上洋溢着的笑容、展现出的敬业精神和那么一股子干劲，至今感染和激励着我为人师表、爱岗敬业。

学校宣传队起初以校内演出为主，后来逐渐走出校门，利用星期六下午或星期日，多次到公社范围内的农田水利建设工地老屋汊、安全湖等处，到新池和蓼南两个公社交界处的学大寨园田化工地泡沙墩，到龚家垅、哔叽垅、樟树塘的鄱阳湖堤坝旁，为社员们表演过歌舞和器乐演奏《北京颂歌》《社员都是向阳花》《大寨红花遍地开》《大寨亚克西》《春光万里红旗扬》《春苗出土迎朝阳》《山丹丹花开红艳艳》《沿着社会主义大道奔前方》《谁不说俺家乡好》《红星照我去战斗》等，还有样板戏唱段《都有一颗红亮的心》《穷人的孩子早当家》《浑身是胆雄赳赳》《祖国的好山河寸土不让》《共产党员时刻听从党召唤》《万泉河水清又清》等节目。望着脚沾泥土最远也只到过新池、蓼南两个公社集镇的甘岭和公塘的父老乡亲们，年少的我感动不已，丝毫不敢马虎。有次我突发奇想：县文工团送戏下乡，要是我们能去县里演出那该多好啊！

其实，机会正悄悄临近。在极不平凡的1976年的暑假中的一个月里，为了迎接星子县全县中学生国庆文艺会演，学校让我和其他队员排演《智取威虎山》中从第三场开始的杨子荣、少剑波的主要唱段等，辅导老师是满腹诗书当地闻名的老戏师周中铎老师，他是新池公社东光大队小学毕业班五年级语文老师兼班主任。有次在他班上的表哥阳哥，曾给我看过《声律启蒙》《笠翁对韵》等小册子，说是周老师用复写纸抄写后发给班上同学，要他们熟读背诵。我保存完好的一本星子三都诗社编的《三都诗词》第二集（中国文联出版社2007年版），收录有周老师的一首七律、两首七绝，其中七绝《怀念先祖》第一首写道："春秋八十入长街，伫立怀思点将台。令出山摇影犹在，红云灿烂映裔侨。"周老师面容慈祥，眼睛炯炯有神，总是不厌其烦地手把手耐心启发我们。他还尝试着"旧瓶装新酒"，专门用新池、蓼南当地人称之为"老戏"的星子县西河戏唱腔，教我们演唱"誓把反动派一扫光"这一精彩唱段，说争取单独作为节目到时参加国庆会演。时至今日，我还能字正腔圆有板有眼地把这段唱下来。在那个破"四旧"、突出无产阶级政治和全民学唱样板戏的年代，这既是演出形式的创新，更是需要胆识、敢担风险之举。令人欣慰的是，改革开放后，沉寂多年的星子县西河戏重吐芬芳，在社会主义艺苑中绽放异彩，1988年星子县西河戏剧种被列入江西省非物质文化遗产名录，2011年被列入国家级非物质文化遗产名录，成为赣北地区一张靓丽的艺术名片。

  新池公社和新池中学领导非常重视即将到来的这次会演。学校食堂特意为我们排演人员每天免费供应无荤菜午餐——新米饭、米汤、锅巴加时鲜蔬菜。校长和带队老师不时勉励大家说："到时要一炮打响哈，为公社和学校争光！"屋外赤日炎炎、暑气熏人，教室里没有电扇，我们敞门开窗，紧张有序地练习着。休息间隙，周老师打着蒲扇，趁便抽抽旱烟或纸烟，用从岑家岭家里带来的毛巾边擦汗边说道："你们是初中生哟，有文化，先理解唱词意思，才能做到以声传情、用情带声，还要注意唱完后亮相时的动作和眼神，多学学广播里和电影里人家怎么个唱法。"我们点头称是，偶尔也议论着新学期开始后怎样去县城参加会演。有一天，老师兴奋地宣布：到时公社用汽车送我们去县里演出。闻此消息，从未坐过敞篷汽车的我们，喜出望外，我更企盼着能去看看新华书店、自来水、照相馆和爱莲池、古楼、落星墩等。演栾平的同学做着怪相笑道：盼星星，盼月亮，只盼着国庆节去街上。这个暑假中，在每天往返学校的乡间土路上，我望着远处巍峨苍翠的庐山和眼前一碧万顷的鄱阳湖，抒豪情、寄壮志，情不自禁地引吭高歌："山河壮丽，万千气象""从今后跟着救星共产党，管教山河换新装""党给我智慧给我胆，千难万险只等闲"……

开学几天后的1976年9月9日下午，广播里突然传来毛泽东主席逝世的噩耗。山河呜咽，举国同悲。原定的当年国庆期间星子全县中学生文艺会演取消了。1977年底，国家恢复高考，由各省市自治区命题，1978年7月7日全国高等学校统一招生考试进行。几乎在同时，学校要求我和班上的数名学习积极分子，自带垫絮、盖被和熟干菜住校，周六下午放学后回家，星期天回校晚自习，我们开始以前所未有的姿态积极备战高考。从此，我们的学习和生活正在发生着变化，学校宣传队也逐渐停止了活动。

1979年下半年，星子县整合全县高中，培养了两届高中毕业生的新池中学高中部被撤销。1984年人民公社改设乡镇、生产大队改为行政村、生产小队易名为村民小组，之后，新池中学与新池中心小学重新合并，名为新池九年义务制学校并沿用至今。2016年，星子县撤县设庐山市。"人事有代谢，往来成古今。"沧海桑田，家乡历史掀开了新的篇章。如今，庐山市城乡面貌尤其是交通、通信日新月异，人们的物质文化生活丰富多彩，社会繁荣稳定。

吴伯箫先生在《歌声》一文中说过："感人的歌声留给人的记忆是长远的。无论哪一首激动人心的歌，最初在哪里听过，哪里的情景就会深深地留在记忆里。"近年来，不时听到许多扣人心弦的经典旋律，目睹着家乡的发展变化，我又怀想起宣传队的宝贵时光，忘不了年少时那纯真美好、青春萌动和满怀憧憬的岁月。有些遗憾的是，由于当时条件有限，宣传队没有拍摄一张照片。诚然，那时的宣传队在演出内容和形式上难免会打上时代烙印，有它的局限性。但是，当时星子县和全国各地业余文艺宣传队一样，积极响应党中央、毛主席的号召，因陋就简、就地取材、灵活多样地宣传普及毛泽东思想和党的路线方针政策，弘扬主旋律，传播正能量，发挥了文艺"轻骑兵"作用，丰富了基层百姓尤其是农民群众的精神生活，有助于弘扬正气、净化风气、增强文化自信。而在学校宣传队的活动，则成为我最好的第二课堂，锻炼了我小时候在大庭广众场合下说话的胆量以及我参加工作后成为人民教师的必备口才，有助于我形成正确的世界观、人生观和价值观。在宣传队后期，由于怕耽误学习影响高考成绩，我曾一度想打退堂鼓，也希望换换"岗位"能进宣传队乐队吹笛子、拉二胡，但被婉言拒绝后，我继续在宣传队坚持下来并努力演好节目。参加工作以来，我也能初心不改，时刻听从党的召唤，默默奉献，始终坚守教师岗位四十年，甘做永不生锈的螺丝钉。"万化相寻绎，人生岂不劳。"只是昔日庐山脚下鄱阳湖畔翩翩少年的我，而今鬓染微霜，即将在岭南珠海退休。

感人的歌声，鼓舞我不懈奋进；难忘的宣传队生活，激励我稳步前行。

作者简介：李文辉，男，别名宝林，1963年出生，庐山市人。1983年8月分配在庐山秀峰的星子县委党校任教。1990年开始任教于九江市委党校、九江行政学院。1998年调到广东省珠海市工作，现为珠海市委党校、珠海行政学院副教授。

桃花源里故事多

陈再阳　陈修荣

桃花源，一处人间美景，精神家园；庐山垄，一块抗战热土，革命摇篮。

桃花源，旧称庐山垄，地处庐山西麓。从垄口处观口钱村一条沿溪羊肠小道蜿蜒而上九公里，直到垄尾督里钱村。两边山高林密，延伸至大山深处的汉阳峰下。

桃花源地处星子、九江两县的交界地带。庐山垄垄口一夫当关，万夫难开，背后又有大山腹地可供回旋。这里山高地远，有着优良的革命传统和群众基础，是闹革命、打游击的好地方。内战时期，红军赤卫队在这里留下了两次"星子暴动"的不朽功绩；抗战时期，抗日游击队在这里开展了"营救美国飞行员"的惊险传奇。

内战时期，中共地方党组织在庐山垄开辟革命根据地，发动星九两县交界处的农民运动。

据黄石子（解放后在武汉工作）回忆，1927年一名九江县中共党员（林修杰事迹资料说为淦克鹤）在星子被捕。农历九月左右，中共赣北特委书记林修杰（四川人）在下阮家牌（误说下畈李）李中福家召开星子、九江两县干部会议，决定进行武装劫狱。参会人员有九江县马楚区委书记徐上达等5人，携带3条枪，星子县委书记卢英瑰、欧阳春、黄石子、干剑、黄益毅等。10月3日（一说14日）夜，在林修杰指挥下，徐上达率领马楚区8名（一说30人）农民自卫队员，汇合星子县百余人（一说300人）

武装农民，从下阮家牌出发，经过毛家垅、张家畈、艾家洲，从小西门城墙缺口爬进县城，打开监狱牢门救出被捕同志，放枪高呼"中国共产党万岁！"。反动县长周蔚绶逃往九江求救。次日，暴动队伍撤出县城，退往马回岭沈家港，在星子县庐山垄、九江县岷山地区，组建赣北游击队，开辟革命根据地。党史评价这次星子农民武装暴动："赣北暴动"是"江西的初试"，"党在江西所领导的斗争的第一次"。比1927年12月10日方志敏、黄道、邵式平等人领导的赣东北"弋横暴动"早。

1929年8月中旬，中共九江中心县委在庐山垄帅家村召开九江、星子、德安三县党组织和赣北红军游击大队负责人会议，副指导员曾先鹏主持会议，决定再次攻打星子县城。党组织派钱兹兰等人去湖北阳新联系红军游击队，派来100余人。8月19日夜，赣北红军游击大队特派员袁亚华和星子游击队中队长、星子区委书记胡明虎率领300余名（一说1000人）的队伍，从隘口周家畈出发，分五路进攻星子县五座城门，赶跑了反动县长黄启鹏。起义队伍占领县城17天，后在国民党第十八师五十四旅、五十二旅的"围剿"下，退往庐山垄，两次北上阳新。星子"二次暴动"，极大地打击了反动派的嚣张气焰，壮大了红军力量，鼓舞了革命斗志。

庐山垄这片红色热土竟然和一支光荣部队有着深厚的渊源。1930年4月15日《中共军委工作计划大纲》有"第八军：应从速成立为军，将赣北红军编入"内容，要求将第五军第五纵队以及九江、德安一带游击队集中编成红八军（6月在阳新成立）。8月星子游击队100余人和赣北红军游击大队编为红八军第五纵队。10月，四、五纵队合编成立红十五军，五纵队改为红十五军第三团。1931年红一军和红十五军合编为红四方面军第四军，红十五军第三团改为红四军十一师三十二团。1933年扩编为红四军第十二师。

1930年11月，星子县500多名游击队、赤卫队员二次北上阳新，改编为红三军第七、八团。不久红八团扩充为第三师。

据军史记载，两次北上湖北阳新加入红军的星子暴动游击队，编为红八军第五纵队和独立第三师第七、八两团。抗日战争时属八路军一二九师独立旅第二团，首任团长陈锡联。这支部队创造了奇袭阳明堡、上甘岭战役的英雄事迹。这支部队发展成后来的解放军第十二集团军摩步第三十六师摩步第一〇六团，是著名的"红军团""百将团"。2017年"军改"后，番号互换，改为一〇二团。现转隶第七十一集团军特战旅，军部驻江苏徐州，旅部驻徐州新沂市。

这支光荣的部队涌现了124位共和国将军。星子县的代表人物有胡明虎（横塘正悟山人）、龚谦（蓼花仕林人）。本地地方史专家景玉川、党史专家罗环还挖掘出龚炳章这一人物。他是星子县苏家垱乡龚家咀人，曾担任红四方面军三十一军参谋长，长征途中牺牲在四川苍溪县三磊石。洪学智当时是他的部下，任团政治处主任。1949年5月24日，解放星子县的就是第四野战军一二九师三八六团。

1980年春，隘口公社书记熊才水带领庐山垄人民在督里钱村后原红军操场修建水电站（设计水头达60米）。为纪念这段光辉历史，特地命名为"红军电站"。

1986年5月29日，时任中纪委常委、中顾委委员、全国政协常委的曹瑛同志偕夫人重访庐山垄故地。老人1928年夏天担任中共赣北特委委员、南浔铁路总工会干事，在星九两县交界处领导农民运动，战斗在这块鲜血浸染的土地。曹瑛向在场的村民回忆：当年他率领红军赤卫队到观口钱村大地主钱沆、钱浚家中"打土豪"。钱氏兄弟表面客气地摆酒席招待他们，背地里却派人跑出村报信。当曹瑛他们正坐上席吃饭时，村外放哨的红军和赶来"围剿"的白匪（靖卫团）交上火。曹瑛听到村外枪响，马上起身撤离。身后一阵枪响，敌人一颗子弹击中了他的腰部。当时他腰部缠绑着装银圆的袋子，一块银圆抵挡住了子弹，救了曹瑛一命。听到这，曹瑛的夫人热泪盈眶，村民们都不胜唏嘘。老区人民为此在观口钱村的进垄路口立碑，纪念这段往事。(据《星子人民革命史》记载，1934年赣北工委书记刘为泗带领星子付义金等30余人，到庐山垄强迫大地主钱沆借款900银洋，手枪一支）。

1938年8月，抗战烽火燃烧在庐山周围。中国军队沿山南"德星公路"东牯岭、隘口街步步阻敌，沿山北"南浔铁路"金官桥、万家岭层层围堵。

8月11日，江西省游击副总指挥杨遇春将军带领庐山管理局及警察局等人员从庐山垄上山，统帅两个保安团固守庐山。与此同时，山上牯岭3万多难民（其中就有著名人士陈隆恪）在一星期内经庐山垄下撤疏散。

8月下旬，年仅28岁，时任江西省保安处少将副处长的蒋经国从庐山垄秘密登山，慰问庐山守军。31日，蒋经国率领保安团将士在大月山升旗明誓。庐山垄是当时仅剩的一条仍被我军控制的上山通道。

庐山沦陷后，日寇烧杀掳掠，人民奋起抗争。观口钱村民钱浚在庐山垄组织抗日游击大队。他们依托庐山地利，不断袭扰马回岭日军据点，阻击日军进山"围剿"，以成功营救7名美国援华抗战飞行员闻名于世。

1944年8月17日，美国14航空队一架B-24型409号重型轰炸机在轰炸九江日军补给线时被敌高射炮击中。机上8名飞行员在南浔铁路沙河黄老门之间1500米空中跳伞。飞行员卡尔卡士特降落在铁路线以西，生死不明。飞行员白特纳尔、艾尔惠特、开文林、特尔克普、威洛克、康姆士、纳莱士其7人降落在九星毗连的蓝桥乡。庐山抗日游击大队二中队中队长孔繁德闻讯率队赶来，迅速将美国飞行员营救到附近的老虎山。

为防日军上山搜捕，19日晚，游击大队副大队长唐明球率队掩护7名飞行员，从马耳峰、半山康家转移至庐山垄督里钱村。

流亡都昌的星子县长张国猷将军闻报，指示游击队将美国飞行员转移去国统区。26日晚，钱浚、唐明球、钱习珍、余远朋等130余名游击队护送7名飞行员和翻译陈汉文夫妇动身。从督里钱上大筲箕洼，绕汉阳峰下至七个尖，经神灵湖偷渡鄱阳湖。29日到达驻都昌杨家山的星子县政府办事处（流亡县政府）。

9月1日，张县长派陈英烈（1945年9月30日在任星子县第三区区长）率"保警队"30人武装护送飞行员。5日安全送至乐平"鄱湖司令部"。7名飞行员一路辗转，14日到达赣州。后飞桂林、昆明。

历时28天的惊险营救，中国军民付出了惨重的代价。1944年11月8日《江西民国日报》刊发《九江我游击队营救盟友脱险》一文有"壮烈牺牲者70余人"的记载。

当年被庐山垄人民营救的飞机投弹手开文林（全名Ted Kaveney，译作泰德·凯文尼），于1988年9月、1990年10月、1991年2月，在古稀之年三访九江，寻找当年的救命恩人及后代。

当前，庐山市正在全力打造"桃花源"景区。在宣传庐山垄自然人文优势，大力发展文化旅游的同时，温泉镇注重挖掘当地丰厚的红色基因，开发红色旅游资源，倾力塑造庐山旅游新名片。

走向斜川

余玉林

喜欢跋山涉水，非一日两日、一年两年，家门口的这座父亲山，这条母亲河，时常让我想去亲近。早些年日子过得不宽裕，走向这一山一湖的契机，大多是与生活有关，都是些很苦、很累的记忆。慢慢地，随着生活水平的提高和闲暇时间的增多，当我们再一次走进这片天地时，我更多地像是在寻找。

我这个人，从小就有些另类，喜欢在寒冷的季节里，跑到大风口上去吹风；喜欢在炎天酷暑的烈日下，光着头打着赤脚站到晒红了的青石板上去较劲；喜欢在大热天的晚上，躲到蚊帐里点着一盏煤油灯看书。是户外培养了我坚韧而果敢的性格，是户外成就了我吃苦耐劳的精神，是户外教会了我许多从书本上无法学到的知识。

我是一个土生土长的星子人，老家就住在县城北面的一个小村子里。由于本身的区域环境独特——依庐山，临鄱湖，望长江，在我童年的记忆里，这里几乎全是些山与水的影子——抓鱼、掏鸟窝、采野生蘑菇，摘野果子、砍柴。那个时候的我们，不懂得什么叫户外，那个时候的世界，也不像现在这般，到处都是用钢筋水泥浇铸起来的高楼大厦，脚一踏出门外，就是户外。我家背后的那座大岭山，一年之中我起码要上去好几十次呢——摘栀子花、采毛栗子、捡松树球、放牛、玩抓特务之类的游戏。

记得小时候我最喜欢的劳动，是一周一次的庐山砍柴。砍柴原本是一件很苦很累的事情，古人也云：天下四苦，渔、樵、耕、读。而且还充满着危险，记得有一次，我一个人带着刀和绳索，在攀爬广佛庵后的那座山崖时，我的手不小心被竹签刺穿，露在手背上的一截，足有近一寸长。当我把手从竹签上拔出来的时候，血流如注，其疼痛不可言状，以至于恢复它，都经过了很长的一段时间。

说到户外，在庐山，在山南，我算是出道比较早的一位吧！早些年玩得比较疯，近几年就要理性很多。但由于骨子里的山水情结太重，时常地，我还是比较喜欢去玩心跳加速，玩刻骨铭心。

户外，广义上说，是指室外露天处，泛指露天场所，回归自然。其内涵则是登山、探险、露营、穿越等。

在庐山，在山南，虽说2000年以前也有一些人在走，但那还算不上是真正意义上的户外活动。真正意义上的户外活动，应该是始于2002年吧！利用节假日，三五人，十几人，频繁相约，行走在庐山熟悉和不熟悉的山路上。走野路，走无路的路，看不一样的风景。我们现在所走的庐山户外线路，大多是那个时候走出来的。

那个时候的户外没有现在这般复杂，便是有了庐山斜川户外运动协会这一组织之后，也还是一样。一群简单的人，共同拥有一些简单的想法。走自己的路，走出世俗，从一次又一次户外活动中去寻找我们健康与快乐的真谛。

那个时候的我们，没有装备，穿的是穿旧了的衣服和鞋子，背的是小时候用过的书包，甚至就是一个塑料袋子，里面装着几个馒头、一包榨菜和一瓶水。一出去就是一整天，与砍柴人、采摘石耳人、抓石鸡的人无异。

刀是每次必带的，偶尔也会带上绳索和一些辅助登山工具。绳索是我们用捡来的羽绒布条自制的。遇上熟人了，还总是要想办法回避自己是去爬山的事实，怕别人骂，怕别人说你是吃饱了撑着。没有网络，没有数码。能够带上一部老式相机拍上几张照片冲洗出来留作纪念，那就已经是一件很奢侈的事情了，舍不得花钱。

2003年、2004年有些改变，跟的人也不再只是局限在某一个小圈子里。从当初的夫妻一方加入而遭到另一方的极力反对，到一对对的"夫妻驴"的出现,甚至是全家出动。户外的理念也在慢慢地被一些人所接受。户外的装备也在稍稍地发生着一些改变,开始有人背双肩包、穿登山鞋、着登山服了。户外的方式也逐渐地开始多样化了,有岩降、瀑降、探洞、骑自行车、游泳、帐篷露营等。户外的地点也不再只是局限于庐山。再加上数码、网络的推动,与外面世界距离的拉近,这让我们看到了户外活动蓬勃的生机。

户外活动,在庐山,在山南,2006—2007年达到巅峰。理性的和非理性的,一发帖,无论山南、山北,无论星子、九江,无论本地、外地,少则几十,多则一百四五十,大多是新人。走休闲腐败线路倒没有什么,自虐线路,可想而知。

回想起那时的我们,也真敢带,回想起那时的他们,也真能走。迷路、摔跤、淋雨,天黑之前走不出大山,这是常有的事。其中就有一些人是跟过一回、走过一次了,就再也不见他们在户外的身影。这是明智的。而不明智的却会痴迷地说,这是买都买不来的人生经历。想想也是,这该是"疯子"们说的话了,户外就有很多这样的例子,以至于有些户外朋友在建群时,就干脆取名"疯子群"。

爱好对于每一位朋友来说,或许都能作出一个合理的解读,也许正是因为有了这样一种解读,慢慢地,我的身后便跟进了一大批爱好跋山涉水的人,这便是后来庐山斜川户外运动组织形成的基础,想成为一个有组织的户外人,是当时许多爱好户外运动朋友的心愿。庐山斜川户外运动俱乐部应时而生。

斜川本是一个地名,它就位于庐山秀峰黄岩瀑布水和庐山栖贤三峡涧水流经"西畴"后入鄱阳湖的交汇处。那里是昔日陶渊明在上京里的故乡。"庐山斜川户外"一词中的"斜川",也正是源于陶渊明因斜川故居失火,搬迁到栗里陶村居住后的一个正月初五日,他和几位乡邻一起回故乡一游时所写下的那一篇《游斜川并序》中的地名斜川。以我们户外人的理解，正好可以把"斜川"一词拆开，寓意"斜"即为山，"川"就是水，并暗合仁者乐山，智者乐水之意。

在庐山，在山南，2003年我们就已经开始构思成立户外运动俱乐部，2004年9月申报，2005年1月1日在星子县民政局社团股成功注册登记。想不起来当时要成立这个俱乐部的动机和目的，模糊中记得是看到一则报道，说单阿尔匹斯山下登山俱乐部就有数千家。不过，话说回来，我们成立俱乐部一开始的理念是对的——非营利、AA、环保、公益。这就是生命力，生命力让许多认识和不认识的朋友，源源不断地聚集到庐山斜川户外的旗帜下，体验着一段不可或缺的人生精彩。

2004—2005年上半年，我们组织活动是在域名51763（寓意：我要去庐山）的庐山风光网上开展的。这就改变了之前的，我们只是借助手机联系、约定集中地点、没有回放的原始爬山事实。2005年6月，我们创建了网站——庐山山南网。我还清楚地记得，当时我和光怪陆驴、醉石三人，晚上就在光怪陆驴的办公室里，一起商量版块设置的情形。2006年5月，我们更换了域名www.lushan123.com（庐山斜川网），创建了真正属于我们自己的网站。自此庐山斜川户外活动便一发不可收拾，活动一天，快乐一周便成常态。每周周日到周三，基本上都是陶醉在行色风情驴行回放主题帖中。一到周四了，驴友们的目光又都转向了相约同行，期盼着又一次的精彩驴行的到来。网站日点击量有时候高达几千乃至上万次。百度庐山斜川网，斜川户外主题帖铺天盖地，这也让早期的庐山斜川户外中的许多驴友，成为庐山山南乃至全国的户外名人。

庐山斜川户外，最初是以星子县斜川户外运动俱乐部注册登记的。2010年5月更名为星子县户外运动协会。2016年5月又随星子撤县，庐山建市大一统而更名为庐山市户外运动协会。而庐山斜川户外运动俱乐部，后来则以庐山市户外运动协会的主体身份，成为庐山市户外运动协会中的核心团队。

庐山斜川户外，是一个以运动、健康、快乐、成长为目标，以团队、AA、环保、公益为理念的纯户外非营利性质的社会组织。从历年来斜川户外所组织开展的诸多活动在社会公众中的反响看，这是一个极富生命力的朝气蓬勃的群体，在弘扬正能量，组织开展公益、爱心、户外救援活动，推动庐山市以及周边全民健身运动的开展，引领庐山市户外运动朝着安全、环保、健康、有序的理性轨道前行方面，都作出了不可磨灭的贡献。目前，庐山斜川户外视户外活动的相对休闲和自虐，分为周六、周日两小队。足迹也从最初的庐山、鄱阳湖，走向了珠峰大本营、雀儿山、四姑娘三峰、狼塔等国内顶级户外线路。方式也从最初的单纯徒步、攀爬到现在的帐篷远足、溪降、户外拓展。还培养出了国家级社会体育指导员2人、省级3人、市级6人、县级11人，为庐山市户外运动的蓬勃发展储备了人才。星子撤县，庐山建市，这对庐山户外人来说是一个契机。同时也给庐山市户外运动协会注入了更加丰富的内涵。

风风雨雨，不想庐山斜川户外从创办至今竟已走过了十九个年头。太多的记忆，太多的精彩与开心，自从举起"庐山斜川户外"这面大旗，我就一直没有停止过对"斜川"的思考。心有所系，情有所托。庐山斜川户外已成为我生命和生活中不可或缺的一部分。

成就于匡山、蠡水的养育与恩赐，成就于社会的进步与发展，成就于国家的繁荣与富强，让我们从一次又一次的跋山涉水中提炼出了一种精神——斜川户外精神：团队、环保、爱心、非营利。这是一种无形的力量，这是一份无言的感召，这更是一份能够让人感知得到的爱，这也是我们建立庐山斜川户外运动俱乐部的初衷。也正是因为有了这份初衷，庐山斜川户外才会让更多熟知与不知的朋友认同，并融入这个圈子，来跟上我们前行的脚步。

不再展开了，翻看着一张张我所收藏的户外照片和一次次的驴行记录，只有感慨。感叹这岁月的年轮，像风，吹白了我们的发；像阳光，晒黑了我们的肤；像刀子，将皱纹刻上了我们的额头。看早期的我们户外的照片，比对着，我们的变化真的都很大。自然规律，斗转星移、沧海桑田，这都很正常吧！驴友们，我们千万别难过，没有户外经历的人，也在和我们一起变老，可我们优于他们的是：更强的生命力和一颗永远不老的心。

山南杂忆

游亚军

庐山，有峡谷，有奇峰，有异石，有丛林，加上浮云流雾，使得南面观山，可谓挪步间乾坤各异，抬眼处风景不同。特别是山南一带，多彩绚烂的山，与季节变换的鄱阳湖相遇。如梦如画如诗的湖光山色，轻易地俘获生于斯、长于斯的人，成为记忆的底色，让人看山不是山，看水不是水。

寻石记

依稀记得二十年前，深秋里的一天清晨，祖父与我，从家中徒步走去三十里外的南门湖，寻找浑然天成、质地坚硬的磨刀石。

我们村坐落在庐山山南的温泉镇钱湖村，每当天气晴好，可以远眺归宗上方的金轮峰，也可隐约望到星子县城。祖父那时七十多岁，身体仍然硬朗。不多时，我们已从村里的山垄，走到了鄱阳湖边。深秋时节的鄱阳湖已经枯水，湖内外碧草油油，蓼子花点缀其间，湖泊化装成草原，中间有一道车轮轧出的路。天高云阔下，似乎独有北面雄峙的庐山在撑着穹庐。

行至杨五庙，祖父手指岸边，说这里便是1938年打掉近千日军的战场。我四下环顾，芭茅与芦花随风摇曳，两只白鹭扑棱着翅膀飞向远处。一路上，祖父时断时续讲述着他儿时的所见所闻。不觉间，县城已近在咫尺。十几里的路程，终于走出了如北斗七星长柄状的钱湖村。他有点疑惑，为何偌大钱湖并无一户钱姓人家，却叫这个名字，怪了。直到好些年以后，我才知道，南宋时有诗人名叫钱闻诗，曾任南康知军，写过许多寄情山水的诗作，卒后长眠于此，钱湖因此得名。

我们走的方向，岸上也有一条黄泥路，坑坑洼洼的，蜿蜒在山丘与沟壑之间。现如今，祖父故去已几年，这里成了铺设沥青的公路，沿湖另建了七夕公园，暮夜时分灯火通明，垂钓、健身、嬉戏的人往来不绝。由昔日人迹罕至，到今日熙熙攘攘，真有恍如隔世之感。

彼时，我们要找的磨刀石，就散落在南门东北方的湖畔。县城沿湖尚无路可走，要去南门，只得横穿县城。等走到目的地，已是中午时分。南门也是紫阳故堤所在地，明清两朝，为南康府的埠头。当然，那时已不见往日的繁华。只剩约莫两三百米长圮缺的青砖故堤，静悄悄地横在荒草与乱石上。磨刀石大概是地质运动的附属品，祖父对于挑选自然的礼物熟稔于心。顷刻间，三块大小适中、立面似刀斫斧砍的红岩便已捡好。

因为质地紧密，印象中的磨刀石格外沉重，我们就近找了路边的餐馆吃饭。午饭间隙，祖父与年长的老板攀谈，用着和缓平静的语调，三言两语就找到了彼此都熟悉的人与村落。他们的谈话中，乡镇叫作都，一都二都三都，像两个多年的老友相逢。

就是这段再平常不过的经历，却与庐山山南的山水融为一体，刻进了我记忆的深处，若干年后，当我看到电影《土地与尘埃》里，祖孙俩在茫茫戈壁中行走的场景，有一种说不出的亲切，老人达斯塔戈与杂货店主交谈的情节，让我内心仿佛受了重重的一击。

沙岭记

小时候，每逢暑假我常到沙岭上采集蔓荆子，晒干后卖给药贩子赚取零花钱。姐姐、表妹和我三人住在外公家，天一亮就开始分散在茫茫的沙漠中。因为村民也多采蔓荆子以贴补家用，附近的蔓荆子都被采掉了，所以只能越走越远，进入沙岭的腹地。那个时候的沙岭，是真真切切的沙漠。除了耐旱的蔓荆，黄沙之中别无他物。

最初，在毒辣的阳光烘烤下，我像被拍扁的大蒜一样无精打采。东薅一下，西捋一把，拖着袋子在漫天黄沙中踽踽而行。虽则赚的零花钱是自己的，但依旧把这视为渡劫般的苦差，清晨出门总要强打十二分精神。

然而，不久我就慢慢摸清了门道。劳动的同时，知道何处沙谷有甘甜的泉水，知道如何依凭远处的庐山辨方向，也知道哪里的背阴处最凉爽。特别是临湖的一座人去楼空的型砂厂，成了我一个人哆哆嗦嗦"探险"的胜地。而在沙滩上拾贝壳、筑沙堡更是不在话下。

沙岭的正对面便是都昌老爷庙，水面并不十分宽阔。是船只往来的必经之地。从岸上看去，船只或大或小，行走在一片波光粼粼之上，转头北望便是远处高耸入云的巍巍匡庐，这样的美景给少年的我极大的震撼。特别是阳光照耀下的湖面，光线跳跃闪动，似银蛇舞动，煞是好看。那时我常盯着比万花筒还好看的水面出神，甚至一度偏执地想，假如世上真有水神，那守护这地方的一定是得道的银蛇。很多年后，读到沈括的《梦溪笔谈》，看到内中有一则记述说：

"彭蠡小龙，显异至多，人人能道之，一事最著。熙宁中，王师南征，有军仗数十船，泛江而南。自离真州，即有一小蛇登船。船师识之，曰：'此彭蠡小龙也，当是来护军仗耳。'主典者以洁器荐之，蛇伏其中。船乘便风，日桎数百里，未尝有波涛之恐。不日至洞庭，蛇乃附一商人船回南康。"

那段少年时期的幻想一下子清晰起来，会心一笑，以为这个神话的创作者，大概也是为银蛇舞动的波光所启发吧。

因为玩心太重，我所采集的蔓荆子重量远远赶不上其他两个姊妹，她们一天往返数趟，把满满当当的战果扛回家，我则日中日落时，各提溜着大半袋回家。往往一个暑假结算下来，卖的钱不到她们的一半。然而另一方面，我却收获了一些别的什么。当我们谈起小时候采蔓荆子的事，她们似乎只记得太苦太热。

前阵子沙岭打卡在网络上风靡一时。国庆长假期间，我想带着孩子再去看看，没想到公路上堵得水泄不通，于是绕道当年采蔓荆子的路去湖边，然而到处都是柴草，路途十分难走。

好不容易跋涉到湖边，发现缓坡变成了陡崖。正在惋惜之际，发现孩子已经自顾自在玩残留的小沙坡，快活得手舞足蹈、乐不可支，像极了当年忘我的自己。

骑行记

105国道到庐山这段，便是依山形而建。升初二的那个夏季，一天，我和姐姐从县城各买一辆凤凰牌自行车骑回家，走的就是老105国道。平日坐汽车，并不觉得路途曲折，骑起车来，就能深切地感受到这条公路的曲折迂回、弯弯绕绕了。

国道两旁栽的树木，高大而茂密，因为道路狭窄，树木在空中你中有我、我中有你地交织在一起。阳光透下来，中间的一道光亮显得特别刺眼。因这缘故，虽则是夏日骑车也并不觉得炎热。但毕竟准备不足，我与姐姐骑车骑得汗如雨下时，才猛然发现并没有带水壶出门。行过秀峰脚下的张家湾，我们实在支撑不住了。我就近找了户人家，唤了一声，并没有人答话。走近才发现一位大叔在灶下忙碌。

说明来意后，大叔非常热情，三步并作两步急忙去倒水。却发现水壶空空如也，他边道歉边给我们接井水预备烧。嗓子已冒烟的我们，忙说井水就好了。也顾不得讲究礼节，接过水瓢就压井水喝，咕咚咕咚几瓢下肚，人顿时就舒缓过来了。接下来，便是怪异的场景，一边是连连称谢的我们，一般是显得手足无措的憨厚大叔。

过了秀峰，就是坡度极陡的观音崖，骑车往往要停下来推着走。从路旁仰头看山，可以看见湍急的庐山瀑布和马尾瀑布。一路上，我们走走停停，你一句我一句地聊起刚才的大叔。那年月，农村能放下身段，下厨做饭的男人并不多见，且从刚才他接水烧的急切中，我们断定他一定是个古道热肠的好人。

翻过观音崖，一直到归宗，都是平路和下坡路，也是我们骑行途中最贴近庐山的一段。碧空如洗，金鸡峰到金轮峰之间，延绵不断的山峦显得分外沉静和厚重。与隽美多姿的秀峰诸峰景致有所不同。补充完水分的我们，觉得身上暑气已散，脚步也轻快了许多。

读高中时，我一位室友的父亲来看他，我一眼就认出了他父亲是那位大叔。然而大叔却始终不记得有这回事，搓着手，一脸的茫然。

如今，我与这位室友已相知相识十几年，过年时偶尔互相串门。他家早已另起新房，一层的平房老宅在路边众多楼房中十分惹眼，每次路过，即使明知道里面没有住人，我总忍不住多看两眼。

庐山山南，就是存在这样多变的山水，这样可爱的人物。

作者简介：游亚军，男，1989年12月出生，庐山市温泉镇人，大学文化，现供职于九江市人力资源和社会保障局。

三对名人伉俪：爱的音符烙在庐山之巅

李国强

庐山，爱情名山。

1980年，电影《庐山恋》上映，引起轰动。银幕上男女主角"蜻蜓点水"般的一个亲吻，被赞为中国改革开放"第一吻"。如今，38年过去了，《庐山恋》天天在庐山放映，上映时间之长，创世界吉尼斯纪录，庐山电影院也因此改名庐山恋影院。

其实，电影《庐山恋》只不过是庐山浪漫爱情云海中的一朵彩云而已。庐山是一方情山圣水，特别是成为民国夏都以来，这里演绎过无数俊男靓女相识相知相恋，或新婚蜜月的传奇故事。

一、蒋光慈与宋若瑜庐山生死恋

蒋光慈原名蒋如恒，又名蒋光赤，号侠僧，安徽金寨人，是20世纪二三十年代著名进步作家，也是知名的爱国学生运动领袖。河南姑娘宋若瑜，还在省立第一师范学习期间，就深受五四运动影响，积极参加爱国学生运动，阅读进步书刊。她从《新青年》等杂志上读过不少蒋光慈的文章，深为敬佩，渐渐产生了爱慕之情。

1920年1月，宋若瑜主动致信蒋光慈："侠僧友：请原谅一个陌生女子的冒昧，文如其人，文如其心，你是一个志向高远而又脚踏实地的有为青年，如是蒙不弃，请带上我一同殉真理之路吧……"

信的末尾署名："你的陌生而又熟悉的青年学会会员宋若瑜。"

蒋光慈接到荣若瑜的来信后，十分高兴自己多了一位"蒋粉"，便从芜湖来到上海，通过友人曹靖华了解宋若瑜，随后两人开始通信。5月，蒋光慈与曹靖华一起进入共产国际远东局在上海办的"外国语学社"，学习俄语，不久即去苏联留学。在苏期间，蒋光慈与宋若瑜鸿雁传书，恋情急剧升温。

1926年暑假，蒋光慈回到北京，宋若瑜从开封来到北京与蒋光慈相会。短短几天，两人沉醉于缠绵缱绻的爱河之中，很快订下婚事。

随后，蒋光慈去上海任上海大学教授，并帮助荣若瑜联系到南京大学教育系学习。入学不久，宋若瑜查出患肺结核，于是寒假期间回开封家中过年，3月转到上海一家美术学院听课，一边治病，一边作画。

7月，蒋光慈与宋若瑜在上海结婚。婚后一个月，宋若瑜肺病复发，蒋光慈陪着宋若瑜在上海积极就医，然而治疗效果不佳，找了几家医院都不愿接收。一位主治大夫说，宋若瑜的肺病已经到了第三期，以上海现有治疗水平已经无能为力了，建议去江西庐山治疗，那里的气候也很适宜肺结核病人疗养。

医生的话使蒋光慈看到了希望，他星夜兼程地护送宋若瑜赶往庐山。8月初，经过四天的航行，船抵达九江，再改乘轿子，从莲花洞上山，入住牯岭辅仁医院。医院内科病房管理严格，病人家属只有每周日方可探视。蒋光瑜心切情急，但帮不上忙；宋若瑜希望蒋光慈陪护，但又担心时间长了影响蒋光慈的工作与写作，一周后，便忍痛要蒋光慈回上海，她继续留在牯岭治疗。

蒋光慈下山后，宋若瑜一日三秋，对蒋光慈入骨相思。即便如此，她还是积极配合治疗，一个月后病情有所好转。此时，中秋佳节临近，8月29日，宋若瑜致信蒋光慈，告知病情治疗情况，同时不听医生劝告，也不等蒋光慈回音，便决定回上海与蒋光慈共度花好月圆。

节后，蒋光慈陪同宋若瑜重返庐山，继续治疗。也许与旅途劳累有关，宋若瑜再度入院后，病情出现逆转，高烧不退，在牯岭医院传染病房隔离。经医院多方抢救无效，不幸于11月6日去世，芳龄23岁。随后入葬庐山土坝岭公墓。

宋若瑜的逝世，让蒋光慈悲痛哀伤，肝肠寸断，几次在土坝岭亡妻墓前痛哭。

魂兮归来，我的爱人！

魂兮归来，我的若瑜！

凄惨的泣诉，吐尽了生者的悲伤，慰藉了逝者的亡灵。这对新人从相见到结婚，前后不足一年，他们用青春谱写了一曲生死相恋的爱情之歌！

蒋光慈与宋若瑜一见钟情，一生钟情。他1926年写的8篇短篇小说，都与宋若瑜有关，回到上海后，他将这些小说汇编成书，并在集子的扉页上标明"本书纪念亡妻若瑜"。在宋若瑜逝世的当月，蒋光还将两人几十封书信整理出来，并作序以《牯岭遗恨》为名，由上海亚东图书馆出版。

在宋若瑜逝世两周年忌日，即1928年11月6日，蒋光慈哀思如涌，挥毫写下血泪之作《牯岭遗恨》：

  在云雾迷蒙的庐山的高峰，
  有一座静寂的孤坟，
  那里永世地躺着我的她——
  我的不幸早死的爱人。

  遥隔着千里的云山，
  我的心是常环绕在她的墓前。
  牯岭的高——高入云天，
  我的恨啊——终古绵绵！

  若说人生是痛苦的，

为什么我此生也有过一番的遭遇？

若说人生是快乐的，

为什么她就这样短促地死去？

…………

这首长达80行的悼诗，是蒋光慈写给宋若瑜最后的绝唱，三年后，蒋光慈也魂归离恨天，时年仅30岁。这对生死爱恋的佳偶，两上庐山，还没来得及饱餐灿烂人生和庐山秀色，就结束了年轻的生命，能不遗恨千古？！

二、陈纳德与陈香梅庐山热恋

陈纳德是抗日战争中援华的美国空军飞虎队队长。陈纳德及其飞虎队在中国抗战中的杰出贡献赢得了中国军民的极大尊敬，陈纳德将军还俘获了一位中国少女的芳心，这位少女就是中央通讯社记者陈香梅。

情缘是这样开始的。

在中国抗日战争期间，宋美龄特别重视空军的建设，担任首任航空委员会秘书长的陈纳德经宋子文推荐给蒋介石和宋美龄，被国民政府聘为航校教官，后又任总教官、顾问。陈纳德是蒋宋麾下的一员爱将。

陈纳德1937年来华，1940年经美国总统罗斯福批准，组建了一支300人的志愿飞行大队，即飞虎队，并任队长。飞虎队搏击长空，在对日作战中屡建战功。陈纳德也在短短几年中，由空军中校晋升为少将。宋美龄则被誉为"飞虎队荣誉队长""中国空军之母"。

陈香梅第一次认识陈纳德，是1944年。当时只有19岁的她出身外交世家，父亲任过驻美领事、墨西哥公使。外祖父是廖仲恺的堂弟，廖承志的堂叔，做过驻日本、古巴公使。通过几次采访报道，她对飞虎队及陈纳德将军的了解逐步加深，对高大英武、智慧幽默的陈纳德将军萌生爱意。

那时记者不多，女记者更是凤毛麟角，活泼、秀雅的陈香梅特别抢眼，让陈纳德动了心。两人的交往，很快引起圈内的关注，渐渐地，宋美龄也有耳闻。

宋美龄对陈香梅的了解，则主要是在庐山，她促成陈纳德与陈香梅相恋也在庐山。

那是1946年的夏天，国民政府请25国驻华使节偕夫人和孩子在庐山避暑，分别入住27栋别墅，陈香梅是这次活动的随行记者。宋美龄作为第一夫人，充分显示了卓越的外交才能和东方女性特有的魅力，她带领夫人们游览景点，参观儿童乐园，逛牯岭街，举办冷餐会、座谈会等，在这些活动中陈香梅都全程参与。陈香梅的青春亮丽、敬业精神和交际能力，给宋美龄留下良好印象。消夏活动行将结束之际，宋美龄成人之美，做起了红娘，特意电示在上海的陈纳德来山"晤谈工作"。

一年前，陈纳德在抗战胜利后返回美国时，曾受到陈香梅和中国军民的热烈欢送。陈香梅与陈纳德难分难舍，陈纳德对陈香梅说："我会回来的！"这句话一直回荡在陈香梅耳畔，但陈纳德毕竟是有家室的美国人，最终结局如何，她心中无数。陈纳德回美国后即复员，不久便来到上海就任国民党行政院善后救济总署空运大队大队长，并兼任航校总教官。接到宋美龄电报后，他即刻动身赶来庐山。

当时，陈香梅住在牯岭胡金芳旅舍，当陈纳德敲开陈香梅的房门时，陈香梅又惊又喜。陈纳德告诉陈香梅，我不仅回来了，而且在美国与妻子办理了离婚手续，安顿好了子女，我们可以倾心相爱了。这让陈香梅喜极而泣。

佳山佳水佳人，相知相悦相恋。在接下来的几天里，他们情意缠绵，形影不离，尽情享受童话般的爱情生活。他们首先步入美庐，拜会宋美龄；而后饱餐匡庐秀色，仙人洞里，含鄱口上，月照松林下，乌龙潭畔，众多著名景点都留下了这对中美忘年恋的浪漫身影。

有情人终成眷属。在宋美龄牵线的庐山相会一年后，陈纳德与陈香梅在上海举行婚礼。

陈纳德用截获的日本军刀切开蛋糕，供来宾分享。新婚夫妻手挽手走过道贺人群，接受人们的祝贺。当年，新郎53岁，新娘21岁。

这是一场跨越国界、跨越年龄的爱情，是中美并肩抗日的历史见证，也是二战后一段经典的婚恋记忆。

陈香梅不愧是女中豪杰。她引领潮流，与陈纳德琴瑟和鸣，携手走过12年风雨人生路。1958年，在陈纳德逝世后，她独自撑起一个家，抚育儿女，并在晚年跻身美国政界高层。往来于中美和海峡两岸，为两岸一家、中美友好奔走，受到广泛赞誉。2018年3月30日，陈香梅以93岁高龄去世。

三、孙道临与王文娟蜜月庐山行

庐山是著名电影演员孙道临和越剧皇后王文娟的蜜月之地。

孙道临和王文娟是一对两情相悦、德艺双馨的伉俪。两人相恋时，都是为艺术而迟迟未婚的"大龄青年"，双双生活在文艺圈，都没有绯闻。也正因为如此，就使他们的相恋带有几分传奇色彩，格外引人关注。

孙道临1921年12月18日出生于北京，与文艺界黄宗江是小学和燕京大学的同学。20世纪50年代末的一天，孙道临找到黄宗江、黄宗英兄妹，开门见山地说："我想结婚了，请你们帮忙找个对象。""钻石王老五"终于想成家了，黄宗江顿时为老同学、大帅哥的"觉悟"喜出望外，他和黄宗英立马骑上自行车，到"关系户"中活动。回来对孙道临说："都嫁出去了。"三人坐下来掐指细算，黄宗江忽然想到上海越剧院的王文娟尚待字闺中。

说到王文娟，孙道临心头一亮。早前他看过王文娟演出的《西厢记》，对王文娟清新脱俗、精湛的演技赞赏不已，只是以孙道临的拘谨、没有贸然地直接表白过自己的心迹。而王文娟比孙道临小5岁，生于越剧之乡浙江嵊县，她一心扑在艺术上，在个人问题上与孙道临有着惊人的相似，也是超常"迟钝"的人。

心有灵犀一点通。孙道临点头，黄宗江连忙找到王文娟的舞台搭档，也是黄宗江兄妹的朋友徐玉兰，请她加盟红娘队伍。红娘们的活动使孙道临与王文娟的爱情之舟终于启航了。

很快，孙道临与王文娟恋爱的消息先在文艺圈后在社会上传开了。消息传到北京，邓颖超大姐和周恩来总理也知道了，都极为高兴。周总理特地嘱托张瑞芳说："为了有情人终成眷属，你们多做点工作嘛！"有了总理的"指示"，红娘们更是信心倍增。

在大家的促成下，孙道临与王文娟终于在1962年7月2日登记结婚。大功告成，黄宗江得意地说："天作之合，其实是我作之合。孙道临一口流利的英语，又崇拜莎士比亚，就是舒伯特，新娘子是名正言顺的林黛玉，他俩的结合就是一首舒伯特与林黛玉合写的诗！"

婚期定在电影《红楼梦》拍摄期间，正当大家高高兴兴等着吃喜糖时，导演岑范发出了不同的声音，他担心新婚的甜蜜会影响王文娟拍摄悲情戏的情绪，坚持必须在拍完"黛玉焚稿"这段悲情戏后，才可以"花好月圆"。孙道临与王文娟表示理解，婚期真的推迟到"黛玉焚稿"拍完之后。岑范导演说到做到，给王文娟放了一个月的婚假。

1962年8月下旬至9月下旬，这对新婚佳偶开始了蜜月之旅。他们先到杭州，9月2日登上庐山。

孙道临与王文娟入住牯岭河西路70号庐山宾馆主楼。高山流水，风光旖旎。他们手挽手，先后游览了花径、仙人洞、大天池，参观了美庐、庐山会议旧址，并下到山南白鹿洞书院、秀峰等处，在花径公园、芦林湖畔和龙首崖等多处景点，留下了相依相偎的甜蜜合影。

在庐山期间，恰逢中秋佳节。山高月明，秋夜静悄悄。孙道临与王文娟走出宾馆房间,坐在阳台上品茶赏月。王文娟说:"月光真好!"孙道临却更正说:"不,是阳光真好!"看到妻子纳闷的目光,孙道临轻轻地朗诵了一首诗《请给我一缕阳光》:

  请给我一缕阳光,
  不是弯曲地从小树林爬过来的那缕
  不是紫燕从南方衔来的那缕
  不是锁在公园的湖面上的那缕
  不是躺在茫茫的散枝上的那缕

  它,属于你的心灵
  躺在你的眼里
  请给我一缕阳光!

  这首诗,是孙道临与王文娟第一次约会,在上海淮海中路散步后,连夜写下的。歌德说过:哪个男子不动情,哪个少女不怀春?作为电影演员的孙道临,原本就内心丰富、细腻、敏感,同时正值青春年华,这诗正是他对圣洁爱情的呼唤和对美好人生的憧憬,此时此刻,正是花好月圆,诗雅人美!

  蜜月之旅,是人生之旅,也是阳光之旅。孙道临与王文娟携手以来,鹣鲽情深,彼此用爱的阳光相伴一生,诗意一生。

  庐山蜜月,特别是中秋之夜,在孙道临与王文娟心中留下刻骨铭心的记忆。2005年,孙道临因面部三叉神经患病而卧床不起,记忆迅速锐减,许多美好的记忆,因疾病煎熬而消失了。然而,2006年的中秋之夜,窗外明月高悬,王文娟坐在床边,孙道临的手轻轻地握着王文娟的手。当王文娟提及44年前的庐山中秋之夜时,孙道临微笑着肯定:"我记得。"王文娟感慨地说："道临，我们都已到垂暮之年，珍惜这样的分分秒秒，这就叫作幸福吧？"这一年，王文娟80岁，一年后孙道临告别爱妻，驾鹤西去，享年86岁。

孙道临，这位出演过《永不消逝的电波》的电影大师，庐山蜜月之行成为他和爱妻生命中的一道永不消失的电波！

高山流水知音。爱情是人生永恒的主题。触美景，生爱情。随着社会文明的进步，生活越来越精彩，将会有更多的中外青年、新婚佳偶来庐山寻觅人生伴侣、共度蜜月，演绎自己的爱情童话！会有更多的银发夫妻、神仙眷属来庐山追寻记忆，重温当年的爱情之旅！

祖父祖母的庐山恋歌

李国强

今年9月3日,一个秋高气爽的日子。新冠疫情防控还在继续,趁苦暑稍退,我们在南昌的五位孙辈到祖母故里——庐山市作了一次寻根之旅。

庐山,自古就是爱情名山。古往今来,多少俊男靓女在这里徜徉山水,品味爱情,并由此走进婚姻的殿堂。

但我这里记述的,则是近一个世纪前,我祖父祖母的庐山之恋。他们没有诗词唱和的浪漫和诗意,没有文人雅士的缠绵悱恻,更没有富贵人家的排场铺张。他们是庐山土生土长的寻常百姓,是为生活挣扎的贫苦农民。作为两个都带着孩子的鳏寡之人,他们可以说是地地道道的普通人。然而,他们演绎的婚恋之歌,却也是那样的情比金坚,别样精彩。

结缘仙岩

祖父与祖母相识于庐山牯岭著名的仙岩饭店。祖母姓陈,是山南原星子五里牌义门陈阳孟贵村人,后嫁梅溪村宋家。我们在当地朋友和宋家堂兄杏元、建华父子的陪同下,到祖母成长地和宋家祖母旧宅以及杏元兄家里参访聊天。

梅溪宋家是一个不大的山村,依山临湖,村前面临鄱阳湖,背靠庐山五老峰。祖母嫁到宋家十年,1926年丈夫因患血吸虫病去世,留下分别为8岁、5岁和2岁的三个儿子。一个目不识丁的小脚农妇,要在田少人多的湖边山村,靠作田、下湖是难以为生的。经在庐山牯岭街做小生意的宋家大哥介绍,祖母带着小儿子到牯岭仙岩饭店当洗衣工。

祖父与祖母都生于1894年，当年32岁。祖父比祖母早半年到仙岩饭店当厨师。祖父从小在山北东林放牛、务农，在莲花洞当轿工。原配易氏于1925年7月病逝，留下三男一女。为谋生计，祖父被逼上庐山打工求生。同龄人，同命运，使祖父与祖母迅速从相识相知到相恋，并在一年后再组家庭。

　　祖母白净温柔，慈祥仁厚，是一个勤俭持家的贤惠女人。祖父身材高大，敢爱敢恨，是一个会赚钱养家的男子汉。祖父祖母一见钟情，很快坠入爱河。此前，曾祖母也曾为祖父提过几次亲，其中包括莲花洞一位保长的千金，还是个黄花大闺女，均为祖父所拒。然而他却单单爱上了带有三个"拖油瓶"（孩子）的祖母。曾祖母因此不甚满意，但祖父非陈氏不娶。而在祖母这边，虽然她一眼就相中了祖父，也是非李继忠不嫁，但因为祖父已有四个孩子，家境又不富裕，且受好女不嫁二男的世俗观念影响，宋家大哥也不赞成祖母再嫁。

　　好事多磨，及至祖父发觉祖母已有身孕，立即明确提出要迎娶祖母时，不料祖母却消失了。祖父一日三秋，寝食难安。祖父以为祖母回星子去了，一连三天，清早下山，天黑回来，成天在梅溪村转悠，有的村民怀疑祖父来者不善，扬言要"打死那个德化佬"。九江曾叫德化府，故星子人称九江人为"德化佬"。

　　祖父山上山下连续苦寻三天，不见祖母身影。极度苦闷中，常常夜间独自躺在剪刀峡卫大人房旁的一块巨石上抽闷烟。第四天晚上，被宋家大哥关在屋内的祖母推开窗户，无意中发现黑暗中的点火抽烟者，隐隐约约像是祖父，不禁潸然泪下。次日一早，祖母不顾大哥阻拦，毅然出来与祖父相见。祖父一见，紧紧把祖母搂在怀里，并在祖母肩上狠狠地咬了一口。后来祖母回忆说："当时我想，我再不出去，就会送掉这个冤家一条命。"已经没有别的选择了，这就是后来乡邻们戏称祖父"三天跑破一双鞋"的故事。

祖母毅然再嫁，祖父明媒正娶。经与宋家大哥商议，立下契约，祖父付宋家一百多银圆聘礼。如同初婚一样，祖父用花轿把祖母从山南宋家抬到山北东林李家，圆满地结下这门亲事。这段再婚经历，使祖父祖母名动乡里，成为传统婚姻的叛逆者，自主恋爱的践行者。经历过痛苦而成熟的爱情，是最热烈的爱情。祖父祖母的爱情脚步，是任何人都阻挡不住的，是任何高山险阻都能跨越的。

相濡以沫

高尔基说过，婚姻是两个人精神的结合，目的就是要共同克服人世的一切艰难困苦。祖父与祖母是互为称心如意的配偶，两人的结合是精神的结合，是笑与泪的结合，进而为克服一切困难奠定了坚实的思想基础。

婚后，祖父祖母离开仙岩饭店，回到东林生活了8年。在东林期间，祖父兄弟四人均已成家，尚未分家，是一个大家庭。由曾祖母主家，四妯娌轮流主事（主要是做饭），一人三天。祖母虽新来乍到，又是外乡人，个子小，但由于她为人贤惠能干，无论下地下厨、拿针线，粗细都会，很快就赢得了曾祖母及家人的尊敬。婚后，祖父母共生下二男一女。祖父祖母情深意笃，相怜相惜，相辅相成，再苦再累却无怨无悔。不是初婚胜似初婚，也赢得了乡邻的赞誉。

无奈，情感是丰满的，但生活很骨感。东林人多田少，生计难以维持。祖父是四兄弟中的老大，大家庭生活压力极大，为挣钱养家，他将几亩薄田交给三祖父耕种，带着祖母和几个孩子再度上庐山谋生。祖父和他妹夫合伙开一肉案，维持生计。不久，牯岭传出要在剪刀峡与莲花洞之间架索道，引得山民们纷纷想在窑洼购地建房。祖父开的肉案赚了一点钱。也与人合伙购地建一幢木板房，约两百多平方米。计划一楼开店，二楼出租，三楼自家住。一年后房子是建成了，但祖父祖母为之拼死拼活，吃足了苦头。

房屋构架刚刚立起时，合伙人提出要退出，并把资金全部抽走。祖父只得四处借债。当时祖父租住医生洼，祖母身边四个小孩，最小的1岁。祖父主外，祖母主内。祖母在家务之外还要天天砍柴做饭，并送饭到工地。我小时听祖母说过，她把淘米煮饭时的淘米水留下来，从工地回来后，再把剩饭剩菜加到沉淀的淘米水中煮给自己充饥。遇到雨天更辛苦，木柴湿了，做好这顿饭后便要把湿柴塞进灶膛中烘烤，以备做下顿饭用。

祖父在主持建房的同时，还要下山买猪，上山宰杀卖肉，一刻不得停歇。祖母说祖父原本是"一锄头都挖不死的壮汉"，但成年累月地打拼，加上几次意外的打击，终于积劳成疾，不幸于1940年病逝，享年47岁。祖父祖母相濡以沫共同生活了13年。

祖父盛年早逝，留下祖母和一群嗷嗷待哺的孩子，孤儿寡母，苦不堪言。那时正值抗日战争期间，我父母和大伯逃难在湖南。祖母含辛茹苦，拉扯着李宋两家的孩子。苦难人家，度日如年。一日三餐，吃喝拉撒，何其艰辛。我曾听祖母说过："人说黄连苦。你祖父走后的那些年，日子比黄连还苦。"

开枝散叶

宋家所在的白鹿镇梅溪村，生态环境很好。房屋不多，草木茂盛，特别是祖母旧宅后的一棵古樟，浓荫蔽日，高出周围树木一大截。我进村时一眼便看到了这棵香樟，第一时间便想到这不就是祖母形象和精神的外化吗？

如今，旧宅历经百年，虽已破损、空置，但宅后香樟仍昂首挺立，郁郁葱葱。祖父去世后，祖母不仅顶起李家的一片天，还不忘照顾宋家众多儿孙。当地民谚说"荒年饿不死手艺人"。学木工成本相对较低，祖母让宋家大儿子学木工，三年学徒期满出师，又让老三跟着老大学木工。这样下来，宋家大伯和三叔都是木匠师傅，加上宋家二伯在当地烧窑，日子总算过得去。而李家由于祖父过世,不但没有了收入,当初为祖父治病,还欠下不少债务。这时祖母立刻想到让宋家三叔带我二叔也学木匠。哥哥带弟弟,一天都不耽误,不到两年,我二叔就出师了。虽然我二叔还不到十五岁,但已经在九江木器店当师傅,赚钱养家了。宋家大伯后来也到庐山定居。

好不容易熬到解放,李宋两家子女渐渐长大,祖母鞠躬尽瘁又开始忙第三代。宋家大伯、二伯与我二叔均早年丧妻,宋家孙女庐荣和我堂弟国斌等,都是祖母喂吃喂喝,一手带大的。晚年祖母孙辈众多,李宋两家往来不断,大家都对祖母由衷地敬佩和亲近。

祖母虽然没有文化,但懂得读书的重要性。新中国成立后,第三代开始上学了,1959年寒假,我读初一,国斌读小学。因为大林路比窑洼暖和些,祖母便带着国斌到我家过冬。他们单独起伙。那是物质极其匮乏的年代,我亲眼所见祖母一天三顿稀饭,她把浓的先捞起来给国斌吃,自己喝稀的。那时常年不见荤,只有春节才吃得着一点点肉。每餐通常是两个菜,祖母把萝卜或者青菜炒给国斌吃,自己吃咸菜。

那些时日,祖母每每看到我和国斌看书、做作业,就笑眯眯的。有一次,她郑重其事地对我说:"国强,将来我死了都保佑你好好读书!"祖母说这句话已经过去了63年,我也记了63年。直到今天,站在祖母的旧宅前,望着高大的香樟,我耳畔仍然回荡着祖母那带着浓浓星子口音的亲切话语。

古人云"几百年人家无非积善,第一等好事只是读书"。新中国成立后穷人才有书读,积善之家开始出读书之人。当年父辈都没有读过多少书。三叔赶上解放,是我们家的第一个中专生,我是第一个大学生。我这一辈九个人中,就有六人上了大学。到第四代无人不读书,大学生、硕士生、博士生、留学生,都有了。宋家也一样,从文盲半文盲到中学大学,读书人一代比一代多。如今祖母的两位曾孙女,大学毕业后都在北京工作。今年宋家又有录取大学的,祖母地下有知,当含笑九泉。

祖母1960年去世，临终前我也在她床前，目睹了老人"死不瞑目"的神奇一幕。当时，二叔全天候守护在侧，三叔在彭泽县工作，因风浪停航，未能送终。临终那天，祖母已失去知觉，停止了呼吸。二叔边哭边喊，但老人就是不闭眼。二叔以为祖母放心不下从小带大的国斌。说："姆妈，你放心，国斌是我大儿子，我们会同小的一样待他。"祖母仍不闭眼。二叔又说："姆妈，你是牵挂老三吧？你放心，我会关心老三，包括他的婚事。"二叔边说边用手轻抚祖母的眼皮，祖母这才慢慢地闭上眼，安详离世。

这揪心的一幕，令我好生惊奇。慢慢地才懂得，人的念想也是一种能量，生命虽然停止了，但死者心里的愿望没能实现，它会变成一股愿力，支撑着人的身体本能地作出一些反应。俗话说，人是有感情的动物，"父母最疼断肠儿"。三叔是祖母的小崽，长期在外工作，被打成过"右派"，年近三十，尚未成家，他成为祖母心中最大的牵挂，自在情理之中。

祖母不识字，却有大智慧，高情商。二叔曾问及祖母，身后安葬何处？祖母说："葬在土坝岭。"土坝岭是牯岭的公墓。祖母既考虑到山北李家，也考虑到山南宋家，可谓两全其美。后来的实践证明，这是最佳选择。多少年了，我们每次清明上山为祖母扫墓，常常与宋家人不期而遇。祖母永远活在李宋两家子孙的心中。

今年是祖母去世62周年，感近怀远，痛慕伤惋，这次寻根是我们兄弟们多年的愿望。在我们寻访后不几天，宋家杏元、建华父子即到东林看三叔和两位婶娘。李宋和睦，老少皆欢，祖母在上，越走越亲。特赋诗一首：

寻访祖母旧宅

牯岭打工是缘分，不是初婚情却真。
开枝散叶赛香樟，庇佑李宋两家人。

2022年9月28日

父亲彭友善与庐山的故事

彭中天

每次上庐山都会见到一些与父亲有关的东西,从而勾起我对父亲的深切缅怀和无尽思念。

日前我又陪友人参观松门别墅,这是散原老人(陈三立)在庐山的住所。陈三立是清末四公子之一,也是同光体诗派的代表人物,修水桃里人。他的父亲陈宝箴,官至湖南巡抚,他的长子陈衡恪是近代著名画家,三子陈寅恪学贯中西,为一代史学大师。就是这三代四人的名字同入《辞海》,一直为世人所惊叹。1929年,陈三立到庐山定居时,已是一位77岁高龄的老人。但陈三立对庐山的人情风物早有所闻,早年他就在陶渊明的故乡栗里村购得一块地皮,准备作为息影归乡之所。后因家庭变故,并没有遂愿,这次随次子陈隆恪定居庐山,也算是了却了自己的一桩心愿。

陈三立刚上庐山时还没有购买松门别墅,但他非常喜欢这片松林,便在第二年的春天买下这栋别墅,并亲手在别墅门前路口的一块巨石上,题刻了"虎守松门"四个大字。

父亲与松门别墅是有故事的,曾先后三次为散原老人画像。1939年父亲在教育厅任美术指导员,与陈隆恪是同事,陈介绍其女陈小从向父亲学画,两人在密切接触中互生情愫,于是便产生了一段爱情故事。彼时的小从才十八九岁,属于初恋,两人互赠信物、私订终身。她赠父亲诗词与书签,父亲为其画像和赠情画,并去松门别墅见过三立老人。在别墅里还专门为老人画像,深得老人喜欢。后因战乱缘故,终究未能牵手,实为憾事。因算命先生曾说小从必嫁彭门,最后小从还是和樟树彭素民之子彭旭麟结为夫妻，但他们一直是好朋友，经常来往。在我记忆中，小从阿姨对我是钟爱有加的。2010年我在庐山再一次见到了上庐山参加纪念陈寅恪先生活动的小从阿姨，她紧紧地拥抱着我，不断抚摸着我的头，充满了母爱。2017年5月，小从仙逝后，其后人落实她的遗愿，将其一直保存的父亲当年赠予她的两幅定情画送还我们家，成就了一段艺坛佳话，也了却了双方一段刻骨铭心的感情。

《全民雀跃庆和平》是父亲的一幅代表作，八尺宣纸上画了一棵古老的梅花代表中国，树枝上上下下翻滚、欢呼雀跃的三百六十只麻雀代表全国百姓，一只和平鸽自远方飞来，象征来之不易的和平已经降临。此画的创作背景是中国人民经过艰苦的十四年抗战，终于迫使日本侵略者无条件投降，饱经沧桑的中华民族迎来了和平的曙光。画家通过画面描绘了全国人民为此奔走相告、普天同庆的景象。这是一张用象征主义的手法表达现实题材的主题绘画，其中和平鸽的典型运用比毕加索早了整整四年。

这是一幅有历史意义和传奇故事的画。话说抗战期间，有三个爱国青年正聚在一起喝闷酒，其中有一个重庆诗人，他发誓道，小日本一天不被赶出中国，我就一天不剪胡子，蓄须以明志；另一个是学舞蹈的上海人，他说等到抗战胜利的那一天，我就扭着秧歌回上海；我父亲沉思片刻后说，我一定用手中的画笔画一张大画来表达全国人民此时此刻的心情。当父亲从电台里听到日本宣布投降的喜讯，第一时间把自己关在家中，用两个月时间创作并完成了这幅巨作，其间恰逢向母亲提亲这么大的事，他都不曾迈出房门半步，差点毁了一段好姻缘。

1946年35岁的彭友善任庐山暑期学术讲习会讲师，为期一个月，结束后在牯岭"协和礼堂"举办个展，首次展出《全民雀跃庆和平》图，期间美国总统特使马歇尔将军上庐山为国共两党调停，看过画展后认定自己就是那只和平鸽，遂通过翻译请求父亲割爱，父不允，说你只是特使，要送我就送给总统本人，经请示，杜鲁门欣然接受，故成就了这段佳话。父另以《驺虞图》赠马歇尔，马设宴致谢，席间三次起立代表美国人民、美国总统及他本人向作者致谢。此事完整地记录在《庐山续志》中。

画作就像画家的孩子，"文革"以后，父亲便委托友人彭跃南打探这幅画的下落，终于得知此画一直珍藏在杜鲁门图书馆中，而他们也同样在寻找这幅画的作者。后来在父亲一百周年诞辰前夕，他们当即发来了一封热情洋溢的贺信，称这幅画是中美两国人民友谊的象征。在刚刚举办的纪念父亲诞辰一百一十周年活动前三天，我们又再次收到了来自太平洋彼岸的贺信：

> 我们得知今年是创作《全民雀跃庆和平》的著名艺术家彭友善先生诞辰一百一十周年。这幅美丽的中国山水画描绘了无数的麻雀栖息在梅花树的树枝上，和平鸽在附近飞翔共同庆祝和平。这幅画是杜鲁门总统博物馆收藏的三万二千多件藏品中的标志性艺术品。更重要的是，它象征着二战结束时中美之间的友谊和对和平的希望。
>
> 这幅画是杜鲁门总统博物馆有非常重要意义的收藏品，不仅因为它的艺术美感和它象征的意义，还因为二战结束时中美两国之间的礼物非常稀少。战争破坏了各国之间的许多外交传统，因此，多年来，这个美丽的礼物得到了精心保存。
>
> 我们感谢彭友善先生创作了这幅美丽的作品。我们更感激的是他的慷慨和他这份给杜鲁门总统乃至美国人民的礼物。这幅画写着他的祝福："各国人民欢欣鼓舞，欢庆和平。1945年9月4日，向伟大的美国总统杜鲁门先生致敬。"在彭友善先生生日之际，我们致以最真心的祝愿，让我们共同期待"全民雀跃庆和平"这一信念今天能在我们两国人民中产生共鸣。

在当前中美关系比较微妙之际，这封穿越历史的来信，代表了中美两国人民的心声，也成就了中美文化交流的一段佳话。而故事的起源就是庐山！无独有偶，著名国际旅游专家伍飞提出的"旅游整合世界，人类共享和平"口号，也是在庐山受到父亲这幅画的启发而产生灵感的。庐山是一座有故事的山，也是一座有文化的山，更是一座注定有历史担当的山！

怀念刘秋桂老师

罗　环

刘秋桂老师深深地影响了我的人生，从相识到她去世，我们的情谊绵延了三十余年。

我是在星子县委党校学习时认识刘老师的。1980年，我结束知青生活，通过招工考试进入新开业的南康宾馆。宾馆多为同我一批次招进来的年轻服务员，我担任团支部书记，岗位在经理办公室。领导派我去党校学习，与刘老师是同一期学员。

星子县委党校坐落在风景优美的秀峰。百余人坐在大礼堂里上大课，除开理论教员讲课，还指定学员领读。这种领读既要通读所学的理论文章，还要对文中的重点难点作出解释，这是解决当时干部队伍文化水平普遍偏低的办法。刘老师担任领读员，她是中年女干部形象，齐耳短发，衣着朴素，领读时吐字清晰，语气得当，尤其是对疑难处的解释，深入浅出，通俗易懂。听她领读全场都很安静，我很佩服。课余散步，我常常跟在她身旁，听她与旁人聊天，感觉周围的人都很尊敬她。

回单位不久，接到通知参加南康镇人民代表选举。南康镇是县城所在地，选举会场就设在县电影院，里面熙熙攘攘全是人，我走进去领到粉红色的选票，刘老师的名字赫然纸上，是候选人之一。投票结束，计票开始，会场安静下来，台上唱票人大声地唱着每一张选票，绝大多数都选了刘老师，黑板上她名下写满了"正"字。那是真正的无记名投票，刘老师是遥遥领先的得票状元。

那时我刚跳出农门，实现了渴望已久的"农转非"，正心无旁骛地工作着，却不料卷入了一场是非风波。有流言说我被某县领导特别照顾，招工考试舞弊，小县城里一时议论纷纷，流言演变成绯闻，越传越离谱。新认识的朋友有的因此转身离去，宾馆的同事也躲着我交头接耳。

突如其来的打击让我寝食难安，忧愤交加地病倒了。迷糊中听说有人来看我，睁开眼睛，就见刘老师拎着水果罐头进来了。房小床多，她只能坐在床沿上，我满嘴燎泡神情木然地爬起来，对她的到来充满疑问。刘老师开门见山："我听说了对你的议论，你就不是那种人，不管别人怎么说，身体不能垮，精神更不能垮！"这番话对我来说字字珠玑，暖心提神，病一下子退去了大半。从那以后，刘老师的办公室和家就成了我常去的地方。

刘老师是县委宣传部的一名干部。宣传部就两三间办公室，连部长在内六七个人，有的人我以前也认识，刘老师郑重地向每一个人介绍我，使我重拾自信。刘老师的家在县农业局宿舍，她爱人陈家模叔叔待人热诚，我们经常会一起讨论问题，他们三个读书的儿子都叫我姐姐。这年秋天，在刘老师和宣传部其他干部的力荐下，我调往秀峰党校工作。从服务员到理论教员是个大的变化，是刘老师及她的同事帮助我实现了这个跨越。

每次到县城，我都会去刘老师家，喜欢那宁静和睦向上的氛围，也由此不断加深对刘老师的了解。她是从苦难中走出来的，四岁时随父母躲避日寇战火，逃难途中目睹母亲难产而死。一年多后，身染重病的父亲跪地托孤，把她送给了养父母，不久便撒手人寰。

养父母未曾生育，精心培养她，上小学之前就对她进行了国学启蒙，一直供养她读至初中。中华人民共和国成立，星子急需建设人才，地方组织从两条途径吸收干部，一是农村土改积极分子，一是在校中学生。即将初中毕业的刘老师被动员出来为人民服务，成为那个年代稀缺的年轻有文化的女干部。

刘老师热爱新社会，听党的话，组织叫干啥就干啥，哪怕是身怀六甲被派往修水搞"社教"都立即乘大卡车颠簸而去。她有文化，爱思考，看准的事情就执着地去做，这也让她吃了苦头。1957年反右风暴，她被打入另册，从此归于控制使用的干部。

磨难成就了她不同于一般女性的精神气质，沉稳内敛，聪慧正直。她与我母亲同龄，经验丰富，分析问题透彻，是我眼中的百科全书，工作、生活和感情，我什么都愿向她倾诉。她从未以长辈的身份说教我，总是轻言细语地摆事实讲道理，让我心悦诚服。她坚持本色做人，厌恶投机钻营，说那样活着太累。她有原则也讲策略，那时我年轻，对看不惯的人就不愿搭理，刘老师说：人家打鬼还要就鬼哩！

刘老师工作出色，家庭也料理得很好。她的家永远收拾得那么干净整齐，衣被浆洗得清清爽爽。下班回来系上围裙进到厨房，三下两下，她就把香喷喷的饭菜端上了桌。三个儿子一个接一个考上大学，个个成才。刘老师的养母与她生活在一起，养母年老病重，刘老师日夜守候在床旁，至亲至孝，邻里夸赞。

刘老师与人往来，给多取少。她养母去世，同事们送来的礼金无法退回，刘老师给每人回赠了一套超过礼金价格的工具书。我在娘家生孩子，她拎着大包小包专程赶到九江看望。陈叔叔病故，她瞒着我，事后解释说：人都走了，就不要来白跑一趟。

我调离星子后，每次回县城，都尽量抽出时间去刘老师家聊聊。若偶尔没去，就心神不定，好像有一件事情没做。晚年的刘老师喜欢在宁静中阅读，对新事物充满好奇心，弹电子琴，举着平板电脑到鄱阳湖边拍风景，用QQ、微信与亲友聊天，由儿孙陪着外出旅游。经历社会的变迁，她总是说：今天的生活真是太好了！

2018年秋，刘老师与世长辞。她走的前三天，我去看望，她睁开眼睛平静地说："你来早了。"隔日玉川陪我再去探望，她已呼吸微弱，但还是抬起手来轻轻地说："景老师，再见！"与平常一样不失礼仪。第二天，她就远行了。

刘老师罹患肠癌，从手术到复发有大半年时间，在长子晓松的帮助下，她完成了自传著作《南康旧事》。回顾一生，她对儿子们说："我是笑着走的！"她从容地安排了后事，包括选定墓地、墓志、遗像、指定主办人。安葬母亲后晓松告诉我：丧事有条不紊，是妈妈和我们一起办理的。

刘老师告别人生，干净、利落、清醒、完美！

父亲的筷子筒

钱双成

我家有个老旧筷子筒，是父亲亲手做的。

父亲的筷子筒，在我们家快50年了，将近半个世纪。

这个筷子筒在绝大多数家庭，肯定是见都没见过。它既不是木制的，也不是竹制的；既不是塑料，也不是不锈钢的；而是泥制的。

这是父亲于"文革"期间下放劳动时，在星子乡下烧砖瓦的小土窑里烧制的。

父亲的筷子筒，一直挂在我们家厨房里。里面插着筷子、勺子等，足够一个八口之家使用。无论是在星子，还是在九江，无论是在农村，还是在城市，筷子筒都跟着家人辗转，从未缺席。

司空见惯的东西总是不会留意的。父亲的筷子筒常年在眼前，却从未认真研究过。

前年下半年，照例到九江学院看母亲。一进厨房，发现筷子等物放在一个大碗之中，墙上的筷子筒不见踪影，心里"咯噔"一下，忙问在场的大哥、大妹，筷子筒哪去了？大妹说，掉下来摔破了。我的脑袋"嗡"了一下，急忙又问，丢掉了吗？大妹说，还没丢，在垃圾袋里。我连忙打开一看，谢天谢地！还好，只是摔成了两半，并未成碎片，更重要的是没被扔进垃圾箱。我像捧着和氏璧似的将摔断的筷子筒拿回了自己家，用胶细致地把两半粘到一块。这才仔细地研究起来，并回忆起关于筷子筒的点点滴滴。

筷子筒和农村旧屋瓦一样的青灰色，敲击亦如青瓦声。形状如农村过去量米的升，只是比升扁了一大半，但高了一点，相当于半个升吧。意思好像在说，父亲对物质的要求不高，半升即可，知足常乐。筒高13厘米，背面上沿口是平齐的一字型，两边侧口是月牙形，正面上沿口是两个月牙连在一块。正面形制上大下小，四周刻有简单花纹。正面分为两大部分，上部约占三分之二，刻有"饮水思源"四个大字。四字呈上下排列，大字下刻有一行字母，仔细辨认，原来是韦氏汉语拼音"YAO-TUNGTSINE"，即钱耀东，是父亲的名讳。父亲是50年代初的大学生。或是习惯于韦氏拼音，或是在那个特殊年代，不愿意别人认识那是他的名字，故意为之。拼音下方刻有一条线，以示分隔。线下刻有三行字符："制于蛟塘水产场"；"75年季春月"；"MADEINCHINA"。标明了时间、季节、地点。最为有意思的是，居然刻上了用英文表示的"中国制造"。在那个封闭的年代，父亲居然在一个偏僻的农村，在用泥巴烧制的一件粗陋物件上，刻上了"中国制造"！这表明父亲作为一个读书人，对国家的前途充满希望。他是多么热爱自己的祖国！即使自己处于困厄之中，还是念念不忘"中国制造"！充分表现了那一代知识分子的理想，也充分表现了读书人浪漫的乐观主义和开放胸怀。标明时令的"季春"，则又表明了父亲的传统文化情怀。"饮水思源"四字，更是表明了父亲对中国传统文化源头的崇敬之情。

仔细研究筷子筒，如同真正静下心来读懂父亲。1975年"季春月"，"文革"结束前一年的暮春时节。江南三月，莺飞草长。那年父亲48岁，正值壮年，恰是干事业的大好年华。可当时还是"文革"时期，父亲头顶"右派"帽子，被下放在星子县蛟塘公社水产场劳动，主要工作是养猪。这里是鄱阳湖边，因一座有点名气的寺庙叫西庙，庙名即地名。西庙的老百姓善良纯朴，特别爱惜读书人。父亲和当地百姓，包括烧窑师傅关系都很好。父亲经常教村民的孩子们念书，还会在婚丧嫁娶和春节时帮百姓拟、写对联。这个筷子筒应该是在烧窑师傅的帮助下，共同完成的。用今天时髦的话说，是典型的"私人定制"。制作一个泥制筷子筒，要制坯、塑形、雕花、刻字，最后是烧制成功。根据笔迹和内容辨认，汉字和韦氏拼音的罗马字母以及英文词组，都是父亲手迹。父亲因时代原因无法施展才华，无奈之间，在土制筷子筒刻上"中国制造"，刻上"季春月"这样文绉绉的字句，表达的是他的雄心壮志和文化情怀。

父亲身高也就1.7米多点，其实并不是很高。但所有认识父亲的人都说，父亲很高大。究其原因，可能是父亲气质不凡，眉宇间有一股英气，行如风，立如松，坐如钟，有一种不服输的性格，不严而威。说实在话，父亲当时在筷子筒上刻这些英文字母，是冒着很大政治风险的。如果被那些极左的假革命发现是个人名字，很可能会被认为是"阶级斗争新动向"。他们会质问：用洋文写上自己名字，想"里通外国"吗？很可能引来又一轮批斗。这在"文革"中绝非天方夜谭。父亲耿直的性格其实是容易吃亏的。好在有老百姓保护，父亲才少吃了很多苦头。

父亲有着跌宕起伏的传奇人生。是新中国成立之初的大学生，学的是俄语专业，是国家第一个"五年计划"的建设者。1954年下半年到武汉钢铁公司教育处工作，主要是为苏联专家当翻译，同时教武钢员工俄语，参与了武钢的早期建设。在建设武钢和当翻译过程中，父亲深知钢铁对国家建设的重要性，深知"中国制造"的重要性。1956年初父亲调到国家地质部出国人员培训班当教师，教的主要也是俄语。1956年下半年调到成都地质学院当教师。后因错划为"右派"回星子。"文革"期间一直下放劳动，直到1979年恢复工作，从成都地质学院调到九江师专，任中文系古典文学教师。到九江师专任教后，父亲十分珍惜难得的工作机会，总希望把过去因错划为"右派"耽误的20多年光阴补回来，夜以继日地备课、讲课、撰写论文。他的古典文学课，得到历届学生的推崇，被认为是九江师专难得的名师之一，很快就被评为副教授。父亲还经常举办唐诗宋词讲座，学生兴趣极大，场场爆满。父亲在陶学研究方面也很有成就，他和孙自诚先生合写的关于陶渊明研究的重要论文《也谈〈桃花源记〉的原型》，用翔实论据论断，庐山市庐山垄即康王谷，是陶渊明写《桃花源记》的原型，并认定陶渊明从彭泽县令挂冠归来以后，主要活动于庐山山南和西南一带。该文于1985年，刊载于《晋阳学刊》第三期。此文一出，立即得到全国学术界高度重视。国内极具影响力的学术期刊，《新华文摘》和《中国人民大学复印报刊资料》等，纷纷予以转载，在陶学研究方面产生了巨大影响。此文还有力推动了庐山市桃花源的开发。

由于"文革"中受到少数坏人的恶意批斗和恶劣生活条件的损害，加上复职后超负荷的工作，父亲身体每况愈下。退休后不久，父亲就因心脑血管疾病，意外英年早逝。父亲去世后，他的学生们从四面八方赶来哀悼祭奠，写诗赞曰："先生之学，博大深广，诗词歌赋，琳琅华章；先生之教，敦厚温良，天南地北，桃李芬芳；先生之德，磊落光昌，渊明遗风，人人赞扬。匡山蠢蠢，浔水泱泱，先生之风，山高水长。"

摩挲着父亲的筷子筒，眼眶早已湿润。父亲离开我们30多年了，母亲也于去年4月以90多岁高龄离开我们仙去了。时光荏苒，物是人非。父母生养了我们兄妹六人，一家八口从艰难岁月中走来。筷子筒一直滋养着我们长大成人。筷子筒装满了一家人几十年的故事与温情，装满了一家人几十年的哀愁与欢乐，装满了父母对儿女们深深的爱，装满了儿女们对父母无限的依恋和思念。看到筷子筒，似乎看到母亲在厨房忙碌的身影，似乎闻到母亲做的饭菜的香味，似乎听到母亲呼唤儿女们吃饭的声音。看到筷子筒，似乎看到父亲下放劳动的形象，似乎看到父亲灯下备课的模样，似乎看到父亲做讲座时的激昂……

让父亲在天之灵感到欣慰的是，"中国制造"已经誉满全球。"中国制造"的各种商品，遍布世界的每一个角落。从大小不一的生活用品，到国之重器，从深海蛟龙到太空飞船，"中国制造"显示了强大的生命力和国力，中国人民的智慧和勇气有如火山迸发，表现出无与伦比的创造力。

"文革"早已远去,中华民族已经进入新时代,正在迅速走向伟大复兴。父亲的筷子筒,装满了一个时代激荡的风云,装满了一代知识分子的理想,也装满了中国人民渴望富强的梦想!

父亲的一生很贫穷,没有给我们子女留下什么物质财富,筷子筒已经是很好的物件了。现在市场上的筷子筒,琳琅满目,各种材质的都有,科学、漂亮、卫生。但我觉得,这些筷子筒,远不如父亲的筷子筒有文化、有历史、有内涵。

父亲的一生很富有,他有学识,有胆量,有智慧,有理想。这些于我们子女而言已经足够了。记得小时候父亲就给我们讲孔孟老庄,讲东周列国,讲三国水浒,讲词宋诗唐……"饮水思源",所有的这一切,都是我们一生不竭的营养。

父亲的筷子筒,一个人物、一个家庭、一个时代、一段历史的见证和畅想!

作者简介:钱双成,男,星子隘口(现庐山市温泉镇)人,曾任九江广播电视台党委书记。

我的恩师——王绍桂老师

张能燕

我的启蒙老师是王绍桂老师,他于1936年2月出生在星子县蛟塘镇。由于当时教育事业欠发达,受教育非常困难,他仅读了几年私塾,完全靠自学成才。他刻苦钻研、夜以继日、废寝忘食地读书,通过函授获得了江西教育学院中文系本科毕业证,捧上了国家的饭碗。

50年代初,王老师调入当时五里公社唯一的一所完小——秀峰小学任教,由于工作出色,文教局任命他为该校教导主任。他有高度的事业心和责任感,教学方法灵活多样,特别是组织能力有口皆碑、相当出色。他爱生如子的优秀品德,深受当地广大学生的爱戴。当地群众、学生家长都很尊敬他。改革开放后秀峰小学改为白鹿二中,他在此主持全校工作,最后因工作需要,调入当时的渊明中学任教,即现在的庐山市三中。他于1988年暑假身患绝症,不幸与世长辞。

王老师已经离开我们37年了,但他的音容笑貌经常浮现在我的脑海,特别是他爱生如子的点滴往事使我难以忘怀。

1956年9月我来到了秀峰小学读书,在此求学四年,与王老师结下了不解之缘。秀峰小学南面有个自然村叫杨家榨,村庄北面有条蜿蜒曲折的秀峰港。秀峰港地理位置得天独厚,南侧东牯岭苍松翠竹作屏障,东侧鄱阳湖烟波浩渺,西侧有"飞流直下三千尺"的黄岩瀑布,北侧有星德公路车辆往来穿梭,热闹非凡。这里水质优良,清澈见底,的确是个天然游泳池,也是我们洗澡和学习游泳的好去处。少年时代的我,在此地学游泳,享受大自然的恩赐。

我之所以能学会游泳技能，与王绍桂老师的引领和指导分不开，与他的精心组织和周密照顾分不开。王老师做任何事情都非常负责任，一丝不苟，给我们讲的知识很透彻，很到位，针对性很强。以前我与水打交道很少，没有水性，更谈不上游泳活动，来到山涧、江湖边会提心吊胆，想着万一摔下去，后果不堪设想，只能退避三舍，望水生怯，谈水色变。当我看到向友星、胡茂舒、余青山、陈银宝等同学练就一身过硬本领，羡慕之情油然而生。他们经常来到山涧的深水潭纵身一跃，欢快地游起来，展示各种技能技巧，有时仰面朝天，有时飞速前进，有时潜入水底捡起一个石头，有时站立水中，真是八仙过海，各显神通。他们对水情有独钟，有一种特殊的感情。

我不甘心当"旱鸭子"，跃跃欲试，王老师看透我的心思，很热心地手把手教我，千叮咛万嘱咐，叫我不能急，不要紧张，要有耐心，他采取"一帮一、手拉手"的办法，安排水性好的帮助水性不好的在浅水区练习，还讲了许多游泳的知识，特别讲了游泳的基础知识，让我们"放飞梦想、面对现实"，做到循序渐进，逐步提高。在他的指导下，我领悟了水与人的比重等一些基础知识，领会了其他有关基本功，后来才慢慢学会了游泳这项技能。后来我在九江读书时能畅游甘棠湖和南门湖，心里充满了对王老师的感激之情和自豪感。

1958年正逢"大跃进"，学校经常组织学生下到生产队支农，在校还要搞勤工俭学活动。王老师亲自带队，任劳任怨，带领我们上山砍柴，白鹤涧、老屋余、广佛庵、黄岩寺、玉京山等地都留下了我们的足迹。有时我们在那里安营扎寨，带粮食、棉被，干十多天才回来。那时我们是高年级学生，有个别家长娇生惯养子女，对老师有意见，王老师主动出面做工作。个别家长有意见，想不通，不理解，甚至牢骚满腹，生怕耽误学习，影响成绩，挤占了学习书本知识的时间。这时王老师敢于负责任，勇于担当，挺身而出向家长做了许多耐心细致的工作，和颜悦色地作适当的解释。由于王老师工作做到了位，所以顿时打消了他们的顾虑，取得了家长的谅解，家长也放心了。后来学生家长更加敬佩王老师，认为王老师教学有方，是位德才兼备的好老师，还有的家长成了王老师的知心朋友。大家公认王老师能干事，会办事，教学有方，工作效率高，教学效果明显。

我在秀峰小学度过了四年美好的黄金时代。1960年7月份小学毕业，升入初中，在星子县中就读，每个星期天都要回家拿米，必须经过峰德镇。我总要去看望一下我的恩师王绍桂。1963年县中有三位同学考入九江师范，我是其中一个。1966年毕业我分配到吉山小学任教，只要有空余时间，我也会到王老师家去看望他，每次我去见他，他总是精力旺盛，非常健谈。1970年我参加了高师函授，王老师仍然给我上课。全县几十个人坐在当时星子饭店的楼上会议室，听王老师授课，所有学员听得津津有味，他讲的知识听得懂，易学会，好掌握，能抓住主要矛盾，突出重点和难点。后来我又调到白鹿教书，从此与王老师接触机会更多了，每星期都能见面，师生关系更加密切。

王老师知识渊博，而且有许多兴趣爱好，他喜欢打篮球，教工中他的球技数一数二，而且善于打中锋，投篮命中率高。王老师多才多艺，拉二胡是他的拿手好戏，他拉的《二泉映月》优雅动人，扣人心弦，让我们百听不厌。

总之，王老师是我的恩师，是我最敬佩的一位老师。

作者简介： 张能燕，1946年生，现庐山市白鹿镇万杉村人，1966年九江师范毕业，2006年退休。先后在吉山、五里、二小等处任教。

彭师的故事

卢雁平

在原温泉乡，尤其是归宗、新塘畈一带，但凡20世纪80年代以前出生的人，几乎没有不认识或不知道做裁缝的彭文魁师傅的。星子人对有专门技术的师傅的称呼通常省去名字和"傅"，简称某师，比如彭文魁师傅就称彭师。名字反而没几个人知道。

彭师个子不高，脸略方，少白头，身板挺直，不苟言笑，小孩们都不敢亲近他。由于手艺好，方圆几十里的老百姓，都爱请他做衣服。彭师在温泉乡成家做屋，生儿育女，落户几十年。其实彭师不单单不是当地人，甚至连彭姓也不是他的原姓。

1931年的一个冬天，在湖南茶陵县湘东乡，地处偏僻山区的界化垄谭村，一位改嫁到谭家的中年妇女，在丈夫和亲友的期盼中生下了一个可爱的小男孩，全家上下好不欢喜，取小名贱狗。谁也不会想到，几年后，就是这个小男孩，整个青少年时期厄运连连，历经千辛万苦，漂泊异乡，为了生存，连谭姓都改了，他就是上文中的彭师。

彭师3岁时母亲去世，父亲续弦，继母并不喜欢他，常常挨打。待9岁时，父亲去世，日子更是过得苦不堪言。同母异父的姐姐见其可怜，让她堂哥收留彭师，帮堂哥家放牛兼做些杂事，堂哥家有个儿子和彭师同年，两人一起玩耍放牛，堂哥从未责备过他，更不用说打骂，这也成为彭师少年时期仅有的一段短暂的快乐时光。

然而好景不长，1945年元月的一天（农历1944年腊月），彭师和堂哥的儿子上午去山里放牛，由于年少贪玩，至中午，牛不见了。牛是农民的命根子，午饭时堂哥虽痛骂了一通儿子，但并没有责怪彭师，只是让他们下午去把牛找回来，两位少年吃罢午饭就分头去山里寻牛，找到天色近黑，仍不见牛的踪影。此时离过年不到二十天，彭师想起姐姐曾说让他过去过年，并允诺给他做新衣服，于是就不辞而别，从山脚下一条通往姐姐家的岔路，直奔姐姐家去了。

谁知道这一走，年仅13岁的彭师，从此与家人失去联系，开启了漂泊苦难的人生。

1944年初，日军在太平洋战场节节失利，为摆脱其在太平洋战场的困境，打通中国大陆交通，下达了代号为"一号作战计划"的任务，即豫湘桂战役。

1944年6月，日军第3师团、第27师团所属部队攻打湖南茶陵县，7月14日茶陵城失守，至1945年2月26日撤离茶陵，占领近8个月。日军在茶陵烧杀抢掠，无恶不作，并抓了不少老百姓为其挑担运送弹药和物资。

1945年元月的一个下午，在界化垅山脚下的大路上，有一个三岔路口，两个手持长枪的日军站在路口东张西望正寻找着什么，枪上明晃晃的刺刀在即将落山的日头照耀下显得十分刺眼。突然从路口坡下的小路里钻出一个懵懵懂懂的小男孩，正是寻牛未果急匆匆赶去姐姐家过年的少年彭师。日军不由分说，将其押往驻地，望着战战兢兢年小力单的小孩，日军并没叫他挑担，只是让他牵着驮运枪支弹药的牛随队行走。不久日军陆续撤出茶陵，向南进犯，少年彭师也被迫牵着牛随日军南去。从此，一个从未出过远门的山里少年失去了自由，每天除了恐惧和思念亲人外，完全没有了时间和地点的概念，也不知道过了多少天，也不知道到过什么地方，只晓得每天牵着牛步行几十里，路越走越远，环境越来越陌生，回家的念想也渐渐断了……

1945年5月，因战局变化，日军第3师团、第27师团奉命向上海方向撤退，两支部队分别从广西南宁、广东广州出发向北转进，一路上边打边撤，意经九江港口再改水路，8月15日，两支队伍撤至南昌附近时，恰逢日本政府宣布投降，命令所有部队只许自卫，不准进攻。因南昌九江一带属日军控制区，一时并无受降国军，两支部队继续按原计划向上海方向机动（10月分别在镇江和无锡缴械投降），撤退中的日军得知投降消息后顿时垂头丧气，军心涣散，在一片慌乱中烧毁军旗和文件，还有少量日军自杀，全无昔日的嚣张。8月下旬，一直牵着牛跟着日军四处转战的小彭师，随军撤退到了星子归宗，此时原想把彭师和另外抓来的一个小孩一起带往日本的日军，深感自身难保，决定放弃，于是在归宗挑选家境较好的人家收养，几经挑选，最终把两个小孩，放在归宗熊家坑村民熊帮富家，并且把牛也留下了。熊家是做泥工手艺的，家境殷实，本有两个儿子，无意收养，但因惧怕日军勉强收下。

在蓼花三角垅大屋彭村有一大户人家姓彭名亮，是县城自卫队小头目，家里雇有长工和勤务，其妻周氏，原在蓼南左家生一子名左昆，改嫁彭亮后并无生育，彭亮一直有意领养一个，于是托人将熊家收留的两个小孩带来挑选，周氏一眼就看中了眉清目秀的彭师，收为养子（另一小孩被板桥山邹姓农民收养）。从此彭师正式落户彭家，姓彭取名文魁。

彭师年龄不大，但机灵聪颖，不久彭家辞退勤务，所有杂事全由彭师包揽，彭亮夫妇甚是满意。翌年，彭亮有意培养彭师，送他去学校读书，可惜只读三个月就辍学回家了，一则初来语言不通，听不懂课。二则同学欺生，取笑他为日本佬。更主要的原因是，养母周氏以读书不送左昆而送外来人为由，整天在家吵闹。无奈之下，彭亮联系同村在县城开裁缝店的大师傅彭尚均，将彭师介绍到县城学裁缝。1947年，彭师怀揣彭亮写的推荐信，进城正式拜彭尚均为师学裁缝。

1949年9月，彭亮因组织游击队与新政府对抗被镇压，在游击队里的左昆则逃往台湾，彭师从此很少回去，常年以店为家，店里管吃管住，不交学徒费，也没有工钱，空闲时帮着师傅家做些杂事，有时遇时节师傅也会帮他做件新衣服,好学、勤快、不惹事,师傅师母十分疼爱喜欢他。日月交替,斗转星移。转眼七年过去了,在彭尚均夫妇的培养和关心下,彭师从一个不谙世事的少年,成长为一个小有名气的青年裁缝师傅。新中国成立后,彭师和师傅一起加入了政府组织的手工业联社。

1955年,为了支持带动乡村手工业发展,县手工业联社将一批师傅放到乡村去,做衣服的彭师被分配到二区设在大鹿湾的隘口供销社,缝纫组放在村民白德嘉家一栋有天井的土坯老房子里,下厅南边有两间厢房,一间住宿,一间放着裁剪布料的案板和缝纫机。当地百姓千百年来一直是手工缝衣,彭师的到来让他们大开眼界,每天前来围观、做衣服的人络绎不绝。其中有一位邻村的谢姓姑娘,因其姨娘家住在大鹿湾,常来做衣服的地方玩耍,此时彭师正是二十四五岁的青年小伙,两人在不经意的交往中渐生情愫,后经女方亲戚介绍,两人正式确定关系。1956年底彭师调温汤梅家湾,和一位手工做衣服的梅师组成缝纫组,并在那里结婚成家,其妻也跟着学裁缝。1958年撤区并乡改公社,各手工业者全部集中到公社所在地的手工业联社,实行大合作。于是彭师一家搬到了温泉公社所在地新塘畈村沙洲吕。

在从大地主吕少虎家没收来的一栋带有两个天井的大屋里,从各地汇聚过来的五六位缝纫师傅拖家带口都住在里面,做事则在上、下大厅里,彭师负责量身、裁剪,其他几位女同志负责缝纫。起初彭师在布上标的尺码看上去古里古怪,大家都不认识,因为那些符号既不是阿拉伯数字,又不是罗马数字,有点像古代的象形字,据说旧时期民间量树也是用这样的方式标记,后来大家才慢慢认识了这些特殊而又简单的数字符号。彭师是缝纫组里唯一的男性,又是裁剪大师傅,自然是牵头人,但他从不摆架子,处事谨小慎微,不和任何人闹纠纷,遇加晚班时,常常帮忙煮点心,大家相互协作,其乐融融。

随着生活慢慢稳定后,彭师渐渐有了想找老家的念头。1962年春节前，彭师挑着一担自己做的打糖，经南昌去湖南，凭着十八年前的记忆，几经周折，找到了茶陵界化垅的老家。在离谭村不远的路旁，一位农妇提着篮子正蹲在地里干活，彭师看着既熟悉又陌生，迟疑了片刻，上前向农妇询问打听，简单交流几句后，只见农妇丢下手中的篮子，接过挑着打糖的扁担，含着眼泪大声说："贱狗，我就是三嫂呀！"接着拉着彭师急忙往村里奔，边走边喊："贱狗回来了哟！"顷刻，消息迅速传遍整个村庄，家家燃放起庆贺的爆竹，前来看望的大人小孩把屋子挤得水泄不通，彭师的姐姐来了更是抱头痛哭。其实彭师当年不见后，家里到处寻找，为此其姐姐哭着和堂哥大吵一架，说肯定是被老虎吃了。后来有被抓跑回来的挑夫告诉说："贱狗没有死，是日本佬抓去带走了。"其姐姐又去堂哥家大闹一次，说肯定要被日本佬杀害。他们还找来当地算命先生问凶吉，算命先生要过生辰八字，掐指一算说，人无大碍，十八年后人不来也会有信来。这次彭师回家果然应验。后来老家的姐姐及亲戚也来过星子，因为老家在贫穷的偏僻山区且没有至亲，这里自己也已成家立业，彭师也就没有迁回老家的想法。以后彭师虽然也搬过几次家，却始终没有离开过温泉。

彭师在彭亮家待的时间不长，虽说是养子，实则和佣人差不多，彭亮死后彭师和彭家少有往来，"文革"期间，公社派人先后三次去蓼花大屋彭村调查，养母周氏、村民及彭师说法均一致，因此未受到牵连。缝纫组里五六户人家（其中有胡生寅县长家）都被造反派抄家，唯独彭师一家幸免。

1968年，中苏关系紧张，全国实行战备大疏散，本来与地处农村的缝纫组关系不大，但公社还是把所有外乡裁缝疏散回本县原籍，只留下两户，一户是彭师家，因是外地人，无处可去。一户是白林英家，县城人不让回去。公社、大队重新安排一些当地的年轻女孩到缝纫组当学徒，充实缝纫队伍。

彭师育有三子四女，都改回谭姓，70年代在新塘畈程家嘴建房定居。其间，县服装厂、东牯山林场要调彭师，皆因公社以彭师走了缝纫组要散为由不放。改革开放后，乡村一些集体企业先后解散，彭师带着妻子及已成年的长子，凭着自身的好手艺，继续在当地从事个体缝纫业，直到所有子女长大成人，成家立业，彭师才放下手中裁衣服的剪刀安享晚年。

20世纪90年代，随着海峡两岸的交流逐渐增多，远在台湾的左昆成为回星子较早的台胞之一，并找到了彭师，两家有过短暂的接触和联系，后因左从事邪教传播，被政府通缉，不敢再来，渐渐两家断了联系。

彭师生逢乱世，经历坎坷，令人生怜。但那个年代，有着相似经历的又何止彭师一人，坎坷丰富了彭师的人生，锻造了他坚忍的意志，从一个被抓走后遗弃的孤儿，到后来在异乡成家立业，最后儿孙满堂，他走村进户上门为百姓做衣服的故事至今仍被群众传颂，所以我们说生活在新社会的彭师又是幸运的！

牯岭旧事

邵友光

一、关于都约翰的故事

20世纪二三十年代，外国人在庐山牯岭租地建房。有个英国人叫都约翰，庐山人管他叫都洋人。都洋人是天主教徒，也是牯岭公司第一任经理。他身材高大，为人和蔼，当年在牯岭有很多栋老房子，如在非租借地，有正街10号，右后街16号；租借地有普林路24号等五栋，中五路94号仙岩饭店三栋，还有日照峰三栋（后被管理局收回）。都洋人在牯岭是一个大创业者。在庐山，有很多关于他的故事。

（一）养牛

都洋人刚上山时不是很富有。在他上山之前，各公馆、洋行、租借地的外国人（中国人称他们为洋人）所需求的牛奶每天都是从山下挑上来的，平时天气好尚可，如果碰到刮风下雨，挑牛奶上山就很难准时。外国人喝牛奶有规定的时间，每天清早七点钟，误时就违约，违约就得罚款。

都洋人上山后，他看准了养牛业。在山上养奶牛，产牛奶，供应各租借地、公馆、洋行所需。都洋人选择一个地方搭上几栋石头牛房，那里草场肥沃，青草茂盛，是块养牛的好地方。春天在山上放牛，清早都洋人把牛群放在山上，牛儿悠闲地吃着青草。一到傍晚，都洋人的放牧人一吹起洋喇叭，他的牛群就自动回栏。庐山的老人说，都洋人的洋喇叭吹得很好听，是那种铜喇叭，含金属声，洪亮浑厚，很远就能听到。不久都洋人把牛房改建成几间房屋，两间做办公室，三间做了住房。后来都洋人养牛的地方，被取名为草地坡。冬天，都洋人把牛赶到山下过冬。他的牛奶生意很好。几年之后，都洋人又看准了其他的行业，他把奶牛、牛房和客户，低价让售给胡金芳。胡金芳从此发家，开办了胡金芳旅馆，这也是中国人自己开办的一个有名旅馆。

（二）储冰

有一次都洋人在一家洋行喝酒，洋人喜爱喝加冰块的"鸡尾酒"，可是那次没有冰块，山上也没有供应。冰块当年都是从九江、汉口购进的。一连几天大雨，冰块上不了山。没有冰块，大家都不高兴，但只有都洋人把此事一直记在心里。

庐山的冬天下雪结冰，在河沿边，到处挂满一排排的冰凌。见此情景，都洋人顿生妙计，他找人挖了一个很深很深的井。在九九严寒滴水成冰的时候，他让庐山的穷人去河边敲冰凌，挑回来放进井里，然后把井盖密封好，他收一毛钱一担冰。

牯岭暑期，各租借地、公馆、洋行的洋人们喝酒都要加冰块，而且他们喜欢饮用冰水，冰的需求量越来越大。这时都洋人把井盖打开，取出冰凌，用碎冰机打碎，送到有需要的洋人们面前，冰价和其他人的一样，而且随叫随到，从不中断。

第二年，生意很红火，他就扩大了储冰业，在牯岭前前后后建了三处储冰房。冬天他花钱收冰放进冰房，冰房密封性很好，设有三道门；天热开门卖冰。都洋人发财了，而庐山的老人们一说起这件事，就痛恨洋人。可以想象，在冰天雪地的时候穿着单薄的衣服在河里凿冰、挑冰有多寒冷。而且劳资费非常低，从很远的河谷把冰挑到冰房，一担一毛钱，有时甚至五分钱。

都洋人的三处储冰房分别是后街16号、普林路25号、斗米洼477号。斗米洼477号被庐山人称为凌冰楼，此房前看一层，东向四层，这是都洋人最大的储冰房，这里的冰都是送到牯岭美国学校、芦林租借地一带等地方的。

在牯岭做储冰生意，都洋人是首家而且做得最好。

（三）营造业

营造厂是都洋人的主业，都洋人营造厂的门面是正街10号。都洋人是英国人，但他说着一口地道的庐山话。有客户上门谈业务，如果是中国人，都洋人就说庐山话；是洋人，他就说英语。当时的洋人不相信当地的庐山人，有工程要通过都洋人。都洋人先把整个工程包揽下来，随后把它分成石工、泥工、木工、洋铁工、水电工（机器匠）等项目再分包给庐山的手艺人。洋人给都洋人的价钱很高，他却把项目用低价包给庐山的手艺人，其中的差额就归都洋人。都洋人不仅承接维修业务，也承接营造房屋的业务。营造房屋业务包括购地、设计、施工、安装等，都洋人一手包办，其利润非常高。

民国十五年(1926年)有个苏格兰人叫詹母斯·杰，来牯岭买了一栋小木屋，这栋小木屋在柏树路上面（现为农行培训中心一带，已被拆除）。詹母斯·杰想把这栋小木屋改造一下，就找都洋人做个预算。都洋人到实地勘察了一下，回来一算，说要三千块大洋。詹母斯·杰是个牙医，对建筑业一窍不通，虽然觉得贵，但看到房子的效果图不错，就付了款签了合同。合同签好，都洋人就把当时有名的刘木匠找来，经双方一番商榷，都洋人转给刘木匠五百块大洋。刘木匠回去精打细算后，再请木匠买材料，然后选个良辰吉日开工，当时参加开工仪式的有中国人，也有英国人，都是当时的名流，放一串鞭炮就开工了。此项工程刘木匠赚了两百多块大洋，绝大部分被都洋人赚走。

（四）开饭店

大约在1910年，都洋人开办仙岩饭店。仙岩饭店在中五路94号（原房号），当年有几十栋房屋，现仅存几栋两三层大楼。房内装配电话、电灯、西式家具、浴具等，设施齐全，房费高昂。据相关资料所载，食宿费用每人每天5至15银圆。当年，仙岩饭店属牯岭一流饭店，暑期一到，中外达官显贵云集于此。

仙岩饭店不仅接待中外宾客，而且还承接重要会议。例如，1926年12月4日至7日，蒋介石在这里召开国民党中央政治会议。1927年7月19日，李立三、瞿秋白、林伯渠、彭湃、叶挺、聂荣臻、共产国际代表鲍罗廷等九人，在这里举行中共秘密会议，商定南昌起义部署。1937年七七事变之后，周恩来、马歇尔、蒋介石国共调解，并邀请社会各界名流大家，在这里就国共合作抗日问题进行谈判，史称"庐山谈话会"。仙岩饭店曾接待过的中外知名人士不知有多少，重要的会议真不少。

二、不愿离开牯岭的女洋人——梅尔杰女士

庐山当年还有个梅尔杰，在山上很有名。庐山的老人常常说起她，又叫她"小梅婆子"。关于当年的梅婆子，一般人说不太清楚，有大梅婆子、小梅婆子，又有梅嬷儿。大梅婆子的丈夫原在牯岭协和医院工作，是一位有名的医师，叫梅医生。小梅婆子是她的女儿，梅嬷儿是庐山人，孤儿，是小梅婆子结拜的妹子，也是丫鬟，属于主仆关系。

有人说小梅婆子是白俄罗斯人，又有人说她是法国人。她们的家当年就在河西路47号，46号是现在的庐山宾馆。抗战胜利后，小梅婆子（这时应该叫她梅小姐）的父母去世，她又回到了庐山，上山后，没有生计，她就同她妹子一起，去请教李时龙如何做面包。这位李师傅很有名，他原是仙岩饭店的第一大厨，美国特使马歇尔八上庐山，宴席都由他亲手料理。李时龙指点梅小姐如何做面包，又告诉她，面包在哪里好卖。卖面包的地点，就选在河西路八棵树下的老十五桥边，那里原有一个杂货店，还有一片小树林。不久，梅小姐和她妹子天天拎着个竹篮子在桥边大声叫卖：

"卖面包呵，卖面包……"李时龙师傅很有眼力，在这里卖面包起初生意果真很好。生意好有几大原因：一、地方好，杂货店当年处在中心路口，往上分别去牯岭街和美庐，往下又分别可去中山诸路和河西路，到达大厦、芦林。二、这个杂货店是唯一的杂货店，店里什么东西都好卖，周边的、路过的，人来人往。三、有洋人和有钱的老板住在附近。四、她们做的面包是李时龙师傅亲手指导的。

她们卖了一段时间的面包，生意时好时不好。生意不好的时候，面包未卖完，就要挑回去，姐妹俩觉得这样很麻烦、费事。这时李时龙又说，那你们就在桥边的树林子里做个小玻璃柜吧。这主意好，两三天之后，树林子里便搭起一个离地面半人高的玻璃柜，有门有锁，一旦面包未卖完，就锁在柜子中。当时，社会风气尚好，面包锁在柜里，也没人去撬，没人去偷，第二天早上仍旧好端端的。这柜子很多庐山老人都看见过，说梅小姐卖面包，还有个玻璃柜。梅小姐卖面包，还有个特殊的优势，她身材高挑，人长得漂亮，金发黑眼又丰满诱人，穿着半袒露的连衣裙。特别是生意兴隆时，她就与梅妹子各披着一块长长的纱巾，在桥边翩翩起舞，她那白皙的胳膊与纱巾一同在风中摇动，一动一作，一节一拍，便招引不少的游客和过路人围观欣赏，梅妹子也长得十分俊俏，更让这场景添色不少。

不久，内战爆发，上山的洋人纷纷回国，面包渐渐又不好卖了。再不久，庐山解放了，在山上的洋人更少了，很少有人再来买她的面包。面包生意不好，她们又没有生计。一天，又是李时龙路过，见此状况他又说，洋人下山了，没有人再吃面包，中国人喜欢吃米食，你们可以做个米糕之类的试试，这地方好，你们真可以试一试。李时龙劝她们转产，尝试制作中国人喜欢吃的米糕。梅小姐听李师傅的话，又虚心求教。李师傅就教她们如何做米糕，从磨米、发酵、加糖到蒸煮，全部流程都悉心教导，并且给米糕取了个好听的名字——洋糖发糕。几天之后，米糕又生产出来了，还是在这老十五号桥边，梅妹子提着竹篮子，她在一声声叫卖：卖洋糖发糕呵，卖洋糖发糕……

　　这洋糖就是外国进口的蔗糖，发糕，就是米粉经过发酵后蒸煮的点心。米糕白嫩，松软，甜蜜，爽口。她们的生意又渐渐好了起来：外国人没见过米糕，想着品尝下这中国的米糕；中国人原本喜欢米食，又加上有进口的白蔗糖，甜蜜可口，也上前买上几个，可带回家去，让老人和孩子们尝尝新。就这样，洋糖发糕的生意又一时兴隆起来。这洋糖发糕的名字，是否是李时龙师傅取的还得进一步印证。可洋糖发糕这四个字，又从原义演绎出一种地方方言含义。比如某人说话办事太不靠谱，即讽刺他说：你真是洋糖发糕呵！不久，九江也有人做洋糖发糕，如今，还有人在做，且叫它米糕了。

　　1951年，上级下达文件，通知外籍人回国，原美国学堂的师生们也纷纷下山回国。通知一下，管理局公安队也通知梅尔杰，叫她下山回国，谁知，梅小姐坚决不同意，公安队再三劝她，她也不同意，她最后哭着说，我回国去，我家里也没有一个亲人了，真的，一个亲人也没有了。又说，她家的亲人都被德国兵杀害了。管理局、公安干部听说此事，对她也深感同情。又因为梅妹子舍不得梅小姐离开她，也在一旁帮腔，向政府部门说好话，这样拖延了几天，她们就没有下山。又过了几天，管理局得知梅小姐不愿回国，还请示了省政府，省政府也没有明确表态。一个外国女人不愿走，那就不走吧。老人们说，政府民政后来还不错，还给她争取生活补贴，每月有三块钱，与山上寺庙里的和尚、尼姑们的待遇一样。一阵风过去后，就没有人再问起梅小姐回国的事，她们又天天在树林子里继续卖米糕。

　　老人们说，梅小姐她们俩1953年还在，一直到1954年长江发大水那年，她们还在山上继续卖米糕。

　　忽然有一天，她们俩不见了，林子里再没有听到过卖洋糖发糕的叫卖声了。

　　山上有人关心她们，也有人是因为好奇，那梅小姐她们俩又到哪里去了呢？这件事很多年都没有人知道，时间一久，也就渐渐淡忘了。卖面包的梅尔杰，小梅婆子，可是最后一位离开庐山的洋人。

三、二飞的故事

都洋人的二儿子，庐山人管他叫二飞。二飞从小就生长在庐山和九江。在抗日战争期间，据说他成为飞虎队的英国飞行员。二飞开飞机轰炸停在长江上的日本军舰，炸完后就立即飞走，过几天他再来炸。九江庐山是他的家乡，他很熟悉九江地形，每次飞来，总是沿山低飞，日本人一时难以发现。当他的飞机一出现在江面上时，炸弹就投下去了，他炸沉了好几艘日本军舰。后来日本人掌握了他的飞行路线，有一次二飞中了埋伏，飞机中弹，他跳伞后不幸被捕。

得知此事的都洋人到九江来看望儿子，他非常难过。二飞被绑在马连良大戏院的长椅子上，当时戏院内人山人海，二飞用庐山话和大家说话，并让他们散去，看得人非常难过。

都洋人想救儿子。他收养了五个义子，大多是孤儿，有庐山的，有九江的。据说枪杀二飞那天上午，九江街上人山人海。都洋人带着五个义子，还有他的朋友挤在人群中，他们都带了短枪、手榴弹，准备去劫法场。二飞被押在一辆大卡车上，车上站满了日本兵，卡车后又跟着两辆大车，四部摩托车开道，戒备森严。都洋人一直跟在人群里，可惜没有机会下手。

（注：关于二飞的身份，老人们有争议，有人说是吉姆，庐山美国学堂校长的儿子）。

四、牯岭的洋铁匠们

旧牯岭人把白铁工称为"洋铁匠"。

20世纪初，洋人在牯岭盖了很多洋房，洋房的铁瓦大多用5毫米的镀锌板，经过机器压制，老人都习惯叫它"洋铁瓦"。洋铁瓦，旧中国不会制造，它源于英国，至今，很多老房子上还盖着这种百年的洋铁瓦。洋铁瓦长2米，宽0.8米，瓦沟深3厘米，沟与沟之间相隔6厘米。牯岭的房子用这种瓦，与牯岭的气候有很大的关系。一到冬天，本地的泥瓦既怕雪压又怕冰冻，铁瓦的抗压性强，不怕雪压和冰冻。但铁瓦怕锈，一锈就会烂。这要先打黄丹（防锈漆），再油上其他颜色的漆，庐山一般红漆居多。远远地眺望，牯岭的红屋顶掩映在一片绿林中，那是万绿丛中点点红。

盖铁瓦不能用铁钉子。不然时间一长，铁瓦就会松动，刮风下雨，就会被掀起，即便不被掀开，雨水也会随着钉眼流下去。当年钉铁瓦用的是专门配制的螺丝。这螺丝长8厘米，直径0.6厘米。在螺丝帽内还套有垫圈，垫圈下还要垫一层橡皮，拧紧这螺丝，雨水就不会渗透了。铁瓦配套的还有铁涧沟、铁涧筒。它们的作用是把雨水从屋檐向下排到下水道中。此外，还有一整套的技术和工具。

当年，一般人不会做，会做的只有牯岭的洋铁匠，都是湖北人。有黄陂的，有麻城的，洋铁匠从小先到汉口去拜师学徒。洋铁匠有自己特殊的工具，不同于其他工匠。例如，木匠的折尺是六节，刻度是米制。而洋铁匠的折尺是四节，双排对折，刻度是英尺，每一格都镶嵌着铜，用久了，铜会闪闪发光；皮匠钉鞋的铁架像"丁"字形，铁板像鞋底，洋铁匠的铁脚板，上面是一块德国的钢，在上面可以敲打各种各样的形状。敲打的工具叫拍尺，它是用檀木做的；裁缝用剪刀，洋铁匠也用，而洋铁匠的剪刀大，是从英国购进的特制剪刀，汉口后来才能打造。洋铁匠刚来山时，大部分都住在牯岭西街一带，有开铺的，有单干的。

当年的洋铁匠在牯岭可是个含技术的高等职业。

作者简介：邵友光，男，1952年生于庐山。原庐山管理局建设处技师。曾出版《道不尽庐山真面目》、《道不尽庐山真面目》（续集）；与人合作出版《庐山鸟类集锦》。

庐山外国学校故事二则

孙 涛

记忆中的庐山英国学堂

春意盎然，一朵朵花儿吐着蕊，我顺着普林路石阶而上，不久就见到一座铁栅栏围住的院落，院子里传出琅琅的读书声，这便是我的母校江西省庐山第一小学。走进校园，你能看到一处石砌而成的百年建筑，这栋古朴的西洋建筑就是庐山英国学堂，它是庐山第一小学的附属教学楼之一。此建筑是三层石砌的大楼，大门和窗子都是木质结构，门、窗都使用铰链，屋顶是铁皮瓦。走上学堂门口的几级石阶，可见门前一石块刻写着"英国学堂"。（遗憾的是现在已看不到这块石刻了。）

我在庐山一小就读期间，这栋学堂曾是我和同学们玩耍的地方。它年代久远，我们幻想着这是一栋中世纪的城堡，因而引发我们这些孩子无限的想象与好奇心。我们听说这栋学堂阁楼里有"鬼"。有一次吃完午饭，我们悄悄踩着木制楼梯爬上阁楼准备探寻一番，但是里面黑漆漆的，什么都看不见，倒是我们的脸和衣服沾上了一层厚厚的灰，而且被老师抓住，我们每个参与者都被罚站了，现在回想起来仍是那么有趣。

英国学堂是当时学校的后勤楼与教师办公室，每当教室缺少粉笔等日常教学用具时，各个班级的同学都会到这栋楼里找一位鲁阿姨领取，她会将领取的教学用品逐一做好登记。鲁阿姨待人和善，她与我们交往时间长了后，就像我们的一位亲人。

每当学校课间休息做眼保健操的时候，我与各班级学兄学弟一起去学堂地下一层领取各班级的课间餐。该学堂地下一层是学校的糕点作坊，一进去就能闻到刚出炉的香喷喷的面包的味道。长此以往，我也就和做糕点的阿姨们混熟了，她们都喜欢称呼我"胖同学"。

20世纪初期，英国学堂是在牯岭培养外国人的学校，因此在我就读庐山一小期间，学校每年都会有一批批英国学堂老校友来参观自己的母校，追忆自己的童年，追忆那曾经在牯岭成长的美好时光。他们大多是年过六旬的老人，待人和蔼。我们这些小学生们抱着好奇的眼光，迎接这些异国宾客。有一次，我同班的杨同学接受了英国学堂老校友馈赠的礼物——一支高级的钢笔。那个时期，在市面未曾见过这种钢笔，它外装别致、新颖。当我们的江老师发现后，她正确引导杨同学，告诉他不能随便接受别人馈赠的礼物，并领着杨同学将钢笔还给了外国友人，并礼貌地说明不能接受的理由。这虽然是一件小事，但是一直刻印在我的脑海中，因为它让我在接受礼物方面树立了正确的观点。

英国学堂是庐山一小的重要地标建筑。每年六月底，六年级毕业班的班主任会带领同学们着统一校服，面带笑容，在学堂石阶上分立三排或四排合影留念，在相机前留下最美好的印迹。

英国学堂是近代由大英执事会创办的外国学堂，由英国土地投资有限公司在牯岭20号地坡上建起一座三层楼的主楼。当时，英国学堂与另外两个外国学堂——美国学堂、法国学堂一样在庐山牯岭具有一定知名度和影响力。如今这座学堂像一位百年老人，静静地诉说着自己的过往，诉说着美丽的故事，而我与我的小伙伴们只是美丽故事中的一段小插曲，拥有童年读书时期的快乐时光。

葆灵女校与庐山的不解之缘

口述：张雷

文字整理：孙涛

曾经听说葆灵女校来牯岭办过学，但一直得不到证实。当2017年何笑天、李朝勇的《庐山现代教育史稿》出版，才知道确有其事。该书第79页记载："豫章中学、葆灵女校此二所中学来自南昌，是江西省的名校。在庐山，葆灵女校驻英国学校，豫章中学驻省图书馆。以上学校在庐山刚站稳脚跟，战火就蔓延至九江，1939年春，都迁往外地逃难了。"

但据当年在该校读过书的蔡老先生回忆：他当年六岁多，就读的是葆灵女校小学一年级，该校校址在牯岭8号别墅。大概就在原来的游泳池后面，因这一带别墅相对集中，全是美以美会传教士别墅。学校借用牯岭6、7、8号等多栋别墅作为教室，前后在此办学一年半。蔡老先生爷爷是营造厂老板，经常与外国人打交道，信息灵通，他得知葆林女校在此办学，就帮孙子报了名。1937年9月开学，到1939年1月结束，共一年半时间。他对此段短暂的读书时光记忆深刻。学生中有外国人，也有中国人，有男生，也有女生。学校开设了小学全部课程，主要教学英文、中文、音乐、绘画、体育等。教师中外国人偏多，女教师偏多，他们都能讲流利的中文，学校用中文授课。

葆灵女校在牯岭办学时期，正值侵华日军攻打牯岭之时。虽逢战乱，学校教育管理却井然有序。后期，日军战机经常轰炸牯岭，敌机来时，学校警报会提前响起。当时，在校学生都由老师组织前往后山暂避。他当时年龄小，跑不动，落在了最后，有一位女老师紧跟其后。这时，突然一颗炸弹就落在附近爆炸了，他听到爆炸声，惊吓得倒在了地上。这位女老师同时也听见巨响，立刻奋不顾身用身体护住他，把他压在下面。敌机远去，轰鸣声渐小，他们才从噩梦中醒来。

不久，战事趋紧，牯岭形势更加严峻，山上天气寒冷，也正值放寒假，学校只好撤离牯岭。经过近一年半的学习，他与学校产生了很深的感情，但因为年龄小，只能与家人待在一起，留守本地。

关于葆灵女校在庐山办学之事，《庐山现代教育史稿》和蔡先生的说法在时间上基本吻合，而办学地点说法不同。孰是孰非，无法定论。

今年五月，牯岭来了一行特殊的客人，他们都是南昌十中的校友，南昌十中的前身是葆灵女校。据校史办邹国俊老师介绍，他们一直在查找这位学校创办人的历史资料，因为时间久远，查无结果。近些年经过从加拿大、美国等渠道查找，得知郭恺悌校长去世后，她的骨灰就是安葬在庐山牯岭的洋人墓地。

他们这次是来郭校长的墓地，进行一次凭吊活动。但对墓地在何处仍一无所知。他们仅凭一张老照片和简单的文字记载开始寻找，前几次都无功而返。由于历史原因，洋人墓地已经彻底消失，根本没有墓的存在，他们怎么能寻找得到呢！通过当地老人的共同回忆，他们最终得知了真实的墓地旧址，这才完成了他们的共同夙愿。这次活动是几位老人代表南昌第十中学首次参加活动，他们是该校毕业的徐东明、王勇、唐其铭、胡兆昌、赖红、程顺香老师，校史办主任邹国俊等老师也全程参加了活动。

他们每个人脖子上都围一条黄色的丝巾，并带来一张放大的人物头像，他们手捧鲜花，在墓地将头像展开并竖立起来，然后，在头像下敬献鲜花，分立两侧向遗像默哀。这是郭校长去世89年之后，该校的校友们进行的一次吊唁活动。

郭恺悌（Kate Louise Ogborn，1862—1932）女士是美国基督教美以美会成员，1891年来华传教布道，1902年在南昌创办了葆灵女校，为该校的首任校长，任期5年（1902—1907）。她的办校宗旨以"平等、博爱"为理念，也为了顺应当时妇女觉醒追求平等自由的大趋势，根据南昌实际情况，确定以女子教育为办学方向。该校因纪念美国的葆灵先生（Mr. Baldwin）而得名。据南昌第十中学校史办邹国俊老师介绍："葆灵女校也是近代史上，江西省第一所教会学校。"

郭恺悌校长晚年患哮喘病，由于庐山牯岭普仁医院是美以美会开办的，对哮喘病又有很好的医疗条件，加上庐山特有的气候条件，对该病有良好的治疗效果，郭恺悌在这里进行了康复治疗，住进了普仁医院女院。这所女院旧址现在还在，但里面成了住户的宿舍。她后来因心力衰竭医治无效而在此病故，享年70岁。安葬在牯岭洋人墓地，墓的编号为129号。现在墓地长满了树木，当年的墓地痕迹全无，编号更是无法找到。

据南昌十中校史办主任邹国俊老师提供的资料显示，葆灵女校设立在英国学校。这一点与《庐山现代教育史稿》说法一致。但他提供的门前悬挂着"葆灵女校"匾额的照片又显示与原牯岭8号别墅（现河东路176号）高度拟似。这样，又与蔡先生的记忆基本一致。据此可以推断，葆灵女校在牯岭办学，高年级学生在英国学校上课（因为英国学校具备食宿条件），低年级（大多招收本地低年龄学生，不需要食宿条件）学生在牯岭8号等别墅就学。牯岭沦陷前夕，葆灵女校迁往外地（校史资料是迁往赣中的南丰、永新及赣南的于都等地继续办学）。

葆灵女校在国家受到侵害时仍然坚持继续办学，与人民同呼吸共命运，在艰苦的条件下培了许多优秀的人才。"非以役人，乃役于人。"秉承这一宗旨，学校培养的学生，在世界的每一个角落，都会生根发芽，开出绚丽的花朵。

作者简介：孙涛，男，1983年9月出生，庐山市牯岭镇人。就职于庐山市牯岭镇社区。庐山市文学协会、五柳诗词协会、朗诵协会成员。庐山文化爱好者，多年来已向九江市、庐山市多个媒体投稿几十余篇。现从事庐山市南康文化研究工作。

庐山越南少年学校始末

张家鉴

记得在2000年秋季，我负责一项外事接待任务，接待一批来自越南的客人，客人中有时任越共中央办公厅主任的陈庭欢。我们游览到庐山会议会址时，陈庭欢停了下来，站立良久，他说他童年曾在这里上过学，会址是他们的教室，会址的一楼曾是他们的饭厅，庐山大厦曾是他们的宿舍。他对会址旁的长冲河记忆很深，说经常在河上的大石头上玩耍。而后又把当时庐山大厦的负责人找来合影留念。由于语言不通，又是外事任务，不便向客人询问原委。之后我请管理局编志办的同志查了一下，说在50年代初期武汉中南干部子弟学校曾迁来庐山大厦，遂以为陈庭欢当时是该学校的学生，所以在庐山就学，并且可能有一批越南革命干部和烈士的子女。次年，越中友好协会要求庐山协助举行一个仪式，授予时任旅游总公司服务部的负责人丁胜璜"友谊勋章"，我们知道丁胜璜在50年代初期曾是庐山大厦的管理员，应该服务过这批越南学生。个中具体情况一直不甚清晰。后来我就经常注意陈庭欢在越共中央职务的变迁，他曾先后担任中央政治局委员、中央书记处常务书记、中央组织部部长等职，并多次访问中国，活跃在中越外交的舞台上。

前不久，一个偶然的机会，看到一条外交部网站的消息："驻胡志明市总领事许明亮出席庐山—桂林越南少年学校建校55周年集会。"报道说：2008年7月12日，原越南庐山—桂林少年学校部分在胡志明市的师生举行集会，纪念建校55周年。中国驻胡志明市总领事许明亮应邀率总领事馆干部出席并讲话。一百多位原越南少年学校师生参加了集会。他们大多已是白发苍苍的老人，愉快地回忆起当年在庐山、桂林学习和生活的情景，高兴地唱起他们所熟悉的《大海航行靠舵手》《红梅赞》《团结就是力量》和《白毛女》等中国歌曲，有的还激动地流下了眼泪。校友代表在发言时表示，当年中国人民的生活十分困难，但却全力关心、帮助越南少年学校的师生。这是中越两国友好关系的历史见证和生动体现。少年学校的师生时刻关心着庐山、关心着桂林、关心着中国，今年将再次组团去看望当年的老师和朋友。会上，他们还从自己微薄的退休金中拿出一些钱捐给四川灾区人民，希望能够帮助灾民重建家园。根据这则消息的线索，我查阅了相关的资料，才知道庐山在50年代初期曾经有所"庐山越南少年学校"，对这所学校的建立情况也大致有了一些了解。

1953年5月，越南的抗法战争正处于十分激烈和艰苦的阶段。这时越南民主共和国主席胡志明提出了一个具有战略意义的创意，就是要派一批越南干部子弟到中国学习，为抗法战争胜利后的国家建设培养人才。为此，胡主席亲自给中共中央和毛主席写信，希望中国帮助他们在华南地区建立若干所越南学校，其中包括一所越南干部子弟学校。当时中国刚刚解放不久，百废待兴，而且抗美援朝战争还没有完全结束，但中共中央和毛主席毅然决定同意胡志明主席的请求，并给予大力援助。

1953年7月9日，越南教育部长阮文萱签署了在中国江西省建立"庐山越南少年学校"的决定，并任命了校长和副校长。同年夏末秋初，来自越南北部和中部各省的1000多名少年儿童，分成11个队集结到靠近中越边境的谅山省，然后徒步行军，经过睦南关（现今友谊关）来到中国广西凭祥。8月25日，第一批少年儿童抵达庐山，这一天便成了建校日。生源主要是越南干部子弟、烈士子女。学校的校址就在庐山大厦这群建筑里。半年后，学校从庐山迁至广西桂林，对外称"桂林育才学校"。至于学校迁移的原因，我想可能主要有两点，一是庐山的气候，庐山冬日的风雪是这些来自南方的越南孩子难以适应的；二是广西与越南毗邻，语言、气候、生活习惯大致相同，也便于与祖国的联系。1957年12月该校撤回越南。

据说这所创建于庐山的越南少年学校为越南培养了不少重要人才，不少学生后来成为越南杰出的政治家、外交家、经济学家、科学家、汉学家、诗人、音乐家等。他们虽身在要位，仍情系庐山，情系桂林。该学校的师生现有约150人常住胡志明市，他们每年都举行校庆集会，纪念这一段难忘的历史，对中国人民的恩情永志不忘。2003年8月下旬，越共中央组织部、教育部和越中友协曾在河内举行了一系列活动，隆重庆祝学校成立50周年，越南党政有关方面领导人和众多学校的老校友聚集一堂。老校友中的代表人物有越共中央政治局委员、组织部长陈庭欢，越共中央委员、教育部长阮明显，越共中央委员、组织部常务副部长阮德核，越共中央委员、中央检查委员会副主任武国雄，越南国家主席府办公厅主任段孟蛟，越南中央电视台台长胡英勇，越南对外友好组织联合会主席武春洪，越中友协副主席武高潘等。越共中央政治局委员、组织部长陈庭欢十分动情地说："时光虽过去了50年，但我们每个人在兄弟的中国大地上学习、生活的深刻记忆却丝毫没有淡漠。回忆过去，我们怀念那些对我们循循善诱的老师，那些照顾我们衣食住行的干部、工作人员和那些难忘的同学们。我好像又看到了铺满白雪的每条道路，看到了扫雪的服务员叔叔搀扶我走过泥泞的小路，听到每间教室在课余时间都回荡着欢声笑语……这些往事的回忆始终伴随着我们走上工作的道路，鞭策我们锻炼成长，做一个对人民和祖国有用的人。""每个人的成长历程不尽相同，但我们当中没有一个人做过对不起党和国家、对不起越中友谊的事情。这是我们共同的欣慰和自豪。""越中两国老师和服务人员的举止、言行，在我们纯洁的心灵中逐渐形成了对越中友谊的感情。"陈庭欢所描述的铺满白雪的道路和扫雪的服务员叔叔一定是在回忆庐山当年的情景啦！

终于弄清楚了庐山的一段史实，我非常欣慰。庐山越南少年学校的历史丰富了庐山外事交往和教育工作的内容。虽然这个学校大部分办学时间是在桂林,但她的起点是庐山,并且在越南的高层领导心中有如此重要地位,我们应该进一步研究和挖掘。越南庐山—桂林少年学校成立55周年之际,我们庐山应该做些什么呢?这是历史留给我们的任务。

作者简介:张家鉴,长期在庐山工作,在庐山旅游集团担任十年管理者,在庐山风景名胜区最高管理团队工作15年,自称是"庐山的守山人"。余暇热爱摄影、撰写文章、考证整理庐山的逸闻趣事。

芝罘学校在庐山的故事

伊恩·格兰特　翻译：陈　晖

在1948年至1950年，恰逢新中国成立前后，作为一个小男孩，我有幸在庐山上学。像我们学校的许多其他学生一样，我们总是回首那些年，庐山对我们而言是一个非常美丽而又充满异国情调的地方，它与我曾经生活的其他地方不同。我分别在1991年、2007年和2012年有幸再次回到庐山。与我小时候曾经居住的庐山相比，这里发生了很多的变化，但仍有很多没有变。下面是应庐山的陈晖女士之邀，写的一篇有关我们学校在庐山的文章。

芝罘学校的建立和变迁

1881年，我就读的学校在一个叫芝罘（1940年我出生于此）的地方成立，芝罘即山东省烟台市。芝罘濒临大海，环境优美。芝罘学校是由一个名为"中国内陆传教会"（简称为内地会）的组织为基督教传教士的孩子们建立的学校。它是一所英国寄宿学校，学校的学生除了来自英国，还有来自加拿大、美国、澳大利亚、新西兰、南非、德国和瑞典等国家的。其中50%的学生是内地会传教士的孩子，25%是其他教派传教士的孩子，另外25%是非传教士人士的孩子。最初我们的学校由三部分组成，为幼童设立的预科学校、女校和男校。每个学校有独立的宿舍、教室和娱乐设施。男校的校长是总校长。1934年男女同校的学校开办，学校为来自女校和男校的学生一起提供教育。学校的课程基于英国的教育体系，大多数学生在高三参加牛津大学的入学考试，参试的学生基本能考入此校。芝罘学校自豪地称自己是苏伊士以东最好的学校。

芝罘学校在芝罘办学持续到1942年。1941年至1944年芝罘学校部分师生转移到四川嘉定（乐山）办学。日本人袭击美国在夏威夷的珍珠港后，美国、英国加入太平洋战争。所有居住在中国日占区的西方人立刻被拘禁，这包括我们学校的部分师生。在芝罘被拘禁一段时间后，我们学校师生被转移到潍县（现在山东省潍坊市一部分）的一个大集中营。1945年日本战败后，西方人又可以在中国自由活动。由于国共内战，我们不能返回烟台。因此在1946年，学校在上海内地会总部的办公楼临时办学。1948年1月至1951年初，芝罘学校在庐山办学。在新中国成立后，芝罘学校曾在中国台湾、菲律宾、马来西亚、泰国、日本等一些地方办学。

芝罘学校师生在庐山的生活

早在1909年至1915年这为时不长的几年中，内地会在庐山开办了一所预科学校，但是学校被一场火烧毁后关闭。学校的孩子们转入烟台的学校。20世纪初到1951年，内地会在庐山的房产成为传教士疗养的场所。

1947年底，内地会从美国圣公会买下其在庐山牯岭的美国学校房产。因日本军队占领庐山山脚地区，1937年12月牯岭美国学校师生全部撤离，学校永久关闭。学校房产被空置了十年，内地会买下此房产后对其进行了整体修缮。芝罘学校在圣诞节后的1948年1月开始授课，对于当时的120多名学生和20多名教职工来说，牯岭简直是天堂。

我们在庐山就读期间没有直达山顶的公路，是从一千级阶梯（好汉坡）上下山的。年幼和年长者乘坐轿子，但大部分人步行上下山。山上所需要的绝大部分东西，如粮食、家用物品、建筑材料等都是苦力抬上山的。我第一次到牯岭时只有8岁，我是坐着轿子上山的。我们到达山顶后唯一的交通方式是步行。

芝罘学校在庐山办学期间，除了宿舍外，学校其他设施是男女生共用的。年纪小一些的孩子住在以前任校长麦卡锡名字命名的主楼顶层,男女生分住两边。稍大一些的男生住在麦卡锡楼的二层,稍大一些的女生住在以前任校长布鲁斯名字命名的另一栋大楼里,医务室在布鲁斯楼的顶层。两栋楼都有教室。食堂和厨房设在麦卡锡楼的地下室。操场在麦卡锡楼的下面,在布鲁斯楼的一侧学校专门开辟了一块地给学生学习种菜。

芝罘学校的课程是基于英国教育体系的,有写作、阅读、科学、历史等课程。我在学校时年纪比较小,有些课没有上过,但我有一张高年级在实验室上化学课的照片。我们每周有一节汉语课,是一位中国老师教我们汉语,遗憾的是我们的汉语都不合格。我远在云南与父母在一起的弟弟成天和中国小孩一起玩耍,能说一口流利的汉语,可是等到我们回国后不久,他基本忘掉了。在学校我们学过很多歌曲,其中包括圣歌,我们还分声部唱歌。我们的校长霍特先生为我们创作了不少歌曲。我们在烟台时就有校歌,到庐山后,霍特校长把庐山这块内容加入了校歌。

除了正常的功课外,我们学校生活的一个重要方面是体育活动。比如足球、棒球、垒球、网球,还有不同长度的跑步、跳高、跳远等田径赛。年幼孩子们有"三条腿"和"麻袋"赛跑。在业余时间,我们自己玩打弹珠、跳绳、爬树、荡秋千,偶尔打打架。我们还有其他一些户外活动,如通缉令(孩子的抓人游戏)、抢占北极地(全校师生参与的户外活动)。夏季我们喜欢在溪流和泳池中游泳。在冬季,我们坐着雪船从通过大操场的滑雪坡道飞驰而下,享受着速滑的快感。

远足是我们最喜爱的活动之一,我们经常去的地方有猴子岭、三宝树、翡翠潭(现在的黄龙潭)、三圣潭(乌龙潭)、仙人洞、狮子跃(五老峰)、三叠泉等地方。我们这些年纪小的孩子需在老师的陪伴下远足。高年级的孩子会走得更远,比如庐山脚下的白鹿洞书院、海会寺、鄱阳湖畔,他们会在那儿野营。我们的远足活动有的是自发的,另外一些是有规划的童子军活动。童子军是学校的社团活动,按照年龄分童子军和幼童子军,每类又分为男女两类。每个社团都有自己的服装。我们加入童子军时有入团仪式和入团宣言。在社团中我们学习齐步走、结绳,一起外出行军远足、自己搭帐篷野营和做饭等。

我们的一日三餐。起床洗漱完毕后,年纪小的我们直接下楼到地下室的餐厅吃早餐。早餐前在老师的带领下会祷告或唱圣歌,早餐是一大碗粥,总是配有花生酱和糖水。冬天的是稠粥,夏天是稀粥。另外还会有鸡蛋、面包,中餐、晚餐吃米饭。我们印象深刻的一道菜是鄱阳湖的大鱼。牛奶每天必备,最初我们喝的是奶粉冲泡的牛奶,很不习惯,后来学校买了奶牛,我们喝上了鲜牛奶。餐厅也被用作音乐厅,这里举办过短剧、小型音乐会、生日聚会。

我们学校有医务室,皮尔斯医生是我们的校医。他有三个助手,其中一个是他妻子。每年皮尔斯医生给我们做全面检查,每个月我们都要测量身高和称体重。我们大多有因健康问题到医务室打针的经历。当有人从树上或岩石上摔下来,受伤就得到医务室包扎,严重的甚至要给断臂和胳膊复位。我们大多数人都在不同阶段接受过蠕虫治疗,这包括饥饿、药物和令人尴尬的灌肠治疗。病情严重的学生不得不在医务室常住,康复了才能回去上课。

我们每年有寒假和暑假两个假期。通常寒假很长,一般从12月中旬到次年的1月底,这样我们可以和家人一起过圣诞节。我们中的一些孩子在路途中要花费近一个月的时间,因而和家人在一起的时间不是很长。还有的孩子由于种种原因可能要一年、两年,甚至三年才能和他们的父母团聚。我们学校的暑假通常是2—3周,大部分学生待在学校。我哥哥和我,从1946年秋天到1950年末,我们只回昆明的家两次。从1950年底开始,所有的西方人士不得不离开中国,我和哥哥离开学校,从香港坐船到英国,我的父母在1951年的3月才到达英国,几个月后我们一起回到家乡加拿大。

当我们离开我们的父母返回学校时，大部分人有一段时间会想家，但当我们渐渐地开始专注于我们的学校生活就会减轻想念。对我来说，我大概要花费两周时间。每周我们必须要给父母写信，小孩子常常觉得这是一件苦差事。尽管我们的日常生活很丰富，可是我们经常不知道在信里写些什么。当我们收到父母来信时会很开心，父母写给我们的信比我们写给他们的信要长得多。

学校为了照顾年幼的学生制定了"大哥哥"和"大姐姐"制度。每个年幼的孩子都和一个年长一点的男孩或女孩结对子，年长的孩子的责任就是像哥哥或姐姐一样照顾年幼的弟弟或妹妹。许多新学生六岁多一点。这种人性化的制度对思乡的小孩子们来说确实是一种安慰。很多孩子在学校生活结束后很长一段时间里都和他们指定的"兄弟"或"姐妹"保持着联系。在牯岭的这几年是快乐的童年时光，但是只有父母才能给予的亲情无法弥补。

我们在学校快乐地生活和校长斯坦利·霍顿与他妻子的亲和力和影响力分不开。他们为孩子们的幸福所做的努力是真诚的，具有牺牲精神。有一件让我们难忘记的事是我们敬爱的霍顿校长突发心脏病去世。我们大部分人参加了他的葬礼，唱着他为我们写的歌把他送到学校附近的外国人的墓地，那是悲伤的一天。霍顿校长去世后，另一位老师担任我们的校长，直到我们离开庐山。

芝罘学校协会

1908年1月，芝罘学校校友在英国伦敦成立了校友协会。协会被命名为芝罘学校协会，协会一直延续至今。协会组织分布在许多国家的校友聚会，让他们保持联系，分享他们在芝罘学校的故事。芝罘学校协会年会曾在伦敦、墨尔本和多伦多召开。校友在洛杉矶、西雅图、芝加哥、温哥华、悉尼、奥克兰也时不时有聚会。

芝罘学校校友保持持续联系的主要方式是《芝罘杂志》。《芝罘杂志》创刊于1908年芝罘学校协会建立时，一直延续到110年以后的2018年，出了最后一期。后来校友交流通过电子邮件方式延续。此杂志让芝罘学校校友和员工能分享资讯、通知当地聚会消息、发布协会成员讣告、分享逸闻趣事。多年以来，杂志积累了有关芝罘学校丰厚的资讯和回忆。在杂志存在的最后16年（2003—2018年），我是杂志编辑和出版人。芝罘学校在中国上过学的校友现在大多已是70多岁、80多岁和90多岁的老者了，人数正在慢慢减少。

芝罘学校协会最近的一项成就是在烟台市博物馆建立了有关学校大记事、档案和照片永久的陈列。我在其中起了重要作用。我们感谢这个城市对这个项目的兴趣、给予的支持，感谢他们邀请我们中的一些人参加开幕仪式。

我仍是芝罘学校协会的重要联系人。2002年我参加了美国牯岭学校协会的聚会。随后我作为芝罘学校的代表应邀成为他们的董事会成员。这一美好的合作关系持续了近20年。2007年，我们一些芝罘学校老校友参加他们的庐山之行，分享了自己对中国、中国人民，特别是对庐山的热爱。

重返庐山

芝罘学校老校友们称自己为芝罘人。自20世纪80年代开始，我们当中很多人愉快地重访中国，特别是庐山。1991年，我第一次回到中国、回到庐山，40年前离开时我还是个孩子，再次回到庐山已是半百老人。2007年我们一些芝罘人受牯岭美国学校协会邀请再次来到庐山，我们受到当地政府的热情接待。2012年7月，我和一位芝罘老校友在中国导游的帮助下组织20多个曾经在牯岭读过书的芝罘人重游庐山。参访庐山是我们参访芝罘学校前校址（烟台、潍县集中营、上海、庐山、四川乐山）三周旅行的一部分。时隔多年我们再次见到老校友，再次重返庐山是令人欣喜的。然而很多方面和我们年少时的记忆不一样。例如汽车可以直达庐山，甚至在庐山上可以通行，树林代替了灌木，但是鸟类、蝴蝶、飞蛾等动物少了。不过还有很多仍然如旧，例如我们的校舍、我们称之为谷口（牯岭镇）的小镇、青山、溪流、瀑布和庙宇。

这里我特别要提到的是，1991年我第一次回庐山时对庐山茂盛的植被印象深刻。过去树木被砍倒制成木炭、做饭和取暖，所以庐山只有矮小的灌木。在解放后，政府禁止砍伐树木，还种植了不少树，所以几十年后，庐山的森林覆盖率大大提高，因而庐山变得更美丽。

结束语

芝罘学校在庐山的故事就此结束，希望你们感兴趣。对我来说，那段在庐山的日子是快乐的。作为一个孩子，我们生活的另一面是我们的父母是宗教人士，他们来中国是为了用西方人对宗教的思维方式来改变中国人。我们不知道什么是殖民主义，也不知道我们住在中国不是因为我们被邀请了，而是因为19世纪鸦片战争后签订条约的条件之一，西方人，包括传教士，可以选择在中国的任何地方居住。我想大部分传教士没有意识到这一点。请接受我们为过去认知的道歉。当时我们在校学生的普遍认知就是在当时中国国共两党长期的争斗中，错误方获胜了。之所以有这种认知就是因为我们不得不离开这个田园牧歌似的中国特别是庐山，不少人出生于此、上学于此。此后我们很多人认识到西方国家在中国最弱的百余年里对待中国人是多么的残虐不公。现在我们很多人是带着遗憾和羞愧回顾在1949年中国人再次掌控自己国家前的黑暗岁月的。中国花了几十年的时间站稳了脚跟，建立了一个繁荣富强、欣欣向荣、坚韧不拔的不再被西方人干涉的国家，这是值得骄傲的。尽管存在过去的种种，我们仍然很荣幸地回到中国，因为中国人民欢迎我们回到我们曾经生活和上学的地方，并如此宽容和友好，对此我们心存感激。我们热爱中国、热爱庐山，希望我们的友谊长存。

作者简介：伊恩·格兰特，芝罘学校协会会长。1940年出生于山东烟台。1948年1月至1950年末就读于庐山芝罘学校。1951年和家人回到加拿大完成中学、大学学业。大学毕业后在政府社会福利部门工作，专门为身体、心理有缺陷的孩子及其家庭服务。退休后继续在此领域担任私人咨询师多年。作为芝罘学校的老校友，在芝罘学校协会工作30余年，其间担任《芝罘杂志》主编16年。

牯岭美国学校奶牛的故事

艾尔萨·奥尔古德·波特　翻译：陈晖

1931年，我的父母罗伊和佩特·奥尔古德来到牯岭美国学校时，他们开始分担学校管理的责任，学校由于动乱已经关闭了几年。罗伊是校长，负责学校正常的教学任务；佩特是管家，负责其他所有的事务，特别是饮食。

佩特是在挪威的一个奶牛场长大的，她不喜欢庐山当地供应的牛奶，她曾说："就算是煮开的牛奶都无法去掉牛奶中的怪味。这些牛挤在肮脏的牛棚或者壕沟里，牛奶放在没有盖的容器中，任由灰尘、泥土和怪味进去。在送给消费者之前还用大量的米汤稀释。"因此大部分外国人不用当地新鲜牛奶，而选择干奶粉。虽然干奶粉有营养，但是有奶粉自己独特的味道，当然没有新鲜牛奶好。佩特建议为学校建一个自己的小牛奶场。去掉那些不确定因素，她计划在学校空地上建一个简单的奶牛场来养一群奶牛。学校的男生在细心的监护和指导下照顾这些奶牛。一旦所需的设备提供了，每月省下的牛奶费用将超过运营和维护奶牛场的费用。奶牛场所获得的盈利可以用于给学校的孩子们增强营养，提高他们的身体素质。她预算买奶牛和所需的设备的费用不到2000美元，但是可以提供数年便宜而健康的牛奶。

1934年奥尔古德家庭回美国有一年的假期。在这期间，佩特为她的奶牛场寻找慈善机构的支持，但是失败了。所以她和罗伊用自己微薄的储蓄买了四头荷斯坦奶牛和一头公牛并把它们送到中国。这些牛是怎么运到中国的到现在仍然是个谜，但不管怎样，1935年秋天的一天，在奥尔古德家庭返回牯岭后，四头荷斯坦奶牛和一头公牛爬上1000级台阶到达庐山，佩特的奶牛场建成了。学校操场的一个角落建起一个牛棚来养奶牛。学生们举办了一场为奶牛取名字的比赛，最后获胜的名字是"奶牛蓓丽家庭"，成员有罗萨·蓓丽、苏珊·蓓丽、安娜·蓓丽、卡拉拉·蓓丽和亚当。其中亚当是公牛。这些牛的后代只要是母牛，她们名字后面都用蓓丽。作为为学生们提供工作体验的一部分，牛仔工作的广告打出后，14个男生竞争奶牛场两种需要的工作。

当年只有8岁的我志愿参与照顾苏珊·蓓丽的工作。在这些奶牛当中，苏珊·蓓丽是唯一固执的黑牛，因坏脾气出名。我的父亲鼓励我承担这份工作，他说我的脾气也很糟糕，也许我们可以彼此学习。苏珊·蓓丽和我成了非常好的朋友。我发现她喜欢吃香蕉皮，我会很仔细地收集早餐餐桌上的香蕉皮。只要有时间我就去喂她。她也喜欢糖浆，我在畜棚中发现了一瓶开盖的稠稠的黏黏的糖浆，我偷偷地把糖浆滴在我的手上让她温柔地舔食着。

我的母亲有一间建在厨房附近的专用房间，它是用来放牛奶的。每天牛奶的量有90磅。她把山边附近冰冷而天然的山泉水引进一个水泥槽里，山泉水沿着墙壁前面的水泥槽流淌，以此来给装在杀菌大容器中的牛奶保鲜。这样就能每天为整个学校80余人提供新鲜而又健康的牛奶。剩下的牛奶做成黄油和奶酪，一周可以做两次。她还教孩子们怎么制作黄油和奶酪。

在冬季来临之时，佩特开始为奶牛们的保暖操心，于是她开始了编织毛毯的计划。全校的学生，男生和女生们都开始学习怎么编织方块的小毯子，然后再把这些小块毯子用针线缝起来，这样给奶牛们过冬的彩色毛毯就做成了。

第二年，其中一只奶牛生了一只小牛，我自告奋勇照顾小牛。我花了很多时间照顾这个小东西之后，发现它悄悄地把我裤脚的边缘都咬烂了，我回想起小牛的表现就让我不开心，当学生们照顾奶牛的新奇劲头慢慢减弱之后，学校就雇用了中国人来照顾奶牛们。当他们不适合挤奶的工作时，佩特和罗伊接管了这项工作。

1937年战争爆发，日本侵入中国，他们很快沿着长江而上。南京大屠杀之后，牯岭美国学校被迫关闭，我们被告知牯岭所有的外国人必须撤离。12月28日，佩特带着五个孩子和学校的其他人一起走下庐山，乘船上至汉口，然后乘坐火车到澳门和香港。后来一部分人坐澳大利亚的轮船到上海。罗伊·奥尔古德决定留下来照顾学校，再为当地人做些力所能及的事。另外他还可以照顾奶牛。

庐山很快被日本军队包围，但是留下来的勇敢的中国游击队成为成千上万难民的后盾。这些难民是为了逃避山谷中的战争而上庐山的。因为庐山被包围了，食物成了关键问题。罗伊增加挤牛奶的量，难民和军队都需要。在9月，他写道："是的，我正在自己挤牛奶，两个雇工都离开了，他们试着回到他们自己的村庄和家人一起。他们可能通过了日本人的防线，也有可能被枪射死。"当月，在庐山他参加了中国游击队司令参与的一个重要晚餐会议，他被安排坐在司令的右边。当他告诉司令他留下来的原因是根据当局要求，养牛的人下山带家人到安全地方，但很多小孩依赖他们奶牛产的牛奶生存，没有其他人能挤奶，需要他自己挤牛奶时，司令非常吃惊，也非常高兴。他竖起大拇指说："很好，很好！"

有一个小别墅成了弃婴的孤儿院，这些奶牛产的牛奶成为救命的食物。奶牛显然不清楚战争，他们不仅产奶，还生了更多的奶牛。1938年11月罗伊在写给在上海美国学校的佩特的信中说：当我在大概11点爬上床时，有人报告克拉拉·蓓丽正在生小牛，我穿上衣服到牛棚中时，小牛已经出生，是一只漂亮的小公牛。除了安娜·蓓丽生的一对双胞胎，另外三只牛给我生了7只小牛，其中一只是母牛。克拉拉状态非常好。

但是11月底，罗伊开始为奶牛的食物发愁。在11月20日写给受托委员会的报告中他说：我仍然在给社区提供有价值的牛奶，但是我很难为奶牛找到食物；在寒冷的冬天的几个月中，我非常忙，我要在山边收集枯草；公牛亚当在12月突然死掉，应该是吃了有毒的菌类。在1938年12月28日写给家人的信中，他说道：接着好运来了，今天我幸运地获得5大袋喂牛的米糠，这样我们可以顺利过冬了。他们的食物是干草和一点糠，有时我们设法买一些甜土豆，每斤8美分。餐桌上好的甜土豆至少一斤10美分。这样我就有每斤多出2—3美分给奶牛买土豆。在几天后，我打算把黛西·蓓丽宰了做食物。黛西·蓓丽已经有一岁了，她已经长成了一只很漂亮的小母牛。有一只你取名为伊萨·蓓丽的奶牛，她和黛西·蓓丽一起。我不能再养伊萨·蓓丽了，特别是她再也挤不出牛奶。从她那得到的牛肉也付不起去年一年养她的费用。让我们希望下一只小母牛能长成一只好奶牛吧。弗洛瑞·蓓丽是苏珊·蓓丽生的最后一只小牛。弗洛瑞·蓓丽是一只有点漂亮，有点小肚子的宠物，她长得很快。

1939年1月，剧烈的轰炸开始了，庐山成了日本人一个难攻的堡垒，但是很明显他们志在必得。他们也担心再次引起外国人的愤怒。未参战国家有200余人被困在庐山，他们中有英国人、美国人、德国人、瑞典人和俄国人。他们与英国和美国当局谈判最终成功，日本人为任何想离开牯岭的外国人提供安全通道。37个外国人于1939年2月28日在九江乘坐日本的轮船到达上海和安全地，罗伊·奥尔古德是其中之一。

奶牛留在庐山，它们的命运掌握在石牛顿手中，他是牯岭美国学校的看门人，他在9月7日写信给罗伊。罗伊那时已在美国的田纳西州的纳什维尔居住。石牛顿在信中写道：除了你的三只外国牛外，学校还收养了布朗夫人的三只中国牛。自从你走后，只有两只牛产牛奶，每天的产量只有17磅。因为没有办法为她们提供合适的好的公牛，大概在圣诞节期间，她们的奶将会干枯。三只中国奶牛虽产奶，但是每天的量很少。

罗伊立刻回复道："请试着给奶牛们找只公牛。你能找到的任何公牛都比让奶牛们干枯这么久好。如果在当地找不到公牛，既然要花时间考虑这件事，那最好是把奶牛带到汉口或者其他有公牛的地方。当然你需要获得当局的书面许可才能这么做。你应当和萨满斯通先生或者和利比医生谈这件事。"

后续再也没有这些牛的消息，他们猜测可能是被宰了吃掉了，那时庐山被日本人包围，没有吃的，牛应该逃脱不了被吃的命运。

作者简介： 艾尔萨·奥尔古德·波特，牯岭美国学校最后一任校长罗伊·奥尔古德的女儿，1931年至1937年在庐山居住。曾担任美国政府部门官员多年。退休后居住在美国俄勒冈州波特兰市。

鲁茨主教家族的庐山情缘

艾伦·鲁茨·麦克布莱德　翻译：陈晖

洛根·鲁茨在美国伊利诺伊州的一个小农场长大，他梦想成为一名牧师然后去中国。1896年他在哈佛受命后，被派往中国，最初定居在武昌，担任英语教师，后来被派往汉口，管理圣保罗教堂。就是在这里，他爱上了这个国家和她的人民。洛根的中文名字是吴德施。

1898年，伊莉莎·麦库克从康涅狄格州出发前往中国，准备开始她的传教工作。30岁的伊莉莎是一个意志坚忍、说话温柔的女性。她是一个爱冒险的人，对陌生地方和陌生人的向往，以及对牧师工作的热爱，改变了她的命运。在长达五周的海上航行中，她每天花几个小时学习中文。抵达中国后，她在武昌接受了美国圣公会的第一个职位，除了学习汉语外，她帮助中国孩子学习英文。伊莉莎的中文名字是顾美玉。

当伊莉莎的生活走入正轨，传教工作让她忙得不可开交。音乐是她的第二爱好。虽然伊莉莎非常喜欢跳舞，被认为不适合当教会工作人员，但一些年轻的传教士常常在晚上聚集在她的钢琴旁合唱在大学的歌曲。一位名叫洛根·鲁茨的年轻人有时会渡过长江加入他们。那是在1900年初。洛根在1900年1月10日的日记中这样写着："麦克库小姐和利特尔小姐来拜访我们，并帮助我们招待前来的客人，我觉得很愉快。"1月11日的日记写道："麦库克小姐在圣保罗教堂参加了她的第一次礼拜——八点钟的祈祷，大约九点半和利特尔先生回到武昌。"几天后，他提到他正在给麦克库女士取名字，所以毫无疑问，他很早就被她迷住了。

1901年7月，伊莉莎第一次在庐山的一个叫牯岭的小镇度过夏天。那是一个避暑胜地,坐落在九江附近的山上。在一年最热的几个月中,许多传教士家庭为了逃离长江中下游平原的炎热来到庐山。她写信给家人说,这是她在中国见过最令人惊叹的地方,在那里她感到非常兴奋。不久,洛根向伊莉莎求婚。8月14日他的日记(这是他在庐山写的唯一一篇日记)简单地写道:

> 在午餐之后
> 与麦库克小姐
> 顺着小溪而上,
> 我们许下诺言,
> 一切是那么祥和。

1902年洛根和伊莉莎在汉口结婚。1903年这对新婚夫妇在庐山度过一个短期的蜜月,然后在大教堂的牧师之家安顿下来。那年夏天,他们在庐山的小镇买地建了自己的小别墅。这是他们抚养孩子的家,是他们的避难所。这座简朴的避暑别墅坐落在长谷的西岸,靠近布鲁克路和红山,别墅地址是"92A"。冬天他们在汉口度过。鲁茨家庭的两个家都成为聚会的地方,所有人都受到欢迎,无论来人是什么政治派别或名声如何。1904年11月,洛根被任命为汉口主教,即鲁茨主教。这一职务一直延续到1938年。他的教区覆盖了湖北、湖南、江西、安徽。

他们的长子约翰出生于1903年,长大后成为一名国际记者。另外两个儿子是洛根(用了主教的名字)和谢尔顿。接着他们的长女弗朗西斯(弗兰妮是她的昵称)出生于1910年。弗兰妮的生活是最不平凡的,因为她的生活与她父亲在中国的工作交织在一起。他们还有一个女儿贝丝,她患有先天唐氏综合征。他们的五个孩子中有三个孩子(谢尔顿、弗兰妮和贝丝)出生在他们在庐山的别墅92A。

1910年到1926年，鲁茨家庭每年夏天都在庐山度过。弗兰妮最熟悉的是中部和西部的山谷，那里渐渐布满了坚固的花岗岩石头屋。随着在庐山买地建房的外国人增加，为了方便交通，石工们受命修建通往山顶的"千级台阶"。当这些中国工人把石头从采石场抬到山上建台阶时，他们会有一种音乐般的吟唱，这种吟唱在苦力搬运工、石匠和筑堤工人中很常见。他们的吟唱是一种激励，以此使得他们集中力量搬运这些巨石，同时协调他们的脚步。这种吟唱会持续一整天，每天都有。石工之歌也被用在建造石头别墅、石头小路、教堂、图书馆等基本所有的建筑中，它在山谷中回荡了很多年。

弗兰妮6岁开始学习钢琴，她的母亲坚持让她在客厅的钢琴上定时练习几小时，这为她奠定了终身的音乐基础。作为一个艺术的灵魂，对这座山的意象和感觉以一种贯穿她一生的方式注入弗兰妮的生命里，这座山是她灵感的源泉。她的音乐生涯已经开始，这与庐山千级台阶的建造时间相吻合。她是听着石匠的吟唱，看着他们工作的进展长大的。从10岁开始，弗兰妮就读于庐山的牯岭美国学校。早在1905年，伊莉莎和主教在书信中就谈到他们建立牯岭美国学校的事宜，并一起计划如何使其成为现实。洛根为获得美国圣公会董事会的批准而努力，最终学校于1916年开办。弗兰妮在1922年至1926年就读于庐山的牯岭美国学校。在1924年9月，伊莉莎两个女儿入学时，她担任了半年的代理校长。弗兰妮15岁离开中国去美国完成高中学业，但每年夏天会回到庐山度假。1932年，弗兰妮追随她对音乐的热爱来到马萨诸塞州的曼荷莲学院学习。尽管她离开中国在美国接受教育，但是弗兰妮毕业后不久就在中国首次登台演奏钢琴。

伊莉莎是女权运动的先驱，特别是她在中国期间的事业，她一直致力于教育和赋予女性权利，帮助她们过上更充实的生活，以此释放她认为她们应发掘的潜能。她深受教会和中国人的爱戴和尊敬。她对中国最重要的贡献之一是她创立了女子走读学校。伊莉莎以好客而闻名，她也以帮助来自各行各业的任何需要帮助的人而闻名。她不知疲倦地帮助他人，不关心自己的需求是她的生活方式。她在周日学校的那些年里一直在学校任教，她在自己家辅导孩子们，在需要的时候教授法语、售卖蓝线、做宜昌十字绣，为他人跑腿、翻译，为其他孩子的学习承担费用，她做了无数无私而善良的事。

这个家族在中国经历了很多动荡和战争。主教宣称他没有政治上的效忠，当时中国的领导人也寻求他的建议、同情和保护。1911年辛亥革命期间的孙中山和国共第一次合作失败时期的周恩来都曾受到鲁茨主教的庇护。在庐山，蒋介石家和鲁茨家在同一条街道。他们彼此非常了解，并建立了终生的友谊。鲁茨主教当时是亚洲最受爱戴和尊敬的美国人之一。他的影响不断扩大，他非常明智地利用它来造福和团结人民。

1933年主教的儿子洛根从美国的医学院回到中国，不久就遇见了他未来的妻子玛米·露。他们很快坠入爱河，他求婚了。1933年主教在庐山的升天教堂为他们主办了婚礼。第二年他们开始在武汉安家。

伊莉莎是在20世纪30年代初患上结核病的。在中国，结核病是一种相对常见的疾病，但那时还没有治疗方法。1934年，她的第一个孙子出生后的第三天，在他们庐山的家里，她在儿子洛根、儿媳妇玛米·露、女儿弗朗西斯和贝丝、孙女小埃莉诺的陪伴下去世。蒋介石派他的私人飞机到北京去接主教和他另外的两个儿子。北京是他们从欧洲穿越西伯利亚旅行的最后一站。在庐山，宋美龄参加了伊莉莎的葬礼。

伊莉莎去世后，弗兰妮开始代替母亲坐在主教的餐桌上，成为鲁茨家的女主人。由于日军的侵略，他们家成为中国中部的聚会中心。任何方向的旅者都会向鲁茨主教或弗兰妮寻求帮助或款待。尽管他与不同联盟和意识形态的领导人彼此保持着信任，但鲁茨主教本人并不是政治活动家。他唯一的愿望就是基督教的统一。他的家仍然是许多国家官员和记者聚会的场所。

在20世纪30年代早期和中期，弗兰妮和她的父亲成为中国冲突双方政治领导人的亲密朋友。1938年初的隆冬时节，包括周恩来等人在内的共产党人对像鲁茨主教这样的基督教徒的公共生活很感兴趣，所以周恩来多次与主教共进晚餐。

一次晚餐中，弗兰妮觉得有必要分享她的开展人道主义为抗日战士运送物资的愿望。周恩来表示不仅愿意提供帮助，而且愿意提供军事保护和扩大运送物资规模。1938年2月头十天，在弗兰妮的领导下，一个带有两卡车医疗用品的国际代表团出发到山西东南部解放区考察。在八路军总部，朱德、彭德怀总司令和左权将军接见了他们，并拍照留影纪念。在中国抗日战士缺乏医疗物资的情况下，这是极其宝贵的帮助。

主教最终决定在1938年春天从中国退休。4月，弗朗西斯在汉口的俄罗斯俱乐部为西北敌军后方的战争难民举行了义演，这是她为中国人民演奏的最后一场音乐会。这场音乐会是送给她深爱的中国人民的临别礼物，所有募集的钱都捐给了穷人。

在他妻子去世四年后，主教终于辞去了他的职务。蒋介石在主教、弗兰妮和约翰回国的最后一夜，为他们举行了告别晚宴，以此感谢他们对中国的贡献。这是在蒋介石家里举行的一次小型家庭活动。周恩来夫妇也为主教和弗兰妮举行了两次招待会，包括第二天的告别宴。他们邀请了一些朋友参加，周恩来送给主教一份题字的特别礼物。对大家来说，那是一个令人心酸的时刻。那时，周恩来和主教、弗兰妮的友谊已经牢固。这种友谊伴随着他们的余生。主教回到纽约继续为一个名为重整道德的宗教运动工作。弗兰妮在欧洲也为重整道德的宗教运动工作过一段时间。此时，主教的儿子洛根和他的家人留在武昌，1951年他们在周恩来总理的帮助下返回美国。

1934年，弗兰妮认识了未来的丈夫理查德（昵称迪克），当时理查德正在普林斯顿大学上学。弗兰妮陪着哥哥约翰去拜访他的朋友。约翰的朋友是理查德的室友。正是在那次偶然的相遇中，他们第一次分享了彼此对音乐的热爱，并建立了牢固的联系。和弗兰妮一样，理查德已经是一个有造诣的钢琴家，他们对音乐的热爱被证明是早期的联系纽带。音乐并不是他们全部的共同点，因为他们都已决定从道德重整运动开始他们的全职职业生涯。他们并没有立即坠入爱河，但在接下来的13年里，他们在不同的时间相遇。这一次相遇为以后要发生的一切做好了准备。20世纪40年代初，他们在美国和加拿大为一部二战讽刺剧巡回演出，最终开始一起表演钢琴二重奏。那段时间，弗兰妮和迪克开始更加密切地合作，但直到1947年5月3日，在英国柴郡附近的德拉米尔森林，他们终于冒险进入了新的领域。在他们骑马时，理查德精心策划了一场求婚。开始弗兰妮没同意。但在一些强有力的说服下，她默许了。三个月后，他们在瑞士举行了盛大的婚礼，她穿着中国手工织成的织锦缎礼服。在他们的婚礼蛋糕上，有"双喜"的汉字。战后，哈顿夫妇继续创作音乐剧和歌曲、表演和旅行。他们在印度生活了两年，在日本生活了三年，为世界上20多个国家的元首演奏过。

1942年，鲁茨主教继续为重整道德运动工作，该组织开始将其基地集中在密歇根州麦基诺岛。1945年夏天居住在岛上的75岁的主教曾多次心脏病发作。夏天即将结束时，主教于九月去世。

在中美关系破裂后的20年里，周恩来通过各种方式与鲁茨家人联系，他曾请联合国秘书长哈舍尔德将他的信件转交给鲁茨一家。

1950年末，弗兰妮和迪克开始世界巡演，这期间他们在威斯敏斯特教堂参加了女王伊丽莎白二世的加冕仪式。1969年，他们在麦基诺岛购买了他们的第一套房子。弗兰妮的两个哥哥，谢尔顿和约翰，还有他们的妹妹贝丝和他们住在一起。他们朴素的小屋坐落在分隔北美大陆的五大湖中的两大湖的汇合处。弗兰妮和迪克后又返回学校攻读音乐硕士学位。不久，他们就学会并记住了两个小时的曲目。他们找到一位纽约经纪人后，以麦基诺岛为大本营，开始了专业的双钢琴音乐会生涯。

1972年1月，当中美恢复外交关系时，约翰回到了中国，周恩来表达了希望弗兰妮能再来中国演奏的愿望。弗兰妮很快就开始创作一首歌颂庐山的曲子。中国总理邀请弗兰妮和她的丈夫作为文化大使来表演一场双钢琴演奏音乐会，作为开放与中国文化关系的一部分。出于对老朋友鲁茨主教的礼貌和尊重，周恩来以私人邀请的方式把弗兰妮和理查德在中国的时间延长至七周。

《庐山组曲》是她开始创作三个月后在与曲目同名的小镇——庐山完成的。弗兰妮和理查德到她的出生地庐山进行了为期5天的朝圣，寻找灵感。《庐山组曲》的最后几页在北京音乐会前两周完成。《庐山组曲》的主旋律是这座圣山的石工工作时的吟唱，是弗兰妮小时候经常听到的吟唱，它深深印在她的脑海中。它是她年轻时在庐山的记忆，成为一种令人难忘的旋律。1972年10月3日，弗兰妮和丈夫在北京人民大会堂举办音乐会。《庐山组曲》在此次音乐会中全球首演，而且是第一首曲目。这场音乐会是用世界上最长的将近15英尺的钢琴演奏的。由于此次访问具有备受瞩目的外交性质，中国政府国家领导人和顶级音乐家共600人在北京人民大会堂出席了这场音乐会。这是1964年以来西方音乐获得许可进入中国的第一次公开音乐会，也是自1949年以来哈顿夫妇在中华人民共和国举办的第一场音乐会。音乐会当晚，弗兰妮用中文向观众致辞，将她的《庐山组曲》献给"全世界的中国人民"。音乐会结束时，全场响起雷鸣般的掌声，国家领导人和全体观众起立鼓掌。直到音乐会结束后，弗兰妮和理查德才终于与周总理在私人晚宴时进行了期待已久的重逢交流。

同年9月，弗兰妮和迪克应邀到白宫为尼克松总统和他妻子演奏。总统被淹没在水门事件的丑闻中，这一事件的阴影沉重地笼罩着晚宴和音乐会。那天晚上他们演奏以振奋大家的精神。

几年后，周恩来得了重病住进了医院。约翰·鲁茨来看望他，他是周恩来去世前最后一个与他在一起的美国人。在离别前，周总理说："我们两国之间的大门永远不能关闭。"周恩来于1976年1月去世。经过多年的研究和个人关系，约翰撰写了周恩来总理的传记。

在接下来的22年里，弗兰妮和迪克每半年进行一次巡演。从1972年开始，《庐山组曲》以各种方式被编入数百场演出中，成为弗兰妮故事的延伸，并成为一种更深层次触及人们的方式。1982年，弗兰妮与英国作曲家威廉·伦纳德·里德、中国交响乐团合作把这首曲子编写成交响乐编曲。1987年4月，在周恩来遗孀邓颖超夫人和中国国家领导人的邀请下，弗兰妮和理查德回到了中华人民共和国。4月12日在新落成的北京音乐厅举办了另一场世界首演——由双钢琴和管弦乐队演奏的新的《庐山组曲》。在人民大会堂为哈顿夫妇举行的宴会上，为表彰他们为中国作出的贡献，中国著名钢琴家殷承宗向弗兰妮和迪克夫妇赠送了著名的《黄河钢琴协奏曲》的首张LP拷贝。中国著名指挥家李德伦也对他们表示了感谢，他说："15年前，你们将西方音乐重新引入中国，现在你们在北京举行的具有历史意义的音乐会给整个国家带来了震撼，给我们的音乐家带来了新的希望。"

1989年他们录制了名为《双钢琴庐山组曲》的磁带，1991年发行音乐制作探险CD。最终他们要退休了，这使他们回想起自己的所见所闻。他们在一起的多年的音乐生涯使他们去了世界各地，在世界各地举办音乐会。他们在麦迪逊广场花园、宪法大厅，甚至好莱坞露天剧院演出。弗兰妮说："我们都热爱人们，我们对成就伟业不感兴趣。用中国人的话说，我们要为人民服务，打开人民思想和心灵的大门。"

弗兰妮于2000年5月去世，享年89岁。她去世时收到数百封悼唁函，其中一封是蒋介石夫人写的，她写道："弗兰妮的一生是对中国传奇历史的丰富颂扬，是持久的友谊、动人的音乐和爱——一个一直延续到今天永恒的故事。"

弗兰妮对中国的爱恋融入她的音乐中，她渴望通过充满活力的自我表现和奉献来分享这种爱，这贯穿于她整个几十年的生活中。

作者简介：艾伦·鲁茨·麦克布莱德，弗朗西斯·鲁茨·哈顿夫人曾侄女，出生于西非，现居住在美国，生物学家，鲁茨家族档案管理者。

我为博茨瓦纳总统做导游

陈 晖

准备：外事接待事无巨细

2018年9月3日至4日，中非论坛峰会在北京召开，庐山管理局接到博茨瓦纳总统及夫人一行来庐山考察的外事任务，我被安排为他们的景点解说员。9月4日，总统的先遣团考察总统在庐山的行程，我是陪同人员之一。此次活动由博方总统办公室私人秘书负责，博驻华使馆第一秘书和一位保安人员参与，我们按照行程考察了总统第二天参访的景点。在考察过程中，博方人员对安保事宜很注重。这是一次轻松的考察，他们在考察过程中展示了非洲人乐天的性格，从中也能看出他们关系融洽。考察的最后一站是总统及家人入住的175号别墅。在此我有幸经历了一次国家元首级安保检查。175号别墅建于1896年，第一任主人是英国人。几度易主之后，这栋别墅成为庐山别墅村宾馆多栋别墅之一。中共中央三次会议期间，毛泽东主席曾住过此别墅。当我们正在里面了解别墅情况时，突然听到外面响起热闹的声音，接着看到三三两两的人拿着各种探查工具进来，原来是一群国安军人，他们告诉我们，他们要进行安保检测并请我们离开。走出门，我们看到厚重的安保车停在外面，院子里也有不少安保军人在工作，这场景只在电影里看过。

从安保方面，工作人员根据工作性质分为几类，我们所有的资料都要经过安保部门审查。我是景点解说员，我只能在景点近距离靠近总统和夫人。按照计划，总统和夫人及随同人员晚饭时分到达，但因某种原因，晚上十一点左右才到达。当时人很多，行李也很多，随行人员还有中方来自中央、省、市的陪同人员。庐山别墅村宾馆是庐山外事接待单位，因为是一栋栋独立别墅，所以行李的搬运花了些时间。

虽然我的任务是景点讲解，但我还是帮忙处理了其他的一些事。我临时帮忙翻译宾馆自助餐的英文菜单、主动协调博方工作人员和宾馆工作人员的对接，其中还帮助博方安保人员把博方人员入住房间的电话号码编辑并打印出来，等等。我的本职工作是有关庐山世界地质公园的管理工作，曾对中国的世界地质公园资助非洲国家申报世界地质公园事宜有了解。在接到任务后，我特意向中国世界地质公园网络办主任咨询有关资助非洲申办世界地质公园事宜。在等候期间，我拿出提前准备好的庐山世界地质公园的宣传材料给博方工作人员讲解，向他们宣传世界地质公园理念。此次接待任务是官方正式接待，从礼仪来说，我们都必须穿正装，平时习惯穿休闲服装的我很是为衣服烦恼，幸运的是九江市外办准备了两套正装，我的难题得以解决。

行程：充分展现庐山之美

9月5日，庐山的天气非常给力，秋高气爽，能见度高。因为只有我一个英文景点讲解人员，我们特意为随行人员准备了耳机。当我给总统和夫人讲解时，我讲解的内容通过手上的主机可以传到戴耳机的其他随行人员耳中。我本被安排和总统坐同一台车，但根据安保规定，此台车只能安排中方和博方各一名安保高级官员陪伴总统和夫人。我坐的车是总统车前面的1号车，车上还有一名博方安保官员和中方负责此次外事接待的官员。

行程第一站是含鄱口，我们到达之前安保人员已清场，没有任何游客。我一下车就小跑至总统的车旁，与总统和夫人见面。他们非常随和，我们的工作人员贴心地给他们准备了遮阳帽，我给他们介绍含鄱口的来历，含鄱口石牌坊门头上湖光、山色的意思，我们穿过石牌坊上到含鄱亭，从那儿可以看到鄱阳湖的景色，回头往下走时，他们对看到的犁头尖、太乙峰角峰很感兴趣，因而我又给他们讲解了庐山的一些地质知识。总统夫人说庐山的空气非常好，景色很美。我开玩笑说，她留下来多住一段时间，让总统一个人先回去。她说这是好主意，这么好的空气，会让人更漂亮的。含鄱口只待了一刻钟。据说总统是毛泽东主席的铁杆粉丝，在中非论坛结束后，他要求参访毛泽东主席曾经去过的地方，所以他来到了庐山。总统的庐山行程中都是毛主席曾经参访过的景点，我们在主席留过影的地方特意安排了藤椅，每每听说是主席留过影的地方，他们都会很愉快地拍照。

第二站是庐山博物馆，即芦林1号，这栋别墅是1960年庐山管理局专门为主席设计建造的一栋中式回廊式的建筑，主席在庐山会议期间曾在这里居住过，1985年庐山博物馆迁入。我们直接在庐山博物馆里面的大门口下车，门头上"庐山博物馆"五个字是中国当代著名书法家启功写的，我带着总统和夫人穿过大门，首先参观了主席曾经住过的卧室，接着是党和领导人在庐山的照片展厅，总统对这个展厅的前半部分非常感兴趣，因为这里展示的是中国第一代领导人在庐山的照片，其中有不少毛主席的照片，总统兴致勃勃地看着照片，时不时问着问题，其中他还特意指着朱德的照片问我他是谁。接着沿着回廊式走廊，我们走进历代名人与庐山展厅，在这里我给他们讲解了庐山在中国古代文化历史上的地位，其中特意讲解了王羲之的书法作品"鹅"字和苏轼的诗《题西林壁》以及此诗的哲学意义。经过古家具展厅门口后，我们直接步入《五百罗汉图》展厅，《五百罗汉图》一共有200幅，是清代画家许从龙的作品，有300余年的历史，现存113幅，庐山博物馆存有112幅，属于国家级保护文物，展厅展示的几幅都是复制品。我特意挑选了一幅图讲解，图中有一头牛，观众不管站在哪个位置都能感觉牛在看着他，说明中国书画技艺的高超。看完画，我顺势带着他们步入屏风后，这里早已备好总统题字的笔和留言簿，我和总统说明后，总统很开心地写了起来，可爱的总统夫人也签名留念。这是庐山博物馆留言簿上第一位国家元首的留言，总统留言如下：

庐山博物馆确实是一个非常棒的艺术和历史展示作品。能看到中国历史仍然鲜活而且保护得这么好令人振奋。

非常美丽的地方，衷心祝愿！谢谢！

博茨瓦纳总统 莫克维齐·马西西 及全家

2018年9月5日

从《五百罗汉图》展厅出来，我们经过了庐山老照片展厅，我告诉他们庐山曾经有很多外国人居住，因而也留下了不少老别墅，他们住的房子就是其中之一。接着我们在馆中庐山沙盘模型处停留了片刻，从这里可以看到庐山的整体构造，总统突然问我鄱阳湖在哪里，他仍然记得我在含鄱口给他介绍过的中国最大的淡水湖鄱阳湖。庐山世界地质公园的四个展厅门口只能匆匆而过，最后又回到庐山博物馆启功题字的牌匾下。总统和夫人停下脚步特意要和我合影，我当时觉得不妥，但在他们的坚持下，留下了我与总统和夫人的两张合影之一。

第三站是美庐，但因前一天总统一行抵达庐山时间太晚，上午的行程也跟着推迟。从博物馆出来已近中午，只能取消行程直接回程到别墅村宾馆吃中餐。中餐由庐山管理局宴请总统和夫人，双方工作人员和保安人员吃自助餐，中餐后我直接回入住的宾馆休息。下午提前到达别墅村宾馆，在等待中，我和博方工作人员聊起了天。博方驻华使馆第一秘书和我谈到中国对他们国家的资助项目，其中一个项目是为博方培养优秀人才，她很开心地告诉我她的妹妹考到了资助名额，第二年就要来中国学习。她有事离开后，来了一位帅气的保镖，我大赞他的西服，他把西服里子翻过来给我看，我瞬间更开心了，原来我赞的是自己国家的产品。另一个保镖向我咨询华为手机事宜，他想买华为手机，他的手机看上去有些破旧。在这次外事活动中我发现博方工作人员的手机大多不好。从这里可以看出两个国家的差别，目前中国普通老百姓大多已经用上了智能手机。

　　下午省委书记特意从南昌赶过来会见来宾。在我和博方工作人员聊天时，一群人陪着总统和夫人匆匆而过，省委书记正等着会见他们，其间行李开始装车。会见结束后，我们开始了下午的行程。第一站是如琴湖景区，车在如琴湖畔停下后，我给总统和夫人解说如琴湖的故事。我们沿着湖畔走向花径，穿过"花开山寺，咏留诗人"的石牌门，我给他们讲唐代著名诗人白居易的故事。沿着石级而下来到花径亭，花径亭内有块刻有"花径"二字的石刻。亭旁还有一块刻有白居易著名的诗《大林寺桃花》的石刻。正给他们介绍这首诗时，总统突然提出让我用中文读一遍，于是我对着石刻高声朗诵了一遍，引来阵阵掌声，弄得我怪不好意思的。顺着小径我们前往白居易草堂，草堂前有一个小池塘。因事先被告知总统他们要赶飞机，让我抓紧时间，我在小池塘边简单介绍草堂后没有按照既定路线参观草堂，而是直接从小池塘这边走了。当我看到安保人员匆忙从池塘另一边跑到我们前面时，有些自责。第一次参与国家元首的接待没有经验，给安保人员惹了点麻烦。当我们经过一个小石桥，总统看到桥头有两个小石狮，他突然问我石狮用中文怎么说，他跟着我大声说中文石狮，发音挺准的。他告诉我，他的国家有很多狮子，还特意强调他们的狮子是自由的不是在笼子里的，我回复说，那是他们国家的生态好。我告诉总统我们今天的行程是毛泽东主席曾经参访过的地方，旁边有位领导说他就是博茨瓦纳的毛泽东，总统听后非常开心，还自我肯定地说他就是博茨瓦纳的毛泽东。途中我们也有闲聊，总统夫人问我是否去过其他国家，我和他们分享了我七月份到意大利一个世界地质公园去考评的经历，顺便向他们宣传世界地质公园理念。总统对我们景区的卫生非常认可，问我是谁负责这块工作，我告诉他们，我们当地政府有专门部门负责。因为是参加正式会见后直接来参观景点，总统夫人穿着高跟鞋走路很是不方便，我时不时扶她一把。

最后一个景点是仙人洞景区，仙人洞景区石松景点有一个悬空的石条，安保人员提前告诉我，出于安全考虑此处入口放了一盆盆景，让我确保总统不要过去。总统很可爱，他问我为什么要放东西堵在这里，还故意说他要去石条的那边。我大笑着说总统先生您是明知故问，总之您就是不能去那儿，您懂的。在这里他和夫人又拉着我合影，虽然我再次婉拒，但仍拗不过他们的坚持，他们说我的付出值得与他们合影，周边懂英语的人们都点头称是。他们在庐山的参访到此结束，在走回到仙人洞圆形石门时，我按照事先的安排，与总统沟通好，双方高层人员在此合影。在总统和夫人上车准备离开之前，我与他们道别，我告诉他们很荣幸为他们服务，欢迎他们再次来庐山。最后我和庐山的领导等着所有车子离开后，才坐车离开。我的第一次接待国家元首的经历到此圆满结束。

希冀：庐山成为世界旅游天堂

现在每每回想起这段经历，都感觉非常珍贵。作为一名普通人，能够参与接待国家元首是非常幸运的，更何况能直接与他们交流。此次外事接待，在所有的中方接待工作人员中，博茨瓦纳总统和夫人只单独与我留了两张合影，我想应该是他们对我的一份感谢或者奖励，除了我的讲解让他们满意外，另外总统的先遣团来庐山踩点过程中，我也尽自己所能帮助他们，与人为善总会有意想不到的收获。另外我觉得外事接待中要自尊自重自信，不管对方的身份有多高，作为人大家是平等的，来的都是客，我们做好服务工作，把最美的庐山展示给客人，给客人留下美好印象，如果能够把自己对家乡的这份情感加入到讲解中还会加分。仅仅三四个小时的游览时间，总统就感受到了庐山自然风景的优美和历史文化的悠久，从中可以肯定庐山的旅游资源仍然是能够吸引外国人的。庐山在19世纪末20世纪初曾经是地球村，20多个国家不同风格的上千栋别墅有条不紊地散落在庐山东、西两谷，高峰时曾经有几千名外国人居住在这里，他们建了医院、学校、教堂、体育设施（棒球场、羽毛球场、游泳池等），那时有关庐山旅游的书籍就比较全面，那时庐山的绿水青山到处留有外国人的足迹，庐山老照片就能证明这点。现存的600余栋别墅仍能展示那时的庐山是何等的风华。改革开放之后，庐山成为首批国家级重点风景名胜区，我一直有个心愿，希望庐山不仅是中国人的理想旅游目的地，仍然能成为外国人的旅游天堂，这样庐山就不愧有着世界文化遗产和世界地质公园这两块世界品牌。

后记

陈晓松

《印象庐山》面世之后,很多人拿到书翻了几页,都很兴奋地表示"我也知道一些和庐山有关的故事",或者告知"那谁谁谁身上有很多这样的故事",然后问道:"你们还要不要这样的稿子呢?"正巧我的搭档陈晖女士也告诉我,她手头又拿到了介绍《庐山组曲》及另外几篇讲述庐山外国学校来龙去脉的文章,觉得不能错过。

于是,为出版《印象庐山续集》组稿便顺理成章了。

就在本书组稿的过程中,我和同事们欣喜看到,文化事业包括地域文化传承传播得到了自上而下的空前重视。

在今年6月2日召开的文化发展传承座谈会上,习近平同志发表重要讲话。他强调:"中国文化源远流长,中华文明博大精深。只有全面深入了解中华文明的历史,才能更有效地推动中华优秀传统文化创造性转化、创新性发展,更有力地推进中国特色社会主义文化建设,建设中华民族现代文明。"他还指出:"在新的历史起点上继续推动文化繁荣、建设文化强国、建设中华民族现代文明,要坚定文化自信,坚持走自己的路……"这一番话,对于我们地域文化工作者来说,感触尤深,鼓舞巨大。

国之魂魄,民之精神,文以化之,文以铸之。欲流之远者,必浚其泉源。中华文明波澜壮阔，地域文化细流涓涓。正是有难测凡几的涓涓细流，才汇集成浩瀚无垠的波澜壮阔。我们坚持以庐山为地标的地域文化研究，就是为中华文明浚源通流、培根育苗。也正是有了这样认真学习、深入领会之后的所得，才更加坚定了大家的文化自信，更加增强了大家专注地域文化研究的动力。

作为高校的一座科研平台，我们庐山文化研究中心围绕学校教书育人和服务地方经济社会发展的工作目标，应该继续凝士气、提干劲，坚持"深扎根、广融通、凝特色"的工作方向，在"专职人员做专做精、兼职人员做大做广"的思路指导下，脚踏实地促发展，继续浚通中华文明的源头活水，携手共赴地域文化传承传播的美好未来。

作为本书的主编，我不仅真诚感谢在《印象庐山续集》出版的过程中所有付出努力的每个人，而且更加缅怀在此过程中数位先后离开人世的叙述人及当事人。没有让他们看到自己撰写的文字或讲述自己故事的文字面世，我怀有深深的愧疚，唯有今后牢记时不我待的古训，更加致力于庐山文化的传承传播，方能稍稍弥补一点遗憾。

最后，祝人文圣山庐山万古长青，祝关注、关心、关爱庐山的人们吉祥安康！

2023年8月8日凌晨于匡庐苑